COROA DA MEIA-NOITE

REVISÃO
Michele Mitie Sudoh
Sandra Santana Silva

LEITURA SENSÍVEL
Lorena Ribeiro

DESIGN DE CAPA, PROJETO GRÁFICO E DIAGRAMAÇÃO
Renata Vidal

ILUSTRAÇÕES (modificadas dos originais)
karnoff / vectorstock; provectors / Adobe Stock

TÍTULO ORIGINAL
Crown of Midnight

CIP-BRASIL. CATALOGAÇÃO NA PUBLICAÇÃO
SINDICATO NACIONAL DOS EDITORES DE LIVROS, RJ

M11c

    Maas, Sarah J., 1986-
        Coroa da meia-noite / Sarah J. Maas ; tradução Mariana Kohnert. - 3. ed. - Rio de Janeiro : Galera Record, 2025.
                      (Trono de vidro ; 3)
    Tradução de: Midnight crown
    Sequência de: Trono de vidro
    Continua com: Herdeira do fogo
    "Edição em capa dura"
    ISBN 978-65-5981-198-4

    1. Ficção americana. I. Kohnert, Mariana. II. Título. III. Série.

23-83107
                                        CDD: 813
                                        CDU: 82-3(73)

Meri Gleice Rodrigues de Souza - Bibliotecária - CRB-7/6439
22/03/2023 27/03/2023

Copyright © 2013 by Sarah Maas

Todos os direitos reservados.
Proibida a reprodução, no todo ou em parte, através de quaisquer meios.
Os direitos morais da autora foram assegurados.

Texto revisado segundo o novo Acordo Ortográfico da Língua Portuguesa.

Direitos exclusivos de publicação em língua portuguesa somente para o Brasil adquiridos pela
EDITORA GALERA RECORD LTDA.
Rua Argentina, 120 – Rio de Janeiro, RJ – 20921-380 – Tel.: (21) 2585-2000,
que se reserva a propriedade literária desta tradução.

Impresso no Brasil

ISBN 978-65-5981-198-4

Seja um leitor preferencial Record.
Cadastre-se e receba informações sobre nossos
lançamentos e nossas promoções.

Atendimento e venda direta ao leitor:
sac@record.com.br

EDITORA AFILIADA

Para Susan,
Melhores amigas até virarmos somente pó.
(E então mais um pouco.)

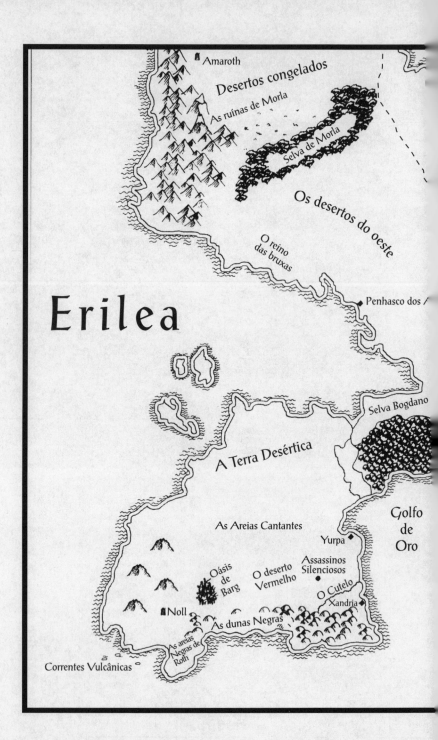

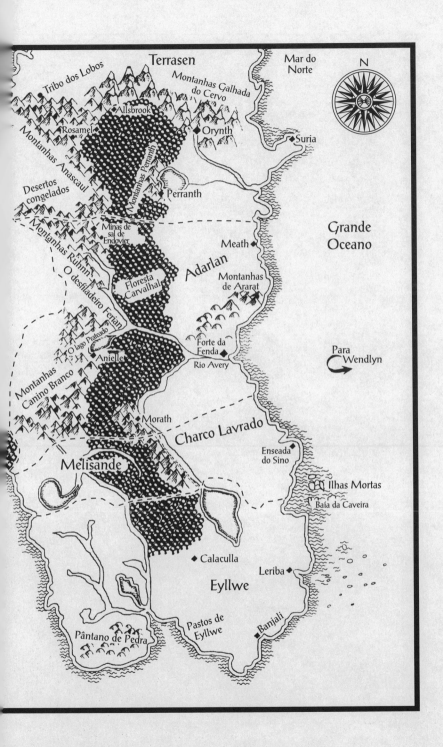

CAPÍTULO 1

As cortinas que balançavam ao vento da tempestade foram o único indício da entrada dela. Ninguém havia reparado quando escalou a parede do jardim da mansão escura, e com o trovão e o vento fustigante do mar ali próximo, não a ouviram subir agilmente pelo cano, impulsionar o corpo até o batente da janela e entrar despercebida no corredor do segundo andar.

A campeã do rei pressionou o corpo contra uma alcova ao ouvir ruídos de passos se aproximando. Escondida por uma máscara preta e um capuz, ela desejou se misturar às sombras, se tornar nada além de um filete de escuridão. Uma serva se dirigiu com passo arrastado à janela aberta, resmungando ao fechá-la. Segundos depois, a moça desapareceu escada abaixo, na outra ponta do corredor. Não reparou nas pegadas úmidas no piso de tábuas.

Um relâmpago piscou, iluminando o corredor. A assassina respirou fundo, repassando o esquema que memorizara arduamente durante os três dias que passou observando a mansão nos limites da Enseada do Sino. Cinco portas de cada lado. O quarto de Lorde Nirall era o terceiro à esquerda.

Ela tentou ouvir se mais algum servo se aproximava, mas a casa permanecia em silêncio conforme a tempestade urrava ao redor.

Silenciosa e com a sutileza de um fantasma, a campeã seguiu pelo corredor. A porta do quarto de Lorde Nirall se abriu com um leve rangido. Ela esperou pelo próximo rugido de trovão para fechar a porta atrás de si com cuidado.

Outro flash de relâmpago iluminou duas figuras dormindo na cama com dossel. Lorde Nirall não tinha mais que 35 anos, e a mulher dele, de cabelos pretos e linda, dormia profundamente nos braços do marido. O que tinham feito para ofender o rei tão gravemente a ponto de ele desejar a morte dos dois?

A assassina seguiu pé ante pé até a beira da cama. Não cabia a ela fazer perguntas. Seu trabalho era obedecer. E sua liberdade dependia disso. A cada passo em direção a Lorde Nirall, ela repassava o plano novamente.

A espada da assassina deslizou para fora da bainha com um gemido quase inaudível. Ela respirou fundo e estremeceu, preparando-se para o que viria a seguir.

Os olhos de Lorde Nirall se abriram no momento em que a campeã do rei ergueu a espada sobre a cabeça dele.

CAPÍTULO 2

Celaena Sardothien caminhava pelos corredores do castelo de vidro em Forte da Fenda. A bolsa pesada agarrada à mão oscilava a cada passo, batendo de vez em quando em seus joelhos. Apesar do manto preto com capuz que escondia a maior parte do rosto, os guardas não a paravam conforme ela caminhava em direção à câmara do conselho do rei de Adarlan. Eles sabiam muito bem quem ela era — e o que fazia para o rei. Como campeã do rei, tinha a patente maior do que a deles. Na verdade, naquele momento, poucos no castelo tinham patente maior do que a de Celaena. E menos ainda não a temiam.

Celaena se aproximou das portas de vidro abertas, o manto varrendo o chão atrás de si. Os guardas posicionados em cada lado esticaram o corpo quando ela acenou para eles com a cabeça antes de entrar na câmara do conselho. Suas botas pretas eram quase silenciosas contra o piso de mármore vermelho.

No trono de vidro, no centro do salão, estava o rei de Adarlan, o olhar sombrio fixo na bolsa preta que pendia dos dedos de Celaena. Como fizera nas últimas três vezes, a assassina se abaixou sobre um dos joelhos diante do trono e fez uma reverência.

Dorian Havilliard estava ao lado do trono do pai — e Celaena conseguia sentir aqueles olhos cor de safira encarando-a. Ao pé da plataforma do trono, sempre entre ela e a família real, estava Chaol Westfall, capitão da Guarda. Celaena ergueu o rosto das sombras do capuz para ele, avaliando as linhas do rosto de Chaol. Por toda a expressividade dele, ela poderia muito bem ser uma desconhecida. Mas isso era esperado, e era apenas parte do jogo no qual os dois tinham ficado tão hábeis nos últimos meses. Chaol poderia ser amigo de Celaena, poderia ser alguém em quem ela, de alguma forma, passara a confiar, mas ainda era o capitão — ainda era responsável pelas vidas da realeza naquele salão, acima de todas as outras. O rei falou:

— Levante-se.

Celaena manteve o queixo erguido ao se levantar e tirar o capuz.

O rei gesticulou para ela com a mão, o anel de obsidiana no dedo reluzindo à luz da tarde.

— Está feito?

Celaena enfiou a mão enluvada na bolsa e atirou a cabeça decepada na direção do rei. Ninguém falou enquanto a cabeça quicava, um estampido vulgar de carne rígida e pútrida sobre o mármore. A cabeça rolou até parar ao pé da plataforma, os olhos leitosos direcionados para o candelabro de vidro ornamentado no teto.

Dorian enrijeceu o corpo, afastando o olhar da cabeça. Chaol apenas encarou a assassina.

— Ele lutou — falou Celaena.

O rei inclinou o corpo para a frente, examinando o rosto lacerado e os cortes irregulares no pescoço.

— Mal consigo reconhecê-lo.

Celaena deu um sorriso torto para o rei, embora um nó tivesse se formado em sua garganta.

— Receio que cabeças decepadas não viajam bem. — Ela enfiou a mão na bolsa de novo, retirando de dentro a mão de alguém. — Aqui está o anel do selo dele.

Celaena tentou não se concentrar muito na carne em decomposição que segurava, no fedor que havia piorado a cada dia. Estendeu a mão para

Chaol, cujos olhos cor de bronze estavam distantes enquanto pegava a mão e a oferecia ao rei. Os lábios do rei se contraíram, mas ele arrancou o anel do dedo rígido. Então atirou a mão aos pés de Celaena ao examinar o anel.

Ao lado do pai, Dorian se mexeu desconfortavelmente. Quando Celaena estava lutando na competição, ele não parecera se importar com o passado dela. O que ele *esperava* que acontecesse quando ela se tornasse a campeã do rei? Embora Celaena imaginasse que membros e cabeças decepados revirassem o estômago da maioria das pessoas — mesmo depois de viver durante uma década sob o domínio de Adarlan. E Dorian, que nunca tinha visto uma batalha, jamais testemunhou as fileiras de soldados avançando até os campos de massacre... Talvez Celaena devesse ficar impressionada por ele ainda não ter vomitado.

— E quanto à mulher dele? — indagou o rei, virando o anel nos dedos diversas vezes.

— Acorrentada ao que sobrou do marido no fundo do mar — respondeu Celaena, com um sorriso malicioso, e retirou a mão magra e pálida da bolsa.

Essa continha um anel de casamento dourado, com a data do matrimônio gravada. Ela a ofereceu ao rei, mas ele sacudiu a cabeça. A assassina não ousou olhar para Dorian ou Chaol ao devolver a mão para a bolsa de lona espessa.

— Muito bem, então — murmurou o rei. Celaena permaneceu imóvel conforme os olhos do rei se detinham sobre ela, sobre a bolsa, sobre a cabeça. Depois de um momento longo demais, ele falou novamente: — Há um movimento rebelde se formando aqui em Forte da Fenda, um grupo de indivíduos que está disposto a qualquer coisa para me tirar do trono e que tenta interferir em meus planos. Sua próxima missão é caçar e eliminar todos eles antes que se tornem uma ameaça verdadeira a meu império.

Celaena segurou a bolsa com tanta força que seus dedos doeram. Naquele momento, Chaol e Dorian encaravam o rei como se fosse a primeira vez que ouviam falar daquilo também.

A assassina ouvira murmúrios sobre forças rebeldes antes de partir para Endovier — *conhecera* rebeldes aprisionados nas minas de sal. Mas ter um movimento de verdade crescendo no âmago da capital; fazer com que *ela* fosse a pessoa que os eliminasse, um a um... E planos... que planos?

O que os rebeldes sabiam sobre as manobras do rei? Celaena afastou as perguntas para muito, muito, muito fundo, até que não houvesse possibilidade de o rei decifrá-las em seu rosto.

O rei tamborilou os dedos no braço do trono, ainda brincando com o anel de Nirall com a outra mão.

— Há diversas pessoas em minha lista de traidores suspeitos, mas só lhe darei um nome por vez. Este castelo está cheio de espiões.

Chaol enrijeceu o corpo ao ouvir isso, mas o rei gesticulou com a mão e o capitão se aproximou de Celaena, o rosto ainda inexpressivo conforme estendia um pedaço de papel para a jovem.

Ela evitou a vontade de encarar Chaol quando este lhe entregou a carta, embora os dedos enluvados do capitão tivessem roçado os de Celaena antes de ele puxar a mão de volta. Mantendo as feições neutras, a assassina olhou para o papel. Nele havia um único nome: *Archer Finn*.

Celaena precisou de cada grama de vontade e de senso de autopreservação para evitar que seu choque transparecesse. Ela conhecia Archer — desde que tinha 13 anos, quando ele fora para o Forte dos Assassinos receber aulas. Archer era muitos anos mais velho, um cortesão já bastante requisitado... que precisava de treinamento para se proteger das clientes muito ciumentas. E dos maridos delas.

Archer jamais tinha se importado com a paixão infantil ridícula de Celaena por ele. Na verdade, permitira que ela testasse com ele a habilidade de flertar, e costumava transformá-la em uma confusão de risinhos nervosos. É claro que ela não via Archer havia muitos anos — desde antes de ir para Endovier —, mas jamais pensou que ele fosse capaz de algo assim. Era lindo, gentil e jovial, não um traidor da coroa tão perigoso que o rei o quisesse morto.

Era absurdo. Quem quer que estivesse dando informações ao rei era um idiota.

— Apenas ele, ou todas as clientes também? — disparou Celaena.

O rei deu um sorriso lento para a campeã.

— Conhece Archer? Não fico surpreso. — Uma provocação... um desafio.

Celaena apenas olhou para a frente, tentando se acalmar, respirar.

• 16 •

— Conhecia. É um homem extraordinariamente vigiado. Precisarei de tempo para transpor as defesas dele. — Tão cuidadosamente dito, tão casualmente construído. Celaena precisava, na verdade, de tempo para entender como Archer tinha se envolvido naquela confusão, e se o rei dizia a verdade. Se Archer realmente fosse um traidor e um rebelde... bem, ela pensaria nisso depois.

— Então você tem um mês — falou o rei. — E se ele não estiver enterrado até lá, talvez eu reconsidere sua posição, garota.

Ela assentiu, submissa, curvando-se, graciosa.

— Obrigada, Vossa Majestade.

— Quando tiver eliminado Archer, lhe darei o próximo nome da lista.

Celaena evitara a política dos reinos — principalmente as forças rebeldes — durante tantos anos, e agora estava no centro dela. Maravilhoso.

— Seja breve — avisou o rei. — Seja discreta. O pagamento por Nirall já está em seus aposentos.

Celaena assentiu de novo e enfiou o pedaço de papel no bolso.

O rei a encarava. Ela virou o rosto, mas obrigou o canto da boca a se erguer e fez com que os olhos brilhassem pela emoção da caçada. Por fim, o rei ergueu o olhar para o teto.

— Leve essa cabeça e vá embora. — Guardou o anel do selo de Nirall no bolso e Celaena conteve a pontada de nojo. Um troféu.

Ela pegou a cabeça pelos cabelos pretos e segurou a mão decepada, enfiando-as na sacola. Com apenas um olhar para Dorian, cujo rosto tinha ficado pálido, deu meia-volta e saiu.

Dorian Havilliard ficou parado em silêncio enquanto os servos reorganizavam o aposento, arrastando a mesa de carvalho gigante e as cadeiras ornamentais para o centro. Tinham uma reunião do conselho em três minutos. Dorian mal ouviu quando Chaol saiu dizendo que precisava interrogar melhor Celaena a respeito da missão. O pai de Dorian murmurou em aprovação.

Celaena tinha matado um homem e sua esposa. E fez isso sob as ordens do pai de Dorian. Ele mal conseguira olhar para os dois. Achava que havia conseguido convencer o pai a reavaliar as políticas brutais depois do massacre daqueles rebeldes em Eyllwe antes do Yule, mas parecia não ter feito diferença alguma. E Celaena...

Assim que os servos terminaram de arrumar a mesa, o príncipe ocupou o assento de sempre, à direita do pai. Os conselheiros começaram a entrar em fila com o duque Perrington, que foi direto ao rei e começou a murmurar algo baixo demais para que Dorian ouvisse.

O príncipe não se incomodou em dizer nada a ninguém, apenas fitou uma jarra de vidro com água diante de si. Celaena não parecera normal poucos instantes antes.

Na verdade, estivera daquele jeito pelos dois meses desde que fora nomeada a campeã do rei. Os lindos vestidos e roupas enfeitadas tinham sumido, substituídos por uma túnica preta e calças justas e inclementes, os cabelos presos em uma longa trança que caía sobre as dobras daquele manto preto que sempre usava. Era uma linda aparição — e quando olhava para Dorian, era como se não soubesse quem ele era.

O príncipe olhou pela porta aberta, pela qual Celaena passara apenas instantes antes.

Se podia matar pessoas daquela forma, manipular Dorian para fazê-lo acreditar que ela sentia algo por ele teria sido fácil demais. Fazer dele um aliado — fazer com que Dorian a *amasse* o suficiente para enfrentar o pai, para se certificar de que ela fosse nomeada campeã...

Dorian não teve forças para concluir o pensamento. Visitaria Celaena — no dia seguinte, talvez. Apenas para ver se havia uma chance de estar errado.

Mas não conseguia deixar de se perguntar se algum dia significara alguma coisa para ela.

Celaena caminhava rápida e silenciosamente pelos corredores e pelas escadas, pegando o caminho agora familiar até o esgoto do castelo. Era o mesmo fluxo de água que seguia por seu túnel secreto, embora ali cheirasse muito pior, graças aos dejetos que os servos depositavam quase de hora em hora.

Os passos dela ecoaram pela longa passagem subterrânea, seguidos por outros passos — os de Chaol. Mas Celaena não disse nada até parar à beira da água, olhando por diversos arcos que se abriam de cada lado do rio. Não havia ninguém lá.

— Então — disse ela, sem olhar para trás —, vai dar um oi ou só vai me seguir por toda parte? — Celaena se virou para encará-lo, a bolsa ainda pendurada na mão.

— Continua agindo como a campeã do rei ou voltou a ser Celaena? — Sob a tocha, os olhos cor de bronze de Chaol brilhavam.

É claro que ele repararia na diferença; reparava em tudo. Celaena não conseguia dizer se aquilo a agradava. Principalmente quando havia uma leve provocação nas palavras dele.

Quando ela não respondeu, Chaol perguntou:

— Como estava a Enseada do Sino?

— Como sempre. — Celaena sabia exatamente o que a pergunta de Chaol significava; ele queria saber como havia sido a missão.

— O homem lutou com você? — Chaol indicou com o queixo a sacola na mão de Celaena.

Ela deu de ombros e se voltou para o rio escuro.

— Nada com que eu não conseguisse lidar. — Celaena atirou a sacola no esgoto. Os dois observaram em silêncio enquanto o objeto flutuou, oscilante, até afundar devagar.

Chaol pigarreou. Celaena sabia que ele odiava aquilo. Quando saíra na primeira missão — para uma propriedade na costa de Meah —, Chaol ficou tão agitado antes da partida que Celaena sinceramente achou que ele pediria que ela não fosse. E quando ela voltou, com a cabeça decepada na mão e os rumores sobre o assassinato de Sir Carlin circulando, o capitão precisou de uma semana para sequer encará-la. Mas o que ele esperava?

— Quando começará a nova missão? — perguntou Chaol.

— Amanhã. Ou no dia seguinte. Preciso descansar — acrescentou ela rapidamente quando ele franziu a testa. — E além disso, só vou levar um ou dois dias para descobrir o quanto Archer é protegido e pensar na melhor abordagem. Espero que nem seja necessário o mês que o rei me deu.

— E esperava que Archer tivesse algumas respostas sobre como havia entrado naquela lista, e a que *planos*, exatamente, o rei se referira. Então ela decidiria o que fazer com Archer.

Chaol se colocou ao lado de Celaena, ainda encarando a água imunda, na qual a bolsa, sem dúvida, tinha sido levada pela correnteza e flutuava no rio Avery para o mar além.

— Eu gostaria de interrogá-la sobre a missão.

Celaena ergueu uma sobrancelha.

— Não vai pelo menos me levar para jantar primeiro? — Chaol semicerrou os olhos, e Celaena fez um biquinho.

— Não é uma piada. Quero os detalhes do que aconteceu com Nirall.

Celaena o dispensou com um sorriso, limpando as luvas na calça antes de subir de volta as escadas.

Chaol a agarrou pelo braço.

— Se Nirall revidou, pode haver testemunhas que ouviram...

— Ele não fez ruído algum — disparou Celaena, desvencilhando-se do capitão e subindo apressadamente os degraus. Depois de duas semanas de viagem, só queria *dormir*. Mesmo a caminhada até o quarto parecia uma jornada. — Não precisa me *interrogar*, Chaol.

Ele a deteve mais uma vez em uma plataforma sombreada, segurando firme o ombro da assassina.

— Quando você viaja — disse Chaol, o brilho da tocha distante iluminando suas faces enrugadas —, *não* faço ideia do que está acontecendo. Não sei se está ferida ou apodrecendo em uma sarjeta em algum lugar. Ontem, ouvi um boato de que tinham pegado o assassino responsável pela morte de Nirall. — O capitão aproximou o rosto do de Celaena, a voz rouca. — Até hoje, achei que estivessem falando de *você*. Eu estava prestes a ir lá sozinho para encontrá-la.

Bem, isso explicaria por que Celaena vira o cavalo de Chaol sendo selado nos estábulos ao chegar. Ela expirou, o rosto subitamente mais caloroso.

— Tenha um pouco mais de fé em mim. Sou a campeã do rei, afinal.

Celaena não teve tempo de se preparar quando Chaol a puxou contra seu corpo, entrelaçando os braços ao redor dela com força.

A assassina não hesitou antes de cruzar os próprios braços sobre os ombros dele, inspirando o cheiro de Chaol. Ele não a segurava desde o dia em que Celaena descobrira oficialmente que tinha vencido a competição, embora a lembrança daquele abraço costumasse surgir nos pensamentos dela. E, enquanto o abraçava agora, o desejo por aquilo jamais parava de rugir dentro dela.

O nariz de Chaol roçou a curva do pescoço de Celaena.

— Pelos deuses, você está com um cheiro horrível — murmurou ele.

Celaena guinchou e o empurrou para longe, o rosto queimando com sinceridade naquele momento.

— Carregar partes de um cadáver durante semanas não é exatamente um condutor de bons cheiros! E, talvez, se tivessem me concedido tempo para um banho em vez de me ordenarem a me reportar *imediatamente* ao rei, eu poderia ter... — Celaena parou de falar ao vê-lo sorrindo e golpeou seu ombro. — Idiota. — Deu o braço a ele, puxando-o escada acima. — Vamos. Vamos para meus aposentos para que você possa me interrogar como um cavalheiro de verdade.

Chaol riu, debochando, e a cutucou com o cotovelo, mas não soltou o braço dela.

Depois que Ligeirinha, exultante, se acalmou o suficiente para que Celaena falasse sem ser lambida, Chaol espremeu da assassina cada detalhe da missão e a deixou com a promessa de voltar para o jantar algumas horas depois. E após Celaena permitir que Philippa se ocupasse com ela na banheira e reclamasse do estado dos cabelos, assim como das unhas da campeã, Celaena desabou na cama.

Ligeirinha saltou ao lado da dona, enroscando-se bem ao lado do seu corpo. Enquanto acariciava os pelos dourados e sedosos da cadela, Celaena encarava o teto, deixando a exaustão deslizar para fora de seus músculos doloridos.

O rei tinha acreditado nela.

E Chaol não duvidara nem uma vez da história que ela havia contado ao ser interrogada sobre a missão. Celaena não conseguia decidir se isso a deixava presunçosa, desapontada ou simplesmente culpada. Mas as mentiras tinham escorrido de sua língua. Nirall acordou logo antes de Celaena o matar, então ela precisou cortar a garganta da mulher dele para evitar que ela gritasse, e a briga fora um pouco mais confusa do que a assassina gostaria. Ela também havia acrescentado alguns detalhes verdadeiros: a janela do corredor do segundo andar, a tempestade, a serva com a vela... As melhores mentiras estavam sempre misturadas à verdade.

Celaena segurou com força o amuleto no peito. O Olho de Elena. Não vira Elena desde o último encontro no mausoléu; esperava que, agora que era a campeã do rei, o fantasma da antiga rainha a deixasse em paz. Mesmo assim, nos meses desde que Elena lhe dera o amuleto para proteção, descobrira que a presença do objeto era reconfortante. O metal estava sempre quente, como se tivesse vida própria.

Ela o apertou com força. Se o rei soubesse a verdade sobre o que tinha feito — sobre o que andava fazendo nos últimos dois meses...

Celaena embarcara na primeira missão com a intenção de eliminar rapidamente o alvo. Havia se preparado para matar, dissera a si mesma que Sir Carlin não passava de um estranho e que a vida dele não significava nada para ela. Mas ao chegar à propriedade da vítima e testemunhar a gentileza incomum com que o homem tratava os servos, ao vê-lo tocando lira com o trovador errante que ele abrigara em sua casa, ao perceber quem estaria beneficiando... não pôde seguir em frente. Celaena tentou violência, súplica e suborno contra si mesma, para se obrigar a fazer aquilo. Mas não conseguiu.

Mesmo assim, precisava criar uma cena de assassinato — e um corpo.

Ela ofereceu a Lorde Nirall a mesma opção que oferecera a Sir Carlin: morrer ali mesmo ou fingir a própria morte e fugir — fugir para longe e nunca mais usar o nome de batismo de novo. Até então, os quatro homens que Celaena recebera a missão de eliminar tinham escolhido fugir.

Não era difícil conseguir que se desfizessem dos anéis de sinete ou de outros itens de lembrança. E era ainda mais fácil conseguir que entregassem as roupas de dormir para que ela pudesse cortá-las de acordo com os ferimentos que alegaria ter causado. Corpos eram fáceis de conseguir também.

Casas de doentes sempre se livravam de cadáveres recentes. Nunca fora difícil encontrar um que se parecesse o suficiente com o alvo — principalmente porque os locais das mortes tinham sido distantes o bastante para dar à carne tempo de apodrecer.

Ela não sabia a quem pertencia, de fato, a cabeça de Lorde Nirall — apenas que tinha cabelo parecido e, quando Celaena infligiu alguns cortes no rosto dele e deixou que a coisa toda se decompusesse um pouco, aquilo funcionou. A mão também vinha daquele cadáver. E a mão da senhora... essa tinha vindo de uma jovem que mal tivera o primeiro sangramento, morta por uma doença da qual um curandeiro habilidoso teria cuidado com facilidade dez anos antes. Mas com a magia desaparecida e aqueles curandeiros sábios enforcados ou queimados, as pessoas estavam morrendo aos montes. Vítimas de doenças um dia curáveis. Celaena se virou para enterrar o rosto na pelagem macia de Ligeirinha.

Archer. Como ela fingiria a morte *dele?* Archer era tão popular, e tão reconhecível. Celaena ainda não conseguia imaginar como ele teria uma conexão com qualquer que fosse aquele movimento secreto. Mas se estava na lista do rei, talvez, nos anos desde que Celaena o vira, ele tivesse usado seus talentos para se tornar poderoso.

No entanto, qual informação o movimento poderia ter sobre os planos do rei que o tornariam uma verdadeira ameaça? O rei havia escravizado o continente inteiro — o que mais poderia fazer?

Havia outros continentes, é claro. Outros continentes com reinos ricos — como Wendlyn, aquela terra longínqua do outro lado do mar. Tinha suportado os ataques navais do rei até então, mas Celaena não ouvira nada a respeito dessa guerra desde antes de ir para Endovier.

E por que um movimento rebelde se importaria com reinos em outro continente quando tinham o próprio com que se preocupar? Nesse caso, os planos deveriam ser a respeito da terra *deles*, do continente *deles*.

Celaena não queria saber. Não queria saber o que o rei estava fazendo, o que ele visualizava para o império. Usaria aquele mês para decidir o que fazer com Archer e fingir que nunca tinha ouvido aquela palavra horrível: *planos*.

Ela impediu que seu corpo estremecesse. Era um jogo muito, *muito* letal. E agora que os alvos eram pessoas em Forte da Fenda — era *Archer...* Celaena precisaria encontrar uma forma de jogá-lo melhor. Porque se o rei soubesse a verdade, se descobrisse o que ela fazia...

Ele a destruiria.

CAPÍTULO 3

Celaena corria pela escuridão da passagem secreta com a respiração ofegante. Olhou por cima dos ombros e viu Cain rindo, os olhos como carvão em brasa.

Não importava o quão rápido ela corresse, o ritmo de perseguição dele o mantinha facilmente em seu encalço. Atrás de Cain, fluía um rastro das marcas de Wyrd verdes e brilhantes, com suas formas e símbolos estranhos iluminando os antigos blocos de pedra. E logo em seguida, com as longas unhas raspando o chão, estava o ridderak.

Celaena tropeçou, mas continuou de pé. A cada passo era como se estivesse correndo em lama. Não poderia escapar de Cain. Ele a alcançaria por fim. E depois que o ridderak a pegasse... Celaena não ousou olhar mais uma vez para aquelas presas enormes que se projetavam da boca do animal nem para aqueles olhos vazios, brilhando com o desejo de devorá-la pedaço por pedaço.

Cain gargalhou, o som irritantemente ecoando nas paredes de pedra. Estava próximo agora. O suficiente para raspar os dedos na curva do pescoço de Celaena. Cain sussurrou o nome dela, o nome verdadeiro, e a assassina gritou quando ele...

Celaena acordou, arquejando, agarrada ao Olho de Elena. Verificou o quarto em busca de sombras mais densas, de marcas de Wyrd brilhando, de sinais de que a porta secreta estava aberta atrás da tapeçaria que a escondia. Mas havia apenas o estalar do fogo, que se apagava.

Ela afundou de volta no travesseiro. Fora apenas um pesadelo. Cain e o ridderak haviam morrido, e Elena não a incomodaria de novo. Tinha acabado.

Ligeirinha, dormindo sob muitas camadas de cobertores, apoiou a cabeça na barriga de Celaena, que se aninhou mais para baixo, abraçando a cadela ao fechar os olhos.

Tinha acabado.

Nas brumas frias do início da manhã, Celaena atirou um graveto pelo campo extenso do parque de caça. Ligeirinha disparou pela grama pálida como um raio dourado, tão rápida que Celaena soltou um assobio baixo de aprovação. Ao lado dela, Nehemia estalava a língua, os olhos na ágil cadela. Com Nehemia tão ocupada conquistando a rainha Georgina e reunindo informações sobre os planos do rei para Eyllwe, o alvorecer costumava ser o único momento em que as duas conseguiam se encontrar. Será que o rei sabia que a princesa estava entre os espiões que ele havia mencionado? Não poderia saber, ou jamais confiaria em Celaena para ser sua campeã, não quando a amizade entre as duas era algo de conhecimento geral.

— Por que Archer Finn? — indagou Nehemia, em eyllwe, mantendo a voz baixa. Celaena tinha explicado a ela a missão mais recente, resumindo os detalhes.

Ligeirinha alcançou o graveto e voltou trotando até elas, a longa cauda se agitando. Embora ainda não fosse adulta, a cadela já era anormalmente grande. Dorian jamais dissera exatamente a raça com a qual suspeitava que a mãe de Ligeirinha tivesse cruzado. Considerando o tamanho da cadelinha, poderia ter sido um wolfhound. Ou um lobo de verdade.

Celaena deu de ombros diante da pergunta de Nehemia, enfiando as mãos nos bolsos forrados com pele do manto.

— O rei acha... acha que Archer faz parte de um movimento secreto contra ele. Um movimento aqui, em Forte da Fenda, para destroná-lo.

— Certamente ninguém seria tão ousado assim. Os rebeldes se escondem nas montanhas e nas florestas e em lugares em que a população local pode encobri-los e lhes dar apoio, não aqui. Forte da Fenda seria uma armadilha mortal.

Celaena deu de ombros de novo no momento em que Ligeirinha retornou, exigindo que o graveto fosse jogado mais uma vez.

— Aparentemente não. E, aparentemente, o rei tem uma lista de pessoas que acha que são cruciais nesse movimento contra ele.

— E você... deve matar todas? — O rosto marrom-claro de Nehemia ficou levemente pálido.

— Um a um — respondeu Celaena, atirando o graveto o mais longe possível no campo coberto de névoa. Ligeirinha disparou; a grama seca e os resíduos de uma tempestade de neve estalavam sob as enormes patas. — Ele só vai revelar um nome por vez. Um pouco dramático, se quer saber. Mas parece que estão interferindo com os *planos* dele.

— Que planos? — perguntou Nehemia, em tom afiado.

Celaena franziu a testa.

— Esperava que você soubesse.

— Não sei. — Houve uma pausa tensa. — Se você souber de alguma coisa... — começou Nehemia.

— Verei o que posso fazer — mentiu Celaena. Ela nem mesmo tinha certeza se queria saber o que o rei estava planejando... muito menos *compartilhar* essa informação com outra pessoa. Era egoísmo, e tolice talvez, mas Celaena não conseguia se esquecer do aviso que o rei lhe dera no dia em que a coroou campeã: se ela saísse da linha, se o traísse, ele mataria Chaol. Em seguida Nehemia, e depois a família da princesa.

E tudo isso — cada morte que ela forjava, cada mentira que contava — os colocava em perigo.

Nehemia balançou a cabeça, mas não respondeu. Sempre que a princesa ou Chaol ou mesmo Dorian a olhava assim, era quase demais para suportar. Mas eles também precisavam acreditar nas mentiras. Pela própria segurança.

A princesa começou a torcer as mãos, e os olhos ficaram distantes. Celaena tinha visto aquela expressão muitas vezes no último mês.

— Se está preocupada por mim...

— Não estou — respondeu Nehemia. — Você pode cuidar de si mesma.

— Então o que é? — O estômago de Celaena se revirou.

Se Nehemia falasse mais sobre os rebeldes, a assassina não tinha certeza de que poderia suportar. Sim, queria estar livre do rei, tanto como campeã dele quanto como filha de uma nação conquistada, mas não queria ter nada a ver com quaisquer tramas que estivessem se desenvolvendo em Forte da Fenda e com qualquer esperança desesperada que os rebeldes ainda tivessem. Enfrentar diretamente o rei não seria nada além de estupidez. Todos seriam destruídos.

Mas Nehemia falou:

— Os números no campo de trabalhos forçados de Calaculla estão aumentando. Todo dia, mais e mais rebeldes de Eyllwe chegam. A maioria considera um milagre o fato de estar *viva*. Depois que os soldados massacraram aqueles quinhentos rebeldes... Meu povo está com medo. — Ligeirinha voltou novamente, e foi Nehemia quem pegou o graveto da boca da cadela e o lançou para o alvorecer cinzento. — Mas as condições em Calaculla...

Ela fez uma pausa, provavelmente se lembrando das três cicatrizes que corriam pelas costas de Celaena. Um lembrete permanente da crueldade das Minas de Sal de Endovier — e um lembrete de que, embora Celaena estivesse livre, milhares de pessoas ainda trabalhavam e morriam lá. Pelo que ele se dizia, Calaculla, o campo irmão de Endovier, era ainda pior.

— O rei não quer se reunir comigo — falou Nehemia, agora brincando com uma de suas tranças lindas e finas. — Pedi três vezes a ele que discutíssemos as condições de Calaculla, e em todas ele alegou estar ocupado. Aparentemente, está ocupado demais encontrando pessoas para você matar.

Celaena corou diante do tom ríspido de Nehemia. Ligeirinha voltou de novo, mas desta vez Nehemia pegou o graveto e o manteve nas mãos.

— Preciso fazer algo, Elentiya — afirmou a princesa, usando o nome que dera a Celaena na noite em que ela admitiu que era uma assassina.

• 27 •

— Preciso encontrar um modo de ajudar meu povo. Quando a busca por informações se torna um impasse? Em que momento agimos?

Celaena engoliu em seco. Aquela palavra — "agir" — a assustava mais do que gostaria de admitir. Mais do que a palavra "planos". Ligeirinha se sentou aos pés das duas, agitando a cauda enquanto esperava que o graveto fosse lançado.

Mas quando Celaena não disse nada, quando não prometeu nada, exatamente como sempre fazia ao ouvir Nehemia falar sobre aquelas coisas, a princesa soltou o graveto no chão e, silenciosamente, voltou para o castelo.

Celaena esperou até que os passos cessassem e emitiu um longo suspiro. Deveria encontrar Chaol para a corrida matinal em alguns minutos, mas depois... depois, iria para Forte da Fenda. Que Archer esperasse até a tarde.

Afinal de contas, o rei lhe dera um mês, e apesar das próprias perguntas para Archer, Celaena queria sair da propriedade do castelo durante um tempo. Tinha dinheiro sujo para gastar.

CAPÍTULO 4

Chaol Westfall disparava pelo parque de caça, Celaena o acompanhava. O ar frio da manhã era como estilhaços de vidro nos pulmões; a respiração criava fumaça na sua frente. Os dois se vestiram da melhor forma possível sem que o peso diminuísse seu ritmo — basicamente apenas camadas de blusas e luvas —, mas mesmo com o suor escorrendo pelo corpo, Chaol estava congelando.

Ele sabia que Celaena também estava — o nariz dela estava com a ponta rosada, a cor das bochechas era forte e as orelhas brilhavam em um tom vermelho-escuro. Ao reparar que Chaol a observava, Celaena deu a ele um sorriso, aqueles olhos turquesa deslumbrantes cheios de luz.

— Cansado? — provocou ela. — Eu *sabia* que você não tinha se preocupado em treinar enquanto estive fora.

Chaol soltou uma risada ofegante.

— *Você* certamente não treinou enquanto estava na missão. É a segunda vez esta manhã que precisei reduzir o passo por sua causa.

Uma mentira descarada. Celaena o acompanhava facilmente naquele momento, ágil como um cervo saltitando pelo bosque. Às vezes, Chaol achava absurdamente difícil não a observar — não observar o modo como Celaena se movia.

— Continue repetindo isto — disse ela, e correu um pouco mais rápido.

Chaol aumentou a velocidade, não queria que Celaena o deixasse para trás. Servos tinham aberto uma trilha pela neve que cobria o parque de caça, mas o chão ainda estava com gelo e era traiçoeiro sob os pés.

Recentemente, Chaol percebia aquilo cada vez mais... o quanto odiava quando Celaena o deixava para trás. Como odiava que ela saísse naquelas missões desgraçadas e sem entrar em contato com ele durante dias ou semanas. Chaol não sabia como ou quando tinha acontecido, mas, por algum motivo, havia começado a se importar se ela voltaria ou não. E depois de tudo que os dois já haviam enfrentado juntos...

Chaol matara Cain no duelo. Matara para salvar Celaena. Parte dele não se arrependia disso; parte dele faria de novo sem hesitar. Mas outra parte ainda o acordava no meio da noite, encharcado de um suor que se parecia muito com o sangue de Cain.

Celaena olhou para Chaol.

— O que foi?

Ele lutou contra a culpa que aumentava.

— Mantenha os olhos na trilha ou vai escorregar.

Pelo menos uma vez, Celaena obedeceu.

— Quer conversar sobre isso?

Sim. Não. Se havia alguém que poderia entender a culpa e o ódio que o remoíam ao pensar em como tinha matado Cain, seria ela.

— Com que frequência — começou ele, entre fôlegos — pensa nas pessoas que matou?

Celaena se virou para olhá-lo, então reduziu o passo. Chaol não queria parar, e poderia ter continuado correndo, mas ela o segurou pelo cotovelo, forçando-o a parar. Os lábios dela formaram uma linha fina.

— Se acha que me julgar antes de eu tomar café é de *alguma* forma uma boa ideia...

— Não — interrompeu Chaol, muito ofegante. — Não... não quis dizer isso... — Ele inspirou algumas vezes. — Não estava julgando. — Se ao menos conseguisse recuperar a porcaria do fôlego, poderia explicar o que queria dizer.

Os olhos de Celaena estavam congelados como o parque ao redor, mas então ela inclinou a cabeça para o lado.

— Isso é por causa de Cain?

Ao ouvi-la dizer aquele nome, Chaol trincou o maxilar, mas conseguiu assentir.

O gelo nos olhos de Celaena se derreteu completamente. Ele odiava aquela compaixão na expressão dela, a compreensão.

Chaol era o capitão da Guarda — estava fadado a matar alguém em algum momento. Já vira e fizera o suficiente em nome do rei; lutara, ferira homens. Então nem deveria se sentir daquela forma e, principalmente, não deveria contar a *ela*. Havia um limite entre os dois em algum lugar, e o capitão tinha quase certeza de que andava ultrapassando-o cada vez mais ultimamente.

— Nunca me esquecerei das pessoas que matei — respondeu Celaena. A respiração dela se condensou no ar entre os dois. — Mesmo os que matei para sobreviver. Ainda vejo os rostos deles, ainda me lembro exatamente do golpe que os matou. — Ela olhou para as árvores nuas. — Em alguns dias, parece que outra pessoa fez aquelas coisas. E fico *feliz* que tenha acabado com a maioria daquelas vidas. Não importa a causa; no entanto, ainda... Ainda leva embora um pequeno pedaço nosso, toda vez. Então, acho que nunca vou esquecer delas.

O olhar de Celaena encontrou o de Chaol de novo, e ele assentiu.

— Mas, Chaol — prosseguiu ela, e segurou o braço dele com mais força; o capitão nem havia percebido que Celaena ainda o segurava —, o que aconteceu com Cain... aquilo não foi um assassinato, nem mesmo uma morte a sangue-frio. — Ele tentou recuar, mas ela o segurou com força. — O que você fez não foi desonroso... e não digo isso porque foi minha vida que salvou. — Fez uma pausa por um longo instante. — Você jamais vai se esquecer de ter matado Cain — falou, por fim, e quando encarou Chaol, o coração dele bateu tão forte que o capitão o sentiu pelo corpo inteiro. — Mas eu também nunca vou me esquecer do que fez para me salvar.

A necessidade de aproximar o corpo do calor de Celaena o fazia cambalear. Chaol se obrigou a recuar, se afastar da mão dela, se obrigou a assentir de novo. *Havia* uma linha que separava os dois. O rei poderia não pensar duas vezes a respeito da amizade entre eles, mas ultrapassar aquela última linha poderia ser mortal; poderia fazer com que o rei questionasse a lealdade de Chaol, a posição dele, tudo.

E se algum dia precisasse escolher entre seu rei e Celaena... Chaol rezava para Wyrd para que jamais se visse diante dessa decisão. Manter-se firme *daquele* lado da linha era a escolha lógica. A escolha honrada também, pois Dorian... Ele via o modo como o príncipe ainda olhava para Celaena. Chaol não trairia o amigo dessa forma.

— Bem — falou Chaol, com uma casualidade forçada —, imagino que ter a assassina de Adarlan em dívida comigo *pode* ser útil.

Celaena fez uma reverência para ele.

— Ao seu serviço.

O sorriso de Chaol foi sincero dessa vez.

— Vamos, capitão — falou Celaena, começando uma corrida lenta. — Estou com fome e não quero congelar a bunda aqui fora.

Chaol deu uma risadinha e os dois correram pelo parque.

Quando terminaram a corrida, as pernas de Celaena estavam bambas, e os pulmões, tão doloridos do frio e do exercício que ela achou que poderiam estar sangrando. Os dois diminuíram o passo até uma caminhada leve conforme voltavam para o interior abafado do palácio — e para o café da manhã gigante que Celaena estava muito ansiosa para devorar antes de ir às compras.

Eles entraram nos jardins do castelo, em uma caminhada entremeada pelas trilhas de cascalho e as sebes altas. Celaena mantinha as mãos enfiadas nos braços cruzados. Mesmo com as luvas, seus dedos estavam congelados e duros. E suas orelhas definitivamente doíam. Talvez devesse começar a usar uma echarpe na cabeça — mesmo que Chaol implicasse com ela sem misericórdia por causa disso.

Celaena olhou para a companhia ao seu lado, que tinha retirado as camadas externas de roupas, revelando a camisa encharcada de suor e colada ao corpo. Ambos deram a volta em uma sebe, e ela revirou os olhos quando viu o que a esperava mais adiante na trilha.

Toda manhã, mais e mais damas encontravam desculpas para passear pelos jardins logo após o alvorecer. A princípio, havia sido apenas algumas jovens que deram uma olhada em Chaol, assim como nas roupas suadas e coladas ao corpo dele, e interromperam a caminhada. Celaena poderia jurar que os olhos delas tinham saltado para fora, e as línguas rolado até o chão.

Então, na manhã seguinte, elas apareceram *de novo* na trilha — com vestidos ainda melhores. No dia depois daquele, mais garotas surgiram. E então diversas outras. E agora, todos os caminhos que iam do parque de caça para o castelo tinham pelo menos um grupo de jovens patrulhando, esperando que ele passasse.

— Ah, por favor — chiou Celaena quando passaram por duas mulheres, que ergueram o olhar de seus regalos de pele para piscar os cílios para Chaol. Deviam ter acordado antes do alvorecer para se vestirem de forma tão requintada.

— O quê? — perguntou Chaol, as sobrancelhas se erguendo.

Celaena não sabia se ele simplesmente não notava ou se não queria dizer nada, mas...

— Os jardins estão bastante cheios para uma manhã de inverno — falou ela, com cautela.

Chaol deu de ombros.

— Algumas pessoas ficam um pouco esquisitas se passarem o inverno todo presas do lado de dentro.

Ou só querem apreciar a visão do capitão da Guarda e dos músculos dele.

Mas tudo o que ela disse foi:

— Claro. — E então calou a boca. Não havia necessidade de indicar o óbvio se o capitão era *tão* alheio. Principalmente quando algumas das jovens eram excepcionalmente lindas.

— Vai para Forte da Fenda espiar Archer hoje? — perguntou Chaol, baixinho, quando o caminho ficou misericordiosamente livre das mulheres que davam risadinhas e coravam.

Ela assentiu.

— Quero ter uma noção dos horários dele, então provavelmente vou segui-lo.

— Por que não a ajudo?

— Porque não preciso de sua ajuda. — Celaena sabia que Chaol provavelmente interpretaria aquilo como arrogância, e, em parte, era mesmo, mas... se ele se envolvesse, complicaria as coisas quando chegasse a hora de levar Archer clandestinamente para a segurança. Quer dizer, depois que ela arrancasse a verdade dele e descobrisse que planos o rei tinha em mente.

— Sei que não precisa de minha ajuda. Só achei que talvez quisesse... — Chaol parou, então balançou a cabeça, como se repreendesse a si mesmo. Celaena se pegou querendo saber o que ele estava prestes a dizer, mas era melhor deixar o assunto morrer.

Os dois deram a volta por outra sebe, o interior do castelo estava tão próximo que ela quase resmungou ao pensar naquele calor delicioso, mas então...

— Chaol. — A voz de Dorian cortou a manhã gélida.

Celaena *chegou* a resmungar naquele momento, um som quase inaudível. Chaol lhe lançou um olhar confuso antes de ambos se virarem para encontrar Dorian caminhando em sua direção, com um jovem loiro no encalço. Celaena jamais vira o jovem, que vestia roupas finas e parecia ter a idade do príncipe, mas Chaol enrijeceu o corpo.

O rapaz não parecia uma ameaça, embora Celaena soubesse bem que não deveria subestimar ninguém em uma corte como aquela. Ele levava apenas uma adaga na cintura, e o rosto pálido parecia bastante jovial, apesar do frio da manhã de inverno.

Celaena viu que Dorian a observava com um meio sorriso, um brilho de diversão nos olhos que fez com que ela quisesse lhe dar um tapa. O príncipe então olhou para Chaol e riu.

— E aqui estava eu, pensando que todas as jovens tinham saído tão cedo por Roland e por mim. Quando todas pegarem um resfriado violento, avisarei aos pais que a culpa é sua.

As bochechas de Chaol coraram levemente. Então ele não era tão ignorante em relação à plateia matinal quanto levara Celaena a acreditar.

— Lorde Roland — disse ele, de forma contida, para o amigo de Dorian, e fez uma reverência.

O jovem loiro fez uma reverência para Chaol, em resposta.

— Capitão Westfall. — A voz dele era agradável o bastante, mas algo nela fez Celaena se conter. Não era diversão, arrogância ou ódio... Ela não conseguia definir o que era.

— Permita-me apresentar meu primo — disse Dorian a ela, e deu um tapinha no ombro de Roland. — Lorde Roland Havilliard de Meah. — Ele estendeu a mão para Celaena. — Roland, esta é Lillian. Ela trabalha para meu pai.

Ainda usavam o codinome de Celaena sempre que ela não conseguia evitar esbarrar com integrantes da corte, embora quase todos soubessem, de algum modo, que ela não estava no palácio para besteiras administrativas ou política.

— O prazer é meu — falou Roland, fazendo uma reverência. — Acaba de chegar à corte? Acho que não a vi nos anos anteriores.

Apenas o modo como o jovem falava já dizia a Celaena o suficiente sobre o histórico dele com as mulheres.

— Cheguei neste outono — respondeu ela, um pouco baixo demais.

Roland lançou a Celaena um sorriso cortês.

— E que tipo de trabalho faz para meu tio?

Dorian trocou o peso do corpo entre os pés, e Chaol ficou completamente imóvel, mas a assassina respondeu, sorrindo:

— Enterro os opositores do rei onde ninguém jamais os encontrará.

Para a surpresa de Celaena, Roland deu uma risada. Ela não ousou olhar para Chaol, o qual, Celaena tinha certeza, lhe daria um sermão por causa daquilo mais tarde.

— Ouvi falar da campeã do rei. Não achei que seria alguém tão... adorável.

— O que o traz ao castelo, Roland? — indagou o capitão. Quando Chaol olhava para *ela* daquele jeito, a assassina corria na direção oposta.

Roland sorriu de novo. Ele sorria demais — e com muita suavidade.

— Sua Majestade me ofereceu um lugar no conselho. — Os olhos de Chaol dispararam para Dorian, que acenou com os ombros em confirmação. — Cheguei ontem à noite e devo começar hoje.

Chaol sorriu — se é que se podia chamar aquilo de sorriso. Era mais uma exibição de dentes. Sim, Celaena *definitivamente* estaria correndo se o capitão olhasse para ela daquela forma.

• 35 •

Dorian também entendeu o olhar e deu uma risada deliberada. Mas antes que o príncipe tivesse chance falar, Roland avaliou Celaena melhor, com atenção demais.

— Talvez você e eu consigamos trabalhar juntos, Lillian. Sua posição me intriga.

Celaena não se importaria de trabalhar com ele — mas não do jeito que Roland queria dizer. O modo dela incluiria uma adaga, uma pá e uma cova rasa.

Como se tivesse lido seus pensamentos, Chaol apoiou a mão nas costas de Celaena.

— Estamos atrasados para o café da manhã — disse, fazendo uma reverência com a cabeça para Dorian e para Roland. — Parabéns pela nomeação. — Ele parecia ter acabado de tomar leite azedo.

Conforme permitia que Chaol a levasse para dentro do castelo, Celaena percebeu que precisava desesperadamente de um banho. Mas não tinha nada a ver com as roupas suadas, e tudo a ver com o sorriso oleoso e os olhos inquietos de Roland Havilliard.

Dorian observou Celaena e Chaol desaparecerem atrás da sebe, a mão do capitão ainda no meio das costas dela, que não fez nada para afastá-la.

— Uma escolha inesperada para seu pai fazer, mesmo com aquela competição — ponderou Roland ao lado de Dorian.

Dorian afastou a irritação antes de responder. Jamais gostara muito do primo, o qual via pelo menos duas vezes por ano quando era menor.

Chaol definitivamente odiava Roland, e sempre que o nome dele era citado em uma conversa, costumava ser acompanhado de frases como "desgraçado ardiloso" e "babaca reclamão mimado". Pelo menos, era o que Chaol havia gritado três anos antes, depois de socar o rosto de Roland com tanta força que o jovem apagou.

Mas Roland merecera. Tanto merecera que não interferira com a reputação impecável de Chaol e sua posterior nomeação para capitão da Guarda. De fato, aquilo tinha melhorado a posição dele entre os outros guardas e nobres inferiores.

Se Dorian reunisse coragem, perguntaria ao pai em que estava pensando ao nomear Roland para o conselho. Meah era uma cidade costeira de Adarlan; pequena, porém próspera, mas não tinha real poder político. Nem mesmo possuía um exército permanente, exceto pelas sentinelas da cidade. Roland era filho do primo do pai de Dorian; talvez o rei sentisse que precisava de mais sangue Havilliard na sala do conselho. Mesmo assim — Roland era inexperiente e sempre parecera mais interessado em mulheres do que em política.

— De onde veio a campeã de seu pai? — perguntou Roland, atraindo a atenção de Dorian de volta para o presente.

O príncipe se virou na direção do castelo, seguindo para uma entrada diferente daquela que Chaol e Celaena usaram. Ele ainda se lembrava da imagem dos dois quando Dorian os surpreendeu, abraçados no quarto dela, depois do duelo, dois meses antes.

— A história de Lillian deve ser contada por ela — mentiu Dorian.

Ele simplesmente não tinha vontade de explicar a competição ao primo. Era ruim o bastante que o pai tivesse ordenado que Dorian levasse Roland para passear naquela manhã. O único ponto positivo tinha sido ver Celaena contemplar tão obviamente formas de enterrar o jovem lorde.

— Ela é para uso pessoal de seu pai ou os outros membros do conselho também a empregam?

— Você está aqui há menos de um dia e já tem inimigos para eliminar, primo?

— Somos Havilliard, primo. Sempre teremos inimigos que precisam ser eliminados.

Dorian franziu a testa. Mas era verdade.

— O contrato dela é exclusivo com meu pai. Mas, caso se sinta ameaçado, posso pedir que o capitão Westfall designe um...

— Ah, é claro que não. Só estava curioso.

Roland era um saco, e tinha consciência demais do efeito de sua beleza e de seu sobrenome perante as mulheres, mas era inofensivo. Não era?

Dorian não sabia a resposta — e não estava certo se queria saber.

O salário dela como campeã do rei era considerável, e Celaena gastou até o último centavo. Sapatos, chapéus, túnicas, vestidos, joias, armas, enfeites de cabelo e livros. Livros e livros e livros. Tantos livros que Philippa precisou levar mais uma estante para o quarto dela.

Quando Celaena voltou aos seus aposentos naquela tarde, carregando caixas de chapéus, bolsas coloridas cheias de perfumes e doces, assim como envelopes de papel marrom com os livros que precisava ler *imediatamente* de qualquer jeito, quase deixou tudo cair ao ver Dorian Havilliard sentado na sala de estar.

— Pelos deuses — disse ele, avaliando todas as compras.

Dorian não sabia da metade. Aquilo era somente o que ela conseguira carregar. Mais havia sido encomendado, e mais seria entregue em breve.

— Bem — começou, quando Celaena apoiou as bolsas na mesa, quase caindo sobre uma pilha de papel de seda e laços —, pelo menos não está vestindo aquele preto horroroso hoje.

Celaena olhou com raiva para ele por cima dos ombros enquanto se arrumava. Naquele dia ela usava um vestido lilás e marfim — um pouco animado para o fim do inverno, mas usado com a esperança de que a primavera chegasse logo. Além disso, se vestir bem garantia o melhor serviço em qualquer loja que visitasse. Para sua surpresa, muitos lojistas se lembravam dela de anos anteriores — e tinham engolido a mentira sobre a longa jornada para o continente ao sul.

— E a que devo este prazer? — Celaena desatou a capa de pele branca, mais um presente para si mesma, e a jogou em uma das cadeiras ao redor da mesa da sala. — Já não o vi esta manhã no jardim?

Dorian continuou sentado, aquele familiar sorriso de garoto no rosto.

— Amigos não podem se visitar mais de uma vez por dia?

Celaena o encarou. Não tinha certeza de que ser amiga de Dorian era algo de que ela era realmente capaz. Não quando ele sempre exibiria aquele brilho nos olhos cor de safira — e não quando era o filho do homem que tinha o destino de Celaena nas mãos. Mas nos dois meses desde que ela encerrara o que quer que houvesse entre eles, Celaena sempre se pegava sentindo falta de Dorian. Não dos beijos e do flerte, mas *dele*.

— O que quer, Dorian?

Um lampejo de ódio percorreu o rosto do príncipe, que ficou de pé. Celaena precisou inclinar a cabeça para trás para olhar para ele.

— Você disse que ainda queria ser minha amiga. — Sua voz estava baixa.

Celaena fechou os olhos por um momento.

— Estava sendo sincera.

— Então seja minha amiga — disse ele, o tom de voz mais alegre. — Jante comigo, jogue bilhar comigo. Conte que livros está lendo... ou comprando — acrescentou Dorian, piscando um olho na direção dos envelopes.

— Ah? — perguntou Celaena, obrigando-se a dar um meio sorriso para ele. — Você está com tanto tempo livre ultimamente que pode voltar a passar horas comigo?

— Bem, como de costume, tenho o rebanho de moças para cuidar, mas *sempre* posso arrumar tempo para você.

Celaena piscou os cílios para ele.

— Estou verdadeiramente honrada. — Na verdade, a ideia de Dorian com outras mulheres fazia Celaena querer quebrar uma janela, mas não seria justo permitir que ele soubesse. Ela olhou para o relógio na pequena mesa ao lado de uma parede. — Na verdade, preciso voltar para Forte da Fenda agora mesmo — disse ela. Não era mentira. Celaena ainda tinha algumas horas de luz do dia, o bastante para vigiar a elegante mansão urbana de Archer e começar a segui-lo para ter uma noção do paradeiro dele.

Dorian assentiu, o sorriso se dissolvendo.

O silêncio caiu, interrompido apenas pelo tique-taque do relógio na mesa. Celaena cruzou os braços, lembrando-se do cheiro de Dorian, do gosto dos lábios dele. Mas aquela distância entre os dois, aquela fenda horrível que se expandia todos os dias... era para o bem.

Dorian deu um passo adiante, expondo as palmas das mãos para Celaena.

— Quer que eu lute por você? É isso?

— Não — respondeu ela, baixinho. — Só quero que me deixe em paz.

Os olhos de Dorian brilharam com as palavras não ditas. Celaena o encarou, imóvel, até que o príncipe saiu em silêncio.

Sozinha na sala, Celaena apertou e abriu os punhos, subitamente enojada com todas as embalagens bonitas na mesa.

• 39 •

CAPÍTULO 5

Sob o telhado de uma parte muito chique e respeitável de Forte da Fenda, Celaena se agachava à sombra de uma chaminé e franzia a testa para o vento gélido que soprava do rio Avery. Verificou o relógio de bolso pela terceira vez. Os dois compromissos anteriores de Archer Finn tinham levado apenas uma hora cada. Fazia quase duas que ele estava na casa do outro lado da rua.

Não havia nada interessante a respeito da elegante mansão urbana, de telhado verde, e Celaena não descobrira nada sobre quem morava ali, além do nome da cliente — uma tal de Lady Balanchine. Celaena usara o mesmo truque que tinha feito nas duas casas anteriores para obter essa informação: havia se passado por uma mensageira com um pacote para o Lorde Fulano. E quando o mordomo ou a empregada disseram que aquela *não* era a casa do Lorde Fulano, Celaena fingira vergonha, perguntara de quem era a casa, conversara um pouco com o criado e então retomara seu caminho.

Ela ajustou a posição das pernas e alongou o pescoço. O sol estava quase se pondo, a temperatura baixava a cada minuto. A não ser que conseguisse entrar nas casas, não descobriria muito mais. E, considerando a possibilidade de Archer estar, de fato, fazendo o que era pago para fazer,

Celaena não tinha pressa de entrar. Era melhor aprender aonde ele ia, quem visitava e então dar o passo seguinte.

Havia tanto tempo desde que Celaena fizera algo como aquilo em Forte da Fenda — desde que se agachara nos telhados verde-esmeralda para descobrir sobre a presa tudo o que fosse possível. Era diferente de quando o rei a mandava para Enseada do Sino ou para a propriedade de algum lorde. Ali, agora, em Forte da Fenda, parecia...

Parecia que ela jamais tinha partido. Como se pudesse olhar por cima do ombro e encontrar Sam Cortland agachado atrás de si. Como se pudesse voltar no fim da noite para o Forte dos Assassinos, do outro lado da cidade, e não para o castelo de vidro.

Celaena suspirou, enfiando as mãos embaixo dos braços para manter os dedos quentes e ágeis.

Fazia mais de um ano e meio desde a noite em que perdera a liberdade; um ano e meio desde que perdera Sam. E, em algum lugar daquela cidade, estavam as respostas para como aquilo tinha acontecido. Se ousasse procurar, sabia que as encontraria. E que a destruiriam de novo.

A porta da frente da mansão se abriu, e Archer desceu os degraus, cambaleando, direto para a carruagem que o esperava. Celaena mal viu os cabelos castanho-dourados e as roupas elegantes de Archer antes que ele fosse levado embora.

Resmungando, ela ficou de pé e desceu correndo o telhado. Uma escalada chata e alguns saltos logo a levariam de volta para as ruas de paralelepípedo.

Celaena seguiu a carruagem de Archer, entrando e saindo das sombras conforme o veículo cruzava a cidade, uma jornada lenta graças ao trânsito. Embora não tivesse pressa para descobrir a verdade por trás da própria captura e da morte de Sam, e embora tivesse quase certeza de que o rei estava errado a respeito de Archer, parte de Celaena se perguntava se a verdade que desvendasse sobre aquele movimento rebelde e sobre os planos do rei a destruiria.

E não apenas ela — mas também tudo de que ela havia passado a gostar.

Aproveitando o calor do fogo que estalava, Celaena apoiou a cabeça no encosto e as pernas no braço acolchoado de um pequeno sofá. As linhas no papel que segurava diante de si começavam a ficar embaçadas, o que não era surpresa, considerando que já passava — e muito — das 23 horas, e ela tinha acordado antes do alvorecer.

Chaol estava jogado sobre o tapete vermelho gasto diante dela, a caneta de vidro que segurava refletia a luz da fogueira enquanto o capitão verificava documentos, assinava coisas e rabiscava bilhetes. Dando um leve suspiro pelo nariz, Celaena abaixou as mãos com o papel.

Diferentemente da suíte espaçosa da assassina, o quarto de Chaol era um grande aposento, mobiliado apenas com uma mesa perto da janela solitária e o velho sofá diante da lareira de pedra. Algumas tapeçarias pendiam das paredes de pedra cinza, um armário alto de carvalho ficava em um canto e a cama com dossel estava decorada com um edredom carmesim bem velho e desbotado. Havia uma sala de banho anexa — não tão grande quanto a de Celaena, mas ainda espaçosa o bastante para acomodar a própria piscina e a latrina. Chaol tinha apenas uma estante de livros pequena, cheia e primorosamente organizada. Em ordem alfabética, se Celaena o conhecia bem. E provavelmente continha apenas os livros que ele mais amava — ao contrário dela, que guardava qualquer título em que pusesse as mãos, gostasse do livro ou não. Independentemente da estante de livros organizada de modo antinatural, Celaena gostava dali; era aconchegante.

Ela começara a ir ao quarto de Chaol algumas semanas antes, quando a ideia de Elena e Cain e as passagens secretas a faziam se coçar para sair dos próprios aposentos. E embora Chaol tivesse resmungado sobre a imposição à sua privacidade, não a mandou embora nem se opôs às frequentes visitas de Celaena depois do jantar.

Os riscos da caneta de Chaol pararam.

— Refresque minha memória, no que está trabalhando?

Celaena se deitou de costas e agitou o papel acima do corpo.

— Somente informações sobre Archer. Clientes, redutos preferidos, o cronograma diário.

Os olhos castanho-dourados de Chaol pareciam derreter-se na luz da fogueira.

— Por que ter tanto trabalho para persegui-lo se pode apenas acertá-lo e acabar com isso? Você disse que ele era muito vigiado, mas parece que o seguiu com facilidade hoje.

Celaena fez uma careta. Chaol era inteligente demais para o próprio bem.

— Porque se o rei tem mesmo um grupo de pessoas conspirando contra ele, eu deveria conseguir o máximo de informação sobre elas antes de matar Archer. Talvez segui-lo revele mais conspiradores, ou ao menos pistas do paradeiro deles. — Era a verdade, e Celaena seguira a carruagem ornamentada de Archer pelas ruas da capital naquele dia por esse exato motivo.

Mas nas horas que passara perseguindo-o, ele tinha ido a poucos compromissos antes de retornar à mansão urbana.

— Certo — disse Chaol. — Então você só está... memorizando essa informação agora?

— Se está sugerindo que não tenho motivo para estar aqui e deveria ir embora, então me mande embora.

— Só estou tentando entender o que é tão chato que fez você cochilar há dez minutos.

Celaena se apoiou sobre os cotovelos.

— Não cochilei!

As sobrancelhas do capitão se ergueram.

— Ouvi você roncando.

— Você é um mentiroso, Chaol Westfall. — Celaena atirou o papel nele e se deitou de volta no sofá. — Só fechei os olhos por um minuto.

Ele balançou a cabeça de novo e voltou para o trabalho.

Celaena corou.

— Não ronquei de verdade, ronquei?

O rosto de Chaol ficou extremamente sério, e ele disse:

— Como um urso.

Celaena socou a almofada do sofá. Chaol sorriu. Ela bufou, então retirou o braço do sofá, abaixando-o para brincar com a franja do tapete antigo enquanto encarava o teto de pedra.

— Diga por que odeia Roland.

Chaol ergueu o rosto.

— Eu nunca disse que o odiava.

Ela apenas esperou.

Chaol suspirou.

— Acho que é relativamente fácil para você ver por que o odeio.

— Mas houve algum incidente que...

— Houve *muitos* incidentes, e não estou muito disposto a falar sobre nenhum deles.

Celaena retirou as pernas do braço do sofá e se sentou reta.

— Irritadiço, não?

Ela pegou outro documento, um mapa da cidade que havia marcado com a localização das clientes de Archer. A maioria parecia ficar no distrito rico onde a grande parte da elite de Forte da Fenda morava. A própria mansão de Archer ficava naquele bairro, escondida em uma rua vicinal silenciosa e respeitável. Celaena passou a unha ao longo do mapa, mas parou quando seu olhar recaiu sobre uma rua apenas alguns quarteirões adiante.

Ela conhecia aquela rua — e conhecia a casa que ficava no canto. Sempre que se aventurava em Forte da Fenda, tomava o cuidado de nunca passar perto demais dali. Naquele dia não fora diferente; chegara a desviar alguns quarteirões do caminho para evitar o local.

Sem ousar olhar para Chaol, ela perguntou:

— Sabe quem é Rourke Farran?

O nome a deixou enojada com ódio e luto havia muito suprimidos, mas Celaena conseguiu pronunciá-lo. Porque mesmo que não quisesse toda a verdade... tinha coisas que precisava, de fato, saber sobre sua captura. Ainda precisava saber, mesmo depois de tanto tempo.

Ela sentiu a atenção de Chaol sobre si.

— O lorde do crime?

Celaena assentiu, os olhos ainda naquela rua em que tantas coisas tinham dado tão errado.

— Já tratou com ele?

— Não — falou Chaol. — Mas... isso é porque Farran está morto.

Celaena abaixou o papel.

— Está morto?

— Faz nove meses. Ele e os três melhores homens foram todos encontrados mortos por... — Chaol mordeu o lábio, buscando o nome.

— Wesley. Um homem chamado Wesley matou todos eles. Ele era... — Chaol inclinou a cabeça para o lado. — Era o guarda-costas pessoal de Arobynn Hamel. — O fôlego de Celaena estava preso no peito. — Você o conheceu?

— Achei que conhecesse — disse ela, baixinho.

Durante os anos que Celaena passou com Arobynn, Wesley fora uma presença silenciosa e mortal, um homem que mal a tolerava e que sempre deixava claro que se ela algum dia se tornasse uma ameaça para seu mestre, ele a mataria. No entanto, na noite em que Celaena foi traída e capturada, Wesley tentou impedi-la. Ela achou que fosse porque Arobynn havia ordenado que ficasse trancada nos aposentos, que tinha sido uma forma de evitar que ela buscasse vingança pela morte de Sam nas mãos de Farran; mas...

— O que aconteceu com Wesley? — perguntou Celaena. — Os homens de Farran o capturaram?

Chaol passou a mão pelos cabelos, olhando para o tapete.

— Não. Encontramos Wesley no dia seguinte... cortesia de Arobynn Hamel.

Ela sentiu o sangue ser drenado do rosto, mas ousou perguntar:

— Como?

Chaol a avaliou com atenção, com cautela.

— O corpo de Wesley estava empalado na cerca de metal ao redor da casa de Rourke. Havia... sangue o bastante para sugerir que Wesley estava vivo quando fizeram isso. Jamais confessaram, mas tivemos a impressão de que os criados da casa também tinham sido instruídos a *deixá-lo* ali até morrer.

"Achamos que fosse uma tentativa de equilibrar a rixa de sangue, para que quando o próximo lorde do crime ascendesse, não visse Arobynn e seus assassinos como inimigos."

Celaena fitou o tapete de novo. Na noite em que saíra do Forte dos Assassinos para caçar Farran, Wesley tentara impedi-la. Tentara avisar que era uma armadilha.

Ela afastou o pensamento antes que chegasse a uma conclusão. Era uma verdade que precisaria resgatar e examinar outra hora, quando estivesse

• 45 •

sozinha, quando não houvesse Archer e o movimento rebelde e toda essa besteira com que se preocupar. Quando pudesse tentar entender por que Arobynn Hamel talvez a tivesse traído — e o que iria fazer com aquele conhecimento terrível. Quanto ela o faria sofrer — e sangrar por isso.

Depois de alguns instantes de silêncio, Chaol perguntou:

— Nunca descobrimos por que Wesley foi atrás de Rourke Farran. Wesley era apenas um guarda-costas pessoal. O que tinha contra Farran?

Os olhos de Celaena estavam queimando, e ela olhou pela janela, onde o céu noturno era banhado pelo luar.

— Foi um ato de vingança. — Ainda conseguia ver o cadáver de Sam contorcido, deitado naquela mesa, na sala subterrânea do Forte dos Assassinos; ainda via Farran agachado diante dela, as mãos dele vagando sobre o corpo paralisado de Celaena. Ela engoliu o nó na garganta. — Farran capturou, torturou e assassinou um de... um de meus... companheiros. E, então, na noite seguinte, saí para devolver o favor. Não acabou muito bem para mim.

Uma lenha se mexeu na fogueira, abrindo-se e enchendo o quarto com um lampejo.

— Foi a noite em que foi capturada? — perguntou Chaol. — Mas achei que não soubesse quem a havia traído.

— Ainda não sei. Alguém contratou meu companheiro e a mim para matar Farran, mas foi tudo uma armadilha, e Farran era a isca.

Silêncio. Então:

— Qual era o nome dele?

Celaena contraiu os lábios, afastando a memória do estado dele na última vez que o viu, quebrado naquela mesa.

— Sam — conseguiu dizer. — O nome dele era Sam. — Celaena tomou fôlego, a respiração entrecortada. — Nem sei onde foi enterrado. Nem sei para quem posso perguntar isso.

Chaol não respondeu, e Celaena não sabia por que se deu o trabalho de continuar falando, mas as palavras saíram aos tropeços.

— Falhei com ele — disse ela. — De todas as formas que importavam, eu falhei com ele.

Mais um longo silêncio, então um suspiro.

— Não falhou de uma forma — disse Chaol. — Aposto que ele teria querido que você sobrevivesse, que *vivesse*. Então, não falhou com ele, não dessa forma.

Celaena precisou virar o rosto para obrigar os olhos a pararem de queimar enquanto assentia.

Depois de um momento, Chaol falou novamente:

— O nome dela era Lithaen. Há três anos, ela trabalhava para uma das senhoras da corte. E Roland, de alguma forma, descobriu e achou que seria divertido se eu o encontrasse na cama com ela. Sei que não é nada como o que você passou...

Celaena nunca soubera que Chaol se interessara por *alguém*, mas...

— Por que *ela* fez isso?

Ele deu de ombros, embora ainda estivesse com a expressão arrasada pela lembrança.

— Porque Roland é um Havilliard, e eu sou apenas o capitão da Guarda. Ele até a convenceu a levá-la para Meah... embora eu nunca tenha descoberto o que aconteceu com ela.

— Você a amava.

— Achava que sim. E achava que ela me amava. — Chaol balançou a cabeça, como se silenciosamente reprimisse a si mesmo. — Sam amava você?

Sim. Mais que qualquer um já a amou. Ele a amava o suficiente para arriscar tudo — para desistir de tudo. Ele a amava tanto que Celaena ainda sentia os ecos daquele amor, mesmo agora.

— Muito — disse ela, com um sussurro.

O relógio anunciou 23h30, e Chaol balançou a cabeça, dissipando sua tensão.

— Estou exausto.

Celaena ficou de pé, de alguma forma sem ter ideia de como acabaram conversando sobre as pessoas que significaram tanto para eles.

— Então eu devo ir.

Chaol se levantou, os olhos tão brilhantes.

— Caminharei com você de volta até seu quarto.

Celaena ergueu o queixo.

— Achei que não precisasse mais ser escoltada por toda parte.

— Não precisa — disse ele, caminhando até a porta. — Mas *é* algo que amigos costumam fazer.

— Você caminharia com Dorian de volta ao quarto dele? — Ela piscou os cílios para Chaol, dirigindo-se à porta quando ele a abriu. — Ou é um privilégio que apenas suas amigas damas têm?

— *Se* eu tivesse alguma amiga dama, certamente estenderia a oferta. Mas não estou certo de que você se qualifica como uma dama.

— Tão cavalheiro. Não é surpresa que as garotas encontrem desculpas para irem aos jardins toda manhã.

Ele riu de deboche, e os dois ficaram em silêncio ao caminharem pelos corredores escuros e quietos do castelo, seguindo para os aposentos de Celaena do outro lado. Era uma caminhada, e costumava ser fria, pois muitos dos corredores eram ladeados por janelas que não mantinham o frio do inverno do lado de fora.

Quando chegaram à porta dos aposentos, ele deu a ela um boa-noite silencioso e começou a ir embora. Os dedos de Celaena estavam sobre a maçaneta de latão quando ela se virou para o capitão.

— Se faz alguma diferença, Chaol — falou. Ele se virou, as mãos nos bolsos. Celaena deu um leve sorriso. — Se ela escolheu Roland em vez de você, isso a torna a maior tola que já existiu.

Chaol a encarou por um longo instante antes de falar, baixinho:

— Obrigado. — Então caminhou de volta para o quarto.

Celaena o observou ir embora, observou aqueles músculos fortes se movendo nas costas dele, visíveis mesmo através da túnica escura, repentinamente grata por a tal Lithaen ter deixado o castelo há tanto tempo.

A meia-noite badalou pelo castelo, o sino desafinado do relógio destruído da torre no jardim ecoando pelos corredores escuros e silenciosos. Embora Chaol a tivesse escoltado até a porta, cinco minutos andando de um lado ao outro no quarto a mandaram em uma nova caminhada na direção da biblioteca. Celaena possuía montes de livros não lidos nos aposentos, mas não tinha vontade de ler nenhum deles. Precisava de algo para *fazer*.

Alguma coisa que afastasse sua mente da discussão com Chaol e das lembranças que havia jogado para fora naquela noite.

Ela fechou a capa bem apertada ao redor do corpo, encarando os ventos implacáveis que levantavam a neve do lado de fora das janelas frias. Esperava que houvesse algumas lareiras na biblioteca. Se não, pegaria um livro que a interessasse *de verdade*, correria de volta para o quarto e se enroscaria com Ligeirinha na cama quente.

Celaena virou em uma passagem, entrou no corredor escuro ladeado por janelas que se estendiam para além das portas da biblioteca e congelou.

Com o frio da noite, não era surpresa que houvesse alguém completamente escondido por uma capa preta, o capuz puxado sobre o rosto. Mas algo a respeito da figura de pé entre as portas abertas da biblioteca fez com que alguma parte ancestral, primitiva de Celaena disparasse uma pulsação alarmante tão forte que ela não deu nem mais um passo.

A pessoa virou a cabeça na sua direção, parando também.

Do lado de fora das janelas do corredor, a neve rodopiava, grudando-se ao vidro.

Era apenas uma pessoa, disse a si mesma quando a figura virou o corpo por completo para vê-la. Usava um manto mais escuro que a noite, com um capuz tão pesado que escondia cada feição do rosto dentro dele.

Aquilo fungou na direção dela, farejando com um ruído animalesco.

Celaena não ousou se mover.

A coisa farejou de novo e deu um passo na direção da assassina. O modo como se *movia*, como fumaça e sombra...

Um leve calor floresceu contra o peito de Celaena, então uma luz azul pulsante...

O Olho de Elena estava brilhando.

A coisa parou subitamente, e Celaena prendeu a respiração.

A coisa chiou, então serpenteou, recuando um passo de volta para as sombras além das portas da biblioteca. A gema azul minúscula no centro do amuleto brilhou mais forte, e Celaena piscou contra aquela luz.

Quando abriu os olhos, o amuleto estava escuro, e a criatura encapuzada tinha sumido.

Nenhum traço, sequer o ruído de passos.

Celaena não entrou na biblioteca. Ah, não. Apenas caminhou rapidamente de volta para os aposentos com o máximo de dignidade que conseguiu reunir. Embora continuasse dizendo a si mesma que tinha imaginado tudo, que era alguma alucinação por ter passado tantas horas acordada, não conseguia parar de ouvir diversas e diversas vezes aquela palavra amaldiçoada.

Planos.

CAPÍTULO 6

A pessoa do lado de fora da biblioteca provavelmente não tinha nada a ver com o rei, disse Celaena a si mesma conforme caminhava — ainda *sem* correr — pelo corredor até o quarto. Havia muitas pessoas estranhas em um castelo tão grande, e embora Celaena raramente visse outra alma na biblioteca, talvez algumas pessoas apenas... quisessem ir à biblioteca sozinhas. E incógnitas. Em uma corte em que ler estava tão fora de moda, talvez fosse apenas algum cortesão ou cortesã tentando esconder dos amigos debochados uma paixão por livros.

Um cortesão animalesco e bizarro. Que fizera com que o amuleto brilhasse.

Celaena entrou no quarto assim que o eclipse lunar começava e resmungou.

— É claro que há um eclipse — murmurou ela, afastando-se das portas da varanda e se aproximando da tapeçaria estendida na parede.

E embora não quisesse, embora desejasse jamais ver Elena de novo... precisava de respostas.

Talvez a rainha morta risse de Celaena e dissesse que não era nada. Pelos deuses, ela *esperava* que Elena dissesse isso. Porque se não...

Celaena balançou a cabeça e olhou para Ligeirinha.

— Quer se juntar a mim? — A cadela, como se sentisse o que a dona estava prestes a fazer, tratou de andar em círculos na cama e se enroscar dando uma bufada.

— Foi o que pensei.

Em apenas segundos, Celaena empurrou a grande cômoda de gavetas que ficava diante da tapeçaria escondendo a porta secreta, pegou uma vela e começou a descer, descer e descer pelas escadas esquecidas que davam no andar bem abaixo.

Os três arcos de pedra a cumprimentaram. Aquele à esquerda conduzia a uma passagem que permitia espionar o salão de baile. O do centro dava para os esgotos e para a saída escondida que algum dia poderia salvar a vida de Celaena. E aquele à direita... Aquele levava ao mausoléu esquecido da antiga rainha.

Conforme caminhava até o mausoléu, Celaena não ousou olhar para o andar em que havia descoberto Cain conjurando o ridderak de outro mundo, embora os destroços da porta que a criatura destruiu ainda cobrissem a escada. Havia rombos na parede de pedra por onde o ridderak saíra, quebrando-a para perseguir Celaena em direção ao mausoléu, até que ela mal conseguira alcançar Damaris, a espada do rei Gavin, havia muito falecido, a tempo de matar o monstro.

Celaena olhou para a mão, onde um círculo de cicatrizes brancas perfurava-lhe a palma e circulava o polegar. Se Nehemia não a tivesse encontrado naquela noite, o veneno da mordida do ridderak a teria matado.

Por fim, a assassina chegou à porta na base da escada espiralada e se viu encarando a aldraba de bronze em formato de caveira no centro da porta.

Talvez aquilo não tivesse sido uma boa ideia. Talvez as respostas não valessem a pena.

Ela deveria voltar. Pensando bem, aquilo não era uma boa ideia.

Elena parecera satisfeita por Celaena ter obedecido à sua ordem de se tornar campeã do rei, mas se desse as caras, pareceria que estava se *voluntariando* para executar mais uma das tarefas de Elena. E Wyrd sabia que Celaena tinha coisas demais com que se preocupar no momento.

Mesmo que aquilo — que aquela *coisa* no corredor ainda há pouco não parecesse amigável.

A aldraba de caveira pareceu sorrir para Celaena, os olhos ocos fixos nos dela.

Pelos deuses, ela deveria virar as costas.

Mas seus dedos estavam, de alguma forma, apontados para a maçaneta, como se a mão invisível de alguém a guiasse...

— Não vai bater?

Celaena deu um salto para trás, uma adaga já nas mãos e inclinada para derramar sangue enquanto pressionava o corpo contra a parede. Era impossível — ela precisava ter imaginado aquilo.

A aldraba de caveira tinha falado. A boca do objeto se movera para cima e para baixo.

Sim, aquilo era certamente, absolutamente, inegavelmente *impossível*. Muito mais improvável e incompreensível do que qualquer coisa que Elena tivesse dito ou feito.

Encarando-a com os olhos metálicos brilhantes, a caveira de bronze estalou a língua. Aquilo tinha uma *língua*.

Talvez Celaena tivesse escorregado nas escadas e batido com a cabeça nas pedras. Isso faria muito mais sentido do que *aquilo*. Uma torrente infinita e imunda de xingamentos começou a percorrer sua mente, cada um mais vulgar do que o seguinte, quando olhou, boquiaberta, para a aldraba.

— Ah, não seja tão patética — falou a caveira, bufando, com os olhos semicerrados. — Estou preso a esta porta. Não posso lhe fazer mal.

— Mas você é... — Celaena engoliu em seco — mágico.

Era impossível — *deveria* ser impossível. A magia tinha sumido, desaparecera da terra havia dez anos, antes de sequer ser considerada ilegal pelo rei.

— Tudo neste mundo é mágico. Muitíssimo obrigado por afirmar o óbvio.

Celaena acalmou a mente acelerada por tempo o suficiente para dizer:

— Mas a magia não funciona mais.

— Magia nova não funciona. Mas o rei não pode apagar antigos feitiços, feitos com poderes ainda mais antigos... como as marcas de Wyrd. Aqueles feitiços antigos se mantêm até hoje; principalmente os que dão vida.

— Você... está vivo?

A aldraba deu um risinho.

— Vivo? Sou feito de bronze. Não respiro, não como ou bebo. Então não, não estou vivo. Também não estou morto, se faz diferença. Eu simplesmente existo.

Celaena encarou a pequena aldraba. Não era maior do que seu punho.

— Você deveria pedir desculpas — falou o objeto. — Não faz ideia de como tem sido barulhenta e entediante nos últimos meses, com toda essa correria por aqui e a matança de bestas fedidas. Fiquei quieto até achar que você havia testemunhado coisas estranhas o suficiente para *aceitar* minha existência. Mas, pelo visto, serei desapontado.

Com as mãos trêmulas, Celaena embainhou a adaga e apoiou a vela.

— Fico *tão* feliz por finalmente ter achado que sou digna de que fale comigo.

A caveira de bronze fechou os olhos. Ela possuía pálpebras. Como Celaena não havia reparado antes?

— Por que eu deveria falar com alguém que não tem a cortesia de me cumprimentar, ou mesmo de bater à porta?

Celaena respirou para se acalmar e olhou para a porta. As pedras do portal ainda exibiam buracos onde o ridderak havia passado.

— Ela está aí dentro?

— *Quem* está aí dentro? — falou a caveira, timidamente.

— Elena... a rainha.

— É claro que sim. Está aí há mil anos. — Os olhos da caveira pareceram brilhar.

— Não deboche de mim, ou o arranco desta porta e o derreto.

— Nem mesmo o homem mais forte do mundo poderia me arrancar desta porta. O próprio rei Brannon me colocou aqui para que vigiasse o mausoléu dela.

— Você é tão velho assim?

A caveira bufou.

— Que insensível de sua parte me insultar por causa de minha idade.

Celaena cruzou os braços. Absurdo — a magia sempre levava a absurdos como aquele.

— Qual é seu nome?

— Qual é *seu* nome?

— Celaena Sardothien — disparou ela.

A caveira soltou uma gargalhada.

— Ah, isso é engraçado demais! A coisa mais engraçada que já ouvi em séculos!

— Cale a boca.

— Meu nome é Mort, se quer saber.

Celaena pegou a vela.

— Posso esperar que todos os nossos encontros sejam tão agradáveis assim? — Ela estendeu a mão para a maçaneta.

— Não vai sequer bater à porta depois de tudo isto? Realmente, não tem modos.

Celaena usou todo o autocontrole para evitar golpear o rostinho do objeto ao dar três batidas altas e desnecessárias na porta de madeira.

Mort deu um risinho quando a porta se abriu silenciosamente.

— Celaena Sardothien — disse ele a si mesmo, e começou a gargalhar de novo. Celaena grunhiu na direção da aldraba e chutou a porta para fechá-la.

O mausoléu estava sombrio com uma luz enevoada, e Celaena se aproximou da grade pela qual a névoa entrava, superfície abaixo, por um feixe de luz prateado. Normalmente, era mais claro ali dentro, mas o eclipse tornava o mausoléu cada vez mais pesado.

Celaena parou não muito longe do portal, apoiou a vela no chão e se viu olhando para... nada.

Elena não estava ali.

— Olá?

Mort gargalhou do outro lado da porta.

Celaena revirou os olhos e abriu a porta com força. É claro que Elena não *estaria* de fato ali quando a assassina tinha uma pergunta importante. É claro que só teria algo como Mort com quem falar. É claro, é claro, é claro.

— Ela vem esta noite? — indagou Celaena.

— Não — falou Mort, simplesmente, como se Celaena já devesse saber. — Ela quase se extinguiu ajudando você nos últimos meses.

— O quê? Então ela... se foi?

• 55 •

— Por enquanto... até recuperar as forças.

Celaena cruzou os braços, dando novamente um longo, longo suspiro. A câmara parecia igual a quando Celaena esteve ali pela última vez. Dois sarcófagos de pedra no centro, um retratando Gavin, o marido de Elena e o primeiro rei de Adarlan, e o outro, Elena, ambos com características assustadoramente vívidas. Os cabelos prateados da rainha se derramavam pela lateral do caixão, incomodados apenas pela coroa no alto da cabeça e as orelhas delicadamente pontiagudas que a marcavam como meio humana, meio feérica. A atenção de Celaena se deteve nas palavras gravadas aos pés de Elena: *Ah! Fenda do Tempo!*

Brannon, o pai feérico de Elena — além de primeiro rei de Terrasen — gravara, ele mesmo, as palavras no sarcófago.

Na verdade, o mausoléu inteiro era estranho. Estrelas tinham sido gravadas no chão, e árvores e flores adornavam o teto arqueado. As paredes estavam todas sulcadas com marcas de Wyrd, os símbolos antigos que poderiam ser usados para acessar um poder que ainda funcionava — um poder que Nehemia e a família mantiveram em segredo por muito tempo até que Cain, de alguma forma, o dominou. Se o rei sequer soubesse daquele poder, se soubesse que poderia conjurar criaturas como Cain tinha feito, talvez soltasse um mal interminável em Erilea. E seus planos se tornariam ainda mais mortais.

— Mas Elena me *falou* que se você ousasse vir aqui de novo — afirmou Mort —, teria uma mensagem à sua espera.

Celaena teve a sensação de que estava diante de uma onda alta, esperando, esperando e esperando que rebentasse. Aquilo poderia esperar — a mensagem poderia esperar, o fardo iminente poderia esperar — por um ou dois instantes de liberdade. Celaena foi até o fundo do mausoléu, que estava empilhado com joias e ouro e baús transbordando com tesouros.

Diante de tudo isso, havia uma armadura e Damaris, a espada lendária de Gavin. O punho era de ouro prateado e tinha pouca ornamentação, exceto por uma esfera com formato de olho. Não havia joia na fenda, apenas um círculo vazio de ouro. Algumas lendas diziam que, quando Gavin empunhava Damaris, ele só via a verdade e, por isso, foi coroado rei. Ou alguma besteira dessas.

A bainha de Damaris estava decorada com algumas marcas de Wyrd. Tudo parecia conectado com aqueles símbolos infernais. Celaena fez cara de raiva e examinou a armadura do rei. Ainda tinha arranhões e mossas na frente dourada. De batalhas, sem dúvida. Talvez até mesmo da luta com Erawan, o Senhor das Trevas que liderara um exército de mortos e demônios até o continente, quando reinos eram pouco mais do que territórios em guerra.

Elena dissera que também era uma guerreira. Mas sua armadura não estava em lugar algum à vista. Aonde teria ido? Devia estar caída, esquecida, em um castelo em algum lugar nos reinos.

Esquecida. Assim como lendas haviam reduzido a destemida princesa guerreira a nada além de uma donzela na torre, a qual Gavin resgatou.

— Não acabou, não é? — perguntou Celaena a Mort, por fim.

— Não — respondeu Mort, mais baixo do que antes. Era aquilo que Celaena temia havia semanas, havia meses.

O luar sobre o mausoléu se dissipava. Logo, o eclipse estaria completo, e o mausoléu, escuro, exceto pela vela.

— Vamos ouvir a mensagem dela — disse Celaena, suspirando.

Mort pigarreou, então falou com uma voz que soava bizarramente como a da rainha:

— Se eu pudesse deixá-la em paz, deixaria. Mas você passou a vida ciente de que jamais escapará de alguns fardos. Goste ou não, está selada ao destino deste mundo. Como campeã do rei, está agora em posição de poder e tem a oportunidade de fazer diferença na vida de muitos.

O estômago de Celaena se revirou.

— Cain e o ridderak foram apenas o início da ameaça a Erilea — falou Mort, as palavras ecoando pelo mausoléu. — Há um poder muito mais mortal pronto para devorar o mundo.

— E preciso encontrá-lo, imagino?

— Sim. Haverá pistas que a levarão a ele. Sinais que deve seguir. Recusar-se a matar os alvos do rei é apenas o primeiro e menor dos passos.

Celaena olhou para o teto, como se pudesse ver a biblioteca bem acima pela superfície entalhada com árvores.

— Vi alguém no corredor do castelo esta noite. Alguma *coisa*. Fez o amuleto brilhar.

— Humano? — perguntou Mort, parecendo relutantemente intrigado.

— Não sei — admitiu Celaena. — Não parecia. — Ela fechou os olhos, inspirando para se acalmar. Estava esperando por aquilo havia meses. — Está tudo conectado ao rei, não está? Todas essas coisas horríveis? Até mesmo a ordem de Elena... diz respeito a encontrar qual poder *ele* tem, a ameaça que ele representa.

— Você já sabe a resposta a isso.

O coração dela batia acelerado — com medo, com ódio, Celaena não sabia.

— Se ela é tão poderosa e sabe tanto, pode ir encontrar a fonte de poder do rei sozinha.

— É *seu* destino e *sua* responsabilidade.

— Não existe essa coisa de destino — grunhiu Celaena.

— Diz a garota que foi salva do ridderak porque *alguma* força a compeliu até aqui embaixo no Samhuinn, para ver Damaris e descobrir que estava aqui.

Celaena deu um passo em direção à porta.

— Diz a garota que passou um ano em Endovier. Diz a garota que sabe que os deuses se importam tanto com nossas vidas quanto nos importamos com um inseto sob nossos pés. — Celaena olhou com ódio para o rosto reluzente de Mort. — Pensando bem, não consigo me lembrar de *por que* eu deveria me incomodar em ajudar Erilea, quando os deuses tão obviamente não se importam em nos ajudar também.

— Você não está falando sério — disse Mort.

Celaena segurou o punho da adaga.

— Estou. Então diga a Elena que encontre algum outro tolo para comandar.

— Você *precisa* descobrir de onde vêm os poderes do rei e o que ele planeja fazer... antes que seja tarde demais.

Celaena riu com deboche.

— Não entende? Já é tarde demais. É tarde demais há *anos*. Onde estava Elena dez anos antes, quando havia uma vastidão de heróis que ela poderia ter escolhido? Onde estavam ela e as missões ridículas quando o mundo realmente precisava, quando os heróis de Terrasen foram cortados ou caçados e executados pelos exércitos de Adarlan? Onde estava quando os reinos caíram, um a um, nas mãos do rei? — Os olhos de Celaena estavam incandescentes, mas ela enfiou a dor em algum canto escuro, onde vivia dentro dela. — O mundo já está em ruínas, e não serei direcionada para a tarefa de algum tolo.

Mort semicerrou os olhos. Dentro do mausoléu, a luz tinha sumido; a lua estava quase completamente coberta agora.

— Sinto muito pelo que perdeu — disse ele, com uma voz que não era bem a sua. — E sinto muito pela morte de seus pais naquela noite. Foi...

— *Jamais* fale de meus pais — urrou Celaena, apontando para o rosto de Mort. — Não dou a mínima se você é mágico ou se é o lacaio de Elena ou se é apenas fruto da minha imaginação. Se falar sobre meus pais de novo, vou despedaçar esta porta a machadadas. Entendeu?

Mort apenas a olhou espantado.

— Você é tão egoísta assim? Tão covarde? Por que desceu aqui esta noite, Celaena? Para ajudar todos nós? Ou apenas para se ajudar? Elena me contou sobre você... sobre seu passado.

— Cale essa boca enrugada — disparou Celaena, e saiu correndo escada acima.

CAPÍTULO 7

Celaena acordou antes do amanhecer com uma dor de cabeça latejante. Bastou um olhar para a vela quase totalmente derretida na mesa de cabeceira para saber que o encontro no mausoléu não fora um sonho horrível. O que significava que, bem abaixo de seu quarto, *havia* uma aldraba falante imbuída de algum feitiço antigo de animação. E que Elena tinha, mais uma vez, encontrado uma forma de tornar a vida de Celaena infinitamente mais complicada.

Ela resmungou e enterrou o rosto no travesseiro. Tinha falado sério na noite anterior. O mundo estava além da ajuda. Mesmo que... mesmo que houvesse visto em primeira mão como as coisas podiam se tornar perigosas... quanto podia ser pior. E aquela pessoa no corredor...

Celaena se deitou sobre as costas, e Ligeirinha a cutucou na bochecha com o focinho úmido. Acariciando distraidamente a cabeça da cadela, a assassina encarou o teto e a luz de um cinza pálido que se espreitava pelas cortinas.

Não queria admitir, mas Mort estava certo. Celaena tinha ido ao mausoléu apenas para que Elena lidasse com a criatura no corredor — para ser assegurada de que não precisaria fazer nada.

Meus planos, dissera o rei. E se Elena estava alertando-a para desvendá-los, para encontrar a fonte do poder... então deviam ser ruins. Piores do que os escravizados em Calaculla e Endovier, piores do que matar mais rebeldes.

Celaena observou o teto por mais alguns minutos, até que duas coisas ficaram evidentes:

A primeira era que *não* desvendar aquela ameaça poderia ser um erro fatal. Elena dissera apenas que Celaena precisava *encontrá-la*. Não dissera nada a respeito de destruí-la. Nada a respeito de enfrentar o rei — o que era um alívio, imaginou Celaena.

E a segunda coisa era que precisava falar com Archer — se aproximar e começar a descobrir um modo de fingir a morte dele. Porque se Archer realmente fizesse parte do movimento que sabia o que o rei pretendia, talvez ele pudesse poupar Celaena do trabalho de espionar o rei e de ter que juntar as pistas que encontrasse. Mas depois que desse aquele passo para se aproximar de Archer... Bem, então tudo certamente se tornaria um jogo letal.

Celaena tomou um banho rápido e se vestiu com as melhores roupas, e mais quentes, antes de mandar chamar Chaol.

Estava na hora de convenientemente esbarrar em Archer Finn.

Graças à neve da noite anterior, algumas pobres almas tinham sido incumbidas de limpar o distrito mais glamouroso de Forte da Fenda. O comércio ficava aberto o ano todo, e apesar das calçadas escorregadias e das ruas de paralelepípedos enlameadas, a cidade capital estava tão fervilhante naquela tarde quanto ficava no alto verão.

Mesmo assim, Celaena *desejou* que fosse verão, pois as ruas molhadas ensopavam a bainha do vestido azul-gelo dela, e estava tão frio que nem mesmo a capa de pele branca a mantinha aquecida. Conforme caminhavam pela avenida principal lotada, Celaena se manteve próxima de Chaol. Ele a importunara novamente para que o deixasse ajudar com Archer, e convidá-lo naquele dia fora a coisa mais inofensiva que ela pôde fazer para que ele parasse de enchê-la em relação àquilo. Celaena insistiu para que Chaol usasse roupas normais em vez do uniforme de capitão.

Para ele, aquilo significava aparecer de túnica preta.

Ainda bem que ninguém prestou muita atenção aos dois — não quando havia tanta gente e tantas lojas. Ah, como Celaena *adorava* aquela avenida, onde todas as coisas belas do mundo eram vendidas e trocadas! Joalheiros, chapeleiros, vendedores de roupas, confecções, sapateiros... Previsivelmente, Chaol passou batendo os pés por todas as vitrines de lojas, sem sequer olhar para as belezas exibidas do lado de dentro.

Como sempre, havia uma multidão do lado de fora da Willows — a casa de chá na qual Celaena sabia que Archer estava almoçando. Ele parecia comer ali todo dia, com alguns outros cortesãos do gênero masculino. É claro que não tinha *nada* a ver com o fato de que a maioria das clientes da elite de Forte da Fenda também comia ali.

Celaena pegou o braço de Chaol conforme se aproximaram da casa de chá.

— Se você entrar parecendo prestes a socar alguém — cantarolou ela, cruzando o braço com o dele —, ele certamente vai saber que tem algo errado. E, mais uma vez, *não* diga nada a ele. Deixe a conversa e o charme comigo.

Chaol ergueu as sobrancelhas.

— Então só estou aqui como decoração?

— Fique grato por eu considerá-lo um acessório digno.

O capitão murmurou algo aos sussurros que Celaena tinha quase certeza de que não iria querer ouvir, mas, mesmo assim, Chaol reduziu o passo para um andar bem elegante.

Do lado de fora da entrada de pedra e vidro arqueada para a casa de chá, carruagens requintadas aguardavam na rua, com pessoas entrando e saindo delas. Os dois poderiam ter pegado uma carruagem — *deveriam* ter pegado uma carruagem, considerando o frio que fazia e o fato de que o vestido de Celaena agora estava ensopado. Mas, tolamente, ela quis andar e ver a cidade de braço dado com o capitão da Guarda, embora ele tivesse passado o tempo inteiro com uma expressão como se uma ameaça espreitasse em cada canto e cada beco. Pensando bem, uma carruagem provavelmente teria causado uma entrada melhor também.

A entrada na Willows exigia uma sociedade difícil de alcançar; Celaena tomara chá ali diversas vezes quando era nova, graças ao nome de

Arobynn Hamel. Ela ainda se lembrava do tilintar da porcelana, das fofocas sussurradas, do quarto pintado de verde-menta e creme e das janelas do chão ao teto que davam para um jardim exótico.

— Não vamos entrar ali — falou Chaol, e não foi exatamente uma pergunta.

Celaena lançou um sorriso felino a ele.

— Não tem medo de um bando de velhotas e jovens dando risadinhas, tem? — Ele a olhou com raiva, e Celaena deu tapinhas no braço dele. — Não estava ouvindo quando expliquei meu plano? Só vamos *fingir* que estamos esperando pela mesa. Então, não se desespere! Não precisará enfrentar todas as mocinhas malvadas com as garras em cima de você.

— Da próxima vez que treinarmos — disse Chaol, conforme os dois abriam caminho pela multidão de mulheres lindamente vestidas —, me lembre de acertá-la.

Uma mulher mais velha se virou para encarar Chaol com raiva, e Celaena lançou a ela um olhar exasperado e como se pedisse desculpas, como se dissesse: *Homens!* Ela então cravou as unhas prontamente na túnica de inverno espessa de Chaol e grunhiu:

— Esta é a parte em que você cala a boca e finge que é uma peça decorativa cabeça oca. Não deve ser muito difícil.

O beliscão que ele deu em resposta informou a Celaena de que o capitão *realmente* a colocaria para trabalhar quando estivessem de novo no salão de treinamento. Ela sorriu.

Depois de encontrar um lugar logo abaixo dos degraus que conduziam às portas duplas, Celaena olhou para o relógio de bolso. Archer começara a comer às 14 horas, e em geral a refeição terminava em noventa minutos, o que significava que sairia a qualquer instante. Celaena fez questão de mostrar que vasculhava o pequeno porta-moedas, e Chaol, misericordiosamente, ficou em silêncio, observando a multidão ao redor, como se aquelas mulheres chiques pudessem atacá-los a qualquer momento.

Alguns minutos se passaram e as mãos enluvadas de Celaena ficaram dormentes conforme as pessoas continuaram caminhando para dentro e para fora da casa de chá, com tanta frequência que ninguém se incomodou em reparar que os dois eram os únicos que *não estavam* prestes a entrar.

Mas então as portas da frente se abriram, e Celaena viu de relance um cabelo acobreado e um sorriso encantador, o que a fez se mexer.

Chaol acompanhou com habilidades de especialista, levando Celaena escada acima, para o alto, para o alto, até que...

— Ops! — gritou Celaena, colidindo com um ombro largo e musculoso. Chaol até a puxou para si, a mão apoiada nas costas dela para evitar que Celaena caísse das escadas. Ela olhou para cima, pelos cílios, então...

Uma piscada, duas piscadas.

O rosto exótico boquiaberto para ela se abriu em um sorriso.

— *Laena?*

Ela tinha planejado sorrir de qualquer forma, mas quando ouviu o antigo apelido de Archer para ela...

— Archer!

Ela sentiu Chaol enrijecer o corpo levemente, mas não se incomodou em olhar para ele. Era difícil tirar os olhos de Archer, que fora e continuava sendo o homem mais lindo que Celaena já vira. Não bonito — *lindo*. A pele dele reluzia mesmo no meio do inverno, e os olhos verdes de Archer...

Deuses e Wyrd me salvem.

A boca de Archer também era uma obra de arte, toda com linhas sensuais e maciez que implorava para ser explorada.

Como se emergindo de um transe, Archer repentinamente balançou a cabeça.

— Deveríamos sair dos degraus — disse ele, e estendeu a mão enorme para indicar a rua abaixo. — A não ser que você e seu companheiro tenham uma reserva...

— Ah, estamos alguns minutos adiantados mesmo — falou Celaena, soltando o braço de Chaol para caminhar de volta para a rua.

Archer seguiu ao lado dela, o que deu à assassina um relance das roupas dele: túnica e calça feitas por um alfaiate experiente, botas na altura dos joelhos, uma capa pesada. Nada daquilo *gritava* riqueza, mas Celaena conseguia ver que tudo era caro. Ao contrário de alguns dos cortesãos mais extravagantes e frágeis, o apelo de Archer sempre fora mais rudimentarmente masculino.

Os ombros largos e musculosos e a compleição poderosa; o sorriso sábio; até mesmo o lindo rosto irradiava uma sensação de masculinidade que deixava Celaena com dificuldades de lembrar o que tinha planejado dizer.

Até mesmo Archer parecia buscar as palavras enquanto os dois se encaravam na rua, a alguns passos da multidão ocupada.

— Faz um tempo — começou Celaena, sorrindo de novo.

Chaol permaneceu um passo afastado, em silêncio absoluto. E sem sorrir.

Archer enfiou as mãos nos bolsos.

— Quase não a reconheci. Era apenas uma garota quando a vi da última vez. Tinha... Pelos deuses, tinha 13 anos, acho.

Celaena não pôde evitar — ergueu o olhar para Archer sob os cílios baixos e disse, sussurrando:

— Não tenho mais 13 anos.

Archer abriu um sorriso lento e sensual para Celaena, avaliando-a da cabeça aos pés antes de afirmar:

— Certamente é o que parece.

— Você também ganhou um pouco mais de corpo — observou Celaena, e devolveu o favor de avaliá-lo.

Archer sorriu.

— Vem com a profissão. — Ele inclinou a cabeça para o lado, então voltou os olhos magníficos para Chaol, que agora estava parado com os braços cruzados. Ela ainda se lembrava de como Archer era apto a absorver os detalhes. Devia ser parte do motivo pelo qual havia se tornado o melhor cortesão de Forte da Fenda. E um oponente formidável quando Celaena treinava no Forte dos Assassinos.

Ela olhou para Chaol, que estava ocupado demais encarando Archer com impaciência para reparar nela.

— Ele sabe de tudo — disse Celaena para Archer. Alguma tensão fluiu para fora dos ombros do cortesão, mas a surpresa e o espanto também estavam passando, substituídos por uma pena hesitante.

— Como saiu? — perguntou Archer, cuidadosamente, ainda sem mencionar nada a respeito da profissão de Celaena ou de Endovier, apesar da confirmação de que Chaol sabia.

— Fui solta. Pelo rei. Trabalho para ele agora.

Archer olhou para Chaol novamente, e Celaena deu um passo na direção do cortesão.

— É um amigo — disse ela, baixinho.

Seria desconfiança ou medo nos olhos dele? E seria apenas porque Celaena trabalhava para um tirano que o mundo temia ou porque ele, de fato, tinha se tornado um rebelde com algo a esconder? Celaena se manteve o mais casual possível, o mais inofensiva e relaxada que alguém poderia parecer ao esbarrar em um velho amigo.

Archer perguntou:

— Arobynn sabe que você voltou?

Aquela não era uma pergunta para a qual Celaena estava preparada, ou que quisesse ouvir. Dando de ombros, disse:

— Ele tem olhos por toda parte; ficaria surpresa se não soubesse.

Archer assentiu com seriedade.

— Sinto muito. Ouvi sobre Sam... e sobre o que aconteceu na casa de Farran naquela noite. — Archer balançou a cabeça e fechou os olhos. — Só... sinto muito.

Embora o coração de Celaena tivesse se revirado ao ouvir as palavras, ela assentiu.

— Obrigada.

Celaena apoiou a mão no braço de Chaol, precisando subitamente apenas tocá-lo, se certificar de que o capitão ainda estava ali. Porque precisava parar de falar sobre *aquilo* também; ela suspirou e fingiu parecer interessada nas portas de vidro no alto dos degraus.

— Deveríamos entrar — mentiu Celaena. Ela sorriu para Archer. — Sei que fui uma pirralha irritante quando você treinou no Forte, mas... quer jantar comigo amanhã? Tenho a noite de folga.

— Você certamente teve seus momentos naquela época. — Archer devolveu o sorriso e fingiu uma reverência. — Precisarei adiar alguns compromissos, mas ficarei honrado. — Ele colocou a mão na capa e tirou de dentro dela um cartão de cor creme, com seu nome e endereço gravados. — Apenas avise onde e a que horas e estarei lá.

Celaena estava quieta desde que Archer fora embora, e Chaol não tentara puxar conversa, embora estivesse quase explodindo para dizer alguma coisa.

Sequer sabia por onde começar.

Durante toda a troca, só pôde pensar no quanto queria arrebentar o rostinho bonito de Archer contra o prédio de pedras.

Chaol não era tolo. Sabia que alguns dos sorrisos e rubores de Celaena não haviam sido encenação. E embora não tivesse qualquer posse sobre ela — e reivindicá-la para si seria a maior tolice que Chaol poderia fazer —, a ideia de a assassina ser suscetível aos charmes de Archer o fazia querer ter uma conversinha com o cortesão.

Em vez de voltar para o castelo, Celaena começou a caminhar pelo distrito rico, no coração da cidade, com passos sem pressa. Depois de quase trinta minutos de silêncio, Chaol achou que havia se acalmado o bastante para ser civilizado.

— *Laena?* — indagou ele.

Levemente civilizado, pelo menos.

Os riscos dourados nos olhos turquesa de Celaena eram fortes ao sol da tarde.

— De todas as coisas que dissemos lá atrás, foi *essa* a que mais o incomodou?

Incomodou. Que Wyrd o levasse, aquilo o incomodou absurdamente.

— Quando contou que o conhecia, não percebi que você estava querendo dizer *tão* bem assim. — Chaol lutou contra o mau humor esquisito e repentino que se erguia de novo. Mesmo se estivesse encantada pela aparência de Archer, Celaena o mataria, Chaol precisou se lembrar.

— Minha história com Archer me permitirá fazer com que ele forneça informações a respeito do que quer que seja esse movimento rebelde — falou Celaena, erguendo o olhar para as lindas casas pelas quais passavam. As ruas residenciais eram tranquilas, apesar de o centro da cidade fervilhar apenas alguns quarteirões abaixo. — Ele é uma das poucas pessoas que, de fato, *gosta* de mim, sabe. Ou gostava, há anos. Não deveria ser tão difícil ter alguma ideia do que esse grupo pode estar planejando contra o rei, ou de quem são os outros membros.

Parte de Chaol, ele sabia, deveria sentir vergonha por encontrar algum alívio no fato de que Celaena mataria Archer. Ele era melhor do que aquilo — e certamente não era o tipo territorialista.

E os deuses sabiam que Chaol não tinha direitos sobre Celaena. Ele vira o olhar no rosto dela quando Archer mencionou Sam.

Chaol ouvira por alto sobre a morte de Sam Cortland. Jamais soubera que os caminhos de Celaena e Sam tinham se cruzado, que Celaena algum dia... Algum dia *amara* com tanta intensidade. Na noite em que foi capturada, não tinha saído para recolher o ouro de um contrato — não, fora até aquela casa para se vingar pelo tipo de perda que Chaol nem conseguia imaginar.

Os dois caminharam pela rua, a lateral do corpo de Celaena quase tocando a de Chaol. Ele lutou contra a vontade de encostar o corpo no dela, de aconchegá-la.

— Chaol? — disse ela, alguns minutos depois.

— Hum?

— Sabe que eu *odeio* quando ele me chama de Laena, não sabe?

Um sorriso curvou os lábios do capitão, com um lampejo de alívio.

— Então, da próxima vez que eu quiser irritá-la...

— Nem pense nisso.

O sorriso de Chaol se abriu, e o lampejo de alívio se tornou algo que lhe deu um soco no estômago quando Celaena sorriu de volta.

CAPÍTULO 8

Celaena tinha planejado passar o resto do dia seguindo Archer de longe, mas ao se afastarem da casa de chá, Chaol a informou de que o rei tinha ordenado que a assassina auxiliasse com os deveres da Guarda em um jantar de Estado naquela noite. E, embora conseguisse pensar em milhares de desculpas para escapar, qualquer comportamento suspeito de sua parte poderia atrair o tipo errado de atenção. Se iria, de fato, obedecer Elena dessa vez, precisava que o rei — precisava que o *império* todo — pensasse que ela era a obediente serva do monarca.

O jantar de Estado aconteceu no salão de baile, e Celaena precisou de todo o seu autocontrole para não disparar até a longa mesa no centro do salão e arrancar a comida dos pratos dos conselheiros reunidos e dos nobres impecáveis. Cordeiro assado coberto com tomilho e lavanda, pato pincelado com molho de laranja, faisão mergulhado em molho de cebolas verdes... Sério, não era justo.

Chaol a posicionara ao lado de uma pilastra perto das portas de vidro do pátio. Embora não vestisse o uniforme preto da Guarda Real com o emblema da serpente alada dourada bordada no peito, Celaena se misturou bem com as roupas escuras. Pelo menos estava tão longe de tudo, assim ninguém podia ouvir seu estômago roncar.

Outras mesas também foram postas — cheias de nobres menores que haviam sido convidados a se juntar, todos impecavelmente vestidos para a ocasião. A maior parte da atenção — dos guardas, da nobreza — permaneceu na mesa do centro, onde o rei e a rainha se sentavam com a corte mais íntima. Duque Perrington, o brutamontes corpulento, também estava sentado ali, assim como Dorian e Roland, que estavam próximos, conversando com os homens importantes e enfeitados que compunham o conselho do rei. Homens que haviam sangrado outros reinos até que secassem para pagar pelas roupas e as joias e o ouro naquele salão. Não que ela fosse muito melhor, em alguns aspectos.

Embora tentasse evitar encarar o rei, sempre que olhava de esguelha, Celaena se perguntava por que ele se incomodava em comparecer àqueles eventos quando podia acabar de vez com aquela besteira. Celaena não conseguiu informação nenhuma, no entanto. E não pensou por um momento que o rei fosse tolo o suficiente para revelar qualquer coisa sobre os verdadeiros planos diante de todas aquelas pessoas.

Chaol se manteve em posição de sentido na coluna mais perto da cadeira do rei, os olhos disparando para todos os lados, sempre alertas. Ele estava com os melhores homens ali naquela noite — todos escolhidos a dedo naquela tarde. O capitão não parecia perceber que ninguém seria tão suicida a ponto de atacar o rei e a corte em um evento tão público. Celaena tentou explicar, mas ele apenas a olhou com raiva e ordenou que não causasse problemas.

Como se ela fosse suicida a *esse ponto*.

A refeição terminou com o rei de pé se despedindo dos convidados, a rainha Georgina, de cabelos castanho-avermelhados, obediente e silenciosamente o seguiu para fora do salão de baile. Os outros convidados permaneceram, mas agora caminhavam de mesa em mesa, conversando com muito mais tranquilidade do que quando o rei estava presente.

Dorian estava de pé, e Roland ainda estava ao lado dele enquanto conversavam com três cortesãs jovens impressionantemente lindas. Roland disse algo que fez com que as meninas dessem risadinhas e corassem por trás dos leques de renda, e os lábios de Dorian se abriram em um sorriso.

Ele *não poderia* gostar de Roland. Celaena não tinha nada além de uma intuição e a história de Chaol em que se basear, mas... havia algo a respeito dos olhos cor de esmeralda de Roland que a fazia querer puxar Dorian para o mais longe possível do primo. Dorian estava em um jogo perigoso também, percebeu Celaena. Como príncipe herdeiro, precisava ter cuidado com algumas pessoas. Talvez ela devesse conversar com Chaol sobre aquilo.

Celaena franziu a testa. Contar a Chaol poderia levar a explicações entediantes. Talvez apenas avisasse Dorian ela mesma depois que o jantar terminasse. Rompera com ele romanticamente, mas ainda se importava. Apesar do histórico com mulheres, ele era tudo o que um príncipe deveria ser: inteligente, gentil, charmoso. Por que Elena não tinha se aproximado de *Dorian* para as missões?

O príncipe não poderia, de maneira alguma, saber o que seu pai estava planejando — não, ele não agiria da mesma forma se soubesse que o pai tinha uma intenção tão sinistra. E talvez nunca devesse saber.

Não importava o que Celaena sentisse por ele, Dorian reinaria. E talvez o pai, algum dia, revelasse o poder e forçasse o filho a fazer uma escolha a respeito de que tipo de rei iria querer se tornar. Mas ela não estava com pressa para que Dorian fizesse essa escolha, ainda não. Quando ele escolhesse, Celaena só poderia rezar para que fosse um rei melhor do que o pai.

Dorian sabia que Celaena o observava. Lançou olhares na direção dele durante todo o jantar insuportável. Mas também estivera olhando para Chaol, e quando o fez, Dorian poderia jurar que o rosto dela inteiro mudou — se tornou mais suave, mais contemplador.

Celaena estava encostada em uma pilastra perto das portas do pátio, limpando as unhas com uma adaga. Graças a Wyrd que o pai de Dorian havia ido embora, pois ele tinha quase certeza de que o rei a teria esfolado por aquilo.

Roland disse outra coisa às três moças diante deles — garotas cujos nomes Dorian tinha ouvido e imediatamente esquecido —, causando novas risadinhas. Ele certamente competia com Dorian pelo charme. E parecia que a mãe de Roland o acompanhara à corte para encontrar uma noiva para o jovem lorde — uma garota com dinheiro e propriedade que acrescentaria à importância de Meah. Dorian não precisava perguntar a Roland para saber que até a noite de núpcias o primo aproveitaria todos os benefícios de morar em um castelo e ser um jovem lorde.

Ouvindo o primo flertar, observando-o sorrir para aquelas garotas, Dorian não sabia se queria socar Roland ou ir embora. Mas anos vivendo naquela corte pútrida o impediam de fazer qualquer coisa além de parecer gloriosamente entediado.

Ele olhou para Celaena de novo, apenas para vê-la observando Chaol, cujos olhos estavam, por sua vez, fixos em Roland. Sentindo a atenção do príncipe, Celaena o encarou.

Nada. Nem um pingo de emoção. O temperamento de Dorian se inflamou, tão rapidamente que ele se viu lutando para manter o controle. Principalmente quando Celaena virou o rosto de novo — e a concentração dela retornou para o capitão. E permaneceu ali. *Bastava.*

Sem se incomodar em dizer adeus para Roland nem para as garotas, ele disparou para fora do salão de baile. Dorian tinha coisas melhores e mais importantes com que se preocupar do que com o que Celaena sentia pelo amigo dele. Era o príncipe herdeiro do maior império do mundo. Toda a sua existência estava presa à coroa e ao trono de vidro que algum dia seriam seus. Celaena terminara tudo *por causa* daquela coroa e daquele trono — porque queria uma liberdade que o príncipe jamais poderia lhe dar.

— Dorian — chamou alguém quando ele entrou no corredor. Não precisou se virar para saber que era Celaena.

Ela o alcançou, igualando facilmente as passadas rápidas que ele não percebeu que dava. Dorian nem mesmo sabia *aonde* ia, apenas que precisava sair do salão. Celaena tocou o cotovelo dele, que se odiou por gostar do gesto.

— O que você quer? — perguntou ele.

Os dois ultrapassaram os corredores cheios, e Celaena deu um puxão no braço do príncipe para que diminuísse a velocidade.

— Qual é o problema?

— Por que haveria algum problema?

Há quanto tempo você o deseja?, era o que Dorian realmente queria perguntar. Maldito fosse ele por se importar. Maldito fosse por cada momento que havia passado com Celaena.

• 72 •

— Você parece prestes a atirar alguém contra uma parede.

Dorian ergueu uma sobrancelha. Não estava fazendo expressão alguma.

— Quando você fica com raiva — explicou ela —, seus olhos ficam com este... olhar frio. Vítreos.

— Estou bem.

Os dois continuaram andando, e Celaena continuou seguindo Dorian para... para onde quer que ele fosse. A biblioteca, decidiu o príncipe, virando em uma passagem. Iria para a biblioteca real.

— Se tem algo a dizer — falou ele, preguiçosamente, controlando o temperamento —, então apenas diga.

— Não confio em seu primo.

Dorian parou, o corredor brilhante estava vazio ao redor deles.

— Você nem o conhece.

— Chame de instinto.

— Roland é inofensivo.

— Talvez. Mas talvez não. Talvez tenha objetivos próprios aqui. E você é esperto demais para ser o peão do jogo de outra pessoa, Dorian. Ele é de Meah.

— E?

— *E* Meah é uma cidade portuária pequena e insignificante. Significa que ele tem pouco a perder e *muito* a ganhar. Isso torna as pessoas perigosas. Impiedosas. Ele o usará se puder.

— Assim como uma assassina de Endovier me usou para se tornar a campeã do rei?

Os lábios dela se contraíram.

— É isso que acha que eu fiz?

— Não sei o que pensar. — Ele virou o rosto.

Celaena rosnou — *rosnou* mesmo — para ele.

— Bem, vou dizer o que *eu* penso, Dorian. Penso que está acostumado a conseguir o quer, quem quer. E só porque não conseguiu quem queria dessa *única* vez...

Ele deu meia-volta.

— Você não sabe nada a respeito do que eu queria. Nem me deu a chance de falar.

Celaena revirou os olhos.

— Não vamos ter esta conversa agora. Vim avisá-lo sobre seu primo, mas obviamente você não se importa. Então não espere que *eu* me importe quando você perceber que não passa de uma marionete. Se é que já não é uma.

Dorian abriu a boca, estava tão perto de explodir que poderia ter socado a parede mais próxima, mas Celaena já estava indo embora.

Celaena estava diante das barras da cela de Kaltain Rompier.

A lady, que um dia fora linda, estava enroscada contra a parede, o vestido em frangalhos e os cabelos castanhos soltos e embaraçados. Kaltain enterrara o rosto nos braços, mas a assassina ainda conseguia ver que a pele dela brilhava com suor e tinha um tom levemente cinzento. E o cheiro...

Celaena não a via desde o duelo; desde o dia em que Kaltain drogara a água da assassina com sanguinária para que ela morresse nas mãos de Cain. Depois de derrotar Cain, Celaena saiu sem testemunhar o chilique de Kaltain. Então havia perdido o momento em que a lady acidentalmente confessara tê-la envenenado, alegando ter sido manipulada por seu antigo pretendente, Duque Perrington. O duque negara as acusações, e Kaltain fora mandada lá para baixo para aguardar a punição.

Dois meses depois, parecia que ainda não sabiam o que fazer com ela — ou não se importavam.

— Oi, Kaltain — disse Celaena, baixinho.

Ela ergueu o rosto, os olhos pretos reluzindo com o reconhecimento.

— Oi, Celaena.

CAPÍTULO 9

Celaena deu um passo para perto das grades. Um balde para se aliviar, um balde d'água, as migalhas da última refeição e feno bolorento que formava um colchão duro; era tudo que Kaltain havia recebido.

Tudo o que merece.

— Veio rir? — perguntou Kaltain. A voz, que um dia fora rica e culta, era pouco mais que um sussurro rouco. Estava congelando ali embaixo — era de espantar que ainda não tivesse ficado doente.

— Tenho algumas perguntas para você — disse Celaena, mantendo o tom suave. Embora os guardas não tivessem contestado seu direito de entrar nas masmorras, ela não queria que eles ouvissem.

— Estou ocupada hoje. — Kaltain sorriu, encostando a cabeça contra a parede de pedra. — Volte amanhã. — Ela parecia tão mais jovem com os cabelos de ébano livres. Não podia ser muito mais velha do que a própria Celaena.

A assassina se agachou, apoiando uma das mãos nas grades para se equilibrar. O metal estava gelado.

— O que sabe sobre Roland Havilliard?

Kaltain olhou na direção do teto de pedra.

— Ele está de visita?

— Foi nomeado para o conselho do rei.

Os olhos pretos como a noite de Kaltain encontraram os de Celaena. Havia um certo delírio ali — mas também cautela e exaustão.

— Por que me pergunta sobre ele?

— Porque quero saber se ele é confiável.

Kaltain soltou uma gargalhada.

— *Nenhum* de nós é. Principalmente Roland. As coisas que ouvi sobre ele são suficientes para revirar até o seu estômago, aposto.

— Como o quê?

Kaltain deu um risinho.

— Me tire desta cela, e talvez eu conte.

Celaena devolveu o risinho.

— Que tal eu entrar nesta cela e encontrar outro modo de fazê-la falar?

— *Não* — sussurrou Kaltain, mexendo-se o suficiente para que Celaena pudesse ver os hematomas em torno dos pulsos. Pareciam desconcertantemente com impressões de mãos.

A prisioneira enfiou os braços nas dobras da saia.

— O vigia noturno vira o rosto quando Perrington me visita.

Celaena mordeu a parte interna do lábio.

— Sinto muito — disse ela, e estava sendo sincera. Mencionaria aquilo a Chaol da próxima vez que o encontrasse; se certificaria de que ele tivesse uma conversa com o vigia noturno.

Kaltain apoiou a bochecha no joelho.

— Ele estragou tudo. E nem sei o motivo. Por que simplesmente não me manda para casa? — A voz de Kaltain adquirira um ar distante que Celaena reconhecia muito bem de seu tempo em Endovier. Depois que as memórias e a dor e também o medo tomassem conta, não haveria como conversar com ela.

Celaena perguntou, baixinho:

— Você era próxima de Perrington. Algum dia ouviu sobre os planos dele?

— Uma pergunta perigosa, mas se alguém poderia contar a ela, seria Kaltain.

No entanto, a garota encarava o nada e não respondeu.

Celaena ficou de pé.

· 76 ·

— Boa sorte.

Kaltain apenas estremeceu, enfiando as mãos debaixo do braço.

Deveria deixá-la congelar até morrer pelo que tentara fazer com ela. Celaena deveria sair andando das masmorras, porque pelo menos *uma vez* a pessoa certa estava presa.

— Eles encorajam os corvos a passarem voando por aqui — murmurou Kaltain, mais para si mesma do que para Celaena. — E minhas dores de cabeça estão piorando dia a dia. Cada vez piores, e cheias de todas aquelas asas batendo.

Celaena manteve o rosto inexpressivo. Não conseguia ouvir nada — nenhum grasnido e certamente nenhuma asa batendo. Ainda que houvesse corvos, a masmorra era tão subterrânea que de maneira alguma seria possível ouvi-los ali.

— O que quer dizer?

Mas Kaltain já estava enroscada de novo, conservando o máximo de calor possível. Celaena não queria pensar em como a cela deveria ser gélida à noite; sabia como era se enroscar daquele jeito, desesperada por qualquer pingo de calor, se perguntando se acordaria de manhã ou se o frio a reivindicaria antes disso.

Sem se dar tempo para pensar duas vezes, Celaena abriu a capa preta. Ela a atirou pelas grades, mirando cuidadosamente para evitar o vômito, seco havia muito tempo, que estava colado às pedras. Celaena também ouvira falar do vício da garota em ópio — estar trancada sem uma dose devia quase tê-la levado à insanidade, se já não fosse desde o início.

Kaltain encarou a capa que havia pousado em seu colo, e Celaena deu meia-volta para retornar pelo corredor estreito e gelado até os níveis mais quentes acima.

— Às vezes — disse Kaltain, baixinho, e Celaena parou. — Às vezes acho que me trouxeram aqui. Não para me casar com Perrington, mas com outro propósito. Querem me usar.

— Usar você para quê?

— Nunca dizem. Quando descem aqui, nunca me dizem o que querem. Nem lembro. São só... fragmentos. Estilhaços de um espelho quebrado, cada um reluzindo com a própria imagem.

A lucidez pareceu abandoná-la. Celaena reprimiu a vontade de fazer uma observação pungente, o que conteve sua língua foi a lembrança dos hematomas de Kaltain.

— Obrigada pela ajuda.

Kaltain enroscou a capa de Celaena ao redor do corpo.

— Algo está vindo — sussurrou ela. — E eu devo receber essa coisa.

Celaena exalou o ar que não percebeu que estava segurando. Aquela conversa era inútil.

— Adeus, Kaltain.

A garota apenas gargalhou baixinho, e aquele som seguiu Celaena muito depois de deixar as masmorras gélidas para trás.

— Aqueles *desgraçados* — disparou Nehemia, apertando a xícara de chá com tanta força que Celaena achou que a princesa a quebraria. As duas estavam sentadas juntas na cama de Celaena com uma enorme bandeja de café da manhã entre elas. Ligeirinha observava cada mordida, pronta para devorar qualquer migalha perdida. — Como os guardas puderam apenas virar as costas daquele jeito? Como podem mantê-la em tais condições? Kaltain é um membro da corte, e se tratam-na dessa forma, então mal posso imaginar como tratam criminosos de outras classes. — Nehemia parou, olhando para Celaena como se pedisse desculpas.

Celaena deu de ombros e balançou a cabeça. Depois de ver Kaltain, saíra para perseguir Archer, mas uma nevasca caiu, tão forte que a visibilidade era quase impossível. Depois de uma hora tentando rastreá-lo pela cidade varrida pela neve, ela desistira e voltara para o castelo.

A tempestade se estendera pela noite, deixando um cobertor de neve profundo demais para que Celaena fizesse a caminhada matinal como de costume com Chaol. Então ela havia convidado Nehemia para tomar café da manhã na cama, e a princesa — que àquela altura estava de saco cheio de neve — ficou mais do que feliz em disparar para os aposentos de Celaena e pular para debaixo das cobertas quentes.

Nehemia apoiou o chá.

— Você precisa contar ao capitão Westfall sobre como ela está sendo tratada.

Celaena terminou de comer o *scone* e se recostou nos travesseiros fofos.

— Já contei. Ele cuidou disso.

Não era preciso mencionar que depois de Chaol voltar para o quarto, onde Celaena estava lendo, a túnica dele estava rasgada, os nós dos dedos estavam esfolados e havia um brilho mortal nos olhos de avelã do capitão que dizia a Celaena que a guarda da masmorra sofreria sérias mudanças... e ganharia novos integrantes.

— Sabe — ponderou Nehemia, usando o pé para gentilmente afastar Ligeirinha enquanto a cadela tentava roubar alguma comida da bandeja —, as cortes nem sempre foram assim. Houve um tempo em que as pessoas valorizavam a honra e a lealdade, quando servir um rei não era uma questão de obediência e medo. — Ela balançou a cabeça, as tranças de pontas douradas tilintaram. No sol do início da manhã, a pele marrom de Nehemia era macia e linda. Sinceramente, era um pouco injusto que a princesa fosse tão bonita naturalmente, ainda mais ao amanhecer.

Nehemia continuou:

— Acho que tal honra sumiu de Adarlan há gerações, mas antes de Terrasen cair, sua corte real era aquela que estabelecia o exemplo. Meu pai me contava histórias da corte de Terrasen, dos guerreiros e lordes que serviam o rei Orlon em seu círculo íntimo, do poder, da coragem e da lealdade incomparáveis da corte dele. Foi por isso que o rei de Adarlan atacou primeiro Terrasen. Porque era a mais forte e porque, se Terrasen tivesse a chance de levantar um exército contra ele, Adarlan teria sido aniquilada. Meu pai ainda diz que se Terrasen se erguesse novamente, poderia ter uma chance; seria uma ameaça genuína a Adarlan.

Celaena olhou para a lareira.

— Eu sei. — Foi o que conseguiu dizer.

Nehemia se virou para olhar para ela.

— Acha que outra corte como aquela poderia se erguer novamente? Não apenas em Terrasen, mas em qualquer lugar? Ouvi que a corte em Wendlyn ainda segue os velhos costumes, mas estão do outro lado do oceano, e não nos ajudariam em nada. Viraram o rosto enquanto o rei escravizava nossas terras, e ainda negam qualquer chamado por ajuda.

Celaena se obrigou a rir de deboche, a gesticular com desdém.

— Esta é uma discussão muito pesada para o café da manhã. — Ela encheu a boca de torrada. Quando ousou olhar para a princesa, a expressão de Nehemia permanecia contemplativa. — Alguma novidade sobre o rei?

Nehemia estalou a língua.

— Apenas que acrescentou aquele vermezinho, Roland, ao conselho, e o lorde parece ter recebido a tarefa de cuidar *de mim*. Aparentemente, ando muito insistente com o ministro Mullison, o conselheiro responsável por cuidar do campo de trabalhos forçados de Calaculla. Roland deveria me aplacar.

— Não sei se me sinto pior por você ou por Roland.

Nehemia deu um soco de mentira na lateral de Celaena, que riu, afastando a mão da princesa. Ligeirinha usou a distração temporária das duas para roubar um pedaço de bacon da bandeja, e Celaena gritou:

— Sua ladrazinha descarada!

Mas Ligeirinha saltou da cama, se aninhou diante da lareira e encarou a dona enquanto engolia o restante do bacon.

Nehemia riu, e Celaena se pegou juntando-se à princesa antes de jogar mais um pedaço de bacon para a cadela.

— Vamos ficar o dia todo na cama — falou Celaena, se atirando de volta nos travesseiros e se aninhando nas cobertas.

— Eu certamente queria poder — respondeu Nehemia, suspirando alto. — Infelizmente, tenho coisas a fazer.

E Celaena também tinha, ela percebeu. Como se preparar para o jantar com Archer naquela noite.

CAPÍTULO 10

Dorian estremeceu quando entrou no canil naquela tarde, limpando a neve da capa vermelha. Ao lado dele, Chaol soprou nas mãos em concha e os dois jovens se apressaram para dentro, o piso coberto com palha estalando sob seus pés. Dorian odiava o inverno — o frio intolerável e o modo como as botas nunca pareciam completamente secas.

Optaram por entrar no castelo pelo canil porque era o modo mais fácil de evitar Hollin, o irmão de 10 anos do príncipe, que havia voltado da escola naquela manhã e já gritava exigências para qualquer azarado que cruzava seu caminho. Hollin jamais os procuraria ali. Ele odiava animais.

Chaol e Dorian caminharam pelo coro de latidos e gemidos, e Dorian parava de vez em quando para cumprimentar algum cão preferido. Ele poderia passar o resto do dia ali — mesmo que apenas para evitar o jantar da corte em homenagem a Hollin.

— Não acredito que minha mãe o tirou da escola — murmurou Dorian.

— Ela sentiu falta do filho — disse Chaol, ainda esfregando as mãos, embora o canil estivesse deliciosamente quente em comparação com o lado de fora. — E agora que há esse movimento crescendo contra seu pai, ele quer Hollin onde podemos ficar de olho até que tudo se resolva.

Até que Celaena mate todos os traidores, era o que Chaol não precisava dizer. Dorian suspirou.

— Nem quero imaginar que tipo de presente absurdo minha mãe comprou para ele. Lembra-se do último?

Chaol sorriu. Era difícil não se lembrar do último presente que Georgina comprara para o filho mais novo: quatro pôneis brancos com uma minúscula carruagem dourada para que Hollin guiasse sozinho. Ele destruíra metade do jardim preferido da rainha.

Chaol os levou na direção das portas, no fundo do canil.

— Não pode evitá-lo para sempre. — Mesmo enquanto o capitão falava, Dorian podia vê-lo buscando, como sempre fazia, qualquer sinal de perigo, qualquer ameaça. Depois de tantos anos, o príncipe estava acostumado com aquilo, mas ainda feria um pouco seu orgulho.

Os dois passaram pelas portas de vidro, adentrando o castelo. Para Dorian, o salão estava quente e reluzente; guirlandas e festões de sempre-verdes ainda decoravam arcos e mesas. Para Chaol, supôs Dorian, poderia haver um inimigo esperando em qualquer lugar.

— Talvez ele tenha mudado nos últimos meses, amadurecido um pouco — falou Chaol.

— Você disse isto no verão passado, e quase arranquei os dentes dele com um soco.

Chaol balançou a cabeça.

— Graças a Wyrd meu irmão sempre teve medo demais de mim para me enfrentar.

Dorian tentou não parecer surpreso. Porque Chaol abdicara do título de herdeiro de Anielle, não via a família havia anos, e raramente falava dela.

Dorian poderia ter alegremente matado o pai de Chaol por tê-lo deserdado, recusando-se até mesmo a ver o filho quando levou a família a Forte da Fenda para uma reunião importante com o rei. Embora o capitão jamais tivesse dito, Dorian sabia que as cicatrizes eram profundas.

O príncipe suspirou alto.

— Lembre-me novamente da razão para eu ir a esse jantar hoje à noite?

— Seu pai matará você *e* a mim se não aparecer para cumprimentar formalmente seu irmão.

— Talvez ele contrate Celaena para fazer isso.
— *Ela* tem planos para o jantar esta noite. Com Archer Finn.
— Ela não deveria matá-lo?
— Quer informações, aparentemente. — Houve uma pausa significativa. — Não gosto dele.

Dorian enrijeceu o corpo. Haviam conseguido, pelo menos durante a tarde, não falar sobre Celaena — e durante aquelas poucas horas, fora como se nada jamais houvesse mudado entre os dois. Mas as coisas *haviam* mudado.

— Acho que não há necessidade de se preocupar com a possibilidade de Archer roubar Celaena, principalmente se ele vai estar morto antes do fim do mês. — Aquilo soou mais agressivo e frio do que Dorian pretendia.

Chaol olhou de esguelha para Dorian.

— Acha que é com *isso* que estou preocupado?

Sim. E está óbvio para todos, exceto para vocês dois.

Mas o príncipe não queria ter aquela conversa com Chaol, e Chaol certamente não queria ter aquela conversa com o príncipe, então Dorian apenas deu de ombros.

— Ela ficará bem, e você vai rir de si mesmo por ter se preocupado. Mesmo que Archer seja tão bem vigiado quanto Celaena diz, ela é a campeã por um motivo, certo?

Chaol assentiu, embora Dorian ainda conseguisse ver a preocupação nos olhos dele.

Celaena sabia que o vestido vermelho era um pouco escandaloso. E sabia que definitivamente *não* era apropriado para o inverno, considerando a profundidade do decote — ainda maior nas costas. Era baixo o suficiente para revelar através da trama de renda preta que ela não usava um corselete por baixo.

Mas Archer Finn sempre gostara de mulheres que ousavam nas roupas, que estavam à frente das tendências. E aquele vestido, com o corpete justo, as mangas longas e apertadas e a saia levemente esvoaçante era o mais novo e diferente que existia.

E foi por isso que, ao esbarrar em Chaol ao sair dos aposentos, Celaena não ficou muito surpresa quando o capitão parou subitamente e piscou. Então piscou de novo.

Ela sorriu para ele.

— Oi para você também.

Chaol estava parado no corredor, os olhos cor de bronze percorrendo a frente do vestido até embaixo, então subindo de novo.

— Você não vai vestir isso.

Celaena riu de deboche e o ultrapassou, deliberadamente exibindo as costas ainda mais provocantes.

— Ah, vou sim.

Chaol caminhou ao lado dela conforme Celaena seguia até o portão da frente, para a carruagem que a esperava.

— Vai pegar alguma doença e morrer.

Ela colocou o manto de pele de marta sobre o corpo.

— Não com isto.

— Por acaso tem alguma arma consigo?

Ela desceu a escadaria principal que dava para o corredor de entrada batendo os pés.

— *Sim*, Chaol, tenho armas. E estou com este vestido *porque* quero que Archer pergunte a mesma coisa. Que pense que não estou carregando nada.

Havia mesmo facas presas às pernas de Celaena, e os grampos que prendiam seus cabelos em uma cascata cacheada sobre um dos ombros eram longos e afiados como lâminas — feitos, para a felicidade de Celaena, por Philippa, para que ela não precisasse sair "passeando por aí com metal frio enfiado entre os seios".

— Ah — foi tudo o que Chaol disse.

Os dois chegaram à entrada principal em silêncio, e Celaena colocou as luvas de pelica enquanto se aproximavam das portas duplas enormes que se abriam para o pátio. Ela estava prestes a descer os degraus quando Chaol tocou seu ombro.

— Cuidado — disse ele, verificando a carruagem, o cocheiro, o lacaio. Eles pareciam passar na inspeção. — Não se coloque em perigo.

— Este é o meu trabalho, sabia? — Celaena jamais deveria ter contado a Chaol sobre a captura, jamais deveria ter permitido que ele a visse tão vulnerável, porque agora o capitão só se preocuparia com ela e duvidaria e a irritaria infinitamente. Ela não sabia por que fez aquilo, mas afastou o toque suave de Chaol e disse, com rigidez: — Vejo você amanhã.

O corpo dele se enrijeceu, como se tivesse levado um golpe, e Chaol exibiu os dentes.

— Como assim *amanhã*?

De novo, aquele ódio idiota e intenso tomou conta, e Celaena deu um sorriso vagaroso para o capitão.

— Você é um garoto inteligente — observou ela, descendo os degraus até a carruagem. — Descubra sozinho.

Chaol continuou encarando, como se não a conhecesse, o corpo completamente imóvel. Celaena não deixaria que ele pensasse que ela era vulnerável, ou tola, ou inexperiente — não quando havia trabalhado e sacrificado tanto para chegar àquele ponto. Talvez tivesse sido um erro permitir que Chaol a conhecesse; porque a ideia de o capitão pensar que Celaena era fraca, que precisava ser protegida, a fazia querer quebrar os ossos de alguém.

— Boa noite — cumprimentou ela, e antes que pudesse reconsiderar tudo o que acabara de insinuar, entrou na carruagem e foi embora.

Ela se preocuparia com Chaol mais tarde. Naquela noite, o foco era Archer — e arrancar a verdade dele.

Archer a esperava dentro de uma sala de jantar exclusiva, frequentada pela elite de Forte da Fenda. A maioria das mesas já estava ocupada, as roupas chiques e as joias dos clientes reluziam sob a iluminação fraca.

Enquanto a criada na entrada lhe ajudava a tirar o manto, Celaena fez questão de ficar de costas para Archer — para que ele pudesse ver a renda preta exótica que cobria suas costas nuas (e escondia a maioria das cicatrizes obtidas em Endovier). A assassina sentiu os olhos da criada sobre si também, mas fingiu não reparar.

Archer exalou, e Celaena se virou e o pegou sorrindo, balançando a cabeça devagar.

— Acho que "estonteante", "linda" e "deslumbrante" são as palavras que você procura — falou Celaena. Ela aceitou o braço de Archer enquanto os dois eram levados para uma mesa em um espaço reservado da sala ornamentada.

O cortesão passou o dedo pela manga de veludo vermelho do vestido dela.

— Fico feliz por ver que seu gosto amadureceu com você. E com sua arrogância, parece.

Teria sorrido de qualquer forma, disse Celaena para si mesma.

Depois que se sentaram, que o cardápio foi recitado e que pediram o vinho, Celaena se pegou encarando aquele rosto exótico.

— Então — disse ela, recostando-se na cadeira —, quantas senhoras querem me matar nesta noite por monopolizar seu tempo?

Archer deu uma gargalhada engasgada.

— Se eu contasse, você dispararia de volta para o castelo.

— Ainda é tão popular assim?

Archer gesticulou com a mão ao tomar um gole do vinho.

— Ainda tenho minhas dívidas com Clarisse — disse ele, nomeando a madame mais influente e próspera da capital. — Mas... sim. — Um brilho piscou no olho dele. — E aquele seu amigo emburrado? Devo tomar cuidado esta noite também?

Aquilo era uma dança de apresentação, um prelúdio para o que viria mais tarde. Celaena piscou um olho para Archer.

— Ele sabe muito bem que não deve tentar me manter trancada.

— Que Wyrd ajude o homem que tentar. Ainda lembro como você era travessa.

— E eu pensando que você me achava encantadora.

— Do modo como o filhote de um gato selvagem é encantador, imagino.

Ela riu e tomou um pequeno gole do vinho. Precisava manter a mente o mais nítida possível. Quando apoiou o copo na mesa, viu que Archer lhe lançava aquele olhar triste e contemplativo como no dia anterior.

— Posso perguntar como acabou trabalhando para ele? — Celaena sabia que Archer se referia ao rei, e também sabia que ele estava ciente de que os dois não eram as únicas pessoas na sala de jantar. Archer teria dado um bom assassino.

Talvez as suspeitas do rei não fossem tão absurdas.

Mas ela havia se preparado para aquela pergunta e diversas outras, então deu um sorriso perverso e falou:

— Pelo visto, minhas habilidades são mais adequadas para auxiliar o império do que para a mineração. Trabalhar para ele e trabalhar para Arobynn é quase o mesmo. — Isso não era mentira, de fato.

Archer assentiu devagar e pensativo.

— Nossas profissões sempre foram semelhantes, a sua e a minha. Não sei dizer o que é pior: nos treinar para o quarto ou para o campo de batalha.

Se Celaena recordava bem, Archer tinha 12 anos quando Clarisse o descobriu, um órfão correndo solto pelas ruas da capital, e o convidou para treinar com ela.

E quando ele fez 17 anos e teve a festa do leilão por sua virgindade, houve rumores de verdadeiras brigas irrompendo entre as potenciais clientes.

— Não sei dizer também. São igualmente terríveis, imagino. — Celaena ergueu a taça de vinho em um brinde. — Aos nossos estimados donos.

Os olhos dele se detiveram em Celaena por um momento antes de erguer a taça e dizer:

— A *nós*.

O som da voz dele foi o bastante para fazer a pele de Celaena esquentar, mas seu olhar ao dizer aquilo, a curva daquela boca divina... Archer também era uma arma. Uma arma linda e mortal.

Ele se inclinou sobre a borda da mesa, mantendo Celaena imóvel com o olhar. Um desafio — e um convite íntimo.

Que os deuses e Wyrd me salvem.

Celaena precisou, de verdade, tomar um longo gole do vinho dessa vez.

— Vai levar mais do que alguns olhares sedutores para me tornar sua escravizada voluntária, Archer. Deveria saber que não pode tentar os truques de sua profissão em mim.

Ele soltou uma gargalhada baixa e rouca que Celaena sentiu dentro do corpo.

— E acho que sabe o suficiente para perceber que não os estou usando. Se *estivesse*, nós já teríamos saído do restaurante.

— Esta é uma alegação muito, muito ousada. Não acho que quer competir comigo quando se trata de truques de profissão.

— Ah, quero fazer muitas coisas com você.

Celaena nunca se sentiu tão feliz por ver uma criada na vida, e nunca se dera conta de que uma tigela de sopa poderia ser tão interessante.

Como havia dispensado a carruagem apenas para irritar Chaol e confirmar a insinuação, Celaena acabou no veículo de Archer depois do jantar. A refeição em si tinha sido muito agradável — conversas sobre antigos amigos, teatro, livros, o tempo horroroso. Todos tópicos confortáveis e seguros, embora Archer ficasse olhando para Celaena como se ela fosse a presa, e aquela, uma longa caçada.

Sentaram-se lado a lado no banco da carruagem, perto o suficiente para que Celaena sentisse o cheiro de qualquer que fosse a colônia refinada que Archer usava — uma mistura elegante e provocadora que a fez pensar em lençóis de seda e luz de velas. Então ela voltou a mente para o que estava prestes a fazer.

A carruagem parou subitamente, e Celaena olhou pela pequena janela, vendo uma mansão urbana linda e familiar. Archer olhou para ela e gentilmente entrelaçou os dedos nos de Celaena antes de levar a mão dela aos lábios. Foi um beijo suave e lento que fez o corpo dela arder. Archer murmurou na pele da assassina:

— Quer entrar?

Celaena engoliu em seco.

— Não quer uma noite de folga? — Aquilo não era o que ela esperava. E... *não* era o que ela queria, à exceção dos flertes.

Archer ergueu a cabeça, mas ainda segurava a mão de Celaena, o polegar acariciando pequenos círculos na pele incandescente da jovem.

— É imensamente diferente quando a escolha é minha, sabe.

Outra pessoa poderia não ter percebido, mas Celaena também crescera sem escolhas, e reconhecia o brilho da amargura. Ela recolheu sua mão com cuidado.

— Você odeia sua vida? — As palavras de Celaena eram pouco mais que um sussurro.

Ele a olhou — *olhou* de verdade, como se, de alguma forma, ainda não a tivesse visto até aquele momento.

— Às vezes — respondeu Archer, então voltou os olhos para a janela atrás de Celaena e para a mansão mais além. — Porém algum dia — continuou ele —, algum dia terei dinheiro o suficiente para pagar Clarisse de vez... para estar *livre* de verdade... e viver por conta própria.

— Você deixaria de ser cortesão?

Archer deu um meio sorriso que pareceu mais verdadeiro do que qualquer expressão que ela tivesse visto nele naquela noite.

— A essa altura, ou serei rico o suficiente para nunca mais precisar trabalhar ou velho o bastante para que ninguém queira me contratar.

Celaena teve um lampejo de memória de uma época em que, apenas por um momento, tinha sido livre; quando o mundo estivera totalmente aberto, e ela, prestes a entrar nele com Sam ao seu lado. Era uma liberdade pela qual Celaena ainda trabalhava, porque embora a tivesse degustado por apenas um instante, tinha sido o instante mais delicioso que já experimentara.

Ela respirou para se acalmar e encarou Archer. Estava na hora.

— O rei me enviou para matar você.

CAPÍTULO 11

O treinamento com os assassinos devia ter valido a pena, pois Archer estava do outro lado da carruagem empunhando uma adaga oculta entre os dois antes que Celaena conseguisse piscar.

— Por favor — sussurrou ele, o peito inflando e esvaziando em intervalos irregulares. — Por favor, Laena. — Celaena abriu a boca, pronta para explicar tudo, mas Archer arquejava, os olhos arregalados. — Posso pagar.

Uma pequena e miserável parte de Celaena estava levemente orgulhosa diante da visão do cortesão se acovardando. Mas ela ergueu as mãos, mostrando que não estava armada — ao menos até onde Archer podia ver.

— O rei acha que você faz parte de um movimento rebelde que está atrapalhando os planos dele.

Uma gargalhada áspera e curta — tão crua que nada do homem suave e gracioso era reconhecível sob aquele som.

— Não faço parte de movimento nenhum! Que Wyrd me desgrace, posso me prostituir, mas não sou um *traidor*! — Celaena manteve as mãos onde Archer pudesse ver, e abriu a boca para dizer a ele que se calasse, se sentasse e ouvisse. Mas Archer continuou: — Não sei nada sobre um movimento desses, nem mesmo *ouvi falar* de alguém que ousaria tentar se colocar no caminho do rei. Mas... mas... — O fôlego dele se equilibrou. — Se me poupar, posso lhe dar informações sobre um grupo que *sei* que está começando a reunir poder em Forte da Fenda.

— O rei está atrás das pessoas erradas?

— Não sei — falou Archer rapidamente —, mas tem um grupo... sobre o qual ele deve querer mais informações. Parece que recentemente descobriram que o rei talvez esteja planejando algum novo horror para todos nós... e querem tentar impedi-lo.

Se Celaena fosse uma pessoa legal e decente, diria a Archer para tomar tempo, se acalmar e organizar a mente. Mas ela não era uma pessoa legal e decente, e o pânico do cortesão fazia com que a língua dele se soltasse, então ela o deixou continuar.

— Só ouvi clientes sussurrando a respeito de vez em quando. Mas tem um grupo formado bem aqui em Forte da Fenda, e querem colocar Aelin Galathynius de volta no trono de Terrasen.

O coração de Celaena parou de bater. Aelin Galathynius, a herdeira perdida de Terrasen.

— Aelin Galathynius está morta — sussurrou Celaena.

Archer fez que não com a cabeça.

— Eles acham que não. Dizem que está viva e levantando um exército contra o rei. Está procurando restabelecer a corte, encontrar o que sobrou do círculo íntimo do rei Orlon.

Celaena apenas o encarou, desejando que seus dedos se abrissem, desejando que ar entrasse em seu pulmão. Se fosse verdade... Não, não era verdade. Se aquelas pessoas realmente alegavam ter encontrado a herdeira ao trono, essa herdeira *tinha* que ser uma impostora.

Seria mera coincidência que Nehemia houvesse mencionado a corte de Terrasen naquela manhã? Que Terrasen fosse a única força capaz de enfrentar o rei — se o reino pudesse se reerguer, com ou sem a verdadeira herdeira? Mas Nehemia jurara nunca mentir para Celaena; se soubesse de alguma coisa, teria dito.

A assassina fechou os olhos, embora estivesse ciente de cada movimento de Archer. Na escuridão, ela se recompôs, afastou aquela esperança desesperada e tola até que nada além de um medo eterno a cobrisse de novo.

Celaena abriu os olhos. Archer a olhava boquiaberto, o rosto branco como a morte.

— Não tenho intenção de matar você, Archer — disse ela. O cortesão afundou o corpo contra o banco, afrouxando a mão sobre a adaga. — Vou lhe dar uma escolha. Pode fingir a própria morte agora mesmo e fugir da cidade antes do alvorecer. *Ou* posso lhe dar até o fim do mês, quatro semanas. Quatro semanas para discretamente colocar seus negócios em ordem; presumo que tenha dinheiro preso em Forte da Fenda. Mas o tempo vem com um custo: manterei você vivo apenas se puder me dar informações sobre o que quer que seja esse movimento rebelde de Terrasen e o que quer que saibam sobre os planos do rei. Ao fim do mês, você *fingirá* a própria morte e *deixará* esta cidade, irá para algum lugar longínquo e nunca mais usará o nome Archer Finn de novo.

O cortesão a encarou atenta e cautelosamente.

— Precisarei do resto do mês para recolher meu dinheiro. — Ele exalou, então esfregou o rosto com as mãos. Depois de um longo instante, Archer falou: — Talvez isto seja uma bênção disfarçada. Poderei ficar livre de Clarisse e começar a vida do zero em outro lugar. — Embora Archer tivesse dado um sorriso hesitante para Celaena, os olhos ainda pareciam assombrados. — Por que o rei sequer suspeitou de mim?

A assassina se odiava por sentir tanta pena de Archer.

— Não sei. Ele só me entregou um pedaço de papel com seu nome e disse que você era parte de algum movimento para atrapalhar os planos dele, quaisquer que sejam esses planos.

Archer riu com escárnio.

— Gostaria que pudesse ser esse tipo de homem.

Celaena o avaliou: o maxilar bem marcado, a estrutura corporal larga, tudo sugeria força. Mas o que acabara de ver... aquilo não era força. Chaol soubera imediatamente que tipo de homem Archer era. Chaol enxergara através da ilusão da força, e ela não. A vergonha esquentou suas bochechas, mas Celaena se obrigou a falar de novo:

— Você realmente acha que pode descobrir informações sobre esse... esse movimento de Terrasen? — Embora a herdeira deles só pudesse ser uma impostora, valia a pena investigar o movimento em si. Elena pedira que Celaena procurasse por pistas; ela poderia encontrar algumas ali.

Archer assentiu.

— Haverá um baile amanhã à noite na casa de um cliente; ouvi ele e os amigos murmurando sobre o movimento. Se eu colocar você dentro da festa, talvez tenha chance de investigar o escritório da casa. Talvez até encontre traidores *de verdade* na festa, não apenas suspeitos.

E algumas ideias sobre o que rei poderia estar tramando. Ah, aquela informação poderia ser *muito* útil.

— Mande os detalhes para o castelo amanhã de manhã, aos cuidados de Lillian Gordaina — disse Celaena. — Mas se essa festa se revelar um monte de besteira, vou reconsiderar minha oferta. Não me faça de tola, Archer.

— Você é protegida de Arobynn — declarou ele, baixinho, abrindo a porta da carruagem e mantendo o máximo de distância que podia ao sair. — Eu não ousaria.

— Que bom — falou Celaena. — E, Archer? — O cortesão parou, a mão na porta da carruagem. Ela inclinou o corpo para a frente, deixando um pouco daquela obscuridade maliciosa brilhar nos olhos. — Se eu descobrir que não está sendo discreto, se chamar atenção demais para si ou tentar fugir... *vou* acabar com você. Está claro?

Archer deu um aceno curto.

— Sou seu eterno servo, milady. — E então ele lançou um leve sorriso que fez com que ela questionasse se por acaso se arrependeria da decisão de deixá-lo viver.

Recostada no banco da carruagem, Celaena bateu no teto e o cocheiro seguiu para o castelo. Embora estivesse exausta, tinha uma última coisa a fazer antes de dormir.

Celaena bateu uma vez, então abriu a porta do quarto de Chaol apenas o bastante para olhar para dentro. Ele estava imobilizado diante da lareira, como se há pouco estivesse andando de um lado para o outro.

— Achei que estaria dormindo — falou Celaena, entrando. — Passa da meia-noite.

Ele cruzou os braços, o uniforme de capitão amassado e desabotoado no colarinho.

— Então por que se incomodou em passar aqui? De qualquer modo, achei que não fosse voltar para casa esta noite.

Celaena fechou mais a capa ao redor do corpo, os dedos enterrando-se na pele macia, e ergueu o queixo.

— Parece que Archer não era tão irresistível quanto eu me lembrava. Engraçado como um ano em Endovier pode mudar o modo como vemos as pessoas.

Os lábios de Chaol se repuxaram para cima, mas o rosto permaneceu solene.

— Conseguiu a informação que queria?

— Sim, e mais um pouco — disse ela.

Celaena explicou o que Archer lhe contara (fingindo que ele acidentalmente passara a informação, é claro). Explicou os rumores acerca da herdeira perdida de Terrasen, mas deixou de fora as partes a respeito de Aelin Galathynius procurar restabelecer sua corte e montar um exército. E sobre Archer não fazer parte do movimento de verdade. Ah, e sobre querer descobrir os verdadeiros planos do rei.

Quando terminou de contar a Chaol a respeito do baile que aconteceria, ele caminhou até a lareira e apoiou as mãos na moldura, encarando a tapeçaria pendurada na parede acima. Embora estivesse desbotada e surrada, Celaena imediatamente reconheceu a antiga cidade aninhada na lateral de uma montanha acima de um lago prateado: Anielle, o lar de Chaol.

— Quando vai contar ao rei? — perguntou ele, virando a cabeça para olhar para Celaena.

— Só quando souber se isso é mesmo real, ou só depois de usar Archer para conseguir o máximo de informação possível antes de matá-lo.

Chaol assentiu, afastando o corpo da lareira.

— Apenas tome cuidado.

— Você vive dizendo isto.

— Tem algo errado em dizer isto?

— Sim, tem! Não sou uma tola idiota que não pode se proteger ou usar a cabeça!

— Alguma vez insinuei isto?

— Não, mas fica dizendo "tome cuidado" e me dizendo o quanto se preocupa, insistindo em me ajudar com as coisas e...

— Porque eu me *preocupo*!

— Bem, não deveria! Sou tão capaz de tomar conta de mim quanto você!

Chaol deu um passo na direção dela, mas Celaena se manteve onde estava.

— Acredite em mim, Celaena — disparou ele, os olhos irritados. — Sei que pode tomar conta de si mesma. Mas me preocupo porque me *importo*. Que os deuses me ajudem, sei que não deveria, mas me importo. Então *sempre* direi para você tomar cuidado, porque *sempre* me importarei com o que acontecer.

Ela piscou.

— Ah. — Foi tudo o que conseguiu dizer.

Chaol beliscou o osso do nariz e fechou os olhos bem apertados, então tomou um fôlego longo e profundo.

Celaena deu um sorriso tímido para ele.

CAPÍTULO 12

O baile de máscaras aconteceu em uma propriedade voltada para o rio Avery e estava tão lotado que Celaena não teve problemas para entrar com Archer. Philippa conseguira encontrar um vestido branco delicado, feito de camadas de *chiffon* e seda estampadas como penas sobrepostas. Uma máscara combinando obscurecia a metade superior de seu rosto, e penas de marfim e pérolas tinham sido entremeadas nos cabelos.

Felizmente, era um baile de máscaras, e não uma festa normal, pois Celaena certamente reconhecia alguns dos rostos na multidão. Eram em sua maioria outros cortesãos que ela conhecera um dia, junto com madame Clarisse. Durante o percurso de carruagem até ali, Archer prometera que Arobynn Hamel não participaria, nem Lysandra — uma cortesã com quem Celaena tinha uma história longa e violenta, e alguém que a assassina tinha quase certeza de que mataria se visse novamente. No fim das contas, só ver Clarisse passeando pela festa, organizando encontros entre seus cortesãos e convidados, já foi o suficiente para deixá-la agitada.

Enquanto Celaena fora de cisne, Archer se vestira de lobo — a túnica metálica, as calças justas cinza como um pombo e as botas pretas reluzentes. A máscara de lobo cobria tudo exceto os lábios sensuais, que estavam entreabertos em um sorriso bastante lupino no momento, enquanto ele apertava a mão que Celaena apoiara sobre seu braço.

— Não é a melhor festa na qual estaremos presentes — disse ele —, mas Davis tem o melhor chef de *pâtisserie* em Forte da Fenda.

De fato, ao longo do salão, mesas estavam lotadas com os doces mais lindos e extravagantes que Celaena já vira. Massas recheadas com creme, biscoitos polvilhados com açúcar e chocolate, chocolate, chocolate chamando-a para todas as direções. Talvez pegasse alguns antes de sair. Foi um esforço retornar o olhar para Archer.

— Há quanto tempo ele é seu cliente?

Aquele sorriso lupino hesitou.

— Já faz alguns anos. E foi por isso que reparei na mudança de comportamento. — A voz de Archer baixou até virar um sussurro, as palavras fazendo cócegas nas orelhas de Celaena quando ele se aproximou. — Está mais desconfiado, come menos e se entoca no escritório sempre que pode.

Do outro lado do salão de baile em domo, enormes janelas davam para um pátio que se voltava para uma extensão reluzente do rio Avery. Celaena conseguia imaginar aquelas portas escancaradas no verão, e como seria delicioso dançar ao longo da margem do rio sob as estrelas e as luzes da cidade.

— Tenho uns cinco minutos antes de precisar fazer minhas rondas — falou Archer, os olhos seguindo Clarisse, que patrulhava o salão. — Ela vai esperar um leilão por mim em uma noite como esta. — O estômago de Celaena se revirou, e ela percebeu que pegava a mão dele. Mas Archer apenas lhe lançou um sorriso confuso. — Apenas mais algumas semanas, certo? — Ainda havia bastante amargura, e Celaena apertou os dedos de Archer de modo reconfortante.

— Certo — jurou ela.

Archer apontou o queixo na direção de um homem troncudo de meia-idade que fazia a corte a um grupo de pessoas bem-vestidas.

— Aquele é Davis — disse o cortesão, sussurrando. — Não vi muito durante minhas visitas, mas acho que ele pode ser um líder importante nesse grupo.

— Está presumindo isso embasado no lampejo de alguns papéis na casa?

Archer colocou as mãos nos bolsos.

— Uma noite, há uns dois meses, eu estava aqui quando três dos amigos dele vieram... todos meus clientes também. Era urgente, disseram, e quando Davis saiu do quarto...

Celaena lançou um sorriso a Archer.

— Você, de alguma forma, acidentalmente ouviu tudo?

O cortesão também sorriu, mas o sorriso sumiu quando olhou de novo para Davis, que estava servindo vinho para as pessoas reunidas em volta dele, inclusive algumas jovens que pareciam estar a um ou dois anos dos 16. O próprio sorriso de Celaena também sumiu. Aquele era um lado de Forte da Fenda do qual ela não sentira falta nenhuma.

— Eles passaram mais tempo reclamando do rei do que fazendo planos. E, independentemente do que possam alegar, acho que não se importam de verdade com Aelin Galathynius. Acredito que só querem encontrar um monarca que sirva melhor aos interesses *deles*, e talvez só queiram que ela levante um exército para que seus negócios prosperem durante a guerra que se seguiria. Se a ajudarem, lhe derem os recursos tão necessários...

— Então ela estaria em dívida com eles. Querem uma rainha marionete, não um verdadeiro monarca. — É claro... é claro que iriam desejar algo assim. — Sequer são *de* Terrasen?

— Não. A família de Davis era, fazia anos, mas ele passou a vida inteira em Forte da Fenda. Se alegar lealdade a Terrasen, será apenas uma meia verdade.

Celaena trincou os dentes.

— Desgraçados egoístas.

Archer deu de ombros.

— Isso pode ser verdade. Mas também resgataram um bom número de vítimas em potencial das forcas do rei, aparentemente. Na noite em que os amigos dele irromperam na casa, foi porque haviam conseguido salvar um dos informantes do interrogatório do rei. Eles o tiraram de Forte da Fenda antes do alvorecer do dia.

Será que Chaol sabia daquilo? Considerando como reagira por ter matado Cain, Celaena não achava que torturar e enforcar traidores fizesse parte dos deveres do capitão — ou que sequer fossem mencionados para ele. Ou para Dorian, pensando bem.

Mas se Chaol não estivesse no comando do interrogatório de possíveis traidores, quem estava? Seria aquela pessoa a fonte que dera ao rei a última lista de traidores da coroa? Nossa, havia tantas coisas a serem levadas em conta, tantos segredos e tramas.

— Acha que consegue me colocar dentro do escritório de Davis agora? — perguntou Celaena. — Quero investigar um pouco.

Archer deu um risinho.

— Minha querida, por que acha que a trouxe até aqui? — Ele a levou suavemente até uma porta lateral próxima, uma entrada de criados. Ninguém reparou quando entraram, e se tivessem reparado, as mãos de Archer percorrendo o corpo, os braços, os ombros, o pescoço de Celaena sugeririam que buscavam um pouco de privacidade.

Com um sorriso sedutor no rosto, Archer puxou Celaena pelo pequeno corredor, então escada acima, sempre com o cuidado de movimentar as mãos sobre o corpo dela para o caso de alguém os ver. Mas todos os servos estavam ocupados, e o corredor do andar de cima estava vazio e silencioso, com as paredes de painéis de madeira e o carpete imaculado. As pinturas ali — diversas de artistas que Celaena reconhecia — valiam uma pequena fortuna. Archer se moveu com uma destreza que provavelmente vinha de anos de entrar e sair despercebido de quartos. Ele levou Celaena para um conjunto de portas duplas trancadas.

Antes que ela conseguisse tirar um dos grampos de Philippa do cabelo para destrancar a fechadura, uma haste surgiu na mão do cortesão. Ele lançou um sorriso conspiratório para Celaena. Um segundo depois disso, a porta do escritório se abriu, revelando um quarto alinhado com estantes de livros sobre um carpete azul ornamentado, com samambaias em vasos espalhadas pelos cantos. Havia uma grande mesa no centro, duas poltronas diante dela, e um divã estendia-se próximo a uma lareira apagada. Celaena parou à porta, pressionando o corpete apenas para sentir a adaga enfiada dentro dele. Ela roçou as pernas para verificar as duas outras presas às coxas.

— Eu devo descer — falou Archer, olhando para o corredor atrás deles. Os sons de uma valsa subiam do salão de baile. — Tente ser rápida.

Celaena ergueu uma sobrancelha, embora a máscara cobrisse suas feições.

— Está me dizendo como fazer meu trabalho?

• 99 •

Ele se aproximou, roçando os lábios contra o pescoço dela.

— Não sonharia com isso — respondeu para a pele de Celaena. Então Archer se virou e foi embora.

A assassina rapidamente fechou a porta, então caminhou até as janelas do outro lado do quarto e fechou as cortinas. A luz fraca que brilhava sob a porta foi suficiente para enxergar enquanto se movia até a mesa de madeira de lei e acendia uma vela. Os jornais da noite, uma pilha de cartões de resposta ao baile de máscaras daquela noite, um registro de despesas pessoais...

Normal. Completamente normal. Celaena vasculhou o restante da mesa, abrindo gavetas e batendo em cada superfície para verificar se havia compartimentos secretos. Quando isso não deu em nada, ela caminhou até uma das estantes de livros, puxando os volumes para ver se algum era oco. Estava prestes a se virar quando um título chamou sua atenção.

Um livro com uma única marca de Wyrd estampada na lombada em tinta vermelho-sangue.

Celaena o puxou para fora e correu até a mesa, apoiando a vela ao abrir o livro.

Estava cheio de marcas de Wyrd — cada página coberta com elas, e com palavras em uma língua que Celaena não reconhecia. Nehemia dissera que era conhecimento secreto — que as marcas de Wyrd eram tão antigas que tinham sido esquecidas havia séculos. Títulos como aquele foram queimados com o restante dos livros sobre magia. Celaena encontrara um na biblioteca do palácio — *Os mortos andam* —, mas havia sido uma besteira. A arte de usar as marcas de Wyrd estava perdida; apenas a família de Nehemia sabia como usar devidamente seu poder. Mas ali, nas mãos dela... Celaena folheou o livro.

Alguém escrevera uma frase na parte de dentro da quarta capa, e a assassina aproximou a vela para olhar o que havia sido rabiscado.

Era uma charada — ou alguma combinação estranha de palavras:

É apenas com o olho que se pode ver corretamente.

Mas que diabo aquilo significava? E o que Davis, um negociante meio corrupto qualquer, fazia com um livro sobre marcas de Wyrd, entre tantas coisas? Se estava tentando interferir com os planos do rei... Pelo bem de Erilea, Celaena rezou para que o rei jamais ouvisse falar das marcas de Wyrd.

Ela decorou a charada. Anotaria quando voltasse para o castelo — talvez perguntasse a Nehemia se sabia o que significava. Ou se tinha ouvido falar de Davis. Archer poderia ter lhe dado informações vitais, mas ele obviamente não sabia de tudo.

Fortunas haviam sido desfeitas quando a mágica se perdeu; pessoas que tinham ganhado a vida durante anos explorando seus poderes foram subitamente deixadas com nada. Parecia natural que buscassem outra fonte de poder, embora o rei a tivesse ilegalizado. Mas o que...

Passos soaram no corredor. Celaena agilmente colocou o livro de volta na prateleira, então olhou para a janela. O vestido era muito grande, e a janela pequena e alta demais para que ela conseguisse sair facilmente por aquele caminho. E sem outra saída...

Uma tranca estalou nas portas duplas.

Celaena se apoiou na mesa, pegando o lenço, curvando os ombros e começando um choro soluçado deprimente assim que Davis entrou no escritório.

O homem baixo e corpulento parou ao vê-la, o sorriso que estivera em seu rosto sumiu. Felizmente, Davis estava sozinho. Celaena ergueu o rosto, fazendo o melhor para parecer envergonhada.

— Ah! — disse ela, secando os olhos com o lenço através das aberturas da máscara. — Ah, desculpe, eu... eu precisava de um lugar para ficar sozinha por um momento e d-d-disseram que eu poderia entrar aqui.

Os olhos de Davis se estreitaram, então se voltaram para a chave na fechadura.

— Como entrou? — Uma voz suave e hesitante, transbordando de suspeita... e um toque de medo.

Ela emitiu mais um soluço e estremeceu.

— A governanta. — Celaena esperava que a pobre mulher não fosse esfolada viva depois daquilo. Ela conteve a voz, tropeçando e se apressando com as palavras. — Me-meu prometido m-m-me d-deixou.

Sinceramente, às vezes se questionava se havia algo de errado consigo por conseguir chorar tão facilmente.

Davis a avaliou de novo, o lábio se contraindo — não por empatia, percebeu Celaena, mas por nojo daquela mulher tola e chorona, soluçando por causa do noivo. Como se fosse um desperdício colossal de seu precioso tempo reconfortar uma pessoa sofrendo.

A ideia de Archer ter que servir àquelas pessoas que o olhavam como se ele fosse um brinquedo a ser usado até que se quebrasse... Celaena se concentrou na respiração. Só precisava sair dali sem levantar suspeitas de Davis. Uma palavra para os vigias no fim do corredor, e ela estaria em mais apuros do que desejaria — e poderia arrastar Archer consigo.

Celaena soluçou e estremeceu mais uma vez.

— Há um toalete para as damas no primeiro andar — falou Davis, aproximando-se dela para acompanhá-la para fora. Perfeito.

Quando o nobre se aproximou, retirou a máscara de ave que usava, revelando um rosto que provavelmente fora bonito na juventude. A idade e o excesso de bebida o haviam fustigado em bochechas flácidas, cabelos ralos e loiros como palha e compleição abatida. Capilares haviam estourado na ponta do nariz dele, manchando-o de um vermelho-arroxeado que se contrapunha aos olhos cinza aquosos.

Ele parou perto o suficiente para tocar Celaena e estendeu a mão. Ela limpou os olhos mais uma vez, então colocou o lenço de volta no bolso do vestido.

— Obrigada — sussurrou Celaena, olhando para o chão quando Davis pegou sua mão. — E-eu peço desculpas pela invasão.

Celaena o ouviu tomar fôlego repentinamente antes de ver o lampejo de metal.

Ela o imobilizou no chão em um segundo — mas não rápido o suficiente para evitar a ferroada da adaga de Davis no antebraço. Os metros de tecido que compunham seu vestido a incomodavam enquanto prendia o homem no carpete, uma linha fina de sangue aumentava e escorria pelo braço exposto dela.

— Ninguém tem a chave deste escritório — grunhiu Davis, apesar de estar imobilizado sobre as costas. Corajoso ou tolo? — Nem mesmo minha governanta.

Celaena mexeu a mão, apontando para os pontos no pescoço dele que o deixariam inconsciente. Se pudesse esconder o antebraço, ainda poderia sair dali despercebida.

— O que estava procurando? — indagou Davis, o hálito fedendo a vinho enquanto ele agitava o corpo contra as mãos de Celaena.

Ela não se incomodou em responder, e o homem impulsionou o corpo para cima, tentando soltar-se. Ela jogou o peso do corpo contra Davis, erguendo a mão para dar o golpe.

Então ele deu uma risada baixa.

— Não quer saber o que estava naquela lâmina?

Celaena poderia ter rasgado o rosto dele com as unhas pelo sorriso reluzente que Davis lhe deu. Em um movimento suave e ágil, ela pegou a adaga dele e cheirou.

A assassina jamais se esqueceria daquele cheiro almiscarado, nem em mil vidas: gloriella, um veneno suave que causava horas de paralisia. Tinha sido usado para derrubá-la na noite em que foi capturada, para impedi-la de reagir enquanto era levada aos homens do rei e jogada nas masmorras reais.

O sorriso de Davis se tornou triunfante.

— Apenas o bastante para fazê-la apagar até meus guardas chegarem... e a levarem a um local mais reservado. — Onde Celaena seria torturada, isso ele não precisava acrescentar.

Desgraçado.

A quanto tinha sido exposta? O corte era superficial e pequeno. Mas Celaena sabia que a gloriella já estava pulsando em seu corpo, do mesmo modo que fizera nos dias depois de ter se deitado ao lado do cadáver desfeito de Sam, sentindo o cheiro da fumaça almiscarada que ainda se prendia ao corpo dele. Precisava ir. *Agora.*

Celaena puxou a mão livre para apagar Davis, mas seus dedos pareciam duros, soltos; e apesar de ser baixo, ele era *forte*. Alguém devia tê-lo treinado, porque em um movimento rápido demais, ele a agarrou pela cintura, contorcendo o corpo de Celaena no chão. Ela caiu no carpete com tanta força que o ar foi sugado de seus pulmões, sua cabeça girava, e ela soltou a adaga. A gloriella estava agindo rápido — rápido demais. Celaena precisava sair.

Um lampejo de pânico percorreu seu corpo, puro e espesso. O vestido cheio atrapalhava, mas Celaena concentrou o pouco de controle que ainda tinha em levantar as pernas e chutar — com tanta força que Davis a soltou por um momento.

— *Vadia!* — Ele disparou contra Celaena de novo, mas ela já havia agarrado a adaga envenenada. Um segundo depois, ele agarrava o próprio pescoço enquanto o sangue jorrava em Celaena, no vestido, nas mãos.

Davis caiu de lado, agarrando a garganta como se pudesse segurá-la, evitar que o sangue vital se derramasse. O homem fazia um ruído gorgolejante familiar, mas a assassina não ofereceu a compaixão de acabar com a vida de Davis enquanto cambaleava até ficar de pé. Não, sequer lhe deu um olhar de despedida ao pegar a adaga e rasgar a saia do vestido até a altura dos joelhos. No momento seguinte, ela estava na janela do escritório de Davis, avaliando os vigias e as carruagens estacionadas abaixo, cada pensamento mais confuso do que o anterior enquanto escalava o peitoril.

Celaena não sabia como tinha conseguido nem quanto tempo levara, mas, subitamente, estava no chão e em disparada na direção do portão da frente aberto.

Os vigias, lacaios ou criados começaram a gritar. Ela corria — corria o mais rápido possível, perdendo o controle do corpo a cada pulsação que impulsionava a gloriella em suas veias.

Estavam na parte rica da cidade — perto do Teatro Real —, e Celaena examinou o horizonte, buscando, buscando o castelo de vidro. Ali! As torres brilhantes jamais pareceram mais lindas, mais acolhedoras. Precisava voltar.

Com a visão embaçada, Celaena trincou os dentes e correu.

A assassina teve consciência o bastante para arrancar o manto de um bêbado que cochilava em uma esquina e limpar o sangue do rosto, embora tivesse precisado de diversas tentativas para manter as mãos firmes enquanto corria. Depois que o manto escondeu seu vestido destruído, ela disparou para os portões principais dos arredores do castelo — onde os guardas a reconheceram, embora a iluminação fosse fraca demais para que vissem com atenção. O ferimento tinha sido pequeno e superficial; Celaena conseguiria. Só precisava entrar, alcançar a segurança...

Mas ela tropeçou na estrada sinuosa que dava no castelo, e a corrida se tornou uma caminhada cambaleante antes mesmo de chegar lá. Celaena não poderia entrar pela frente daquela forma, a não ser que quisesse que todos vissem — a não ser que quisesse que todos soubessem quem fora responsável pela morte de Davis.

Ela deslizava a cada passo ao seguir para uma entrada lateral, onde portas de ferro com ferrolho eram deixadas parcialmente abertas para a noite — o quartel. Não era o melhor lugar para entrar, mas era bom o bastante. Talvez os guardas fossem discretos.

Um pé diante do outro. Apenas mais um pouco...

Celaena não se lembrava de ter passado pelas portas do quartel, apenas do roçar dos ferrolhos de metal quando as abriu. A luz do corredor queimou seus olhos, mas pelo menos estava do lado de dentro...

A porta para o rancho estava aberta, e os sons de risadas e do tilintar de canecas flutuavam até ela. Será que Celaena estava dormente por causa do frio ou era a gloriella invadindo-a?

Precisava contar a alguém que antídoto lhe dar — apenas contar a alguém...

Com uma das mãos apoiada na parede, a outra segurando o manto com força ao redor do corpo, ela passou agilmente pelo rancho, cada fôlego durava uma eternidade. Ninguém a parou; ninguém sequer olhou na direção dela.

Havia uma porta no fim daquele corredor que Celaena precisava alcançar — um quarto no qual estaria segura. Manteve a mão na parede de pedra, contando as portas conforme passava. Tão perto. O manto ficou preso na maçaneta de uma porta pela qual passou e se rasgou.

Mas ela conseguiu chegar àquela que queria, ao quarto no qual estaria segura. Seus dedos não sentiram muito bem a rugosidade da madeira quando Celaena empurrou a porta e deslizou pelo portal.

Luz forte, um borrão de madeira e pedra e papel... e pela névoa, um rosto conhecido, olhando-a, boquiaberto, por detrás da mesa.

Um ruído engasgado saiu da garganta de Celaena, e ela olhou para baixo, para si mesma, por tempo o bastante para ver o sangue que cobria seu vestido branco, os braços, as mãos. No sangue, Celaena pôde ver Davis e a fenda aberta na garganta dele.

— Chaol — gemeu Celaena, buscando o rosto familiar de novo.

Mas ele já estava correndo, disparando pelo escritório. Chaol gritou o nome de Celaena quando os joelhos dela cederam, e a assassina caiu. Ela só viu o marrom-dourado dos olhos dele e aguentou tempo o suficiente para sussurrar:

— Gloriella.

Então tudo girou e ficou preto.

CAPÍTULO 13

Foi uma das noites mais longas da vida de Chaol.

Cada segundo se passara com uma percepção horrível — cada segundo agonizante enquanto Celaena estava deitada ali no chão do escritório, o corpete coberto com tanto sangue que o capitão não sabia dizer que lugar estava ferido. E com todas as camadas idiotas de frufrus e pregas, ele não conseguia ver os ferimentos.

Então Chaol perdeu a cabeça. Perdeu completamente. Não havia qualquer pensamento em sua mente além de pânico quando ele fechou a porta, pegou a faca de caça e rasgou o vestido de Celaena bem ali.

Mas não havia ferimentos, apenas um punhal embainhado que caiu tilintando no chão e um arranhão no antebraço. Com o vestido aberto, mal havia sangue nela. E, de repente, o pânico se dissipou o suficiente para que Chaol se lembrasse do que ela havia sussurrado: *gloriella*.

Um veneno usado para paralisar temporariamente as vítimas.

Tudo daí em diante se tornou uma série de etapas: convocar Ress discretamente; falar ao jovem e talentoso guarda que ficasse de boca fechada e encontrasse os curandeiros mais próximos; enrolar Celaena no próprio manto para que ninguém visse o sangue na sua pele; pegá-la no colo e carregá-la para os aposentos; berrar ordens para os curandeiros; finalmente, segurar a jovem na cama enquanto forçavam-lhe o antídoto pela garganta até que ela engasgasse. Então, as longas, longas horas passadas amparando-a enquanto vomitava, segurando o cabelo dela e urrando para qualquer um que entrasse no quarto.

Quando Celaena finalmente caiu em sono profundo, Chaol se sentou ao lado dela, ainda observando-a enquanto mandava Ress e seus homens mais confiáveis para a cidade, avisando que não voltassem sem respostas. Quando voltaram e contaram sobre o negociante que aparentemente foi assassinado pela própria adaga envenenada, Chaol decifrou o suficiente do que tinha se passado para ter certeza de uma coisa:

Estava feliz por Davis estar morto. Porque se o homem tivesse sobrevivido, Chaol teria voltado para terminar o serviço ele mesmo.

Celaena acordou.

Sua boca estava seca como um deserto e a cabeça latejava, mas ela conseguia se mexer. Conseguia agitar os dedos dos pés e das mãos, e reconheceu o cheiro dos lençóis bem o suficiente para saber que estava na própria cama, no próprio quarto, e em segurança.

As pálpebras estavam pesadas enquanto Celaena abria os olhos, piscando para afastar a visão embaçada que permanecia. O estômago doía, mas o efeito da gloriella havia passado. Ela olhou para a esquerda, como se soubesse, mesmo durante o sono, onde ele estava.

Chaol cochilava na poltrona, os braços e as pernas espalhados, a cabeça para trás, expondo o colarinho desabotoado da túnica e a coluna forte que era seu pescoço. Pelo ângulo da luz do sol, devia ser alvorada.

— Chaol — disse Celaena, com a voz rouca.

Ele acordou imediatamente e ficou alerta, inclinando-se na direção de Celaena como se, também, sempre soubesse onde ela estava. Quando Chaol a viu, a mão que havia se dirigido para a espada relaxou.

— Você está acordada — disse ele, a voz um murmúrio sombrio, misturada à irritação. — Como está se sentindo?

Celaena olhou para si mesma; alguém havia limpado o sangue e colocado uma camisola nela. Apenas mover a cabeça fazia tudo girar.

— Horrível — admitiu ela.

Chaol apoiou a cabeça nas mãos, deixando os cotovelos sobre os joelhos.

— Antes que diga qualquer outra coisa, apenas responda isto: você matou Davis porque estava vasculhando o escritório dele, foi surpreendida e então ele a cortou com uma lâmina envenenada? — Um lampejo dos dentes, um brilho de ódio naqueles olhos marrom-dourados.

As entranhas de Celaena se reviravam à memória, mas ela assentiu.

— Muito bem — falou o capitão, ficando de pé.

— Vai contar ao rei?

Ele cruzou os braços, aproximando-se da beira da cama e olhando-a fixamente.

— Não. — De novo, aquele temperamento volátil incendiava seus olhos. — Porque não estou com vontade de argumentar que você ainda é capaz de espionar sem ser surpreendida. Meus homens ficarão de boca fechada também. Mas da próxima vez que fizer *qualquer coisa* assim, vou jogá-la nas masmorras.

— Por tê-lo matado?

— Por ter me matado de susto! — Chaol passou as mãos pelos cabelos, andando de um lado para outro por um momento, então se virou e apontou para ela. — Sabe qual era seu estado quando apareceu aqui?

— Vou arriscar um chute e dizer... ruim?

Um olhar inexpressivo.

— Se eu não tivesse queimado seu vestido, a obrigaria a olhar para ele agora mesmo.

— Você queimou meu vestido?

Chaol estendeu os braços.

— Quer prova do que fez por aí?

— Você pode ter problemas por me acobertar assim.

— Cuidarei disso se chegar a esse ponto.

— Ah? Cuidará disso?

Chaol inclinou o corpo sobre a cama, apoiando as mãos no colchão ao berrar no rosto de Celaena.

— Sim. Vou *cuidar* disso.

Ela engoliu em seco, mas estava com a boca tão ressecada que não tinha o que engolir. Além do ódio de Chaol, havia medo o suficiente nos olhos dele para que fizesse Celaena encolher o corpo.

— Estava tão ruim assim?

Chaol desabou na beira do colchão.

— Você estava passando mal. Muito mal. Não sabíamos quanto de gloriella havia no ferimento, então os curandeiros tomaram a atitude mais segura e lhe deram uma dose forte do antídoto... o que fez com que você passasse algumas horas com a cabeça sobre um balde.

— Não me lembro de nada disso. Mal lembro de voltar para o castelo.

Chaol balançou a cabeça e encarou a parede. Havia manchas escuras sob os olhos dele, uma barba por fazer cobria seu maxilar e exaustão extrema percorria cada centímetro de seu corpo. O capitão provavelmente não caíra no sono até pouco tempo.

Celaena mal sabia aonde ia enquanto a gloriella lhe rasgava por dentro; só sabia que precisava chegar a algum lugar *seguro*.

E, de alguma forma, acabou exatamente onde tinha certeza de que estaria mais segura.

CAPÍTULO 14

Celaena odiava precisar reunir coragem para entrar na biblioteca real depois de esbarrar naquela... *coisa* algumas noites antes. E mais do que isso, odiava que o encontro tivesse transformado seu lugar preferido no castelo em algo desconhecido e possivelmente mortal.

Ela se sentia um pouco tola ao empurrar as portas altas de carvalho da biblioteca, armada até os dentes — a maioria das armas escondida da vista. Não precisava que alguém começasse a perguntar por que a campeã do rei ia para a biblioteca parecendo a caminho de um campo de batalha.

Sem se sentir inclinada a ir a Forte da Fenda depois da noite anterior, Celaena optou por passar o dia digerindo o que havia descoberto no escritório de Davis e procurando por alguma conexão entre aquele livro das marcas de Wyrd e os planos do rei. E como só vira *uma* indicação de que algo estava fora do lugar no castelo... Bem, ela reuniu coragem para tentar entender o que aquela coisa estava procurando na biblioteca. Ou se havia algum indício de para onde teria ido.

A biblioteca parecia a mesma de sempre: sombria, cavernosa, dolorosamente linda com a antiga arquitetura de pedra e corredores intermináveis alinhados com livros. E totalmente silenciosa.

Celaena sabia que havia alguns estudiosos e bibliotecários por ali, mas eles costumavam ficar nos escritórios particulares. O tamanho do lugar era arrebatador; a biblioteca era um castelo em si mesma.

O que aquela coisa estivera fazendo ali?

Celaena virou a cabeça para trás para avaliar os dois andares superiores, ambos cercados por corrimões ornamentados. Candelabros de ferro projetavam luz e sombras pela câmara principal na qual Celaena estava. Ela amava aquele salão — amava as mesas pesadas espalhadas e as cadeiras de veludo vermelhas, e os sofás gastos estendidos diante de enormes lareiras.

Ela parou ao lado da mesa que sempre usava quando pesquisava as marcas de Wyrd — uma mesa na qual passara horas com Chaol.

Três andares à vista. Muitos espaços em que se esconder em todos eles — salas e alcovas e escadas quase em ruínas.

E *abaixo* daquele andar? A biblioteca deveria estar longe demais para se conectar aos túneis anexos aos aposentos de Celaena, porém poderia haver *mais* lugares esquecidos sob o castelo. O piso de mármore polido brilhava sob os pés da assassina.

Chaol dissera algo certa vez sobre uma *segunda* biblioteca subterrânea — em catacumbas e túneis. Se *ela* estivesse fazendo algo que não quisesse que os outros descobrissem, se fosse alguma criatura maligna que precisasse de um lugar para se esconder...

Talvez Celaena fosse uma tola por investigar, mas precisava saber. Talvez aquela coisa pudesse dar algumas pistas sobre o que estava acontecendo naquele castelo.

Celaena seguiu para a parede mais próxima e foi rapidamente engolida pela luz fraca das estantes. Ela levou alguns minutos para chegar à parede limítrofe, a qual estava coberta por estantes de livros e escrivaninhas lascadas. Ela pegou um pedaço de giz do bolso e desenhou um *X* em uma das escrivaninhas. A maior parte da biblioteca pareceria igual depois de um tempo; seria útil saber quando tivesse terminado uma varredura completa do perímetro. Mesmo que levasse horas para percorrer tudo.

A assassina passou por pilhas após pilhas de livros, alguns com capas lisas, outros com ornamentos gravados. As luminárias eram poucas e distantes o suficiente para que ela precisasse, frequentemente, dar diversos passos quase na escuridão. O piso tinha passado de um mármore reluzente para blocos cinza antigos, e o raspar das botas contra a pedra era o único ruído. Parecia o único em mil anos.

Mas alguém devia ter descido por aquela passagem para acender as luminárias. Então, caso se perdesse, não ficaria perdida para sempre.

Não que aquela fosse uma possibilidade, ela se assegurou conforme o silêncio da biblioteca se tornava uma presença viva. Celaena tinha sido treinada para marcar e se lembrar de passagens e saídas e curvas. Ficaria bem.

Provavelmente teria que entrar o máximo possível na biblioteca — até um lugar onde nem mesmo os estudiosos se incomodavam em ir.

Houve um dia, ela se lembrava — um dia em que estava debruçada sobre *Os mortos andam*, e *sentira* algo sob as botas. Chaol mais tarde revelara que estava raspando a adaga no chão para assustá-la, mas a primeira vibração tinha sido... *diferente*.

Como alguém raspando uma garra pela pedra.

Pare, falou Celaena para si mesma. *Pare agora. Sua imaginação é absurda. Foi apenas Chaol implicando.*

Não sabia há quanto tempo estava andando quando finalmente chegou à outra parede; um canto. As estantes de livros eram todas talhadas de madeira antiga, as pontas moldadas como sentinelas — guardas sempre protegendo os livros que seguravam entre si. Era ali que acabavam as luminárias — e outro olhar pela parede dos fundos da biblioteca revelou total escuridão.

Felizmente, um dos estudiosos deixara uma tocha ao lado da última luminária. Era pequena o bastante para não colocar fogo na maldita biblioteca inteira, no entanto também era pequena demais para durar muito.

Celaena poderia acabar com aquilo naquele momento e voltar aos aposentos para contemplar modos de arrancar informações dos clientes de Archer. Uma parede tinha sido explorada — uma parede que não revelou nada. Poderia verificar a parede dos fundos no dia seguinte.

Mas já estava ali.

Celaena pegou a tocha.

Dorian acordou sobressaltado ao ouvir o relógio soando e percebeu que estava suando, apesar do frio violento no quarto.

Era estranho o bastante que tivesse caído no sono, mas a temperatura gélida foi o que lhe pareceu mais incomum. As janelas estavam todas seladas, a porta fechada.

No entanto, as respirações curtas do príncipe condensavam diante dele. Dorian se sentou, a cabeça doía.

Um pesadelo — com dentes e sombras e adagas reluzentes. Apenas um pesadelo.

Ele balançou a cabeça, a temperatura no quarto já aumentava. Talvez tivesse sido só uma corrente de ar aleatória. A soneca foi apenas consequência de ter ficado acordado até tarde na noite anterior; o pesadelo provavelmente fora desencadeado por ter ouvido de Chaol sobre o encontro de Celaena.

Ele trincou os dentes. O trabalho de Celaena não era desprovido de riscos — e embora Dorian estivesse furioso com o que acontecera, tinha a sensação de que a campeã apenas o afastaria mais se ele gritasse com ela por causa daquilo.

Dorian afastou o último resquício de frio e caminhou até o vestiário para tirar a túnica amarrotada. Quando se virou, o príncipe podia jurar ter visto de relance um suave círculo de gelo ao redor de onde seu corpo estivera no sofá.

Mas quando se virou para ver com mais facilidade, não havia nada ali.

Celaena ouviu um relógio distante soar em algum lugar — e não acreditou muito quando escutou que horas eram. Estava ali havia três horas. *Três horas*. A parede dos fundos não era como a lateral; ela recuava e se curvava e tinha armários e alcovas e pequenos escritórios cheios de ratos e poeira. E quando estava prestes a desenhar um *X* na parede e encerrar o dia, reparou na tapeçaria.

Ela a viu apenas porque era o único item decorativo que encontrara ao longo da parede. Considerando como os últimos seis meses de sua vida haviam se passado, parte dela simplesmente *sabia* que tinha que significar alguma coisa.

Não havia um retrato de Elena ou de um cervo ou qualquer coisa bonita e verde.

Não. Aquela tapeçaria, tecida de fios vermelhos tão escuros que parecia preta, retratava... nada.

Celaena tocou os fios antigos, maravilhada com o tom, tão profundo que parecia engolir seus dedos naquela escuridão. Os pelos da sua nuca se eriçaram, e a assassina apoiou a mão na adaga quando empurrou a tapeçaria para o lado. Ela xingou. E xingou de novo.

Mais uma porta secreta a cumprimentou.

Olhando em volta para as pilhas, ouvindo em busca de pegadas ou do farfalhar de roupas, Celaena a abriu.

Uma brisa, almiscarada e espessa, flutuou por ela, saindo das profundezas da escadaria espiralada revelada pela porta aberta. A luz da tocha de Celaena alcançava apenas alguns metros para dentro, iluminando paredes entalhadas com ornamentos que retratavam uma batalha.

Havia uma fenda estreita na parede de mármore, um canal com uns 7 centímetros de profundidade. Ele se curvava ao longo de toda a extensão da parede, estendendo-se além dos limites da visão de Celaena. Ela passou o dedo na fenda; era lisa como vidro e continha o leve resíduo de algo viscoso.

Uma pequena lâmpada prateada pendia da parede, e, ao retirá-la, Celaena colocou a tocha em seu lugar, agitando o líquido do lado de dentro.

— Inteligente — murmurou ela.

Sorrindo consigo mesma, certificando-se de que a tocha estava distante o suficiente, Celaena apoiou a fina abertura da lâmpada na fenda e a inclinou. Óleo entornou e desceu pelo canal. Celaena pegou a tocha e a encostou na parede. Instantaneamente, a fenda brilhou com fogo, fornecendo uma linha fina de luz ao longo da escadaria escura e coberta de teias de aranha. Com uma das mãos no quadril, ela olhou para baixo, admirando a superfície entalhada das paredes.

Duvidava de que alguém viesse procurá-la, mas ainda assim colocou a tapeçaria de volta no lugar e pegou uma de suas adagas longas. Ao descer, as imagens de batalha mudavam e moviam à luz do fogo, e Celaena poderia jurar que os rostos de pedra viravam para vê-la passar. Ela parou de olhar para as paredes.

Um sopro de ar frio roçou seu rosto, e ela, por fim, viu a base da escadaria. Era um corredor escuro com cheiro de coisas velhas e pútridas. Uma tocha estava jogada na base da escada, tão coberta de teias a ponto de revelar que ninguém ia ali havia muito, muito tempo.

A não ser que aquela coisa consiga enxergar no escuro.

Celaena afastou esse pensamento também e pegou a tocha, acendendo-a na parede iluminada da escadaria.

Teias de aranha pendiam do teto arqueado, roçando o piso de paralelepípedos. Estantes de livros bambas alinhavam metade do caminho, as prateleiras lotadas de livros tão gastos que Celaena não conseguia ler os títulos. Rolos e pedaços de pergaminho estavam enfiados em todas as frestas e aberturas ou jogados, abertos, sobre a madeira arqueada, como se alguém tivesse acabado de sair dali após lê-los. De alguma forma, era mais parecido com um mausoléu do que o lugar de descanso de Elena.

Celaena desceu o corredor, parando ocasionalmente para examinar os pergaminhos. Eram mapas e recibos de reis havia muito transformados em pó.

Registros do castelo. Toda essa andança e preocupação e tudo o que descobriu foram registros inúteis do castelo. Provavelmente era isso que aquela criatura queria: a conta da mercearia de algum rei antigo.

Iniciando um cântico de xingamentos realmente desprezíveis, Celaena agitou a tocha diante do corpo até que um corredor surgiu à esquerda.

Deveria ser ainda mais baixo do que o mausoléu de Elena — mas quão profundo? Havia uma lanterna e uma fresta na parede, então Celaena mais uma vez acendeu a passagem espiralada. Dessa vez, a pedra cinza retratava uma floresta. Uma floresta e...

Seres feéricos. Era impossível não ver aquelas orelhas pontudas delicadas e os caninos longos. Os feéricos saltavam e dançavam e tocavam música, felizes ao gozarem da imortalidade e da beleza etérea.

Não, o rei e os companheiros *não poderiam* saber daquele lugar, porque certamente teriam arrancado as entalhaduras àquela altura. Celaena não precisava de um historiador para saber que aquela escadaria era velha

— muito mais velha do que aquela pela qual acabara de descer, talvez mais velha até do que o próprio castelo.

Por que Gavin escolhera aquele local para construir o castelo? Será que havia algo ali antes?

Ou algo abaixo dele que valia a pena esconder?

Um suor frio desceu pela espinha de Celaena quando ela olhou para a escadaria. Contra todas as possibilidades, mais uma brisa soprou de baixo. Ferro. Tinha cheiro de ferro.

As imagens na parede piscavam conforme Celaena descia a escadaria espiralada. Quando, por fim, chegou à base, tomou um fôlego curto e acendeu uma tocha em uma arandela próxima. Estava em um corredor longo pavimentado com pedras cinza. Havia apenas uma porta no centro da parede à esquerda, e nenhuma saída, exceto pelas escadas atrás de Celaena.

Ela verificou o corredor. Nada. Nem mesmo um rato. Depois de observar por mais um instante, desceu para o corredor, acendendo as poucas tochas na parede conforme seguia.

A porta de ferro era pouco notável, apesar de inegavelmente impenetrável. A superfície decorada com pregos era como um pedaço do céu sem estrelas.

Celaena estendeu a mão, mas parou antes que os dedos pudessem roçar o metal.

Por que *era* feita toda de ferro?

Ferro era o único elemento imune à magia; ela se lembrava disso. Existia tantos tipos de manipuladores de magia dez anos antes — pessoas cujo poder acreditava-se ter originado havia muito tempo dos próprios deuses, apesar da alegação do rei de Adarlan de que a magia era uma afronta ao divino. Não importava de onde viesse, a magia tinha inúmeras variações: habilidades de cura, de mudança de forma, conjuração de chama, água ou tempestade, estímulo ao crescimento de plantações e plantas, visão do futuro e assim por diante. A maioria desses dons tinha sido diluída ao longo dos milênios, porém para alguns mais fortes e raros, quando se atinham ao poder por muito tempo, o ferro no sangue causava desmaios. Ou coisa pior.

Ela vira centenas de portas no castelo — portas de madeira, de bronze, de vidro —, mas nunca uma de ferro sólido. Aquela era antiga, de um tempo em que uma porta de ferro *significava* alguma coisa. Então, deveria ser para manter alguém do lado de fora — ou algo do lado de dentro?

Celaena tocou o Olho de Elena, avaliando a porta mais uma vez. O objeto não deu respostas sobre o que poderia estar atrás, então ela segurou a maçaneta e puxou.

Estava trancada. Não havia uma fechadura à vista. Celaena passou a mão pelas frestas. Talvez tivesse enferrujado e se fechado.

Ela franziu a testa. Nenhum sinal de ferrugem também.

A assassina deu um passo para trás, avaliando a porta. Por que teria uma maçaneta se não havia como abri-la? E por que usar uma fechadura a não ser que houvesse algo que valesse a pena esconder atrás dela?

Celaena se virou, mas o amuleto esquentou em sua pele, e um lampejo de luz brilhou pela túnica. Ela parou.

Poderia ter sido o piscar da tocha, mas... Celaena estudou a fenda estreita entre a porta e a pedra. Uma sombra — mais escura do que a escuridão além dela — pairava do outro lado.

Devagar, puxando a adaga mais fina e mais achatada com a mão livre, Celaena apoiou a tocha e se deitou de bruços, o mais perto da porta que ousou. Apenas sombras — eram apenas sombras. Ou ratos.

De qualquer forma, precisava saber.

Em silêncio absoluto, ela passou a adaga brilhante sob a porta. O reflexo na lâmina revelou nada além de escuridão — escuridão e luz de tochas.

A assassina girou a adaga, empurrando-a um pouco mais adiante.

Duas órbitas reluzentes, verde-douradas, piscaram nas sombras do outro lado. Celaena recuou, puxando a adaga consigo, mordendo o lábio para evitar xingar em voz alta. *Olhos*. Olhos brilhando no escuro — olhos como os de um... um...

Celaena suspirou pelo nariz, relaxando levemente. Olhos como os de um animal. Um rato. Ou um camundongo. Ou algum gato selvagem.

Mesmo assim, ela se adiantou de novo, prendendo a respiração enquanto inclinava a lâmina debaixo da porta para avaliar a escuridão.

Nada. Absolutamente nada.

Celaena observou a lâmina da adaga por um minuto, esperando que aqueles olhos reaparecessem.

Mas o que quer que fosse, havia fugido.

Um rato. Devia ser um rato.

Mesmo assim, Celaena não conseguia afastar os calafrios que haviam tomado conta dela nem ignorar o calor do amuleto no pescoço. Ainda que não houvesse uma criatura atrás daquela porta, as respostas estavam ali. E Celaena as encontraria — mas não naquele dia. Não até que estivesse pronta.

Porque poderia haver modos de passar por aquela porta. E considerando a idade daquele lugar, Celaena tinha a sensação de que o poder que havia selado a porta estava conectado às marcas de Wyrd.

Mas se *houvesse* algo do outro lado... ela moveu os dedos da mão direita ao pegar a tocha, avaliando o arco de cicatrizes deixado pela mordida do ridderak.

Era apenas um rato. E ela não tinha interesse — *nenhum* — em que se provasse que estava errada naquele momento.

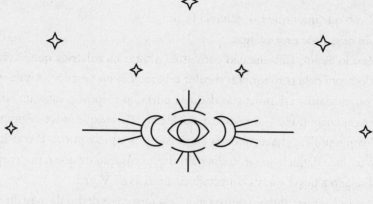

CAPÍTULO 15

O salão de baile estava lotado no jantar daquela noite. Embora Celaena preferisse comer nos aposentos, quando soube que Rena Goldsmith se apresentaria durante a refeição para homenagear o retorno do príncipe Hollin, ela se espremeu em uma das longas mesas ao fundo. Era o único lugar em que a nobreza menor, alguns dos homens mais bem nascidos de Chaol e quaisquer outros que quisessem se aventurar no ninho de cobras que era a corte tinham permissão de sentar.

A família real jantava à mesa no alto da plataforma, à frente do salão, com Perrington, Roland e uma mulher que parecia ser a mãe de Roland. Do outro lado do salão, Celaena mal conseguia ver o pequeno príncipe Hollin, mas ele parecia pálido, redondo e abençoado com a cabeça cheia de cachos cor de ébano. Era muito injusto colocar Hollin ao lado de Dorian — pois comparações poderiam facilmente ser feitas —, e embora Celaena tivesse ouvido boatos terríveis a respeito de Hollin, não conseguiu deixar de sentir uma pontada de pena do garoto.

Chaol, para a surpresa de Celaena, optou por se sentar ao lado dela, cinco de seus homens se juntaram aos dois à mesa. Embora houvesse diversos guardas a postos pelo salão, Celaena não tinha dúvidas de que aqueles em sua mesa estavam tão alerta e vigilantes quanto os posicionados às portas e à plataforma. Todos os colegas de mesa foram educados com ela — cautelosos, porém educados. Não mencionaram o que acontecera na noite anterior, mas perguntaram bem baixinho como Celaena estava se sentindo. Ress, que a vigiara durante a competição, parecia sinceramente aliviado por ela estar melhor, e era o mais tagarela de todos, fofocando tanto quanto qualquer senhora da corte.

— E *então* — dizia Ress, o rosto jovial estampado com um prazer malicioso —, assim que ele subiu na cama, completamente nu como no dia em que nasceu, o *pai* dela entrou — contrações de ombros e resmungos vieram dos guardas, até do próprio Chaol — e o *arrastou* da cama pelos pés, levou-o pelo corredor e atirou o homem escada abaixo. Ele gritou como um porco o tempo inteiro.

Chaol recostou o corpo no assento, cruzando os braços.

— Você também gritaria se alguém arrastasse sua carcaça nua pelo chão frio como gelo. — Deu um risinho quando Ress tentou negar. Chaol parecia tão confortável com os homens, o corpo relaxado, os olhos tranquilos. E os guardas o respeitavam também, sempre olhando para o capitão em busca de aprovação, confirmação, apoio. Quando a risada de Celaena sumiu, o capitão olhou para ela, as sobrancelhas erguidas. — Não sei por que ri. Reclama do chão gelado mais do que qualquer um que conheço.

Ela enrijeceu o corpo quando os guardas deram sorrisos hesitantes.

— Se me lembro corretamente, você reclama dele sempre que limpo o piso com seu corpo quando treinamos.

— Ihh! — gritou Ress, e as sobrancelhas de Chaol se ergueram ainda mais. Celaena deu um sorriso para ele.

— Palavras perigosas — disse Chaol. — Será preciso ir para o salão de treinamento para ver se consegue confirmá-las?

— Bem, contanto que seus homens não tenham objeções a vê-lo caído no chão.

— Nós certamente *não* temos objeções a isso — grasnou Ress. Chaol lançou a ele um olhar, mais de brincadeira do que de aviso. Ress rapidamente acrescentou: — Capitão.

Chaol abriu a boca para responder, mas então uma mulher alta e magra entrou no pequeno palco erguido de um dos lados do salão.

Celaena esticou o pescoço quando Rena Goldsmith deslizou pela plataforma de madeira até onde uma enorme harpa e um homem com um violino esperavam. Ela vira Rena se apresentar apenas uma vez — havia anos, no Teatro Real, em uma noite fria de inverno como aquela. Durante duas horas, o teatro ficou tão silencioso que parecia que todos tinham parado de respirar. A voz de Rena havia flutuado na mente de Celaena por dias depois disso.

Da mesa em que estava, Celaena mal conseguia enxergar Rena — apenas o suficiente para ver que usava um vestido verde longo (sem armação, corpete, ornamentação nenhuma, exceto pelo cinto de couro entrelaçado que circulava o quadril estreito) e que os cabelos vermelho-dourados estavam soltos. Silêncio percorreu o salão, e Rena fez uma reverência para a plataforma. Ao tomar o assento diante da harpa verde e dourada, os espectadores esperavam. Mas quanto tempo o interesse da corte duraria?

Rena assentiu para o violinista franzino, e os dedos longos e brancos dela começaram a dedilhar uma melodia na harpa. Depois de algumas notas, o ritmo se estabeleceu, seguido pelo lamento vagaroso e triste do violino. Os dois se entrelaçavam, misturavam-se, as notas subindo, subindo e subindo até que Rena abriu a boca.

E quando cantou, o mundo inteiro desapareceu.

A voz de Rena era suave, etérea, o som de uma cantiga de ninar da qual pouco se lembra. As músicas que cantou, uma a uma, mantiveram Celaena imóvel. Canções de terras distantes, de lendas esquecidas, de amantes esperando eternamente a reunião.

Nem uma única alma se mexeu no salão. Até os criados permaneceram encostados às paredes e às portas e aos reservados. Rena parou entre as músicas apenas tempo o suficiente para permitir um segundo de aplausos antes de a harpa e o violino começarem de novo, hipnotizando todos mais uma vez.

E, então, Rena olhou na direção da plataforma.

— Esta música — disse ela, baixinho — é em homenagem à estimada família real que me convidou aqui esta noite.

A música era uma lenda antiga — um poema antigo, na verdade. Um que Celaena não ouvia desde a infância, e jamais escutara musicado.

Ela ouvia agora como se pela primeira vez: a história de uma mulher feérica abençoada com um poder horrível e intenso que era procurada por reis e lordes em todos os reinos. Embora a usassem para vencer guerras e conquistar nações, todos a temiam — e mantinham distância.

Era uma música ousada para se cantar; e ainda mais para se dedicar à família do rei. Mas a realeza não protestou. Até o rei simplesmente encarou Rena, inexpressivo, como se ela não estivesse cantando exatamente sobre o poder que ele havia ilegalizado dez anos antes. Talvez a voz da cantora pudesse conquistar até mesmo o coração de um tirano. Talvez houvesse magia irrefreável inerente à música e à arte.

Rena continuou, revelando a história eterna dos anos em que a mulher feérica serviu àqueles reis e lordes, e a solidão que a consumiu pouco a pouco. Então, um dia, um cavaleiro apareceu, buscando o poder dela em nome de seu rei. Conforme viajavam para o reino dele, o medo do cavaleiro se transformou em amor — ele não a via pelo poder que dominava, mas pela mulher que havia por baixo disso. De todos os reis e imperadores que a cortejaram com promessas de riquezas além da imaginação, foi o presente do cavaleiro, de vê-la por quem era — e não pelo *que* era — que conquistou seu coração.

Celaena não sabia em que momento havia começado a chorar. De alguma forma, emitiu um soluço, o que fez com que seus lábios estremecessem. Não deveria chorar; não ali, não com aquelas pessoas ao redor. Mas então a mão quente e calosa de alguém tocou a dela sob a mesa, e a campeã do rei virou o rosto e viu Chaol a olhando. Ele sorria sutilmente — e Celaena sabia que Chaol entendia.

Então ela olhou para o capitão da Guarda e sorriu de volta.

Hollin estava inquieto ao lado dele, chiando e resmungando a respeito de como estava entediado e como aquela apresentação era idiota, mas a atenção de Dorian estava na longa mesa nos fundos do salão.

A música sobrenatural de Rena Goldsmith circulava o espaço cavernoso, envolvendo todos em um feitiço que ele teria chamado de magia — se magia fosse possível. Mas Celaena e Chaol ficaram apenas sentados ali se encarando.

E não apenas se encarando, porém algo mais que isso. Dorian parou de ouvir a música.

Celaena jamais olhara para ele daquele jeito. Nem uma vez sequer. Nem mesmo por um segundo.

Rena estava terminando a música, e Dorian tirou os olhos dos dois. Não achava que alguma coisa tivesse acontecido entre eles, ainda não. Chaol era teimoso e leal o bastante para fazer alguma coisa — ou sequer perceber que olhava para Celaena do mesmo modo que ela olhava para ele.

A reclamação de Hollin ficou ainda mais alta, e Dorian respirou muito profundamente.

Ele seguiria em frente. Porque não seria como os antigos reis da música, guardando Celaena para si. Ela merecia um cavaleiro leal e corajoso que a via como ela era e não a temia. E *ele* merecia alguém que o olhasse daquela forma, mesmo que o amor não fosse igual, mesmo que a garota não fosse ela.

Então Dorian fechou os olhos e respirou fundo mais uma vez. E quando os abriu, a deixou partir.

Horas depois, o rei de Adarlan estava nos fundos da câmara da masmorra enquanto a guarda secreta arrastava Rena Goldsmith adiante. A mesa de açougueiro no centro da sala já estava encharcada de sangue. O corpo decapitado do companheiro dela estava a alguns metros de distância, o sangue escorria na direção do ralo no chão.

Perrington e Roland estavam silenciosos ao lado do rei, observando, esperando.

Os guardas empurraram a cantora, colocando-a de joelhos diante da pedra manchada. Um deles agarrou um punhado dos cabelos vermelho-dourados e puxou, forçando a mulher a olhar para o rei conforme ele dava um passo à frente.

— É punível com a morte falar de magia ou encorajá-la. É uma afronta aos deuses, e uma afronta a mim que você tenha cantado tal música em meu salão.

Rena Goldsmith apenas o encarou, os olhos brilhantes. A mulher não se debatera quando os homens do rei a pegaram depois da apresentação nem mesmo gritara quando decapitaram seu companheiro. Como se estivesse esperando aquilo.

— Últimas palavras?

Um ódio estranho e tranquilo se estampou em suas feições delineadas, e ela ergueu o queixo.

— Trabalhei durante dez anos para me tornar famosa o suficiente para ganhar um convite para este castelo. Dez anos para que pudesse vir aqui e cantar as canções sobre magia que você tentou fazer desaparecer. Para que pudesse cantar essas músicas e para que *você* soubesse que ainda estamos aqui; que pode tornar a magia ilegal, massacrar milhares, mas nós, que mantemos os velhos modos, ainda nos lembramos.

Atrás dele, Roland riu com escárnio.

— Basta — falou o rei, e estalou os dedos.

Os guardas abaixaram a cabeça dela no bloco de pedra.

— Minha filha tinha 16 anos — continuou Rena. Lágrimas escorriam da parte do nariz para a mesa, mas a voz continuava forte e alta. — Dezesseis, quando você a queimou. O nome dela era Kaleen, e seus olhos eram como nuvens de tempestade. Ainda ouço a voz dela nos sonhos.

O rei ergueu o queixo para o carrasco, que deu um passo à frente.

— Minha irmã tinha 36. O nome dela era Liessa, e seus dois meninos eram sua alegria.

O carrasco ergueu o machado.

— Meu vizinho e a esposa tinham 70 anos. Seus nomes: Jon e Estrel. Foram mortos porque ousaram tentar proteger minha filha quando seus homens foram buscá-la.

Rena Goldsmith ainda recitava a lista de mortos quando o machado desceu.

CAPÍTULO 16

Celaena mergulhou a colher no mingau, provou, então jogou uma montanha de açúcar dentro.
— Gosto muito mais de tomarmos café da manhã juntas do que de sairmos no frio congelante. — Ligeirinha, com a cabeça no colo de Celaena, bufou alto. — Acho que ela também — acrescentou a jovem, sorrindo.
Nehemia gargalhou baixo antes de dar uma mordida no pão.
— Parece que esta é a única hora do dia em que qualquer uma de nós consegue ver você — disse a princesa, em eyllwe.
— Andei ocupada.
— Ocupada caçando os conspiradores da lista do rei? — Lançou um olhar significativo na direção dela, então deu outra mordida na torrada.
— O que quer que eu diga? — Celaena misturou o açúcar no mingau, concentrando-se nisso e não no olhar da amiga.
— Quero que me olhe nos olhos e diga que acha que sua liberdade vale esse preço.
— É por *isso* que anda tão irritadiça ultimamente?
Nehemia apoiou a torrada.

— Como posso contar a meus pais sobre você? Que desculpas posso inventar que os convencerão de que minha amizade com a *campeã do rei* — ela usou o termo da língua comum para as palavras, cuspindo-as como se fossem veneno — é de alguma forma algo honrável? Como posso convencê-los de que sua alma não está podre?

— Não percebi que precisava de aprovação dos pais.

— Você está em uma posição de poder, e de conhecimento, mas mesmo assim, apenas obedece. Obedece e não questiona, e trabalha apenas por uma meta: *sua* liberdade.

Celaena balançou a cabeça e virou o rosto.

— Você se afasta de mim porque sabe que é verdade.

— E o que há de tão errado em querer minha liberdade? Não sofri o bastante para merecê-la? E daí que os meios sejam desagradáveis?

— Não vou negar que você sofreu, Elentiya, mas há milhares de outros que também sofreram, e sofreram ainda mais. E eles não se vendem ao rei para conseguir o que também merecem. A cada pessoa que você mata, encontro menos desculpas para continuar sua amiga.

Celaena atirou a colher na mesa e caminhou batendo os pés até a lareira. Queria arrancar as tapeçarias e os quadros e quebrar todos os pequenos bibelôs e ornamentos idiotas que tinha comprado para decorar o quarto. Mais que tudo, só queria fazer com que Nehemia parasse de olhar para ela daquela forma — como se Celaena fosse tão ruim quanto o monstro que se sentava naquele trono de vidro. Ela respirou fundo uma vez, depois outra, buscando indícios de que havia mais alguém nos aposentos, então se virou.

— Não matei ninguém — falou Celaena, baixinho.

Nehemia ficou imóvel.

— O quê?

— Não matei ninguém. — Ela permaneceu parada onde estava, precisava da distância entre as duas para pronunciar as palavras corretamente. — Fingi todas as mortes e ajudei-os a fugir.

Nehemia passou as mãos pelo rosto, manchando o ouro em pó que havia passado nas pálpebras. Depois de um momento, abaixou os dedos. Os olhos castanhos e lindos estavam arregalados.

— Você não matou uma única pessoa que ele ordenou?

— Nenhuma.

— E quanto a Archer Finn?

— Ofereci uma troca a Archer: dou até o fim do mês para ele colocar os negócios em ordem antes de fingir a própria morte e fugir, e ele me dá informação sobre os *verdadeiros* inimigos do rei. — Celaena poderia contar o restante a Nehemia depois, os planos do rei, as catacumbas na biblioteca, mas mencionar aquelas coisas agora só levantaria perguntas demais.

Nehemia tomou um gole do chá, o líquido dentro da xícara derramando enquanto as mãos tremiam.

— Ele a matará se descobrir.

Celaena olhou para as portas da varanda, onde um lindo dia raiava no vasto mundo adiante.

— Eu sei.

— E essa informação que Archer vai lhe dar... O que fará com ela? Que tipo de informação é essa?

Celaena rapidamente explicou o que ele havia lhe contado sobre as pessoas envolvidas no plano de colocar a herdeira perdida de Terrasen de volta no trono, contou até mesmo o que aconteceu com Davis. O rosto de Nehemia ficou pálido. Quando Celaena terminou, a princesa tomou mais um gole trêmulo de chá.

— E você confia em Archer?

— Acho que ele valoriza a vida mais do que qualquer outra coisa.

— Ele é um cortesão, como pode ter certeza de que é confiável?

Celaena voltou para a cadeira, Ligeirinha se aninhou entre os pés da dona.

— Bem, *você* confia em *mim*, e eu sou uma assassina.

— Não é o mesmo.

Celaena olhou para a tapeçaria na parede à esquerda e a cômoda de gavetas diante dela.

— Enquanto estou contando tudo o que pode fazer com que eu seja executada, tem outra coisa que devo mencionar.

Nehemia seguiu o olhar de Celaena até a tapeçaria. Depois de um instante, a princesa arquejou.

— Essa é... é *Elena* na tapeçaria, não é?

Celaena deu um sorriso torto e cruzou os braços.

— Essa nem é a pior parte.

Conforme as duas seguiam para o mausoléu, Celaena contou a Nehemia sobre tudo que ocorrera entre ela e Elena desde o Samhuinn — e todas as aventuras que tinham recaído sobre a assassina. Mostrou a sala em que Cain conjurara o ridderak, e quando se aproximaram do mausoléu, Celaena se encolheu ao se lembrar de um novo detalhe infeliz.

— Trouxe uma amiga?

Nehemia gritou. Celaena cumprimentou a aldraba de bronze em forma de caveira.

— Oi, Mort.

Nehemia semicerrou os olhos para a caveira.

— Como isto é... — Ela olhou por cima dos ombros para Celaena. — Como isto é possível?

— Feitiços antigos e besteiras — falou Celaena, interrompendo Mort quando ele começou a recitar a história de como o rei Brannon o criou. — Alguém usou um feitiço com as marcas de Wyrd.

— Alguém! — disparou Mort. — Esse *alguém* é...

— Cale a boca — falou Celaena, e abriu a porta do mausoléu, deixando Nehemia entrar. — Guarde isto para alguém que se importa.

Mort bufou algo que parecia uma torrente violenta de xingamentos, e os olhos de Nehemia brilharam quando as duas entraram no mausoléu.

— É incrível — sussurrou a princesa, olhando para as paredes onde as marcas de Wyrd estavam escritas.

— O que diz?

— Morte, Eternidade, Monarcas — recitou Nehemia. — A disposição padrão de mausoléus.

A princesa continuou se movendo pela sala. Enquanto Nehemia caminhava, Celaena se apoiou em uma parede e afundou até o chão. Suspirando, esfregou o calcanhar contra uma das estrelas em alto-relevo no chão, examinando a curva que descreviam na sala.

Será que formam uma constelação?

Celaena ficou de pé e olhou para baixo. Nove das estrelas formavam um padrão familiar — a Libélula. As sobrancelhas dela se ergueram. Nunca tinha reparado antes. Alguns metros à frente, havia outra constelação no chão — a serpente alada. Estava na cabeça do sarcófago de Gavin.

Um símbolo da casa de Adarlan, assim como a segunda constelação no céu.

Celaena seguiu a linha que as formas compunham, entremeando-se pelo mausoléu. O céu noturno passou debaixo dos pés dela, e quando chegou à última constelação, teria batido na parede caso Nehemia não a tivesse segurado pelo braço.

— O que foi?

Celaena fitava a última constelação no chão — o Cervo, senhor do Norte. O símbolo de Terrasen, o país natal de Elena. A constelação dava para a parede, e o topo dela parecia apontar para cima, como se estivesse olhando para alguma coisa...

Celaena seguiu o olhar do cervo para cima, passando pelas dezenas de marcas de Wyrd que cobriam a parede, até que...

— Por Wyrd. Olhe isto — disse ela, apontando.

Um olho, não maior do que a palma da mão de Celaena, estava encrustado na parede. Um buraco tinha sido feito no centro, uma perfuração perfeitamente construída que fora escondida com cuidado dentro do olho. A própria marca de Wyrd formava um rosto, e enquanto o outro olho estava preenchido e liso, aquele tinha a íris oca.

É apenas com o olho que se pode ver corretamente. De maneira alguma ela poderia ter tanta sorte — certamente não passava de uma coincidência. Acalmando a agitação crescente, Celaena ficou na ponta dos pés para olhar dentro do olho.

Como não tinha reparado naquilo antes? Deu um passo para trás, e a marca de Wyrd sumiu na parede. Então Celaena pisou de novo na constelação e a marca ressurgiu.

— Só dá para ver o rosto quando se está de pé sobre o cervo — sussurrou Nehemia.

Celaena passou as mãos sobre o rosto desenhado, sentindo qualquer fissura ou leve brisa que pudesse sugerir uma porta para outra sala. Nada.

Tomando um fôlego profundo, ficou na ponta dos pés e encarou o olho, a adaga empunhada caso alguma coisa saltasse sobre ela. Nehemia deu uma risada baixa. E Celaena se permitiu um sorriso ao colocar o próprio olho contra a pedra para olhar a escuridão.

Não havia nada. Apenas uma parede distante, iluminada por um pequeno feixe de luar.

— É só... Só uma parede vazia. Isto faz algum sentido? — Celaena estava tirando conclusões, tentando ver as coisas e fazer conexões que não estavam ali. Ela se afastou para que Nehemia pudesse ver por conta própria. — Mort! — gritou Celaena enquanto a princesa olhava. — O que diabo é aquela parede? Alguma razão para ela estar ali faz sentido pra você?

— Não — respondeu Mort, inexpressivo.

— Não minta para mim.

— Mentir para você? Para *você*? Ah, eu não poderia mentir para *você*. Você me perguntou se isso faz sentido e respondi que não. Precisa aprender a fazer as perguntas certas antes de receber as respostas certas.

Celaena urrou:

— Que tipo de pergunta posso fazer para receber a resposta certa?

Mort estalou a língua.

— Não vou aturar isto. Volte quando tiver perguntas adequadas.

— Promete que vai responder então?

— Sou uma aldraba; não é da minha natureza fazer promessas.

Nehemia se afastou da parede e revirou os olhos.

— Não ouça as provocações dele. Não consigo ver nada também. Talvez seja apenas uma brincadeira. Castelos antigos estão cheios de besteiras com a única intenção de confundir e incomodar as gerações mais jovens. Mas... todas essas marcas de Wyrd...

Celaena tomou um fôlego curto demais, então fez o pedido que andava contemplando havia algum tempo:

— Você pode... Pode me ensinar a lê-las?

— Ihh! — debochou Mort, do corredor. — Tem certeza de que não é estúpida demais para entender?

Celaena o ignorou. Não contara a Nehemia sobre a última exigência de Elena para descobrir a fonte de poder do rei, porque sabia qual seria a resposta da princesa: ouça a rainha morta. Mas as marcas de Wyrd pareciam tão *conectadas* a tudo, de alguma forma — mesmo àquela charada do olho e àquela parede enganosa idiota. E talvez, se Celaena aprendesse como usar as marcas, pudesse destrancar a porta de ferro na biblioteca e descobrir algumas respostas atrás dela.

— Talvez... Talvez só o básico?

Nehemia sorriu.

— O básico é o mais difícil.

Utilidade de lado, era uma língua secreta esquecida, um sistema para acessar um poder estranho. Quem *não* iria querer aprender sobre elas?

— Lições matinais em vez das caminhadas, então?

Nehemia sorriu, e Celaena sentiu uma pontada de culpa por não ter contado a ela sobre as catacumbas, quando a princesa respondeu:

— É claro.

Quando saíram, Nehemia passou alguns minutos estudando Mort — na maior parte fazendo perguntas sobre o feitiço que o criou, que Mort alegou ter esquecido, depois alegou que era pessoal demais e, por fim, que não era da conta de Nehemia.

Depois que a quase infinita paciência de Nehemia se esgotou, as duas xingaram Mort audivelmente e dispararam de volta para cima, onde Ligeirinha esperava ansiosamente no quarto. A cadela se recusava a colocar as patas na passagem secreta — provavelmente por causa de algum fedor pútrido deixado por Cain e sua criatura. Nem Nehemia conseguira levá-la para baixo.

Depois que a porta foi fechada e escondida, Celaena se recostou contra a escrivaninha. O olho no mausoléu não tinha sido a solução da charada. Agora se perguntava se Nehemia poderia entender melhor do que se tratava.

— Encontrei um livro sobre marcas de Wyrd no escritório de Davis — contou Celaena. — Não sei se é uma charada ou um provérbio, mas alguém escreveu isto no verso da quarta capa: *É apenas com o olho que se pode ver corretamente.*

Nehemia franziu a testa.

— Parece o absurdo de algum lorde desocupado para mim.

— Mas acha que é apenas coincidência que ele fosse parte desse movimento contra o rei e tivesse um livro sobre marcas de Wyrd? E se é algum tipo de charada sobre elas?

Nehemia riu com escárnio.

— E se Davis nem *estivesse* nesse grupo? Talvez Archer tenha confundido as informações. Aposto que aquele livro estava lá havia anos, e aposto que Davis nem sabia que existia. Ou talvez o tivesse visto em uma livraria e comprou para parecer ousado.

Mas talvez não — e quem sabe Archer sabia de alguma coisa. Celaena o interrogaria da próxima vez que o visse. Ela brincou com a corrente do amuleto — então esticou o corpo como um eixo. O Olho.

— Acha que pode ser *este* Olho?

— Não — falou Nehemia. — Não seria tão fácil assim.

— Mas... — Celaena se desencostou da escrivaninha.

— Confie em mim — disse Nehemia. — É uma coincidência... assim como aquele olho na parede. "O olho" pode se referir a qualquer coisa, qualquer coisa mesmo. Estampar olhos por todas as coisas costumava ser bastante popular séculos atrás, como um amuleto contra o mal. Você vai enlouquecer, Elentiya. Posso fazer alguma pesquisa sobre o assunto, mas talvez leve um tempo até que encontre algo.

O rosto de Celaena esquentou. Tudo bem; talvez estivesse errada. Não queria acreditar em Nehemia, não queria pensar que a charada pudesse ser *tão* impossível de solucionar, mas... a princesa sabia muito mais sobre conhecimentos antigos do que ela. Então Celaena se sentou à mesa do café da manhã de novo. O mingau tinha esfriado, mas ela o comeu mesmo assim.

— Obrigada — disse Celaena, entre colheradas, quando Nehemia se sentou de novo também. — Por não explodir comigo.

Nehemia gargalhou.

— Elentiya, estou sinceramente surpresa por ter me contado.

Ouviram a porta abrindo e fechando, e em seguida passos, então Philippa bateu e entrou apressada, carregando uma carta para Celaena.

— Bom dia, lindas moças — cantarolou ela, fazendo Nehemia sorrir. — Uma carta para nossa mais estimada campeã.

Celaena sorriu para Philippa e pegou o envelope, e o sorriso dela aumentou enquanto lia o conteúdo depois que a criada se foi.

— É de Archer — contou Celaena a Nehemia. — Ele me deu alguns nomes de pessoas que podem estar envolvidas nesse movimento, pessoas associadas a Davis. — Ela ficou um pouco chocada por Archer arriscar colocar tudo em uma carta. Talvez precisasse ensinar uma coisinha ou outra sobre escrita em código a ele.

Contudo, Nehemia tinha parado de sorrir.

— Que tipo de homem simplesmente entrega essa informação como se não fosse nada além de fofoca matinal?

— Um homem que quer a liberdade e se encheu de servir porcos. — Celaena dobrou a carta e ficou de pé. Se os homens naquela lista fossem como Davis, então talvez entregá-los ao rei e usá-los como vantagem não fosse tão ruim. — Devo me vestir; preciso ir à cidade. — Ela estava a meio caminho do vestiário quando se virou. — Teremos a primeira lição no café da manhã, amanhã?

Nehemia assentiu, atacando a comida de novo.

Celaena levou o dia inteiro para caçar os homens — descobrir onde moravam, com quem falavam, quão bem protegidos eram. Nada disso levou a qualquer coisa útil.

Estava cansada, mal-humorada e com fome quando voltou arrastando os pés para o castelo ao pôr do sol, e seu humor apenas piorou quando chegou aos seus aposentos e encontrou um bilhete de Chaol. O rei ordenara que ela ficasse de serviço como guarda mais uma vez para o baile real naquela noite.

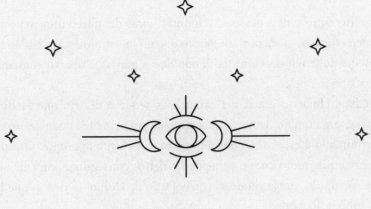

CAPÍTULO 17

Chaol sabia que Celaena estava de mau humor sem nem precisar falar com ela. Na verdade, não ousara falar com a assassina desde antes de o baile começar, apenas a posicionou do lado de fora, no pátio, escondida nas sombras de uma pilastra. Algumas horas na noite de inverno a acalmariam.

Do lugar em que estava do lado de dentro, escondido em um nicho perto de uma entrada de criados, ele conseguia ficar de olho no baile reluzente diante de si, bem como na assassina montando guarda do lado de fora das portas enormes da varanda. Não que não confiasse nela — mas quando Celaena estava com um humor daqueles, *ele* sempre ficava inquieto também.

No momento, ela estava encostada na pilastra com os braços cruzados — e *não* escondida nas sombras como Chaol ordenara. Ele conseguia ver os espirais da respiração de Celaena se condensando no ar noturno, e o luar refletindo no cabo de uma das adagas que ela carregava na lateral do corpo.

O salão de baile tinha sido decorado em tons de branco e azul glacial, com retalhos de seda suspensos no teto e ornamentos de vidro pendentes entre eles. Era algo saído de um sonho de inverno, e era em homenagem a Hollin, entre tantas pessoas. Algumas horas de entretenimento e uma pequena fortuna gasta por um garoto que no momento estava emburrado no pequeno trono de vidro, enfiando doces garganta abaixo enquanto a mãe sorria para ele.

Chaol jamais contaria a Dorian, mas temia o dia em que Hollin se tornasse um homem. Uma criança mimada era bem fácil de lidar, mas um líder mimado e cruel seria outra questão totalmente diferente. O capitão esperava que, junto com o príncipe herdeiro, conseguisse impedir qualquer corrupção que já apodrecia no coração de Hollin — depois que Dorian subisse ao trono.

O herdeiro estava na pista de dança, cumprindo sua obrigação com a corte e a coroa ao dançar com qualquer dama que exigisse sua atenção. Isso, como não era de surpreender, incluía quase todas elas. Dorian interpretava bem esse papel e sorria entre as valsas, um parceiro gracioso e competente, sem jamais reclamar ou recusar qualquer dama. A dança acabou, Dorian fez uma reverência para a parceira e, antes que pudesse dar um passo, outra dama da corte fazia reverência diante dele. Se Chaol estivesse no lugar do príncipe, teria se encolhido, mas Dorian apenas sorriu, aceitou a mão da dama e a deslizou pelo chão.

Chaol olhou para fora de novo e se empertigou. Celaena não estava perto da pilastra.

Ele conteve um grunhido. No dia seguinte, teriam uma bela e longa conversa sobre regras e as consequências de abandonar os postos durante os deveres de vigilância.

Uma regra que ele também estava quebrando, percebeu o capitão, ao sair do reservado e passar pela porta que tinha sido deixada entreaberta possibilitando a entrada de ar fresco no salão de baile abafado.

Para que diabo de lugar ela fora? Talvez Celaena tivesse, de fato, visto algum sinal de problema — não que algum dia já tivesse ocorrido um ataque ao palácio, e nem que alguém fosse idiota o suficiente para tentar durante um baile real.

Mas, mesmo assim, ele colocou a mão no cabo da espada quando se aproximou das colunas no alto das escadas que conduziam ao jardim congelado. Celaena estivera de pé bem ali e...

Chaol a avistou.

Bem, ela certamente havia abandonado o posto. Mas não para encarar alguma potencial ameaça.

Chaol cruzou os braços. Celaena havia abandonado o posto para *dançar.*

A música estava alta o suficiente para alcançá-los do lado de fora, e na base dos degraus, Celaena valsava consigo mesma. Ela até mesmo segurava a ponta do manto preto com uma das mãos como se fosse a saia de um vestido de baile, a outra mão apoiava no braço de um parceiro invisível. Chaol não sabia se ria, gritava ou apenas voltava para dentro e fingia não ter visto.

Celaena se virou, um movimento giratório elegante que a levou a encarar o capitão e parar de súbito.

Bem, a última opção não era mais uma possibilidade. Rir ou gritar, então. Embora nenhuma das duas parecesse apropriada naquela momento.

Mesmo sob o luar, ele conseguia ver a expressão fechada de Celaena.

— Estou entediada até a alma e quase morta de frio — disse ela, soltando o manto.

Chaol permaneceu no alto da escada, observando-a.

— E a culpa é sua — continuou a assassina, enfiando as mãos nos bolsos. — Você me obrigou a vir aqui, e alguém deixou a porta da varanda aberta, então eu pude ouvir toda esta música linda. — A valsa ainda tocava, preenchendo com som o ar congelado ao redor dos dois. — Eu deveria mesmo reconsiderar de quem é a culpa. Foi como colocar um homem faminto diante de um banquete e dizer a ele para não comer. O que, aliás, você de fato *fez* quando me obrigou a ir àquele jantar de Estado.

Ela estava tagarelando, e o rosto de Celaena parecia sombrio o suficiente para que Chaol soubesse que a jovem estava mais do que morta de vergonha por ter sido surpreendida. O capitão mordeu os lábios para evitar um sorriso e desceu os quatro degraus até o caminho de cascalho do jardim.

— Você é a melhor assassina de Erilea, mas mesmo assim não aguenta ficar algumas horas de guarda?

— O que tem para vigiar? — grunhiu ela. — Casais saindo de fininho para se agarrar entre as sebes? Ou Sua Alteza Real, dançando com toda dama solteira?

• 137 •

— Está com ciúme?

Celaena soltou uma risada.

— Não! Pelos deuses, não. Mas não posso dizer que seja particularmente divertido observá-lo. Ou observar qualquer um deles se divertindo. Acho que tenho mais ciúmes daquele bufê gigante que ninguém nem toca.

Chaol deu uma risada e ergueu o rosto para as escadas, para o pátio e as portas do salão de baile além dele. Já deveria ter entrado. Mas ali estava o capitão, ultrapassando aquele limite do qual não conseguia manter distância.

Chaol conseguira não ultrapassar o limite na noite anterior, embora ver Celaena chorar durante a música de Rena Goldsmith o tivesse comovido tão profundamente que era como se houvesse encontrado uma parte sua que nem sabia que faltava. Chaol fizera os dois correrem mais 1,5 quilômetro naquela manhã, não para puni-la, mas porque não conseguia parar de pensar no modo como ela olhara para ele.

Celaena suspirou alto e avaliou a lua. Estava tão intensa que ofuscava as estrelas.

— Ouvi a música e só queria dançar por alguns minutos. Apenas para... esquecer tudo por uma valsa e fingir ser uma garota normal. Então — ela olhou para Chaol, dessa vez com raiva —, vá em frente e rosne e brigue comigo por causa disto. Qual será minha punição? Mais 4,5 quilômetros amanhã? Uma hora de treino? Tortura na roda?

Havia um tipo de amargura desesperada nas palavras dela que não foi bem recebida por Chaol. E, sim, teriam uma conversa sobre abandonar os postos, mas agora... naquele momento...

Chaol ultrapassou o limite.

— Dance comigo — disse ele, e estendeu a mão para ela.

Celaena encarou a mão estendida de Chaol.

— O quê?

O luar refletiu nos olhos dourados dele, o que os fazia brilhar.

— O que você não entendeu?

Nada. Tudo. Porque quando ele dissera aquilo, não tinha sido da forma como Dorian a chamara para dançar no baile do Yule; este tinha sido apenas um convite. Mas o de Chaol... a mão dele continuava estendida na direção dela.

— Até onde me lembro — falou Celaena, erguendo o queixo —, no Yule, *eu* chamei *você* para dançar, e você recusou imediatamente. Disse que era *perigoso* demais que fôssemos vistos dançando juntos.

— As coisas estão diferentes agora. — De novo, mais uma afirmação com sentido implícito que Celaena não poderia começar a decifrar no momento.

A garganta dela se apertou, e a assassina olhou para a mão estendida de Chaol, marcada por calos e cicatrizes.

— Dance comigo, Celaena — disse ele novamente, a voz rouca.

Quando os olhos dela encontraram os de Chaol, Celaena se esqueceu do frio e da lua, e do palácio de vidro que se erguia sobre eles. A biblioteca secreta e os planos do rei e Mort e Elena se dissiparam. Celaena aceitou a mão de Chaol, e havia apenas a música e o capitão.

Os dedos dele estavam quentes, mesmo através das luvas. Chaol deslizou a outra mão ao redor da cintura de Celaena, que apoiou uma das mãos sobre o braço dele. Ela ergueu o rosto para o capitão quando começaram a se mover — um passo lento, então outro, e outro, entrando devagar no ritmo constante da valsa.

Chaol a encarou de volta, nenhum dos dois sorria — de alguma forma, estavam além de sorrisos naquele momento. A valsa se desenvolveu, mais alta, mais rápida, e Chaol guiou Celaena pela música, sem hesitar.

A respiração dela ficou irregular, mas Celaena não conseguia tirar os olhos do capitão, não conseguia parar de dançar. O luar e o jardim e o brilho dourado do salão de baile se tornaram um só borrão, agora a quilômetros de distância.

— Jamais seremos um garoto e uma garota normais, não é? — Celaena conseguiu dizer.

— Não — sussurrou Chaol, os olhos incandescentes. — Não seremos.

E então a música explodiu ao redor dos dois, e Chaol a levou com o ritmo, girando-a de modo que o manto se abrisse ao redor do corpo dela. Cada passo era impecável, letal, como aquela primeira vez em que os dois lutaram no treino tantos meses antes. Ela conhecia todos os movimentos dele, e Chaol conhecia os de Celaena, como se os dois tivessem dançado aquela valsa juntos a vida inteira. Mais rápido, sem titubear, sem desviar os olhos.

O resto do mundo se calou até virar nada. Naquele momento, depois de dez longos anos, Celaena olhou para o capitão e percebeu que estava em casa.

Dorian Havilliard estava na janela do salão de baile, observando Celaena e Chaol dançarem no jardim à frente, os mantos escuros flutuando ao redor deles como se não fossem mais do que dois espectros girando no vento. Depois de horas dançando, Dorian finalmente conseguira se livrar das damas que exigiam sua atenção, e fora até a janela obter o tão necessário ar fresco.

O príncipe pretendia ir para fora, mas então os viu. Aquilo fora suficiente para impedir seus passos — mas não o bastante para fazê-lo dar as costas. Ele sabia que deveria. Deveria dar as costas e fingir que não tinha visto, porque embora fosse apenas uma dança...

Alguém parou ao lado de Dorian, e ele olhou a tempo de ver Nehemia na janela. Depois de meses sumida da corte por causa do massacre dos rebeldes em Eyllwe, ela apareceu naquela noite. Estava esplendorosa em um vestido cobalto com detalhes em fios de ouro, o cabelo preso e trançado como uma pequena coroa no alto da cabeça. Os delicados brincos dourados da princesa reluziam à luz do candelabro, atraindo a atenção de Dorian para o pescoço elegante. Era facilmente a mulher mais deslumbrante do salão de baile, e o príncipe não deixara de notar quantos homens — e mulheres — a observavam a noite toda.

— Não cause problemas a eles — falou Nehemia, baixinho, o sotaque ainda carregado, mas muito melhor desde que chegara a Forte da Fenda. Dorian ergueu uma sobrancelha. Nehemia traçou um desenho invisível no painel de vidro. — Você e eu... Sempre nos destacaremos. Sempre teremos... — Ela buscou a palavra. — Responsabilidades. Sempre teremos fardos que ninguém mais poderá entender. Que eles — a princesa inclinou a cabeça na direção de Chaol e Celaena — jamais entenderão. E se entendessem, não os iriam querer.

Eles não nos iriam querer, é isso que quer dizer.

Chaol girou Celaena, que deslizou suavemente pelo ar antes de cair de volta nos braços do capitão.

— Já decidi seguir em frente — falou Dorian, igualmente baixo. Era a verdade. O príncipe acordara naquela manhã sentindo-se mais leve do que se sentia em semanas.

Nehemia assentiu, o ouro e as joias nos cabelos tilintaram.

— Então agradeço por isso. — Ela desenhou outro símbolo na janela. — Seu primo, Roland, me disse que seu pai aprovou os planos do conselheiro Mullison para encher as celas de Calaculla, para expandir o campo de trabalhos forçados para acomodar mais... pessoas.

Dorian manteve o rosto inexpressivo. Havia olhos demais sobre os dois.

— Roland lhe contou isto?

Nehemia desceu a mão da janela.

— Ele quer que eu conte ao meu pai que apoio esses planos, para eu conseguir que ele torne a expansão o mais fácil possível. Recusei-me. Roland diz que haverá uma reunião do conselho amanhã na qual votarão os planos de Mullison. Não tenho permissão de participar.

Dorian se concentrou na própria respiração.

— Roland não tinha direito de fazer isso. Nada disso.

— Você os impedirá, então? — Os olhos escuros de Nehemia estavam fixos no rosto do príncipe. — Fale com seu pai na reunião do conselho; convença os outros a dizer não.

Ninguém, a não ser Celaena, ousava falar com ele daquela forma. Mas a ousadia de Nehemia não teve nada a ver com a resposta de Dorian, que foi:

— Não posso.

O rosto ficou quente quando as palavras saíram, mas era verdade. Dorian não podia combater Calaculla, não sem causar muitos problemas

· 141 ·

tanto para si mesmo quanto para Nehemia. Ele já havia convencido o pai a deixar Nehemia em paz. Exigir que o rei fechasse Calaculla poderia obrigá-lo a escolher um lado — e fazer uma escolha que destruiria tudo o que tinha.

— Não pode ou não o fará? — Dorian suspirou, mas Nehemia o interrompeu. — Se Celaena fosse enviada para Calaculla, você a libertaria? Acabaria com o campo? Quando a tirou de Endovier, pensou duas vezes a respeito dos milhares que deixou para trás? — Dorian tinha pensado, mas... mas não por tanto tempo quanto deveria. — Inocentes trabalham e morrem em Calaculla e em Endovier. Aos milhares. Pergunte a Celaena sobre os túmulos que cavam lá, príncipe. Olhe para as cicatrizes nas costas dela, e perceba que o que ela enfrentou é uma *bênção* comparado ao que a maioria enfrenta. — Talvez Dorian tivesse apenas se acostumado com o sotaque, mas poderia jurar que Nehemia falava com mais fluência. A princesa apontou para o jardim, para Celaena e Chaol, que haviam parado de dançar e estavam conversando agora. — Se ela fosse enviada de volta, você a libertaria?

— É claro que sim — respondeu Dorian, cuidadosamente. — Mas é complicado.

— Não há nada complicado. É a diferença entre certo e errado. Os escravizados naqueles campos têm pessoas que os amam exatamente como você amava minha amiga.

Dorian olhou ao redor. Damas observavam ansiosamente por trás dos leques, e até a mãe dele reparara na conversa longa entre os dois. Do lado de fora, Celaena retomara o posto ao lado da pilastra. No outro canto do salão, Chaol passou por uma das portas do pátio e ocupou seu lugar no nicho, o rosto inexpressivo, como se a dança jamais tivesse acontecido.

— Este não é o lugar para esta conversa.

Nehemia o encarou por um bom tempo antes de assentir.

— Você tem poder, príncipe. Mais poder do que percebe. — Ela tocou o peito de Dorian, desenhando um símbolo ali também, e algumas das damas da corte arquejaram. Mas os olhos de Nehemia estavam fixos em Dorian. — Está dormente — sussurrou ela, dando um tapinha no coração dele. — Aqui. Quando a hora chegar, quando ele despertar, não tenha medo. — Nehemia retirou a mão e deu um sorriso triste para o príncipe. — Quando chegar a hora, vou ajudá-lo.

Com isso, ela foi embora, os membros da corte abriram caminho, depois fecharam a trilha deixada por Nehemia. Dorian encarava as costas da princesa, questionando o que as últimas palavras dela tinham significado.

E por que, quando Nehemia as pronunciou, algo antigo e dormente bem no fundo dele abriu um olho.

CAPÍTULO 18

Celaena estava sentada na sala de estar da mansão de Archer, franzindo a testa para a lareira que crepitava. Não tocara no chá que o mordomo havia servido para ela na mesa baixa de mármore, embora obviamente tivesse se servido de dois profiteroles e uma torta de chocolate enquanto esperava que Archer retornasse. Poderia ter voltado depois, mas estava congelando do lado de fora, e depois de ficar como vigia na noite anterior, estava exausta. E precisava de qualquer coisa que a distraísse de reviver aquela dança com Chaol.

Depois que a valsa terminou, ele apenas disse a ela que se abandonasse o posto mais uma vez, o capitão abriria um buraco no gelo do lago de trutas e a jogaria dentro. Então, como se não tivesse acabado de dançar com Celaena de um modo que fez os joelhos dela tremerem, Chaol voltou para dentro marchando e deixou que ela sofresse no frio. Talvez tivesse apenas imaginado a coisa toda. Talvez o ar gélido da noite a tivesse tornado idiota.

Celaena estivera distraída durante a primeira aula sobre as marcas de Wyrd com Nehemia naquela manhã e garantira muitos sermões como consequência. Ela culpou a língua complexa e sem sentido. Aprendera algumas línguas antes — o suficiente para se virar em lugares onde as leis da língua de Adarlan ainda não tinham se enraizado —, mas marcas de

Wyrd eram completamente diferentes. Tentar aprendê-las enquanto também tentava desvendar o labirinto que era Chaol Westfall era impossível.

A assassina ouviu a porta da frente abrir. Palavras abafadas, passos apressados, e então, o lindo rosto de Archer surgiu.

— Apenas me dê um minuto para me lavar.

Celaena ficou de pé.

— Isso não será necessário. Não vou tomar muito tempo.

Os olhos verdes de Archer brilharam, mas ele entrou na sala de estar, fechando a porta de mogno atrás de si.

— Sente-se — falou Celaena, sem se importar muito que aquela fosse a casa de Archer.

Ele obedeceu, sentando-se na poltrona diante do sofá. O rosto do cortesão estava vermelho pelo frio, o que fazia aqueles lindos olhos parecerem ainda mais verdes.

Celaena cruzou as pernas.

— Se seu mordomo não parar de ouvir pelo buraco da fechadura, vou cortar as orelhas dele e as enfiar goela abaixo.

Houve uma tosse abafada, seguida por passos recuando. Depois que teve certeza de que mais ninguém ouvia, Celaena recostou nas almofadas do sofá.

— Preciso de mais que uma lista de nomes. Preciso saber o que, exatamente, estão planejando, e quanto sabem sobre o rei.

O rosto de Archer empalideceu.

— Preciso de mais tempo, Celaena.

— Ainda restam pouco mais que três semanas.

— Me dê cinco.

— O rei só me deu um mês para matar você. Já tenho dificuldade em convencer as pessoas de que você é um alvo difícil. Não posso dar mais tempo.

— Mas preciso desse tempo para encerrar as coisas aqui em Forte da Fenda e conseguir mais informações para você. Com Davis morto, estão todos sendo mais cuidadosos. Ninguém está falando. Ninguém ousa sussurrar nada.

— Sabem que Davis foi um erro?

— Erros acontecem o suficiente em Forte da Fenda para sabermos que a maioria é tudo, *menos* um erro. — Archer passou as mãos pelos cabelos. — Por favor. Só um pouco mais de tempo.

— Não tenho tempo para lhe dar. Preciso de mais do que nomes, Archer.

— E quanto ao príncipe herdeiro? E o capitão da Guarda? Talvez tenham a informação de que precisa. Você é próxima dos dois, não é?

Celaena exibiu os dentes para o cortesão.

— O que sabe sobre eles?

Archer lançou um olhar firme e cauteloso para ela.

— Acha que não reconheci o capitão da Guarda no dia em que você por acaso esbarrou em mim do lado de fora da Willows? — A atenção dele se voltou para a lateral do corpo de Celaena, onde a mão dela estava sobre uma adaga. — Contou a eles sobre seu plano de me manter vivo?

— Não — falou Celaena, a mão relaxando sobre a adaga. — Não, não contei. Não quero envolvê-los.

— Ou é porque não confia de verdade em nenhum dos dois.

Ela ficou de pé.

— Não presuma que sabe qualquer coisa sobre mim, Archer.

Celaena saiu batendo os pés até a porta e a escancarou. O mordomo não estava mais à vista. Ela olhou por cima do ombro para Archer, cujos olhos estavam arregalados ao observá-la.

— Você tem até o fim da semana, *seis* dias, para conseguir mais informações para mim. Se não me der nada até então, minha próxima visita não será nem de perto tão agradável.

Sem dar tempo para que o cortesão respondesse, Celaena disparou para fora da sala, pegou o manto do armário da entrada e voltou caminhando para as ruas gélidas da cidade.

Os mapas e os números diante de Dorian só podiam estar errados. Só podia ser uma brincadeira, pois de maneira nenhuma Calaculla tinha *tantos* escravizados assim. Sentado na longa mesa na câmara do conselho do pai,

Dorian olhou para os homens ao redor. Ninguém parecia surpreso, ninguém parecia chateado. O conselheiro Mullison, que adquirira um interesse especial por Calaculla, estava praticamente sorridente.

Ele deveria ter lutado para conseguir que Nehemia participasse daquela reunião do conselho. Mas provavelmente não havia nada que ela pudesse dizer naquele momento que tivesse qualquer impacto em uma decisão que nitidamente já havia sido tomada.

O pai de Dorian dava um leve sorriso para Roland, a cabeça apoiada sobre o punho fechado. O anel preto na mão do rei brilhava à luz fraca da lareira bestial, aquela abertura em formato de boca que parecia pronta para devorar a sala.

Do lugar ao lado de Perrington, Roland gesticulou para o mapa. Outro anel preto reluziu na mão dele — o mesmo que Perrington usava.

— Como podem ver, Calaculla não comporta o atual número de escravizados. Tem tantos que nem mesmo cabem nas minas do jeito que está, e embora alguns cavem novos depósitos, o trabalho anda estagnado. — Roland sorriu. — *Mas*, pouco mais ao norte, bem ao longo do limite sul da floresta de Carvalhal, nossos homens descobriram um depósito de ferro que parece cobrir uma grande área. É próximo o bastante de Calaculla para que possamos erguer alguns novos prédios para abrigar vigias e capatazes adicionais, prender ainda mais escravizados, se quisermos, e começar o trabalho imediatamente.

Murmúrios impressionados e um aceno do rei para Roland fizeram com que o maxilar do príncipe se contraísse. Três anéis combinando; três anéis pretos para significar — o quê? Que estavam de alguma forma ligados um ao outro? Como Roland ultrapassara as defesas do rei e de Perrington tão rapidamente? Por causa do apoio a um lugar como Calaculla?

As palavras de Nehemia na noite anterior continuavam soando na cabeça de Dorian. Ele vira as cicatrizes nas costas de Celaena de perto — uma confusão violenta de pele que o deixara doente de ódio ao olhar. Quantos como ela apodreciam naqueles campos de trabalhos forçados?

— E onde dormirão os escravizados? — perguntou Dorian, de repente. — Vai construir abrigo para eles também?

Todos, inclusive o rei, se viraram para olhar para o príncipe. Mas Roland apenas deu de ombros.

— São escravizados. Por que abrigá-los quando podem dormir nas minas? Assim não perderíamos tempo levando-os para dentro e para fora todos os dias.

Mais murmúrios e acenos. Dorian encarou o primo.

— Se temos um excedente de escravizados, então por que não libertar alguns? Certamente não são todos rebeldes e criminosos.

Um grunhido ao fundo da mesa — seu pai.

— Cuidado com a língua, príncipe.

Não era um pai se dirigindo ao filho, mas um rei ao herdeiro. Mesmo assim, aquele ódio frio crescia, e Dorian continuava vendo as cicatrizes de Celaena, o corpo magro demais no dia em que a tiraram de Endovier, o rosto macilento e a esperança e o desespero misturados nos olhos dela. Dorian ouviu as palavras de Nehemia: *o que ela enfrentou é uma* bênção *comparado ao que a maioria enfrenta*.

Dorian olhou para o pai à ponta da mesa, cujo rosto estava sombrio com irritação.

— Esse é o plano? Agora que conquistamos o continente, vai jogar todos em Calaculla ou Endovier até não restar ninguém além das pessoas de Adarlan nos reinos?

Silêncio.

O ódio o arrastou até o lugar onde havia sentido aquela pontada de poder antigo quando Nehemia tocou seu coração.

— Se continuar puxando a coleira, vai arrebentar — falou Dorian ao pai, então olhou pela mesa para Roland e Mullison. — Que tal *vocês* passarem um ano em Calaculla, e quando tiverem terminado, podem se sentar aqui e me contar sobre os planos de expansão.

O pai dele bateu com as mãos na mesa, chacoalhando copos e jarras.

— Você tomará cuidado com o que diz, príncipe, ou será expulso desta sala antes da votação.

Dorian se levantou do assento. Nehemia estava certa. Ele não olhara para os demais em Endovier. Não se permitira.

— Já ouvi o bastante — disparou Dorian para o pai, para Roland e Mullison, para Perrington e para todos os lordes e homens da sala. — Querem meu voto? Então aqui está: *não*. Nem em mil anos.

O rei grunhiu, mas o príncipe já havia atravessado o piso de mármore vermelho, passado por aquela lareira horrorosa, pelas portas e entrava nos corredores iluminados do castelo de vidro.

Ele não sabia aonde ia, apenas que sentia um frio congelante — um frio que alimentava o ódio tranquilo e reluzente. Desceu lance após lance da escadaria em direção ao castelo de pedra, então seguiu por longos corredores e escadas estreitas, até encontrar um salão esquecido onde não havia olhos para vê-lo erguer o punho e socar a parede.

A pedra rachou sob sua mão.

Não uma rachadura pequena, mas como uma teia de aranha que continuou crescendo e crescendo em direção à janela à direita, até que...

A janela explodiu, vidro desabou por toda parte enquanto Dorian se agachava protegendo a cabeça. O ar entrou em uma lufada, tão frio que seus olhos ficaram embaçados, mas o príncipe se manteve ajoelhado ali, os dedos nos cabelos, respirando, respirando, respirando enquanto o ódio escorria de dentro dele.

Não era possível. Talvez tivesse apenas acertado a parede no lugar errado e aquela porcaria fosse tão antiga que só estava à espera de algo assim acontecer. Jamais tinha ouvido falar de pedra rachando daquela forma — espalhando-se como algo vivo — e então a janela...

Com o coração acelerado, Dorian tirou as mãos da cabeça e olhou para elas. Não havia um hematoma ou corte, nem mesmo um traço de dor. Mas ele havia acertado aquela parede com toda força que tinha. Poderia ter — *deveria* ter — quebrado a mão. Mas os nós de seus dedos estavam ilesos — apenas brancos por cerrar os punhos com força.

Com as pernas trêmulas, o príncipe levantou-se e examinou o dano.

A parede havia rachado, mas permanecera intacta. A antiga janela, no entanto, se estilhaçara completamente. E ao redor dele, ao redor de onde havia se agachado...

Um círculo perfeito, livre de estilhaços, como se o vidro e a madeira tivessem coberto tudo, menos ele.

Não era possível. Porque a magia...

A magia...

Dorian caiu de joelhos e se sentiu violentamente enjoado.

◆◆◆

Aninhada no sofá ao lado de Chaol, Celaena tomou um gole do chá e franziu a testa.

— Não pode contratar um criado como Philippa para que alguém possa nos trazer doces?

Chaol ergueu uma sobrancelha.

— Você não fica mais em seus aposentos?

Não. Não se pudesse evitar. Não com Elena e Mort e todo o resto a apenas uma porta secreta de distância. Normalmente, teria buscado refúgio na biblioteca, porém não mais. Não quando a biblioteca tinha tantos segredos que faziam sua cabeça girar ao pensar neles. Por um momento, ela se perguntou se Nehemia tinha descoberto alguma coisa sobre a charada no escritório de Davis. Precisaria perguntar à princesa no dia seguinte.

Ela chutou as costelas de Chaol com o pé coberto por uma meia.

— Só estou dizendo que gostaria de um bolo de chocolate de vez em quando.

Ele fechou os olhos.

— E uma torta de maçã, e um pedaço de pão, e uma panela de cozido, e uma montanha de biscoitos, e um... — Ele gargalhou quando Celaena colocou o pé no rosto do capitão e empurrou. Chaol segurou o pé e não soltou quando ela tentou puxar a perna de volta. — É verdade e você sabe, *Laena*.

— E daí se for? Não ganhei o direito de comer tanto quanto quiser, sempre que quiser? — Ela desvencilhou o pé da mão de Chaol quando o sorriso sumiu do rosto dele.

— Sim — falou Chaol, baixinho, a voz quase inaudível sobre o fogo que estalava. — Ganhou. — Depois de alguns instantes de silêncio, Chaol se levantou e foi até a porta.

Celaena se sentou apoiada nos cotovelos.

— Aonde vai?

Ele abriu a porta.

— Pegar bolo de chocolate para você.

Depois que o capitão voltou, e os dois comeram metade do bolo que Chaol roubara da cozinha, Celaena se deitou de volta no sofá, a mão sobre a barriga cheia. Chaol já estava estirado nas almofadas, dormindo profundamente. Ficar acordado até o meio da noite no baile e depois acordar para a corrida ao alvorecer naquela manhã tinha sido exaustivo. Por que simplesmente não cancelara a corrida?

Sabe, as cortes nem sempre foram assim, dissera Nehemia. *Houve um tempo em que as pessoas valorizavam a honra e a lealdade — quando servir um monarca não era uma questão de obediência e medo... Acha que outra corte como aquela poderia se erguer novamente?*

Celaena não respondera à princesa. Não quisera conversar sobre aquilo. Mas ao olhar para Chaol ali, para o homem que era e para o homem que ainda viria a ser...

Sim, pensou ela. *Sim, Nehemia. Poderia se erguer novamente, se pudéssemos encontrar mais homens como ele.*

Mas não em um mundo com aquele rei, percebeu Celaena. Ele destruiria uma corte como aquela antes que Nehemia conseguisse reunir uma. Se o rei sumisse, a corte com que a princesa sonhara poderia mudar o mundo. Aquela corte poderia desfazer o estrago de uma década de brutalidade e terror; poderia restaurar as terras destruídas pela conquista e renovar os corações dos reinos que haviam se desfeito quando Adarlan invadira.

E nesse mundo... Celaena engoliu em seco. Ela e Chaol jamais seriam um garoto e uma garota normais, mas talvez ali pudessem construir uma vida própria. Ela *queria* essa vida. Porque embora o capitão tivesse fingido que nada havia acontecido depois da dança na noite anterior, algo acontecera, sim. E talvez Celaena tivesse levado aquele tempo todo para perceber, mas aquele homem — ela queria uma vida *com* ele.

O mundo com o qual Nehemia sonhava, e o mundo que Celaena às vezes ousava se permitir considerar, não passava de um retalho de esperança e uma lembrança do que os reinos foram um dia. Mas talvez o movimento rebelde soubesse mesmo sobre os planos do rei e como destruí-los — como destruir o rei, com ou sem Aelin Galathynius e qualquer que fosse o exército que alegavam que ela erguia.

Celaena suspirou e se levantou do sofá, movendo suavemente as pernas de Chaol para não o incomodar. Ela se virou, no entanto — apenas uma vez, abaixando o corpo para passar os dedos pelos cabelos curtos dele, então passou-os pela bochecha dele. Depois saiu silenciosamente do quarto, levando consigo as sobras do bolo de chocolate.

Celaena estava ponderando se comer o restante do bolo de chocolate a deixaria seriamente enjoada quando virou no corredor e viu Dorian sentado no chão do lado de fora dos aposentos dela. O príncipe virou o rosto quando a viu, os olhos parando no bolo nas mãos de Celaena. Ela corou e ergueu o queixo. Os dois não se falavam desde a discussão sobre Roland. Talvez o príncipe tivesse ido se desculpar. Bem feito.

Mas quando se aproximou e Dorian se levantou, Celaena deu uma olhada na expressão dos olhos cor de safira do príncipe e soube que ele não estava ali para pedir desculpas.

— Está um pouco tarde para uma visita — disse ela, como cumprimento.

Dorian colocou as mãos nos bolsos e encostou o corpo na parede. O rosto estava pálido, os olhos assombrados, mas o príncipe deu um meio-sorriso para ela.

— Está um pouco tarde para bolo de chocolate também. Andou saqueando a cozinha?

Celaena continuou do lado de fora dos aposentos, seus olhos percorrendo Dorian. Ele parecia bem — nenhum hematoma, nenhum sinal de ferimentos —, mas havia algo diferente.

— O que está fazendo aqui?

O príncipe evitou o olhar dela.

— Estava procurando Nehemia, mas as criadas dela disseram que ela havia saído, entendi que tinha vindo para cá; então achei que vocês duas talvez tivessem saído para caminhar.

— Não a vejo desde esta manhã. Quer algo com ela?

Dorian tomou um fôlego irregular e a campeã percebeu subitamente como estava *frio* no corredor. Quanto tempo ficara sentado ali no chão congelante?

— Não — respondeu o príncipe, balançando a cabeça como se estivesse se convencendo de algo. — Não, não quero.

Ele começou a ir embora. Celaena começou a falar antes que ele percebesse que ela estava com a boca aberta.

— Dorian. O que foi?

Ele se virou. Por um segundo, havia algo nos olhos dele que lembrou Celaena de um mundo havia muito queimado — um lampejo de cor e poder que ainda rodeava os pesadelos dela. Mas o príncipe piscou e aquilo sumiu.

— Nada. Não tem nada errado mesmo. — Dorian saiu caminhando, as mãos ainda nos bolsos. — Aproveite o bolo — disse ele, por cima do ombro, e então se foi.

CAPÍTULO 19

Chaol estava parado diante do trono do rei, quase *se* matando de tédio enquanto fornecia o relatório do dia anterior. Ele tentava não pensar na noite anterior — em como o breve toque dos dedos de Celaena por seus cabelos e por seu rosto havia lançado uma pontada de desejo tão forte pelo corpo que o capitão teve vontade de agarrá-la e prendê-la ao sofá. Chaol precisara de todo o seu autocontrole para manter a respiração equilibrada, continuar fingindo que estava dormindo. Depois que ela saiu, o coração do capitão começou a bater tão forte que ele precisou de uma hora para se acalmar o bastante e conseguir dormir.

Ao olhar para o rei naquele momento, Chaol estava feliz por ter se controlado. O limite entre ele e Celaena existia por um motivo. Atravessá-lo colocaria em xeque sua lealdade ao rei que estava diante dele — sem falar no modo como isso impactaria a amizade entre o capitão e Dorian. O príncipe se fizera pouco presente na última semana; Chaol precisaria se obrigar a vê-lo naquele dia.

A lealdade do capitão era de Dorian e do rei. Sem lealdade, ele não era ninguém. Sem ela, teria desistido da família, do título, por nada.

Chaol terminou de explicar os planos de segurança para o parque que chegaria naquele dia, e o rei assentiu.

— Muito bem, capitão. Certifique-se de que seus homens vigiem os arredores do castelo também. Sei que tipo de imundície gosta de viajar com esses parques, e não quero essa gente perambulando por aí.

Chaol assentiu.

— Considere feito.

Normalmente, o rei o dispensaria com um resmungo e um aceno, mas naquele dia, o homem apenas o avaliou, um cotovelo apoiado no braço do trono de vidro. Depois de um momento de silêncio — durante o qual o capitão imaginou se havia um espião do castelo, de alguma forma, espiando pela fechadura quando Celaena o tocou —, o rei falou:

— A princesa Nehemia precisa ser vigiada.

De todas as coisas que o rei poderia dizer, aquela era a que Chaol não esperava. Mas ele manteve o rosto inexpressivo e não questionou as palavras que continham tanto significado implícito.

— Sua... influência está começando a ser sentida nestes corredores. E estou achando que talvez tenha chegado a hora de movê-la de volta para Eyllwe. Sei que já temos alguns homens vigiando-a, mas também soube que havia uma ameaça anônima à vida de Nehemia.

Perguntas rugiam dentro do capitão, junto com a sensação crescente de pesar. Quem a havia ameaçado? O que a princesa tinha dito ou feito para lhe garantir a ameaça?

Chaol enrijeceu o corpo.

— Não ouvi nada a respeito disto.

O rei sorriu.

— Ninguém ouviu. Nem mesmo a própria princesa. Parece que ela tem alguns inimigos do lado de fora do palácio também.

— Pedirei que mais guardas vigiem os aposentos dela e patrulhem a ala do castelo em que está. Vou alertá-la imediatamente da...

— Não há necessidade de alertá-la. Nem ninguém. — O rei olhou de modo significativo para Chaol. — Ela pode tentar usar o fato de que alguém deseja sua morte como vantagem para barganha, pode tentar se fazer de mártir de algum modo. Então diga aos seus homens que fiquem quietos.

Ele não achava que Nehemia faria aquilo, mas Chaol manteve a boca fechada. Diria aos homens que fossem discretos.

• 155 •

E não contaria à princesa — nem a Celaena. O fato de ele ser amigável com Nehemia, o fato de ela ser amiga de Celaena, isso não mudava nada. Sabia que Celaena ficaria furiosa por ele não contar, mas Chaol era o capitão da Guarda. Lutara e sacrificara quase tanto quanto a campeã do rei para alcançar aquela posição. Ele permitira que ela se aproximasse demais quando a chamou para dançar — se permitira se aproximar demais.

— Capitão?

Chaol piscou, então fez uma reverência baixa.

— Tem minha palavra, Vossa Majestade.

Dorian estava ofegante, girava a espada no ar em um bloqueio preciso que fez o guarda cambalear. A terceira partida, e o terceiro oponente estava prestes a cair. O príncipe não dormira na noite anterior nem conseguira ficar sentado naquela manhã. Então foi até o quartel, esperando que alguém o cansasse o suficiente para que a exaustão tomasse conta.

Ele bloqueava e defletia os ataques do guarda. Só podia ser um erro. Talvez tivesse sonhado tudo. Talvez fosse apenas uma combinação dos elementos certos no momento errado. A magia havia *sumido*, e não havia motivo para ele ter aquele poder quando nem mesmo seu pai tinha recebido o dom da magia. Ela estava adormecida na linhagem dos Havilliard havia gerações.

Dorian venceu a defesa do guarda com uma manobra fácil, mas quando o jovem ergueu as mãos em sinal de derrota, o príncipe se perguntou se o guarda não o havia deixado ganhar. Essa ideia fez um rosnado percorrer seu corpo. Ele estava prestes a exigir outra partida quando alguém caminhou tranquilamente até os dois.

— Posso me juntar?

O príncipe encarou Roland, cujo florete mal parecia ter sido usado. O guarda olhou uma vez para o rosto de Dorian, fez uma reverência e encontrou outro lugar para ir. Dorian observou o primo, o anel preto no dedo.

— Acho que não quer me enfrentar hoje, primo.

— Ah — disse Roland, franzindo a testa. — Quanto a ontem... sinto muito por aquilo. Se soubesse que os campos de trabalhos forçados eram uma questão tão sensível para você, jamais teria levantado o assunto ou discutido-o com o conselheiro Mullison. Cancelei a votação depois que você partiu. Mullison ficou furioso.

Dorian ergueu as sobrancelhas.

— Ah?

Roland deu de ombros.

— Você estava certo. Não sei nada a respeito daqueles campos. Só assumi a causa porque Perrington sugeriu que eu trabalhasse com Mullison, que tinha muito a ganhar com a expansão por causa dos laços com a indústria do ferro.

— E devo acreditar em você?

Roland deu um sorriso de vencedor.

— *Somos* família, afinal de contas.

Família. Dorian jamais se considerara de fato parte de uma família. E certamente não o fazia agora. Se alguém descobrisse sobre o que acontecera naquele corredor no dia anterior, sobre a magia que ele poderia ter, seu pai o mataria. Afinal, o rei tinha um segundo filho. Famílias não deveriam exatamente pensar dessa forma, não é?

Dorian fora procurar Nehemia na noite anterior por desespero, mas à luz da manhã, ficou feliz por não a ter encontrado. Se a princesa obtivesse aquele tipo de informação a respeito dele, poderia usar em vantagem própria — chantageá-lo o quanto quisesse.

E Roland... Dorian começou a dar as costas.

— Por que não guarda suas manobras para alguém que se importe?

Roland manteve o ritmo ao lado do primo.

— Ah, mas quem é mais digno do que meu próprio primo? Que desafio maior do que conquistar você para as minhas tramoias? — Dorian lançou um olhar de aviso para Roland e viu que o jovem sorria. — Se ao menos tivesse visto o caos que irrompeu depois que você saiu — continuou Roland. — Enquanto eu viver, jamais me esquecerei do olhar no rosto de seu pai quando você gritou com todos eles. — Roland gargalhou e, apesar de não querer, o príncipe percebeu um sorriso se formando nos próprios lábios. — Achei que o velho desgraçado entraria em combustão bem ali.

Dorian balançou a cabeça.

• 157 •

— Ele já enforcou homens por terem-no chamado por tais nomes, sabe.

— Sim, mas quando se é tão bonito quanto eu, querido primo, ficaria surpreso com o quanto é possível se safar.

Dorian revirou os olhos, mas avaliou o primo por alguns instantes. Roland poderia ser próximo de Perrington e do rei, porém... talvez só tivesse sido puxado para as armações do duque e precisasse de alguém que o guiasse na direção certa. E se o rei e os outros conselheiros achavam que poderiam usar Roland para conquistar apoio para suas negociações obscuras, bem, então estava na hora de Dorian entrar no jogo também. O príncipe poderia virar o peão do pai contra ele mesmo. Entre eles dois, certamente poderiam influenciar parte suficiente do conselho a se opor a mais propostas desagradáveis.

— Você realmente cancelou a votação?

Roland gesticulou.

— Acho que está certo quanto a estarmos abusando da sorte com os demais reinos. Se quisermos manter o controle, precisamos encontrar um equilíbrio. Enviá-los para a escravidão não vai ajudar; pode apenas voltar mais pessoas para a rebelião.

Dorian assentiu devagar, então parou.

— Preciso ir a um lugar — mentiu ele, embainhando a espada —, mas talvez eu o veja no salão para o jantar.

Roland deu um sorriso tranquilo para o primo.

— Tentarei reunir algumas damas adoráveis para nos fazer companhia.

Dorian esperou até que Roland tivesse virado a esquina para ir até o pátio, onde o caos o engoliu. O parque que a rainha havia contratado para Hollin — o presente de Yule atrasado para o filho — finalmente chegara.

Não era um parque enorme; apenas algumas tendas escuras, uma dúzia de vagões com jaulas e cinco vagões cobertos tinham sido montados no pátio aberto. A coisa toda parecia bastante sombria, apesar do violinista tocando e dos gritos alegres dos trabalhadores correndo para terminar de montar as tendas a tempo de surpreender Hollin naquela noite.

As pessoas mal olhavam para Dorian conforme ele vagava pela multidão. Mas também, o príncipe vestia roupas velhas e suadas e estava com a capa bem fechada ao redor do corpo. Apenas os guardas — altamente treinados e cientes de tudo — repararam nele, mas entendiam a necessidade do anonimato sem precisar de ordens.

Uma mulher impressionantemente linda saiu de uma das tendas — loira, esguia, alta e vestida em roupas finas de montaria. Um homem do tamanho de uma montanha também emergiu, carregando grandes mastros de ferro que Dorian duvidava que a maioria dos homens sequer conseguisse levantar.

O príncipe passou por um dos grandes vagões cobertos, parando diante das palavras escritas com tinta branca na lateral:

O Parque Dos Espelhos!
Veja ilusões e realidade colidirem!

Ele franziu a testa. Será que a mãe havia dedicado um minuto de consideração ao presente, a respeito do que aquilo poderia parecer, de qual mensagem enviaria? Parques, com as ilusões e os truques, sempre beiravam abertamente o limite da traição. Dorian soltou uma risada de deboche. Talvez *ele* pertencesse a uma daquelas jaulas.

A mão de alguém pousou em seu ombro, e o príncipe se virou, deparando-se com Chaol sorrindo.

— Achei que o encontraria aqui. — Dorian não ficou nem um pouco surpreso por Chaol tê-lo reconhecido.

O príncipe estava prestes a sorrir para ele também quando reparou em quem estava com o capitão. Celaena estava parada ao lado de uma das jaulas cobertas, escutando pelas cortinas de veludo preto o que quer que houvesse dentro.

— O que estão fazendo aqui tão cedo? A abertura das cortinas só acontecerá à noite. — Próximo a eles, o homem pantagruélico começou a martelar pregos de 30 centímetros na terra congelada.

— Ela queria caminhar e... — Chaol, de súbito, xingou violentamente. Dorian não queria muito, mas seguiu o capitão quando ele foi até Celaena e puxou o braço dela da cortina preta. — Vai perder a mão assim — avisou o capitão, e Celaena o olhou com raiva.

Então deu a Dorian um sorriso de lábios fechados que pareceu mais um dar de ombros. O príncipe não mentira para ela na noite anterior sobre querer ver Nehemia. Mas também se pegou querendo vê-la — até que a assassina surgiu com aquele bolo ridículo pela metade, que, obviamente, tinha planos de devorar sozinha.

Dorian sequer conseguia imaginar como Celaena o encararia se descobrisse que ele poderia — *poderia*, continuava dizendo a si mesmo — ter algum traço de magia dentro de si.

Próxima a eles, a linda mulher loira se sentou em um banquinho e começou a tocar um alaúde. Dorian sabia que os homens — e os guardas — que começavam a se reunir em volta não estavam ali apenas pela bela música.

Chaol mudou o peso do corpo entre as pernas, e o príncipe percebeu que estavam ali parados, em silêncio, sem dizer nada. Celaena cruzou os braços.

— Encontrou Nehemia ontem à noite?

Dorian tinha a sensação de que ela já sabia a resposta, mas disse:

— Não. Voltei para o quarto depois que encontrei você.

Chaol olhou para Celaena, que apenas deu de ombros. O que *aquilo* queria dizer?

— Então — prosseguiu a assassina, avaliando o parque —, precisamos esperar seu irmão para ver o que tem nessas jaulas? Parece que os artistas já estão começando.

E estavam. Todo tipo de malabarista, assim como engolidores de espadas e de fogo, perambulavam; acrobatas se equilibravam em coisas impossíveis: encostos de cadeiras, mastros, camas de pregos.

— Acho que é apenas treino — respondeu Dorian, e esperava estar certo, porque se Hollin soubesse que alguém havia começado sem a aprovação dele... Dorian se certificaria de estar bem longe do castelo quando o chilique ocorresse.

— Hum — falou Celaena, e foi mais para dentro do parque que fervilhava.

Chaol estava observando o príncipe com cautela. Havia perguntas nos olhos do capitão — perguntas que Dorian não tinha intenção de responder —, então ele saiu andando atrás de Celaena, porque sair do parque seria muito parecido com estabelecer limites. Seguiram até o último e maior dos vagões no semicírculo improvisado de tendas e jaulas.

— Bem-vindos! Bem-vindos! — gritou uma mulher idosa, curvada e retorcida pela idade, de um pódio na base das escadas. Uma coroa de estrelas adornava seu cabelo prateado, e embora o rosto bronzeado estivesse flácido e manchado, havia um brilho nos olhos castanhos dela.

— Olhem para meus espelhos e vejam o futuro! Deixem que eu examine a palma de suas mãos para que eu mesma possa dizer! — A idosa apontou com uma bengala retorcida para Celaena. — Gostaria que eu lesse sua sorte, garota? — Dorian piscou, então piscou de novo ao ver os dentes da mulher. Eram afiados como uma lâmina, como os de um peixe, e feitos de metal. De... de ferro.

A assassina fechou o manto verde com força ao redor do corpo, mas continuou olhando a velha.

Dorian ouvira as lendas do decaído Reino das Bruxas, em que as bruxas sedentas por sangue haviam destronado a pacífica dinastia Crochan e então dividiram o reino pedra por pedra. Quinhentos anos depois, ainda se cantavam músicas sobre as guerras mortais, ao fim das quais os clãs Dentes de Ferro foram os únicos de pé no campo de massacre, com rainhas Crochan mortas por todo lado. Mas a última rainha Crochan lançara um feitiço para se certificar de que, enquanto as bandeiras dos Dentes de Ferro oscilassem, nenhum pedaço de terra daria vida ao clã.

— Entre em meu vagão, coração — cantarolou a idosa para Celaena —, e deixe a velha Baba Pernas Amarelas dar uma olhada em seu futuro. — E como dizia o nome, despontando do vestido marrom da velha havia tornozelos cor de açafrão.

O rosto de Celaena estava sem cor, e Chaol foi até o lado dela e pegou o cotovelo da jovem. Apesar do modo como o gesto protetor fez o estômago de Dorian se contrair, ele ficou feliz pelo capitão ter feito isso. Mas aquilo tudo era apenas um golpe — aquela mulher provavelmente tinha colocado dentes de ferro falsos e meias-calças amarelas, e se intitulava Baba Pernas Amarelas para fazer com que os clientes do parque lhe dessem um bom dinheiro.

— Você é uma bruxa — falou Celaena, a voz contida.

Ela não achava que era um golpe, pelo visto. Não, o rosto da assassina ainda estava branco como a morte. Pelos deuses, estaria realmente com medo?

Baba Pernas Amarelas gargalhou, a risada de um corvo, e fez uma reverência.

— A última bruxa de nascença do Reino das Bruxas. — Para o choque de Dorian, Celaena deu um passo para trás, aproximando-se, então, de Chaol, levando a mão ao colar que sempre usava. — Gostaria que eu lesse sua sorte *agora*?

— Não — respondeu Celaena, quase encostada em Chaol.

— Então saia do meu caminho e me deixe continuar com meus afazeres! Nunca vi uma clientela tão pão-dura! — Baba Pernas Amarelas grunhiu e ergueu a cabeça para olhar por cima dos três. — Leio a sorte! Leio a sorte!

O capitão deu um passo na direção da mulher, a mão na espada.

— Não seja tão grosseira com os fregueses.

A velha riu, os dentes refletindo a luz da tarde enquanto ela o farejava.

— E o que um homem que tem cheiro do Lago Prateado faria com uma velha bruxa inocente como eu?

Um calafrio percorreu a coluna de Dorian, e foi a vez de Celaena de pegar o braço de Chaol e tentar puxá-lo para longe. Mas ele se recusou a se mover.

— Não sei que tipo de golpe está armando, senhora, mas é melhor tomar cuidado com a língua antes que a perca.

Baba Pernas Amarelas passou a língua pelos dentes afiados como lâminas.

— Venha pegar — ronronou a mulher.

O desafio brilhou nos olhos de Chaol, mas Celaena ainda estava tão pálida que Dorian a pegou pelo braço, levando a jovem para longe.

— Vamos — disse ele, e a idosa virou os olhos para o príncipe. Se realmente conseguia ver coisas a respeito deles, então o *último* lugar em que Dorian queria estar era ali. — Chaol, vamos.

A bruxa sorria para o príncipe enquanto usava uma das unhas longas e metálicas para retirar alguma coisa dos dentes.

— Podem se esconder à vontade do destino — falou Baba Pernas Amarelas quando os três se viraram. — Mas ele vai encontrá-los em breve!

— Você está tremendo.

— Não estou, não — grunhiu Celaena, afastando a mão de Chaol do braço. Já era ruim o bastante que Dorian estivesse ali, mas que o capitão testemunhasse o encontro de Celaena com Baba Pernas Amarelas...

Ela conhecia as histórias — lendas que lhe davam pesadelos violentos quando era criança, o relato em primeira mão que um velho amigo lhe contou certa vez. Considerando que esse amigo desprezível a havia traído e quase a matado, Celaena esperava que as histórias horríveis sobre as bruxas Dentes de Ferro fossem apenas mais mentiras. Contudo, ao ver aquela mulher...

A campeã engoliu em seco. Ao ver aquela mulher, ao sentir a *estranheza* que irradiava da velha, Celaena não teve problemas para acreditar que aquelas bruxas eram capazes de consumir uma criança humana até que não sobrasse nada além de ossos limpos.

Congelada até a alma agora, ela seguia Dorian, que caminhava para longe do parque. Enquanto estava de pé diante daquele vagão, tudo o que queria, por algum motivo, era entrar nele. Como se houvesse algo esperando por ela lá dentro. E aquela coroa de estrelas que a bruxa usava... E então o amuleto começou a parecer pesado e quente, do mesmo modo como ficara na noite em que Celaena viu aquela pessoa no corredor.

Se alguma vez voltasse para o parque, levaria Nehemia consigo, apenas para ver se Pernas Amarelas era, de fato, quem alegava ser. Celaena não dava a mínima para o que havia nas jaulas. Não mais, não com Pernas Amarelas roubando seu interesse. Ela seguiu Dorian e Chaol sem ouvir uma só palavra do que os dois diziam até que, de algum jeito, chegaram ao estábulo real, e o príncipe os levou para dentro.

— Eu ia lhe dar isto de aniversário — disse ele a Chaol —, mas por que esperar mais dois dias?

Dorian parou diante de um curral.

— Você perdeu a cabeça? — exclamou Chaol.

Dorian sorriu — uma expressão que Celaena não via havia tanto tempo que a fez se lembrar das longas noites passadas abraçada com ele, do calor de sua respiração na pele dela.

— O quê? Você merece.

Um garanhão Asterion preto como a noite estava dentro do curral, encarando o grupo com sábios olhos escuros.

Chaol recuava com as mãos erguidas.

— Isto é um presente para um príncipe, não...

Dorian estalou a língua.

— Besteira. Ficarei ofendido se não aceitar.

— Não posso. — Chaol voltou os olhos suplicantes para Celaena, mas ela deu de ombros.

— Tive uma égua Asterion certa vez — admitiu a jovem, e os dois piscaram. Celaena foi até o curral e ergueu os dedos, permitindo que o garanhão sentisse seu cheiro. — O nome dela era Kasida. — A assassina sorriu com a lembrança enquanto acariciava o nariz macio como veludo do cavalo. — Significava "Bebedora do Vento" no dialeto do deserto Vermelho. Ela parecia um mar revolto.

— Como *você* conseguiu uma égua Asterion? Valem ainda mais do que os garanhões — observou Dorian. Era a primeira pergunta normal que fazia a Celaena em semanas.

Ela olhou por cima do ombro para os dois e deu um sorriso malicioso.

— Eu a roubei do senhor de Xandria. — Os olhos de Chaol se arregalaram e Dorian inclinou a cabeça. Foi tão cômico que ela começou a rir. — Juro por Wyrd que é verdade. Contarei a história outra hora. — A campeã recuou, cutucando Chaol para que se aproximasse do curral. O cavalo bufou nos dedos do capitão, e besta e homem se olharam.

Dorian ainda fitava Celaena com as sobrancelhas franzidas, mas quando ela o pegou encarando-a, o príncipe se voltou para Chaol.

— Está cedo demais para perguntar o que vai fazer no seu aniversário? Celaena cruzou os braços.

— Temos planos — disse ela, antes que o capitão pudesse responder.

Não quis parecer tão grosseira, mas... Bem, estava planejando a noite havia algumas semanas.

Chaol olhou para ela por cima do ombro.

— Temos?

Celaena deu um sorriso adoravelmente venenoso para o capitão.

— Ah, sim. Pode não ser um garanhão Asterion, mas...

Os olhos de Dorian brilharam.

— Bem, espero que se divirtam — interrompeu o príncipe.

Chaol rapidamente voltou o olhar para o cavalo enquanto Celaena e Dorian se encaravam. Quaisquer expressões familiares que ele um dia tivesse estampado no rosto haviam sumido. E parte dela — a parte que passara tantas noites ansiosa para ver aquele rosto lindo — realmente lamentou. Olhar para Dorian tinha se tornado difícil.

Ela deixou os dois no estábulo com um breve boa-noite, parabenizando Chaol pelo novo presente. Celaena não ousou virar na direção do parque, onde o som da multidão sugeria que Hollin tinha aparecido e descobria as jaulas. Em vez disso, saiu correndo escada acima para o calor dos aposentos, tentando afastar a imagem dos dentes de ferro da bruxa e o modo como ela gritara para os três aquelas palavras sobre destino, tão parecido com o que Mort dissera na noite do eclipse...

Talvez fosse intuição, ou talvez fosse porque Celaena era uma pessoa horrível que nem conseguia confiar no conselho de uma amiga, mas ela queria voltar para o mausoléu. Sozinha. Quem sabe Nehemia estivesse errada quanto à irrelevância do amuleto. E Celaena estava cansada de esperar que a amiga encontrasse tempo para pesquisar a charada do olho.

Ela voltaria apenas uma vez, e jamais contaria a Nehemia. Porque o buraco na parede tinha a forma de um olho; o que seria a íris formava um espaço no qual se encaixaria perfeitamente o amuleto que usava no pescoço.

CAPÍTULO 20

— Mort — falou Celaena, e a aldraba em forma de caveira abriu um olho.

— É muito grosseiro acordar alguém que está dormindo — disse ele, sonolento.

— Teria preferido que eu batesse na sua cara? — Ele a olhou com raiva. — Preciso saber uma coisa. — Celaena estendeu o amuleto. — Este colar... tem poder de verdade?

— É claro que tem.

— Mas tem milhares de anos.

— E daí? — Mort bocejou. — É mágico. Coisas mágicas raramente envelhecem como objetos normais.

— Mas o que ele *faz*?

— Protege você, como disse Elena. Ele a afasta do mal, embora você certamente pareça fazer o possível para *se meter* em confusão.

Celaena abriu a porta.

— Acho que sei o que ele faz. — Talvez fosse mera coincidência, mas a charada tinha palavras tão específicas. Talvez Davis estivesse procurando pela mesma coisa que Elena queria que Celaena encontrasse: a fonte do poder do rei. Aquele poderia ser o primeiro passo para desvendar isso.

— Você provavelmente está errada — falou Mort quando Celaena passou por ele. — Só estou avisando.

Ela não deu ouvidos. Foi direto para o olho oco na parede e ficou na ponta dos pés para olhar através dele. A parede do outro lado ainda estava vazia. Celaena abriu o colar e cuidadosamente ergueu o amuleto até o olho e...

Coube. Mais ou menos. O fôlego dela ficou preso na garganta, e Celaena inclinou o corpo na direção do buraco, olhando pelas delicadas fitas douradas.

Nada. Nenhuma mudança na parede ou na marca de Wyrd gigante. Ela virou o colar de cabeça para baixo, mas teve o mesmo efeito. Celaena tentou dos dois lados, ao contrário, inclinado — e nada. Apenas a mesma parede de pedra vazia, iluminada por um feixe de luar de alguma fresta acima. Ela pressionou as mãos na pedra tateando em busca de alguma porta, algum painel móvel.

— Mas é o Olho de Elena! *É apenas com o olho que se pode ver corretamente!* Que outro olho existe?

— Você poderia arrancar o próprio e ver se cabe — cantarolou Mort da porta.

— Por que não funciona? Preciso dizer algum feitiço? — Ela olhou para o sarcófago da rainha. Talvez o feitiço fosse desencadeado por palavras antigas, palavras ocultas bem debaixo do nariz dela. Não era sempre assim que as coisas aconteciam? Celaena recolocou o amuleto na pedra. — Ah! — gritou ela para o ar da noite, recitando as palavras gravadas aos pés de Elena. — Fenda do Tempo!

Nada aconteceu.

Mort deu uma risada. A campeã arrancou o amuleto da parede.

— Ah, odeio isto! Odeio este mausoléu idiota, e odeio estas charadas e estes mistérios idiotas! — Tudo bem, tudo bem. Nehemia estava certa sobre o amuleto ser um beco sem saída. E Celaena era uma amiga desprezível e horrorosa por ser tão desconfiada e impaciente.

— Falei que não iria funcionar.

— Então o que *vai* funcionar? Aquela charada *faz* referência a algo neste mausoléu... atrás daquela parede. Não faz?

— Sim, faz. Mas você ainda não fez a pergunta certa.

— Já fiz *dezenas* de perguntas! E você não me dá respostas!

— Volte outra... — começou Mort, mas Celaena já saíra batendo os pés escada acima.

Celaena estava parada na beira estéril de uma ravina, um vento frio do norte esvoaçava seus cabelos. Já tivera aquele sonho; sempre o mesmo cenário, sempre naquela noite do ano.

Atrás de Celaena inclinava-se uma clareira rochosa e sem verde, e diante dela estendia-se um abismo tão longo que desaparecia no horizonte estrelado. Do outro lado da ravina, havia um bosque luxuriante e escuro, farfalhando com vida.

E na beira gramada do outro lado estava o cervo branco, observando-a com olhos antigos. As enormes galhadas do animal brilhavam ao luar, cobrindo-o de glória marfim, exatamente como Celaena lembrava. Tinha sido em uma noite fria como aquela que ela o vira pelas grades do vagão da prisão, a caminho de Endovier, o lampejo de um mundo antes de ter sido queimado até as cinzas.

Os dois se observavam em silêncio.

Celaena deu meio passo na direção da beira, mas parou quando pedrinhas soltas saíram rolando, caindo na ravina. Não havia fim na escuridão daquele penhasco. Nenhum fim e nenhum começo tampouco; rostos esquecidos. Às vezes parecia que a escuridão a encarava de volta — e o rosto da escuridão era o de Celaena.

Sob a penumbra, ela poderia ter jurado ouvir a corrente de um rio meio congelado, cheio da neve derretida das montanhas Galhada do Cervo. Um lampejo de branco, o estampido de cascos na terra macia, e a assassina ergueu o rosto da ravina. O cervo se aproximou, a cabeça agora inclinada, como se a convidasse para se juntar a ele.

Mas a ravina só parecia ficar mais extensa, como a mandíbula de uma besta gigante abrindo-se para devorar o mundo.

Então Celaena não atravessou, e o cervo se virou, os passos quase silenciosos enquanto o animal desaparecia entre as árvores emaranhadas do bosque eterno.

Celaena acordou na escuridão. O fogo era apenas cinzas e a lua tinha se posto.

Avaliou o teto, as leves sombras projetadas pelas luzes da cidade a distância. Era sempre o mesmo sonho, sempre naquela única noite.

Como se alguma vez fosse capaz de se esquecer do dia em que tudo que amava fora arrancado dela, e em que acordara coberta de sangue que não era o seu.

Ela saiu da cama, Ligeirinha descendo ao lado. Caminhou alguns passos, então parou no centro do aposento, encarando a escuridão, a infinita ravina que ainda a chamava. Ligeirinha cutucou com o focinho as pernas expostas da dona, que abaixou o braço para acariciar a cabeça da cadela.

As duas ficaram ali por um momento, olhando aquela escuridão sem fim.

Celaena saiu do castelo muito antes de o dia nascer.

Quando ela não apareceu na porta do quartel ao alvorecer, Chaol aguardou dez minutos antes de marchar até os aposentos dela. Só porque Celaena não queria sair no frio não era desculpa para ser relaxada com o treinamento. Sem falar que o capitão estava particularmente interessado em ouvir a história de como ela roubara uma égua Asterion do senhor de Xandria. Ele sorriu ao pensar nisso, balançando a cabeça. Apenas Celaena teria a ousadia de fazer algo assim.

O sorriso sumiu quando ele chegou aos aposentos de Celaena e encontrou Nehemia sentada na pequena mesa da antessala, uma xícara de chá fumegante diante dela. Havia alguns livros empilhados diante da princesa, e ela ergueu o rosto de um deles quando Chaol entrou. O capitão fez uma reverência. A princesa apenas falou:

— Ela não está aqui.

A porta do quarto de Celaena estava suficientemente aberta para revelar a cama vazia, que já fora feita.

— Onde ela está?

Os olhos de Nehemia se suavizaram, e ela pegou um bilhete que estava entre os livros.

— Tirou o dia de folga hoje — falou a princesa, lendo o bilhete antes de apoiá-lo. — Se eu tivesse que adivinhar, diria que está tão longe da cidade quanto se pode chegar com meio dia de cavalgada.

— Por quê?

A princesa deu um sorriso triste.

— Porque hoje é o décimo aniversário da morte dos pais dela.

CAPÍTULO 21

Chaol perdeu o fôlego. Lembrava-se de Celaena gritando no duelo com Cain, quando fora provocada com o assassinato brutal dos pais — quando acordara coberta no sangue deles. A assassina jamais contara nada além disso para Chaol, e ele não tinha ousado perguntar. O capitão sabia que ela era pequena, mas não havia se dado conta de que tinha apenas 8 anos. *Oito.*

Dez anos antes, Terrasen estava em levante, e qualquer um que desafiara as forças invasoras de Adarlan tinha sido massacrado. Famílias inteiras foram arrastadas dos lares e assassinadas. O estômago dele se apertou. Que horrores Celaena teria testemunhado naquele dia?

Chaol passou a mão pelo rosto.

— Ela contou a você sobre os pais no bilhete? — Talvez tivesse um pouco mais de informação, qualquer coisa para que ele entendesse melhor com que tipo de mulher lidaria quando Celaena voltasse, que tipo de lembranças precisaria enfrentar.

— Não — respondeu Nehemia. — Não me contou. Mas eu sei.

A princesa observou o capitão com uma imobilidade calculada, uma mudança para posição defensiva que Chaol reconhecia. Que tipo de segredos protegia para a amiga? E que tipo de segredos a própria Nehemia mantinha para fazer com que o rei a vigiasse? O fato de Chaol não ter nenhuma informação sobre aquilo, sobre o quanto o rei sabia, o deixava absolutamente irado. E então havia a outra pergunta: quem ameaçara a vida da princesa? O capitão ordenara que mais guardas a vigiassem, mas até então não houvera sinal de ninguém que quisesse feri-la.

— Como sabe sobre os pais dela? — perguntou ele.

— Algumas coisas a gente ouve com os ouvidos. Outras ouvimos com o coração. — Chaol desviou o rosto da intensidade nos olhos da princesa.

— Quando ela volta?

Nehemia retornou para o livro diante de si. Parecia cheio de símbolos estranhos; marcas vagamente familiares que instigavam a memória dele.

— Disse que não voltaria até depois do pôr do sol. Se eu tivesse que adivinhar, diria que ela não queria gastar um minuto da luz do dia nesta cidade, principalmente neste castelo.

No lar do homem cujos soldados provavelmente haviam massacrado a família dela.

Chaol fez a corrida matinal sozinho. Correu pelo parque de caça coberto de névoa até exaurir os ossos.

Na encosta enevoada acima de Forte da Fenda, Celaena caminhava entre as árvores da pequena floresta, pouco mais que um fiapo de escuridão serpenteando entre o mato. Caminhava desde antes do amanhecer, deixando Ligeirinha seguir como quisesse. Naquele dia, até a floresta parecia silenciosa.

Que bom. Aquele não era um dia para os sons da vida. Aquele era um dia para o vento vazio que farfalhava os galhos, para a corrente de um rio meio congelado, para o estalar da neve sob suas botas.

Naquele dia do ano anterior, Celaena sabia o que precisava fazer — vira cada passo com uma certeza tão violenta que fora fácil quando o momento chegou. Contou, certa vez, a Dorian e Chaol que havia perdido a cabeça naquele dia nas Minas de Sal de Endovier, mas isso era mentira. *Perder a cabeça* implicava um sentimento humano demais; nada como o ódio frio e desesperado que havia tomado conta e afastado todo o resto quando ela acordou do sonho com o cervo e a ravina.

Celaena encontrou uma rocha grande aninhada entre as saliências e reentrâncias e desabou sobre o topo liso e frio como gelo, Ligeirinha rapidamente se sentou ao lado da dona. Depois de abraçar a cadela, olhou para a floresta silenciosa e se lembrou do dia em que libertara sua ira sobre Endovier.

Celaena ofegava por entre os dentes expostos enquanto puxava a picareta do estômago do capataz. O homem gorgolejava sangue, agarrado às entranhas enquanto olhava para os escravizados de modo suplicante. Mas um olhar da jovem, um lampejo de olhar que mostrava que ela estava fora de si, manteve os escravizados imóveis.

Ela apenas sorriu para o capataz ao descer a picareta no seu rosto. O sangue respingou nas pernas dela.

Os escravizados ainda mantinham distância quando Celaena desceu a picareta sobre os grilhões que atavam seus tornozelos ao restante deles. Não se ofereceu para libertar os demais escravizados, e eles não pediram; sabiam que seria inútil.

A mulher na ponta da corrente estava inconsciente. As costas jorravam sangue, diláceradas pelo chicote com ponta de ferro do capataz morto. Morreria no dia seguinte se seus ferimentos não fossem tratados. Mesmo que fossem, provavelmente morreria de infecção. Endovier se divertia daquela forma.

Celaena se afastou da mulher. Tinha trabalho a fazer, e quatro capatazes precisavam pagar uma dívida antes que ela terminasse.

A jovem saiu do poço da mina com a picareta da mão. Os dois guardas no fim do túnel estavam mortos antes de perceberem o que acontecia. Sangue encharcava as roupas e os braços expostos dela, e a assassina limpou o sangue do rosto ao disparar para a câmara abaixo, na qual sabia que os quatro capatazes trabalhavam.

Havia marcado os rostos deles no dia em que arrastaram aquela jovem de Eyllwe para trás do prédio; marcara cada detalhe a respeito deles enquanto usavam a menina e depois abriam a garganta dela de orelha a orelha.

Celaena poderia ter levado as espadas dos guardas caídos, mas para aqueles quatro homens, precisava ser a picareta. Queria que soubessem qual era a sensação de Endovier.

A assassina chegou à entrada do setor deles na mina. Os dois primeiros capatazes morreram quando Celaena enterrou a ferramenta em seus pescoços, golpeando entre um e outro. Os escravizados dos capatazes gritaram, recuando em direção às paredes quando Celaena passou, irada, por eles.

Ao chegar aos outros dois capatazes, permitiu que a vissem, permitiu que tentassem empunhar as lâminas. Celaena sabia que não era a arma nas mãos dela que os deixava idiotas de pânico, mas os olhos da assassina — olhos que diziam aos capatazes que eles foram enganados naqueles últimos meses, que cortar os cabelos e chicotear Celaena não fora o bastante, que ela os ludibriara para que esquecessem que a Assassina de Adarlan estava entre eles.

Mas Celaena não havia esquecido um segundo de dor nem o que os vira fazer com os outros — com aquela jovem de Eyllwe, que implorara a deuses que não a salvaram.

Os homens morreram rápido demais, mas Celaena tinha mais uma tarefa para completar antes de ir ao encontro da própria morte. Apressou-se de volta para o túnel principal que dava para fora das minas. Guardas dispararam tolamente para fora das bocas dos túneis para encontrá-la.

Celaena se impulsionou para cima, golpeando e girando. Mais dois guardas caíram, e ela pegou as espadas deles, deixando a picareta para trás. Os escravizados não comemoraram conforme os opressores caíam; apenas observaram em silêncio, compreendendo. Aquela não era uma luta para escapar.

A luz da superfície a fez piscar, mas Celaena estava pronta. A necessidade de ajustar os olhos ao sol seria sua maior fraqueza. Por isso, esperou até a luz mais amena da tarde. O crepúsculo teria sido melhor, mas essa hora do dia era vigiada demais, e havia muitos escravizados do lado de fora que seriam pegos no fogo cruzado. A última hora de total luz do dia, quando o sol quente embalava muitos no sono, era quando as sentinelas relaxavam nas vigílias antes da inspeção da noite.

As três sentinelas na entrada das minas não sabiam o que acontecia embaixo. Todos sempre gritavam em Endovier. Todos soavam iguais ao morrer. E as três sentinelas gritaram exatamente como os demais.

• 174 •

E, então, Celaena corria, disparando para a morte que a chamara, seguindo para a muralha de pedra enorme do outro lado do complexo.

Flechas passavam zunindo, e ela ziguezagueava. Não a matariam por ordem do rei. Uma flecha no ombro ou na perna, talvez. Mas Celaena os faria reconsiderar as ordens recebidas depois que a carnificina fosse grandiosa demais para ignorar.

Outras sentinelas surgiram correndo de toda parte, e as lâminas de Celaena eram uma canção de fúria de aço conforme ela passava pelos guardas. O silêncio recaiu sobre Endovier.

Ela levou um corte na perna — profundo, mas não o suficiente para cortar o tendão. Ainda a queriam apta ao trabalho. Mas a assassina não trabalharia — não de novo, não para eles. Quando a contagem dos mortos estivesse alta demais, não teriam escolha a não ser atravessar uma flecha na garganta dela.

No entanto, Celaena se aproximou do portão, e as flechas cessaram.

Ela começou a gargalhar quando se viu cercada por quarenta guardas, e riu ainda mais quando eles pediram grilhões.

Ainda ria quando atacou uma última vez — uma última tentativa de tocar a parede. Quatro mais caíram atrás dela.

Ainda ria quando o mundo ficou escuro e seus dedos tocaram o chão rochoso — a menos de 2 centímetros da muralha.

Chaol se levantou do assento na mesa da antessala de Celaena quando a porta se abriu cuidadosamente. O corredor do lado de fora estava escuro, as luzes completamente queimadas; a maioria do castelo dormia, aconchegada na cama. O capitão ouvira o relógio soar a meia-noite havia algum tempo, mas sabia que não era exaustão que pesava sobre os ombros de Celaena quando ela entrou nos aposentos. A pele sob os olhos da jovem estava roxa, o rosto estava abatido, e os lábios, sem cor.

Ligeirinha correu até Chaol, balançando a cauda, e lambeu a mão dele algumas vezes antes de marchar para dentro do quarto, deixando-os sozinhos.

Celaena olhou para ele uma vez, os olhos turquesa e dourado exaustos e assombrados, e começou a desatar o manto, passando pelo capitão e seguindo em direção ao quarto.

Sem palavras, Chaol a seguiu, apenas porque Celaena não exibia um ar de advertência ou reprovação na expressão — era mais uma impassibilidade que sugeria que ela não teria ligado se tivesse encontrado o próprio rei de Adarlan nos aposentos.

A jovem tirou o casaco, então as botas, deixando-os onde os havia tirado. Chaol virou o rosto quando Celaena desabotoou a túnica e entrou no vestiário. Saiu um instante depois, vestindo uma camisola muito mais modesta do que a de renda habitual. Ligeirinha já havia pulado na cama, esparramando-se nos travesseiros.

Chaol engoliu em seco. Deveria ter dado privacidade a Celaena em vez de esperar ali. Se ela o quisesse em seu aposento, teria mandado um bilhete.

A assassina parou diante da lareira pouco iluminada e usou o atiçador para mexer o carvão antes de jogar mais duas lenhas dentro. Ela encarou as chamas. Ainda estava de costas para Chaol quando falou:

— Se está tentando descobrir o que dizer para mim, não se incomode. Não há nada que possa ser dito ou feito.

— Então me permita fazer companhia. — Se Celaena percebera o quanto ele sabia, não se importou em perguntar como.

— Não quero companhia.

— Querer e precisar são coisas diferentes. — Nehemia, provavelmente, deveria estar ali, outra filha de um reino conquistado. Mas Chaol não queria que fosse Nehemia quem Celaena procurasse. E apesar da lealdade ao rei, não podia dar as costas a ela, não naquele dia.

— Então só vai ficar aqui a noite toda? — Celaena voltou os olhos para o sofá entre eles.

— Já dormi em lugares piores.

— Acho que minha experiência com "lugares piores" é muito mais horrível do que a sua. — De novo, aquele nó no estômago. Mas então Celaena olhou pela porta aberta do quarto para a mesa da antessala, e as sobrancelhas se ergueram. — Aquilo é... bolo de chocolate?

— Achei que poderia precisar de um pouco.

— *Precisar*, não *querer*?

O fantasma de um sorriso tomou os lábios dela, e Chaol quase curvou o corpo, aliviado, ao dizer:

— Para você, eu diria que bolo de chocolate é muito definitivamente uma *necessidade*.

Celaena caminhou da lareira até onde ele estava, parou à distância de um palmo e levantou o rosto para encarar Chaol. Parte da cor havia retornado ao rosto dela.

O capitão deveria recuar, abrir mais distância entre os dois. Mas, em vez disso, percebeu que a buscava, deslizava uma das mãos pela cintura dela e entrelaçava a outra em seus cabelos enquanto a segurava com força contra o próprio corpo. O coração de Chaol acelerava dentro do peito com tanta intensidade que ele sabia que Celaena conseguia sentir. Depois de um segundo, os braços dela envolveram-no, os dedos cravaram-se nas costas dele de um modo que fez o capitão perceber o quanto estavam próximos.

Ele afastou essa sensação, mesmo quando a textura sedosa dos cabelos da jovem contra seus dedos despertava uma vontade de enterrar o rosto naqueles fios, e o cheiro dela, entremeado com a névoa e a noite, fazia com que o capitão roçasse o nariz no pescoço da assassina. Havia outros tipos de conforto que Chaol poderia oferecer além de meras palavras, e se ela precisava daquele tipo de distração... Chaol afastou esse pensamento também, engolindo-o até quase engasgar.

Os dedos de Celaena percorriam as costas de Chaol, ainda enterrando-se nos músculos dele com um tipo de possessão desenfreada. Se ela continuasse tocando-o daquele jeito, o controle do capitão se perderia por completo.

E, então, Celaena se afastou, apenas o bastante para encará-lo de novo, mas ainda tão perto que a respiração deles se misturava. Chaol percebeu que media a distância entre os lábios deles, os olhos movendo-se da boca para os olhos dela, a mão que entrelaçara nos fios de cabelo dela parada.

O desejo rugia dentro do capitão, queimando cada defesa que havia erguido, apagando cada limite que Chaol havia se convencido de que precisava manter.

Então, ela falou, tão baixo que foi quase um sussurro:

— Não sei se deveria sentir vergonha por querer ter você nos braços neste dia ou gratidão porque, apesar do que aconteceu até agora, foi isso que, de alguma forma, me trouxe até você.

Chaol ficou tão espantado com as palavras que a soltou; soltou e deu um passo para trás. Ele tinha obstáculos a superar, mas ela também — talvez até mais do que Chaol sequer percebera.

O capitão não tinha resposta para o que Celaena tinha dito. Mas ela não deu tempo para que ele pensasse nas palavras certas e caminhou até o bolo de chocolate na antessala, sentou na cadeira e o devorou.

CAPÍTULO 22

O silêncio na biblioteca envolvia Dorian como um cobertor pesado, interrompido apenas pelo folhear de páginas conforme ele lia os extensos mapas genealógicos, os registros e os históricos da família. Dorian não poderia ser o único; se realmente possuía magia, e quanto a Hollin? Levara tanto tempo para se manifestar, então talvez não se revelasse no caçula por mais nove anos. Dorian esperava que, até esse momento, descobrisse como suprimir aquela magia para ensinar Hollin a fazer o mesmo. Podia não gostar muito do irmão, mas não queria o menino morto — principalmente com o tipo de morte que o pai deles concederia se ficasse sabendo o que habitava o sangue dos filhos. Decapitação, desmembramento, então cremação. Aniquilação completa.

Não era surpreendente que o povo feérico tivesse fugido do continente. Era um povo poderoso e sábio, mas Adarlan tinha poder militar e um público ansioso em busca de qualquer solução para a fome e a pobreza que assolavam o reino havia décadas. Não foram apenas os exércitos que fizeram o povo feérico fugir — não, foram também as pessoas que viviam, por gerações, em uma trégua instável com ele, assim como com os mortais com o dom da magia. Como aquelas pessoas reagiriam se soubessem que o herdeiro do trono tinha sido amaldiçoado com os mesmo poderes?

Dorian passou o dedo pela árvore genealógica da mãe. Estava pontuada com Havilliard pelo caminho; a proximidade das duas famílias durante os últimos séculos erguera inúmeros reis.

Mas o príncipe estava ali havia três horas e nenhum dos livros velhos e em decomposição tinha qualquer menção a possuidores de magia. Na verdade, havia uma seca na linhagem durante séculos. Diversas pessoas com o dom se casaram dentro da própria família, mas os filhos não tinham nascido com poder, não importava que tipo de dons os pais possuíssem. Seria coincidência ou vontade divina?

Dorian fechou o livro e caminhou de volta para as estantes. Chegou à seção na parede dos fundos que tinha todos os registros genealógicos e pegou o livro mais velho que encontrou — um com registros que datavam da própria fundação de Adarlan.

Ali, no topo da árvore genealógica, estava Gavin Havilliard, o príncipe mortal que levara seu exército às profundezas das montanhas Ruhnn para desafiar o Senhor das Trevas, Erawan. A guerra fora longa e brutal e, no fim, apenas um terço dos homens que cavalgaram com Gavin voltou daquelas montanhas. Mas Gavin também emergiu daquela guerra com sua noiva — a princesa Elena, a filha em parte feérica de Brannon, o primeiro rei de Terrasen. Foi o próprio Brannon que deu a Gavin o território de Adarlan como presente de casamento — e como recompensa pelos sacrifícios do príncipe e da princesa durante a guerra. Desde então, nenhum sangue feérico tinha sido gerado na linhagem. Dorian seguiu a árvore mais para baixo. Apenas famílias havia muito esquecidas, cujas terras agora eram chamadas por nomes diferentes.

Dorian suspirou, apoiou o livro e vasculhou a estante. Se Elena *tinha* presenteado a linhagem com seu poder, talvez as respostas estivessem em outro lugar...

O príncipe ficou surpreso ao ver o livro, considerando como seu pai havia destruído aquela nobre casa dez anos antes. Mas ali estava: uma história da linhagem Galathynius, começando com o próprio rei feérico Brannon. O príncipe folheou as páginas, as sobrancelhas erguidas. Sabia que a linhagem era abençoada com a magia, mas *aquilo*...

Era uma fonte de energia. Uma linhagem tão poderosa que outros reinos viviam aterrorizados pelo dia em que os senhores de Terrasen reivindicariam suas terras.

• 180 •

Mas jamais o fizeram.

Embora tivessem o dom, nem uma vez sequer aumentaram suas fronteiras — mesmo quando as guerras bateram às suas portas. Quando reis estrangeiros os ameaçaram, a retribuição fora ágil e brutal. Mas sempre, não importava o que acontecesse, se mantinham em suas fronteiras. Mantinham a paz.

Como meu pai deveria ter feito.

No entanto, apesar de todo o poder, a família Galathynius caíra, e seus nobres lordes com ela. No livro que Dorian segurava, ninguém se incomodara em marcar as casas que o pai dele havia exterminado, ou os sobreviventes enviados para o exílio. Sem a coragem ou o conhecimento para fazê-lo por conta própria, ele fechou o livro, fazendo uma careta para todos aqueles nomes queimados em sua visão. Que tipo de trono herdaria um dia?

Se a herdeira de Terrasen, Aelin Galathynius, tivesse sobrevivido, teria se tornado uma amiga, uma aliada? Sua noiva, talvez?

Dorian a vira uma vez, nos dias anteriores ao reino dela se tornar um sepulcro. A lembrança era confusa, mas ela fora uma jovem precoce e incontrolável — e incitara o primo mais velho, desprezível e abrutalhado, contra Dorian para ensinar uma lição ao príncipe, que derramou chá no vestido dela. Dorian esfregou o pescoço. É claro que, por uma ironia do destino, o primo dela acabou se tornando Aedion Ashryver, pródigo general do pai de Dorian e o guerreiro mais destemido do norte. O príncipe esbarrara em Aedion algumas vezes ao longo dos anos, e em cada encontro com o jovem general arrogante, tivera a nítida impressão de que Aedion queria matá-lo.

E por um bom motivo.

Estremecendo, Dorian colocou o livro de volta e fitou a estante, como se esta fosse fornecer respostas. Mas já sabia que não havia nada ali que poderia ajudá-lo.

Quando a hora chegar, ajudarei você.

Será que Nehemia sabia o que vivia dentro de Dorian? Agira de forma tão estranha naquele dia no duelo, desenhando símbolos no ar e, em seguida, desmaiando. E então houve o momento em que aquela marca se acendeu na testa de Celaena...

Um relógio soou em algum lugar da biblioteca, e o príncipe olhou pelo corredor. Ele deveria ir. Era o aniversário de Chaol, e Dorian deveria ao menos cumprimentar o amigo antes que Celaena o levasse embora. É claro que Dorian não tinha sido convidado. E Chaol não tentara sugerir que ele era bem-vindo também. O que, exatamente, ela planejava fazer?

A temperatura na biblioteca caiu, uma corrente congelada soprava de um corredor distante.

Não que Dorian se importasse. Tinha sido sincero ao jurar para Nehemia que não queria mais nada com Celaena. E talvez devesse ter dito a Chaol que poderia ficar com ela. Não que Celaena tivesse um dia pertencido a Dorian — ou que ela sequer tivesse tentado sugerir que o príncipe pertencia a ela.

Dorian poderia deixá-la. *Havia* deixado. Havia deixado. Deixado. Deix...

Livros saíram voando das prateleiras, dezenas após dezenas, levantando voo, e dessa vez se chocaram contra o príncipe enquanto ele cambaleava para trás, até o final da fileira. Cobriu o rosto e, quando o som de couro e papel cessou, apoiou a mão na parede de pedra atrás de si e escancarou a boca.

Metade dos livros naquela fileira tinha sido atirada das prateleiras e estava espalhada, como se arremessada por uma força invisível.

Dorian correu até os exemplares, enfiando os volumes de volta nas prateleiras sem qualquer ordem, trabalhando o mais rápido possível antes que um dos bibliotecários reais irritadiços surgisse mancando para ver o motivo do barulho. Precisou de alguns minutos para colocar todos de volta, o coração batendo tão forte que Dorian achou que passaria mal de novo.

As mãos tremiam — e não apenas com medo. Não, havia alguma força ainda percorrendo o corpo dele, implorando para ser libertada de novo, para que ele se abrisse...

Dorian enfiou o último livro de volta na prateleira e saiu correndo.

Não podia contar a ninguém. Confiar em ninguém.

Quando o príncipe chegou ao corredor principal da biblioteca, reduziu o passo, fingindo uma displicência preguiçosa. Até mesmo conseguiu sorrir para o bibliotecário velho e enrugado que fez uma reverência quando Dorian passou. Acenou amigavelmente para o homem antes de avançar a passos largos pelas portas de carvalho enormes.

Não poderia confiar em ninguém.

Aquela bruxa no parque — não o reconhecera como o príncipe. Mesmo assim, o dom dela tangenciara a verdade, pelo menos quando falou com Chaol. Era um risco, mas talvez Baba Pernas Amarelas tivesse as respostas de que ele precisava.

◆ ◆ ◆

Celaena não estava nervosa. Não tinha nada — absolutamente nada — com que se preocupar. Era apenas um jantar. Um jantar que havia passado semanas organizando sempre que tinha um momento livre enquanto espionava aqueles homens em Forte da Fenda. Um jantar no qual estaria sozinha. Com Chaol. E depois da noite anterior...

Ela tomou um fôlego surpreendentemente trêmulo e verificou seu reflexo no espelho uma última vez. O vestido era azul pálido, quase branco, e encrustado com miçangas de cristal que deixavam o tecido parecido com a superfície brilhante do mar. Talvez fosse um pouco demais, porém disse a Chaol para se vestir bem, então esperava que ele usasse algo bonito o bastante para fazer com que ela se sentisse menos inadequada.

Celaena bufou. Pelos deuses, estava se sentindo inadequada, não estava? Era ridículo, na verdade. Era apenas um jantar. Ligeirinha ficaria com Nehemia naquela noite, e — e se Celaena não partisse naquele momento, se atrasaria.

Recusando-se a se permitir ficar ansiosa mais um segundo, Celaena pegou o manto de marta do lugar em que Philippa o deixara, sobre o otomano no centro do aposento de se vestir.

Quando chegou ao corredor da entrada, Chaol já esperava à porta. Mesmo do outro lado do enorme espaço, Celaena via os olhos do capitão sobre ela conforme descia as escadas. Como era de se esperar, Chaol vestia preto — mas pelo menos não era o uniforme. Não, a túnica e as calças pareciam refinadas, e até mesmo o capitão havia penteado os cabelos curtos.

Ele observava cada passo de Celaena pelo corredor, o rosto indecifrável. Por fim, ela parou diante de Chaol, o ar frio das portas abertas machucando seu rosto. Celaena não saíra para a corrida matinal naquela manhã, e o capitão não fora forçá-la a ir.

— Feliz aniversário — disse ela, antes que Chaol pudesse reclamar de suas roupas.

O capitão ergueu os olhos até o rosto da jovem, dando um meio sorriso e fazendo com que aquela expressão indecifrável e fechada se dissipasse.

— Por acaso quero saber para onde vai me levar.

Celaena sorriu, o nervosismo diminuindo.

— A um lugar absolutamente inapropriado para que o capitão da Guarda seja visto. — Ela inclinou a cabeça na direção da carruagem que esperava do lado de fora das portas do castelo. Que bom. Celaena ameaçou esfolar vivos o cocheiro e o criado caso se atrasassem. — Vamos?

Conforme passeavam pela cidade, sentados lado a lado na carruagem, conversaram sobre tudo, *menos* a noite anterior — o parque, Ligeirinha, os chiliques diários de Hollin. Até mesmo debateram se a primavera finalmente começaria a dar as caras. Quando chegaram ao prédio — um antigo boticário —, Chaol ergueu as sobrancelhas.

— Apenas aguarde — disse Celaena, e o levou para a loja de iluminação aconchegante.

Os donos sorriram para ela, chamando os dois para cima da escadaria de pedras estreita. Chaol não disse nada conforme subiam mais e mais escadas, além do segundo andar, e do terceiro, até chegarem a uma porta no último andar. O patamar era pequeno o suficiente para que Chaol encostasse o corpo nas saias do vestido de Celaena, e quando se voltou para ele, com uma das mãos na maçaneta, ela deu um pequeno sorriso.

— Pode não ser um garanhão Asterion, mas...

Celaena abriu a porta, dando um passo para o lado para que o capitão pudesse entrar.

Sem palavras, Chaol entrou.

Ela passara horas arrumando tudo e, à luz do dia, parecera lindo, mas à noite... Era exatamente como ela havia imaginado.

O telhado do boticário era uma estufa de vidro fechada, cheia de flores e plantas em vasos e árvores frutíferas que tinham sido enfeitadas com pequenos pisca-piscas. O lugar todo tinha sido transformado em um jardim saído de uma lenda antiga. O ar estava quente e doce, e havia uma pequena mesa posta para dois na janela, diante da extensão do rio Avery.

Chaol avaliou a sala, virando-se no lugar.

— É o jardim da mulher feérica... da música de Rena Goldsmith — disse o capitão, baixinho. Os olhos dourados brilhavam.

Celaena engoliu em seco.

— Sei que não é muito...

— Ninguém nunca fez algo assim por mim. — Ele balançou a cabeça, espantado, voltando o rosto para a estufa. — Ninguém.

— É apenas um jantar — disse Celaena, esfregando o pescoço e caminhando até a mesa, apenas porque a vontade de ir até Chaol era tão forte que precisava de uma mesa entre eles.

Chaol a seguiu, e um instante depois, dois criados apareceram para puxar as cadeiras para eles. Celaena deu um pequeno sorriso quando a mão do capitão disparou até a espada, mas ao ver que *não* estavam emboscados, olhou timidamente para ela e se sentou.

Os criados serviram dois copos de espumante, então seguiram apressados para a comida que tinham passado o dia todo preparando na cozinha do boticário. Celaena conseguira contratar a cozinheira da Willows para aquela noite — por uma quantia que a fizera considerar socar a mulher no pescoço. Mas valia a pena. Ela ergueu a taça de espumante.

— A muitos retornos felizes — falou Celaena.

Ela havia preparado um pequeno discurso, mas agora que estavam ali, agora que os olhos de Chaol estavam tão brilhantes e ele a olhava do mesmo modo que olhara na noite anterior... todas as palavras escaparam da cabeça de Celaena.

Chaol ergueu a taça e bebeu.

— Antes que eu me esqueça de dizer: obrigado. Isto é... — Ele avaliou a estufa reluzente mais uma vez, então olhou para o rio além das paredes de vidro. — Isto é... — Chaol balançou a cabeça mais uma vez, apoiando a taça, e Celaena viu um lampejo de prateado nos olhos dele que fez seu coração se apertar. O capitão piscou para afastar a lágrima e olhou de volta para ela com um pequeno sorriso. — Ninguém faz uma festa de aniversário para mim desde que eu era criança.

Celaena soltou uma risadinha de deboche, lutando contra o aperto no peito.

— Eu não chamaria isto de *festa*...

— Pare de tentar diminuir as coisas. É o melhor presente que recebi em muito tempo.

Ela cruzou os braços, encostando na cadeira quando os criados chegaram trazendo o primeiro prato: ensopado de javali assado.

— Dorian lhe deu um garanhão Asterion.

Chaol olhava para a sopa, as sobrancelhas erguidas.

— Mas ele não sabe qual é meu ensopado preferido, sabe? — O capitão ergueu o rosto para Celaena, que mordeu o lábio. — Há quanto tempo vem prestando atenção?

A jovem ficou bastante interessada no próprio ensopado.

— Não se iluda. Apenas amedrontei a cozinheira-chefe do castelo para me contar quais eram seus pratos preferidos.

Chaol riu com escárnio.

— Pode ser a Assassina de Adarlan, mas nem mesmo *você* conseguiria amedrontar Meghra. Se tentasse, acho que estaria sentada aí com dois olhos roxos e um nariz quebrado.

Celaena sorriu, provando um pouco do ensopado.

— Bem, *você* pode achar que é misterioso e sombrio e furtivo, capitão, mas depois que se descobre onde olhar, você se torna um livro relativamente fácil de ler. Sempre que tomamos ensopado de javali assado, mal consigo pegar uma colher antes que você tenha tomado a sopeira toda.

Chaol inclinou a cabeça para trás e gargalhou, e esse som disparou calor por cada parte de Celaena.

— E aqui estava eu, pensando que tinha conseguido esconder minhas fraquezas tão bem.

Ela deu um sorriso malicioso para Chaol.

— Apenas espere até ver os outros pratos.

Depois que comeram a última migalha do bolo de chocolate com avelã e beberam o restante do espumante, e depois que os criados limparam tudo e deram adeus, Celaena estava de pé na pequena varanda na beira do telhado, as plantas de verão enterradas sob um cobertor de neve. Ela segurava o manto próximo ao corpo enquanto olhava para o ponto distante em que o Avery encontrava o oceano; Chaol estava ao lado, encostado no corrimão de ferro.

— Há um toque de primavera no ar — disse ele, quando uma leve brisa soprou pelos dois.

— Graças aos deuses. Mais um pouco de neve e não respondo por mim.

No brilho das luzes da estufa, o perfil de Chaol estava iluminado. Celaena queria que o jantar fosse uma surpresa agradável — um modo de dizer a ele o quanto estava grata — mas a reação de Chaol... Quanto tempo fazia desde que ele se sentira querido? Além daquela garota que o tratara de forma tão desprezível, havia também a questão da família que o afastara apenas porque Chaol decidira ser da Guarda, e eram orgulhosos demais para ter um filho que servisse à coroa daquela forma.

Será que os pais de Chaol faziam alguma ideia de que, no castelo inteiro, no reino inteiro, não havia ninguém mais nobre e leal do que ele? Que o garoto que tinham afastado de suas vidas havia se tornado o tipo de homem que reis e rainhas poderiam apenas sonhar que servisse em suas cortes? O tipo de homem que Celaena não acreditava que existia, não depois de Sam, não depois de tudo que acontecera.

O rei ameaçara matar Chaol se ela não obedecesse às suas ordens. E, considerando o perigo no qual o colocava naquele momento, e o quanto Celaena queria ganhar — não apenas para si, mas para *eles*...

— Preciso contar uma coisa — disse ela, baixinho. Seu sangue rugia nos ouvidos, principalmente quando Chaol se voltou para ela com um sorriso. — E antes que eu conte, precisa me prometer que não vai perder a cabeça.

O sorriso se dissipou.

— Por que tenho uma sensação ruim em relação a isto?

— Apenas prometa. — Celaena se agarrou ao corrimão, o metal frio machucando suas mãos expostas.

O capitão a avaliou com cuidado, então respondeu:

— Vou tentar.

Era justo. Como uma maldita covarde, Celaena se afastou de Chaol, concentrando-se no oceano distante.

— Não matei nenhuma das pessoas que o rei ordenou.

Silêncio. Ela não ousou olhar para Chaol.

— Tenho fingido as mortes, retirando os sentenciados de seus lares dissimuladamente. Os pertences deles me são entregues depois que os abordo com a oferta, e as partes dos corpos vêm de casas de doentes. A única pessoa que de fato matei foi Davis, e ele nem mesmo era um alvo oficial. No fim do mês, depois que Archer puser os negócios em ordem, vou fingir a morte dele, que pegará o primeiro navio para fora de Forte da Fenda e partirá para longe.

O peito de Celaena estava tão apertado que doía, ela voltou os olhos na direção de Chaol.

O rosto do capitão estava branco como um osso. Ele recuou, balançando a cabeça.

— Você perdeu o juízo.

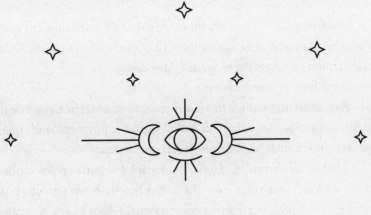

CAPÍTULO 23

Ele devia ter ouvido errado. Porque não havia qualquer possibilidade de Celaena ser *tão* arrogante, tão tola e desvairada e idealista e corajosa.

— Perdeu a noção completamente? — As palavras se elevaram até virarem um grito, uma revolta de ódio e medo que percorreu o corpo de Chaol tão rapidamente que o capitão mal conseguia pensar. — Ele vai matar você! Vai *matar* você se descobrir.

Celaena deu um passo na direção de Chaol, aquele vestido espetacular reluzindo como mil estrelas.

— Ele *não vai* descobrir.

— É apenas uma questão de tempo — retrucou ele com os dentes trincados. — O rei tem espiões que observam *tudo*.

— E preferia que eu matasse homens inocentes?

— Aqueles homens são traidores da coroa!

— Traidores! — Celaena deu uma gargalhada. — Traidores. Por se recusarem a abaixar a cabeça diante de um conquistador? Por abrigarem escravizados fugidos que tentam voltar para casa? Por ousarem acreditar em um mundo melhor do que este lugar abandonado pelos deuses? — Ela balançou a cabeça, parte de seu cabelo deslizando. — Não serei a açougueira dele.

E Chaol não queria que ela fosse. A partir do momento em que ela fora coroada campeã, o capitão se sentira enojado ao pensar em Celaena fazendo aquilo que o rei lhe ordenara. Mas *aquilo*...

— Você fez um *juramento* a ele.

— E quantos juramentos *ele* fez a monarcas estrangeiros antes de marchar com seus exércitos e destruir tudo? Quantos juramentos fez quando subiu ao trono, apenas para cuspir nessas promessas?

— Ele vai *matar você*, Celaena. — Chaol a segurou pelos ombros e sacudiu. — Vai matar você, e *me* obrigará a fazê-lo como punição por ser seu amigo. — Aquele era o terror contra o qual Chaol lutava, o medo que o assolava, que o fizera não ultrapassar o limite por tanto tempo.

— Archer tem me dado informações verdadeiras...

— Não dou a mínima para Archer. Que informação útil aquele babaca arrogante poderia?

— O tal movimento secreto de Terrasen existe de verdade — disse ela, com uma tranquilidade enervante. — Eu poderia usar a informação que reuni sobre ele para barganhar com o rei para que me liberte ou para que apenas me dê um contrato mais curto. Curto o suficiente para que, caso ele venha a descobrir a verdade, eu já tenha partido há muito tempo.

Chaol grunhiu.

— Ele poderia fazer com que fosse chicoteada apenas por ser tão impertinente. — Mas então a última parte das palavras dela foi registrada por Chaol, atingindo-o como um soco na cara. *Eu já tenha partido há muito tempo*. Partido. — Aonde você vai?

— Qualquer lugar — respondeu Celaena. — O mais longe que consiga chegar.

Chaol mal podia respirar, mas conseguiu dizer:

— E o que faria?

Ela deu de ombros, e os dois perceberam que o capitão estivera segurando os ombros de Celaena. Ele afrouxou as mãos, mas seus dedos se desesperavam para pegá-la de novo, como se aquilo, de alguma forma, a impedisse de partir.

— Viveria minha vida, imagino. Viveria do jeito que quero, pelo menos uma vez. Aprenderia a ser uma garota normal.

— Quão longe?

Os olhos azuis e dourados dela brilharam.

— Eu viajaria até encontrar um lugar onde jamais ouviram falar de Adarlan. Se é que existe tal lugar.

E nunca mais voltaria.

E porque era jovem, e tão estupidamente esperta e divertida e maravilhosa, em qualquer lugar em que estabelecesse seu lar haveria um homem que se apaixonaria por ela e que a tornaria sua esposa, e *essa* era a pior das verdades. Isso o tomara sorrateiramente, essa dor e o terror e ódio ao pensar em qualquer outra pessoa com Celaena. Cada olhar, cada palavra de Celaena... Chaol nem mesmo sabia quando havia começado.

— Vamos encontrar esse lugar, então — disse ele, baixinho.

— O quê? — Celaena franziu as sobrancelhas.

— Irei com você. — E embora Chaol não tivesse perguntado, os dois sabiam que essas palavras continham uma pergunta. Ele tentou não pensar no que Celaena dissera na noite anterior, na vergonha que sentiu ao abraçá-lo quando Chaol era um filho de Adarlan, e ela, uma filha de Terrasen.

— E quanto a ser capitão da Guarda?

— Talvez meus deveres não sejam o que eu esperava que fossem.

O rei escondia coisas dele; havia tantos segredos, e talvez Chaol fosse pouco mais que uma marionete, parte da ilusão através da qual ele começava a enxergar...

— Você ama seu país — falou Celaena. — Não posso deixar que desista de tudo. — Chaol percebeu uma pontada de dor e esperança nos olhos de Celaena, e antes que se desse conta do que fazia, diminuiu a distância entre os dois, uma das mãos na cintura e a outra no ombro dela.

— Eu seria o maior tolo do mundo se a deixasse partir sozinha.

E, então, lágrimas desceram pelo rosto dela, e a sua boca se tornou uma linha fina e trêmula.

Chaol se afastou, mas não a soltou.

— Por que está chorando?

— Porque — sussurrou Celaena, a voz falhando — você me lembra de como o mundo deveria ser. De como o mundo *pode* ser.

Jamais houve um limite entre eles, apenas o próprio medo e o orgulho idiotas do capitão. Porque a partir do momento em que a tirou daquela mina em Endovier e ela colocou os olhos nele, ainda destemida apesar de um ano no inferno, Chaol caminhava em direção àquilo, caminhava em direção a *ela*.

Então Chaol limpou as lágrimas de Celaena, ergueu o queixo dela e a beijou.

O beijo a desnorteou.

Era como voltar para casa ou nascer ou subitamente descobrir uma metade de si que estava faltando.

Os lábios de Chaol eram quentes e macios contra os dela — ainda hesitantes, e após um momento, ele se afastou o bastante para encarar Celaena. Ela tremia com a necessidade de tocá-lo por completo de uma só vez, de senti-lo tocando-*a* por completo de uma só vez. Chaol desistiria de tudo para ir com Celaena.

Ela entrelaçou os braços no pescoço do capitão, a boca de Celaena encontrou a de Chaol em um segundo beijo que fez o mundo debaixo dela desabar.

Celaena não sabia quanto tempo haviam ficado naquele telhado, enroscados um no outro, bocas e mãos passeando até que ela gemeu e o arrastou pela estufa, escada abaixo, para dentro da carruagem que esperava do lado de fora. E, em seguida, houve o caminho de volta para casa, pelo qual Chaol fez coisas com o pescoço e a orelha de Celaena que a fizeram se esquecer do próprio nome. Os dois conseguiram se conter quando chegaram aos portões do castelo e mantiveram uma distância respeitável enquanto caminhavam de volta para o quarto de Celaena, embora cada centímetro dela parecesse tão vivo e incandescente que foi um milagre conseguir chegar à porta sem puxar o capitão para dentro de um armário.

Mas logo estavam dentro dos aposentos, em seguida, à porta do quarto, e Chaol parou quando ela pegou as mãos dele para conduzi-lo para dentro.

— Tem certeza?

Celaena levou a mão até o rosto do capitão, explorando cada curva e sarda que tinham se tornado tão impossivelmente preciosas para ela. A jovem esperara antes — esperara com Sam, e tinha sido tarde demais. Mas agora, não havia dúvidas, nem um pingo de medo ou incerteza, como se cada momento entre ela e Chaol tivesse sido um passo numa dança que levara àquele ponto.

— Nunca tive tanta certeza de uma coisa na vida — falou Celaena.

Os olhos dele estavam incendiados por uma fome que se igualava à de Celaena, e ela o beijou de novo, puxando o capitão para dentro do quarto. Ele se deixou levar, sem interromper o beijo conforme chutava a porta para que se fechasse atrás deles.

E então só havia os dois, e pele contra pele, e quando chegaram àquele momento em que não havia mais nada entre eles, Celaena beijou Chaol intensamente e deu a ele tudo o que tinha.

Ela acordou com o alvorecer invadindo seu quarto. Chaol ainda a segurava junto ao corpo, exatamente como tinha feito a noite inteira, como se Celaena fosse, de alguma forma, deslizar durante o sono. Ela sorriu consigo mesma, tocando o pescoço do capitão com o nariz e inspirando-o. Chaol se mexeu, apenas o bastante para que Celaena soubesse que tinha acordado.

As mãos dele começaram a se mover, se entrelaçar no cabelo dela.

— De maneira nenhuma vou sair desta cama para correr — murmurou ele na cabeça de Celaena. Ela deu um risinho baixo. As mãos de Chaol desceram pelas costas dela, sem nem mesmo esbarrar nas cicatrizes. Ele beijara cada cicatriz nas costas da campeã, no corpo inteiro, na noite anterior. Ela sorriu no pescoço do capitão. — Como está se sentindo?

Como se estivesse em todos os lugares e em lugar nenhum ao mesmo tempo. Como se, de alguma forma, tivesse passado a vida sem ver nada direito e agora conseguisse enxergar tudo com nitidez. Como se pudesse ficar ali para sempre e ser feliz.

— Cansada — admitiu Celaena. Chaol ficou tenso. — Mas feliz.

Ela quase chorou quando o capitão a soltou por tempo suficiente para se apoiar em um cotovelo e encará-la.

— Mas está bem?

Celaena revirou os olhos.

— Tenho quase certeza de que "cansada, mas feliz" é uma reação normal depois da primeira vez. — E tinha quase certeza de que precisaria falar com Philippa sobre um tônico contraceptivo assim que saísse da cama. Porque, pelos deuses, um bebê... Ela riu com escárnio.

— O quê?

Celaena apenas balançou a cabeça, sorrindo.

— Nada. — Ela passou os dedos pelos cabelos do capitão. Um pensamento lhe ocorreu e o sorriso sumiu. — Quantos problemas acha que vai ter por causa disto?

Celaena observou o peitoral musculoso de Chaol se expandir quando ele respirou fundo, abaixando a cabeça para apoiar a testa no ombro dela.

— Não sei. Talvez o rei não se importe. Talvez me dispense. Talvez seja pior. É difícil saber; ele é imprevisível assim.

Celaena mordeu o lábio e passou as mãos pelas costas fortes do capitão. Desejava tocá-lo daquela forma havia tanto tempo — mais tempo do que percebera.

— Então vamos manter em segredo. Passamos tanto tempo juntos que ninguém deve notar a mudança.

Chaol ergueu o corpo de novo, encarando-a.

— Não quero que pense que concordo em manter isto em segredo porque tenho vergonha.

— Quem disse qualquer coisa sobre vergonha? — Ela indicou o próprio corpo nu, embora estivesse coberto pelo lençol. — Sinceramente, fico surpresa por você não estar saltitando por aí, se gabando com todo mundo. Eu certamente estaria se tivesse transado *comigo*.

— Seu amor por si mesma não tem limites?

— Nenhum. — Chaol se aproximou para mordiscar a orelha dela, e os dedos dos pés de Celaena se contraíram. — Não podemos contar a Dorian

— disse ela, baixinho. — Ele vai descobrir, aposto, mas... Acho que não deveríamos contar imediatamente.

Chaol parou de mordiscar.

— Eu sei. — Mas então ele se afastou e Celaena encolheu o corpo levemente enquanto o capitão a avaliava de novo. — Você ainda...

— Não. Há muito tempo que não. — O alívio nos olhos dele fez com que Celaena o beijasse. — Mas ele seria mais uma complicação se soubesse. — E não havia como saber de que forma o príncipe reagiria, considerando como as coisas andavam tensas entre eles. Dorian era muito importante na vida de Chaol; Celaena não queria destruir aquele relacionamento.

— Então — falou Chaol, dando um peteleco no nariz dela —, há quanto tempo *você* queria...

— Não vejo como isso é da sua conta, capitão Westfall. E não direi até que você me diga.

Ele deu outro peteleco no nariz dela, e Celaena afastou os dedos de Chaol. Ele pegou a mão dela, erguendo-a para olhar para o anel de ametista — o anel que ela jamais tirava, nem mesmo para tomar banho.

— O baile de Yule. Talvez mais cedo. Talvez mesmo no Samhuinn, quando lhe dei este anel. Mas no Yule foi a primeira vez que percebi que não gostava da ideia de você com... com outra pessoa. — Chaol beijou as pontas dos dedos dela. — Sua vez.

— Não vou contar — falou Celaena. Porque não fazia ideia; ainda estava tentando entender quando exatamente havia acontecido. De alguma forma parecia que *sempre* tinha sido Chaol, mesmo no iniciozinho, mesmo antes de os dois se conhecerem. Ele começou a protestar, mas Celaena o puxou de volta sobre si. — E chega de falar. Posso estar cansada, mas ainda há muitas coisas para fazer em vez de sair para uma corrida.

O sorriso que Chaol lhe deu era faminto e malicioso o suficiente para que ela gritasse quando ele a puxou para debaixo das cobertas.

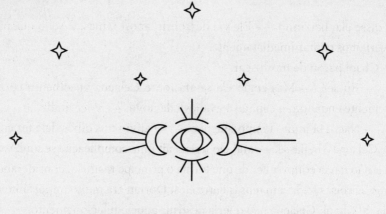

CAPÍTULO 24

Dorian passou pelas tendas pretas do parque, imaginando pela enésima vez se aquele era o maior erro de sua vida. O príncipe tinha perdido a coragem de ir no dia anterior, mas depois de mais uma noite em claro, havia decidido ver a velha bruxa e lidar com as consequências depois. Se acabasse no corredor de execuções por causa daquilo, certamente se puniria por ter sido tão arrogante, mas havia exaurido qualquer outro modo de descobrir por que era assolado pela magia. Aquela era a única opção.

Dorian encontrou Baba Pernas Amarelas sentada nos degraus dos fundos do vagão gigante, um prato lascado amontoado com partes de frango assado repousava sobre os joelhos da bruxa, uma pilha de ossos mastigados emporcalhava o chão abaixo.

A mulher ergueu os olhos amarelados para o príncipe, dentes de ferro reluzindo ao sol do meio-dia enquanto mordia uma perna de frango.

— O parque está fechado para o almoço.

Dorian engoliu a irritação. Obter respostas dependia de duas coisas: cair nas graças da bruxa e que ela não soubesse quem ele era.

— Estava torcendo para que você tivesse alguns minutos para responder umas perguntas.

A perna de frango se partiu em duas. Dorian tentou não se encolher diante dos ruídos de sucção enquanto a bruxa chupava a medula do osso.

— Fregueses que têm perguntas durante o almoço pagam em dobro.

Dorian levou a mão ao bolso e pegou as quatro moedas de ouro que havia levado.

— Espero que isto compre todas as perguntas que quero, e sua discrição.

A mulher atirou a metade comida da perna de frango na pilha e se pôs a trabalhar na outra metade, chupando e mastigando.

— Aposto que você limpa a bunda com ouro.

— Não acho que isso seja muito confortável.

Baba Pernas Amarelas grunhiu uma risada.

— Muito bem, pequeno lorde. Vamos ouvir suas perguntas.

Dorian se aproximou o suficiente para apoiar o ouro no degrau mais alto, ao lado da mulher, mantendo-se bem afastado daquela forma enrugada. A bruxa tinha um cheiro intolerável, como mofo e sangue apodrecido. Mas ele manteve o rosto impassível e entediado ao recuar. O ouro sumiu com um gesto da mão retorcida da mulher.

Dorian olhou em volta. Trabalhadores estavam espalhados pelo parque, todos sentados, onde encontraram lugar, para o almoço. Nenhum deles, reparou o príncipe, se sentou próximo ao vagão pintado de preto. Nem mesmo olhavam naquela direção.

— Você é mesmo uma bruxa?

Baba Pernas Amarelas pegou uma asa de frango. *Crac. Crunch.*

— A última bruxa de nascença do Reino das Bruxas.

— Isso faria com que tivesse mais de 500 anos.

A mulher sorriu para Dorian.

— É uma maravilha que eu tenha permanecido tão jovem, não é?

— Então é verdade, bruxas são realmente abençoadas com a longevidade dos feéricos.

A mulher atirou mais um osso ao pé dos degraus de madeira.

— Feéricos ou valg. Nunca descobrimos qual desses.

Valg. Dorian conhecia esse nome.

— Os demônios que roubavam feéricos para procriar; o que deu origem às bruxas, certo? — E, se Dorian bem lembrava, as lindas bruxas Crochan haviam puxado os ancestrais feéricos enquanto os três clãs de bruxas Dentes de Ferro herdaram a aparência da raça de demônios que invadira Erilea no início dos tempos.

— Por que um pequeno lorde bonito como você se incomodaria com tais histórias perversas? — Ela tirou a pele do peito do frango e chupou garganta abaixo, friccionando os lábios enrugados.

— Quando não estamos limpando nossas bundas com ouro, precisamos encontrar *algum* modo de nos divertir. Por que não aprender um pouco de história?

— De fato — falou a bruxa. — Então, vai embromar o dia inteiro enquanto eu asso neste sol infernal ou vai perguntar o que realmente veio descobrir?

— A magia sumiu de verdade?

A bruxa nem mesmo ergueu o rosto do prato.

— *Seu* tipo de magia sumiu, sim. Mas há outros poderes esquecidos que ainda funcionam.

— Que tipo de poderes?

— Poderes que não interessam a pequenos lordes. Agora faça a próxima pergunta.

Dorian fez uma expressão brincalhona de ofensa, diante da qual a velha revirou os olhos. Ela o fazia querer correr na outra direção, mas o príncipe precisava passar por aquilo, precisava manter a farsa pelo máximo de tempo que conseguisse.

— É possível que uma pessoa, de alguma forma, tenha magia?

— Garoto, viajei de um litoral ao outro deste continente, atravessei cada montanha e entrei nos lugares escuros e sombrios que homens ainda temem adentrar. Não há mais magia; nem mesmo os feéricos que restaram conseguem acessar seus poderes. Alguns ainda estão presos às formas animais. Desgraçados infelizes. Têm gosto de animais também. — A mulher gargalhou, o grasnido de um corvo que fez os pelos da nuca de Dorian se erguerem. — Então, não... uma pessoa *não* poderia ser a exceção a essa regra.

O príncipe manteve a expressão como uma máscara cautelosa de tédio displicente.

— E se alguém descobrisse de repente que possui magia...?

— Então seria um tolo condenado, pedindo para ser enforcado.

Ele já sabia disso. Não era o que estava perguntando.

— Mas se fosse verdade... hipoteticamente. Como isso sequer seria possível?

Ela parou de comer, inclinando a cabeça. Os cabelos prateados reluziam como neve fresca, contrastando com o rosto bronzeado da mulher.

— Não sabemos como ou por que a magia sumiu. Ouço boatos de vez em quando de que o poder ainda existe em outros continentes, mas não aqui. Então essa é a verdadeira questão: por que a magia sumiu apenas aqui, e não por todo o mundo de Erilea? Que crimes cometemos para fazer com que os deuses nos amaldiçoassem dessa forma, que nos tomassem aquilo com que um dia nos presentearam? — A mulher atirou a costela do frango no chão. — *Hipoteticamente*, se alguém tivesse magia e eu quisesse entender por quê, começaria descobrindo por que a magia sumiu para início de conversa. Talvez isso explicasse como poderia haver uma exceção à regra. — Ela lambeu a gordura dos dedos mortais. — Perguntas estranhas de um pequeno lorde que mora no castelo de vidro. Perguntas muito, muito estranhas.

Dorian deu um meio sorriso.

— Ainda mais estranho que a última bruxa nascida no Reino das Bruxas se rebaixar tanto a ponto de passar a vida fazendo truques de parque.

— Os deuses que amaldiçoaram estas terras há dez anos condenaram as bruxas séculos antes disso.

Talvez tivessem sido as nuvens que cobriram o sol, mas ele poderia jurar que vira uma escuridão refletida naqueles olhos — uma escuridão que o fazia questionar se a bruxa não seria ainda mais velha do que contara. Talvez o título de "última bruxa de nascença" fosse uma mentira. Uma invenção para esconder uma história tão violenta que Dorian nem seria capaz de imaginar os horrores cometidos por ela durante aquelas guerras das bruxas, tanto tempo antes.

Contra sua vontade, ele se pegou buscando a força antiga adormecida dentro de si, se perguntando se, de alguma forma, o protegeria de Pernas

Amarelas do modo como o protegera da janela estilhaçada. A ideia o deixou inquieto.

— Mais alguma pergunta? — indagou a mulher, lambendo as unhas de ferro.

— Não. Obrigado por seu tempo.

— Bah — disparou a mulher, e gesticulou para que ele partisse.

Dorian foi embora e não chegou mais longe do que a tenda mais próxima quando viu o sol refletido em uma cabeça dourada, e Roland caminhou na direção dele, afastando-se da mesa à qual conversava com aquela musicista loira deslumbrante que tocava o alaúde na outra noite. Será que o havia seguido até ali? Dorian franziu a testa, mas assentiu para o primo, em cumprimento, conforme Roland o alcançava.

— Foi ler a sorte?

Dorian deu de ombros.

— Estava entediado.

Roland olhou por cima do ombro para onde o vagão de Baba Pernas Amarelas estava estacionado.

— Aquela mulher faz meu sangue gelar.

Dorian riu com deboche.

— Acho que esse é um dos talentos dela.

Roland olhou de lado para o primo.

— Ela contou alguma coisa interessante a você?

— Só as besteiras normais: em breve vou conhecer meu verdadeiro amor, um destino glorioso me espera e serei mais rico do que posso imaginar. Não acho que ela sabia com quem estava falando. — Ele avaliou o Lorde de Meah. — E o que você está fazendo aqui?

— Vi você saindo e achei que talvez quisesse companhia. Mas então vi aonde ia e decidi me manter bem afastado.

Ou Roland estava espionando ou dizia a verdade; Dorian sinceramente não conseguia saber. Contudo, havia decidido ser agradável com o primo durante os últimos dias — e em todas as reuniões do conselho, Roland apoiara qualquer decisão do príncipe sem hesitar. A irritação nos rostos de Perrington e do rei também era um deleite inesperado.

Então Dorian não questionou Roland a respeito do motivo para tê-lo seguido, mas quando olhou de volta para Baba Pernas Amarelas, podia jurar que a mulher sorria para ele.

Fazia alguns dias desde que Celaena havia rastreado os alvos. Coberta pela escuridão, esperava nas sombras do cais, sem acreditar muito bem no que via. Todos os homens da lista, todos aqueles que vinha seguindo, aqueles que talvez soubessem o que o rei planejava — estavam *indo embora*. Celaena vira um deles sair de fininho para uma carruagem indistinta e o seguira até ali, onde o homem embarcara em um navio programado para partir na maré da meia-noite. Então, para a infelicidade da assassina, os outros três haviam aparecido também, com as famílias ao encalço, antes de serem rapidamente levados para os deques inferiores.

Todos aqueles homens, toda a informação que Celaena reunia, apenas...

— Desculpe — falou uma voz familiar atrás dela, e a assassina se virou e viu Archer se aproximando. Como conseguia ser tão sorrateiro? Nem mesmo o ouvira se aproximar. — Precisei avisá-los — disse o cortesão, os olhos no navio que se preparava para partir. — Não poderia viver com o sangue deles nas mãos. Têm filhos; o que seria deles se você entregasse os pais para o rei?

— Você organizou isto? — grunhiu Celaena.

— Não — falou Archer, baixinho, as palavras quase inaudíveis acima dos gritos dos marinheiros desatando as cordas e preparando os remos. — Foi um membro da organização. Mencionei que as vidas deles poderiam estar em perigo, e ele fez com que seus homens os colocassem no próximo navio para fora de Forte da Fenda.

Ela levou a mão para a adaga.

— Parte dessa barganha depende de você me dar informações úteis.

— Eu sei. Desculpe.

— Prefere que eu forje sua morte agora e o coloque naquele navio também? — Talvez Celaena encontrasse outra forma de convencer o rei a libertá-la mais cedo.

— Não. Isso não vai acontecer de novo.

Ela duvidava muito, mas encostou na parede do prédio e cruzou os braços, vendo Archer observar o navio. Depois de um instante, ele se voltou para a jovem.

— Diga alguma coisa.

— Não tenho nada a dizer. Estou ocupada demais ponderando se deveria apenas matar você e arrastar sua carcaça até o rei. — Ela não estava blefando. Depois da noite anterior com Chaol, Celaena começava a questionar se a simplicidade não seria o melhor. Qualquer coisa para evitar que o capitão fosse envolvido em uma possível confusão.

— Desculpe — repetiu Archer, mas a assassina gesticulou como se o dispensasse e observou o navio que se preparava.

Era impressionante que tivessem organizado uma fuga tão rapidamente. Talvez não fossem todos tolos como Davis.

— A pessoa para quem mencionou isso — disse ela, depois de um tempo. — É o líder do grupo?

— Acho que sim — falou o cortesão, baixinho. — Ou está em posição alta o bastante para ter condições de organizar uma fuga imediata assim que insinuei sobre esses homens.

Celaena mordeu o interior da bochecha. Talvez Davis fosse uma farsa. E talvez Archer estivesse certo. Quem sabe aqueles homens quisessem apenas um monarca que os agradasse mais. Porém, quaisquer que fossem os motivos financeiros ou políticos, quando pessoas inocentes foram ameaçadas, eles se mobilizaram e as puseram em segurança. Poucas pessoas no império ousavam fazer aquilo — e menos ainda conseguiam sair impunes.

— Quero novos nomes e mais informação amanhã à noite — falou Celaena ao se virar, seguindo de volta para o castelo. — Ou vou jogar sua cabeça aos pés do rei e deixar que ele decida se prefere que eu a atire no esgoto ou empale nos portões da entrada. — Não esperou a resposta de Archer, desaparecendo nas sombras e na névoa.

Ela demorou para voltar ao castelo, pensando no que vira. Nunca havia um bem absoluto ou um mal completo (embora o rei definitivamente fosse uma exceção). E mesmo que aqueles homens fossem corruptos de algumas formas, também estavam salvando vidas.

Apesar de ser absurdo que alegassem ter contato com Aelin Galathynius, Celaena não podia deixar de questionar se realmente havia forças se reunindo em nome da herdeira; se membros da poderosa corte real de Terrasen tinham conseguido se esconder em algum lugar durante a última década. Graças ao rei de Adarlan, Terrasen não possuía mais um exército permanente — apenas quaisquer forças que estivessem acampadas pelo reino. Mas aqueles homens, *de fato*, tinham alguns recursos. E Nehemia dissera que se Terrasen algum dia se erguesse de novo, representaria uma verdadeira ameaça a Adarlan.

Então talvez ela nem mesmo precisasse fazer nada. Talvez não precisasse arriscar a vida, ou a de Chaol. Talvez, apenas talvez, quaisquer que fossem os motivos, aquelas pessoas conseguissem encontrar uma forma de impedir o rei — e libertar toda Erilea também.

Um sorriso lento e relutante se abriu no rosto de Celaena, e apenas ficou maior conforme ela caminhava para o castelo de vidro reluzente, e para o capitão da Guarda que a esperava ali.

Fazia quatro dias desde o aniversário de Chaol, e ele passara todas as noites desde então com Celaena. E as tardes e as manhãs. E todo momento livre que conseguiam das obrigações individuais. Infelizmente, aquela reunião com os guardas-chefes não era opcional, mas enquanto ouvia os relatórios dos homens, os pensamentos do capitão ficavam retornando a Celaena.

Ele mal respirara durante aquela primeira vez e fizera o possível para ser carinhoso, para tornar aquilo o menos doloroso possível para ela. Ainda assim, a jovem encolheu o corpo, e os olhos dela brilharam com lágrimas; mas quando o capitão perguntara se ela precisava parar, Celaena apenas o beijou. E de novo e de novo. Durante toda aquela primeira noite, ele a abraçara e se permitira imaginar que assim seria todas as noites até o fim da vida dele.

E todas as noites desde então, Chaol traçava o dedo pelas cicatrizes nas costas dela, silenciosamente fazendo juramento após juramento de que algum dia voltaria para Endovier e derrubaria aquele lugar, pedra por pedra.

— Capitão?

Chaol piscou, percebendo que alguém havia feito uma pergunta, e se mexeu na cadeira.

— Repita — ordenou ele, recusando-se a se permitir corar.

— Precisamos de mais guardas no parque?

Que merda, ele nem sabia por que estavam perguntando aquilo. Houvera algum incidente? Se perguntasse, definitivamente saberiam que ele não estava ouvindo.

O capitão foi poupado de parecer um tolo quando alguém bateu à porta da pequena sala de reunião do quartel, e então uma cabeça dourada surgiu do lado de dentro.

Apenas vê-la fez com que Chaol esquecesse o mundo ao seu redor. Todos na sala se viraram para olhar para a porta, e enquanto Celaena sorria, ele lutou contra a vontade de socar as caras dos guardas que a olhavam com tanta admiração. Aqueles eram seus homens, disse a si mesmo. E ela *era* linda — e matava de medo quase metade deles. É claro que olhariam, e admirariam.

— Capitão — falou Celaena, parada na porta. O alto das suas bochechas estava corado, o que fazia com que os olhos da jovem brilhassem, levando Chaol a pensar em como ela ficava quando estavam enroscados um no outro. A campeã inclinou a cabeça na direção do corredor. — O rei deseja vê-lo.

Chaol teria sentido uma corrente de nervosismo, teria começado a pensar o pior, caso não tivesse visto aquele lampejo de malícia nos olhos dela.

Levantou-se, fazendo uma reverência com a cabeça para os homens.

— Decidam entre si a respeito do parque e me comuniquem mais tarde — disse ele, e saiu rapidamente da sala.

O capitão manteve uma distância respeitável, até que viraram uma esquina para um corredor vazio, e ele se aproximou, precisava tocá-la.

— Philippa e as criadas ficarão fora até o jantar — falou Celaena, com a voz rouca.

Chaol trincou os dentes diante do efeito que a voz dela exercia nele, como se alguém arrastasse um dedo invisível por sua coluna.

— Tenho reuniões durante o resto do dia. — O capitão conseguiu dizer. Era verdade. — Tenho outra em vinte minutos. — Para a qual certamente se atrasaria se a seguisse, considerando quanto tempo levaria para caminhar até os aposentos dela.

Celaena parou, franzindo a testa para ele. Mas os olhos de Chaol se moveram até a pequena porta de madeira a poucos metros de distância. Um armário de vassouras. Ela seguiu a atenção do capitão e um sorriso lento se espalhou por seu rosto. A jovem se voltou para a porta, mas Chaol agarrou a mão dela, aproximando seus rostos.

— Vai precisar ficar *muito* quieta.

Ela estendeu a mão para a maçaneta e abriu a porta, puxando-o para dentro.

— Tenho a sensação de que *eu* vou dizer isto a *você* em alguns segundos — sussurrou Celaena sedutoramente, os olhos brilhando com o desafio.

O sangue de Chaol rugia por seu corpo, e ele a seguiu para dentro do armário e travou uma vassoura sob a maçaneta.

— Um armário de vassouras? — falou Nehemia, sorrindo com malícia. — *Sério?*

Celaena estava esparramada na cama da princesa e jogou uma uva-passa coberta com chocolate na boca.

— Juro por minha vida.

Nehemia pulou para o colchão. Ligeirinha saltou parando ao lado da princesa e praticamente se sentou no rosto de Celaena ao agitar a cauda para Nehemia.

A assassina empurrou a cadela suavemente e deu um sorriso tão largo que o rosto doeu.

— Quem diria que eu estava perdendo tanta diversão? — E pelos deuses, Chaol era... Bem, ela corou ao pensar no quanto sentia prazer com ele depois que seu corpo se acostumou. Apenas o toque dos dedos do capitão em sua pele era capaz de transformá-la em uma fera selvagem.

— Eu poderia ter dito a você — falou Nehemia, passando a mão por cima da campeã para pegar um chocolate do prato na mesa de cabeceira. — Mas acho que a verdadeira pergunta é: quem adivinharia que o solene capitão da Guarda poderia ser tão apaixonado? — A princesa se deitou ao lado de Celaena, também sorrindo. — Estou feliz por você, minha amiga.

A jovem sorriu em resposta.

— Acho que... Acho que também estou feliz por mim.

E estava. Pela primeira vez em anos, estava verdadeiramente *feliz*. A sensação envolvia cada pensamento seu, uma ramificação de esperança que crescia a cada fôlego. Celaena tinha medo de olhar para isso por muito tempo, como se reconhecer a sensação a fizesse desaparecer de alguma forma. Talvez o mundo jamais fosse perfeito, talvez algumas coisas jamais fossem corretas, mas quem sabe ela tivesse alguma chance de encontrar o próprio tipo de paz e liberdade.

Celaena sentiu a mudança em Nehemia antes de a princesa sequer dizer uma palavra, como se uma corrente no ar esfriasse de algum modo. Virou o rosto e viu Nehemia encarando o teto.

— O que foi?

Nehemia passou a mão no rosto e emitiu um suspiro profundo.

— O rei me pediu para falar com as forças rebeldes. Para convencê-las a recuar. Ou vai massacrar todos.

— Ele ameaçou fazer isso?

— Não diretamente, mas estava implícito. Ao fim do mês, vai enviar Perrington para a fortaleza do duque em Morath. Não duvido nem por um minuto de que o rei o queira na fronteira sul para monitorar as coisas. Perrington é seu braço direito. Então, se o duque decidir que é preciso lidar com os rebeldes, ele tem permissão para usar qualquer força necessária para eliminá-los.

Celaena se sentou, cruzando as pernas sob o corpo.

— Então vai voltar para Eyllwe?

Nehemia balançou a cabeça.

— Não sei. Preciso estar aqui. Há... há coisas que preciso fazer aqui. Neste castelo e nesta cidade. Mas não posso abandonar meu povo para outro massacre.

— Seus pais ou irmãos não poderiam lidar com os rebeldes?

— Meus irmãos são jovens demais, e inexperientes, e meus pais já têm muito com que lidar em Banjali. — A princesa se sentou, e Ligeirinha apoiou a cabeça no seu colo, esticando-se entre as duas, e dando alguns chutes com as pernas traseiras em Celaena ao fazer isso. — Cresci sabendo do peso de minha coroa. Quando o rei invadiu Eyllwe há tantos anos, eu sabia que algum dia precisaria fazer escolhas que me assombrariam. — Ela apoiou a testa na palma da mão. — Não achei que seria tão difícil. Não posso estar em dois lugares ao mesmo tempo.

O peito de Celaena se apertou e ela colocou a mão nas costas da amiga. Não era surpreendente que Nehemia andasse tão lenta na investigação da charada do olho. Vergonha corou as bochechas da assassina.

— O que farei, Elentiya, se ele matar mais quinhentas pessoas? O que farei se ele decidir massacrar todos em Calaculla para servir de exemplo? Como posso virar as costas para eles?

Celaena não tinha resposta. Havia passado a semana perdida em pensamentos a respeito de Chaol. Nehemia passara a semana tentando equilibrar o destino de seu reino. E Celaena tinha pistas se acumulando aos pés, pistas que poderiam ajudar a princesa na causa contra o rei, e uma ordem de Elena que a assassina praticamente ignorara.

Nehemia pegou a mão da amiga.

— Prometa — disse ela, os olhos sombrios brilhando. — Prometa que vai me ajudar a libertar Eyllwe dele.

Gelo percorreu as veias de Celaena.

— *Libertar* Eyllwe?

— Prometa que fará com que a coroa de meu pai seja devolvida a ele. Que fará com que meu povo seja libertado de Endovier e de Calaculla.

— Sou apenas uma assassina. — Celaena recolheu a mão. — E o tipo de coisa de que está falando, Nehemia... — Levantou-se da cama, tentando controlar a pulsação acelerada. — Isso seria muito arriscado.

— Não há outro jeito. Eyllwe *deve* ser libertada. E com sua ajuda, podemos começar a reunir um grupo para...

— *Não.* — Nehemia piscou, mas a assassina balançou a cabeça. — Não — repetiu ela. — Nem por todo o mundo eu ajudaria você a reunir um exército contra ele. Eyllwe foi intensamente atingida pelo rei, mas vocês mal tiveram um gostinho do tipo de brutalidade que ele despejou em outros lugares. Se levantar uma força contra o rei, ele a massacrará. Não tomarei parte nisso.

• 207 •

— Então tomará parte em que, *Celaena*? — Nehemia ficou de pé, empurrando Ligeirinha do colo. — Vai defender o quê? Ou apenas a si mesma?

Sua garganta doía, mas Celaena se obrigou a pronunciar as palavras:

— Não faz ideia do tipo de coisas que ele pode fazer contra você, Nehemia. Contra seu povo.

— Ele massacrou quinhentos rebeldes e as famílias deles!

— E destruiu meu reino *inteiro*! Você sonha com o poder e a honra da corte real de Terrasen, mas não percebe o que significa o rei ter conseguido destruí-los. Eram a corte mais forte do continente, eram a corte mais forte de *todos* os continentes, e o rei matou todos.

— Ele teve o elemento surpresa — replicou a princesa.

— E agora tem um exército que beira os *milhões*. Não há nada a ser feito.

— Quando dirá *basta*, Celaena? O que a fará parar de fugir para enfrentar o que está diante de você? Se Endovier e o suplício de meu povo não a comovem, o que comoverá?

— Sou *uma pessoa*.

— Uma pessoa escolhida pela rainha Elena, uma pessoa cuja testa queimou com um símbolo sagrado no dia daquele duelo! Uma pessoa que, apesar de tudo, ainda respira. Nossos caminhos se cruzaram por um motivo. Se você não é abençoada pelos deuses, então quem é?

— Isso é ridículo. Isso é um absurdo.

— Absurdo? Absurdo lutar pelo que é certo, por pessoas que não podem se defender sozinhas? Acha que soldados são o pior que ele pode enviar? — O tom de voz de Nehemia se suavizou. — Há coisas muito mais obscuras se reunindo no horizonte. Meus sonhos andam cheios de sombras e asas, o ressoar de asas sobrevoando os vales. E todos os batedores ou espiões que enviamos para as montanhas Canino Branco, para o desfiladeiro Ferian *não retornam*. Sabe o que o povo diz nos vales abaixo? Que também ouvem asas cavalgando os ventos entre o desfiladeiro.

— Não entendo uma palavra do que está dizendo. — Mas Celaena tinha visto aquela coisa do lado de fora da biblioteca.

Nehemia caminhou até ela e a agarrou pelos pulsos.

• 208 •

— Entende, sim. Quando olha para ele, sente que há um poder maior e deturpado ao redor. Como um homem assim conquistou boa parte do continente tão rápido? Apenas com poder militar? Como a corte de Terrasen caiu tão rapidamente, uma vez que seus defensores foram treinados durante gerações para ser guerreiros? Como a corte mais poderosa do mundo foi aniquilada em questão de dias?

— Você está cansada e chateada — falou Celaena, da forma mais calma possível, tentando não pensar em como as palavras de Nehemia e de Elena eram parecidas. Ela se desvencilhou das mãos da princesa. — Talvez devêssemos conversar sobre isto mais tarde...

— Não quero conversar sobre isto mais tarde!

Ligeirinha choramingou, colocando-se entre as duas.

— Se não atacarmos agora — continuou Nehemia —, o que quer que ele esteja preparando só vai ficar mais poderoso. E, então, estaremos aquém de qualquer pingo de esperança.

— Não há esperança — disse a assassina. — Não há esperança em enfrentá-lo. Nem agora nem nunca. — Essa era uma verdade que percebia aos poucos. Se Nehemia e Elena estivessem certas a respeito daquela fonte de poder misteriosa, como poderiam destroná-lo? — E não farei parte de qualquer plano que você tenha. Não vou ajudá-la a se matar e a matar ainda mais pessoas inocentes no processo.

— Não vai ajudar porque só se importa *consigo mesma*.

— E daí se for verdade? — Celaena estendeu os braços. — E daí se eu quiser passar o resto da vida em paz?

— Nunca haverá paz, não enquanto ele reinar. Quando disse que não estava matando os homens na lista do rei, achei que estivesse finalmente dando um passo na direção de se posicionar. Achei que quando a hora chegasse, eu poderia contar com você para me ajudar a começar a planejar. Não percebi que estava fazendo isso apenas para manter a própria consciência limpa!

Celaena começou a disparar na direção da porta.

Nehemia estalou a língua.

— Não me dei conta de que você era apenas uma covarde.

A campeã olhou por cima do ombro.

— Repita isso.

A princesa não hesitou.

— É uma covarde. Você não passa de uma covarde.

Os dedos de Celaena se fecharam em punhos.

— Quando seu povo estiver caído, morto, ao seu redor — grunhiu —, não venha chorando para mim.

A assassina não deu à princesa a chance de responder antes de sair do quarto batendo os pés, Ligeirinha no encalço.

CAPÍTULO 25

Um dos dois precisa ceder — disse a rainha à princesa. — Somente então poderá ter início.

— Eu sei — falou a princesa, baixinho. — Mas o príncipe não está pronto. Precisa ser ela.

— Então entende o que estou pedindo de você?

A princesa ergueu o rosto na direção do feixe de luar que invadia o mausoléu. Quando olhou de volta para a antiga rainha, estava com os olhos brilhando.

— Sim.

— Então faça o que precisa ser feito.

A princesa assentiu e saiu do mausoléu. Parou ao portal, a escuridão adiante a chamava, então voltou-se para a rainha.

— Ela não vai entender. E quando ultrapassar esse limite, não haverá nada para puxá-la de volta.

— Ela encontrará o caminho de volta. Sempre encontra.

Lágrimas se formaram, mas a princesa piscou para afastá-las.

— Pelo bem de todos nós, espero que esteja certa.

CAPÍTULO 26

Chaol odiava grupos de caça. Muitos dos lordes mal conseguiam usar um arco, quanto mais agir sorrateiramente. Era doloroso observá-los — e os pobres cães disparando entre os arbustos, tentando espalhar manadas que os lordes não conseguiriam acertar mesmo. Em geral, apenas para acabar logo, ele matava alguns animais discretamente, então fingia que Lorde Fulano tinha feito. Mas o rei, Perrington, Roland e Dorian estavam todos no parque de caça naquele dia, o que significava que Chaol precisava se manter perto deles.

Sempre que cavalgava próximo o suficiente dos lordes para ouvir as risadas, as fofocas e as tramoias inofensivas, costumava se permitir se perguntar se teria terminado daquele jeito caso não houvesse escolhido seu caminho. Chaol não via o irmão mais novo fazia anos; será que o pai permitira que Terrin se transformasse em um daqueles idiotas? Ou será que o enviara para treinar para ser guerreiro, como todos os lordes de Anielle faziam desde os séculos em que os homens selvagens das montanhas atacaram a cidade no Lago Prateado?

Ao seguir o rei, com o novo garanhão Asterion recebendo muitos olhares admirados e invejosos do grupo de caça, o capitão se permitiu considerar — por um segundo — o que seu pai pensaria de Celaena. A mãe era uma mulher carinhosa e calada, cujo rosto se tornara uma lembrança embaçada ao longo dos anos desde que a vira pela última vez. Mas Chaol ainda se lembrava da voz melodiosa e da risada suave dela, e do modo como cantava para ele dormir sempre que estava doente. Embora o casamento dos dois tivesse sido arranjado, o pai do capitão queria alguém como a mãe dele — alguém submisso. O que significava que alguém como Celaena... Chaol estremeceu ao sequer considerar o pai e Celaena na mesma sala. Estremeceu, então sorriu, porque *aquela* seria uma batalha de vontades que poderia ser eternizada em lendas.

— Está distraído hoje, capitão — falou o rei, ao surgir entre as árvores. Ele era enorme; o tamanho do rei sempre o surpreendia por algum motivo.

Ele estava flanqueado por dois dos guardas de Chaol — um dos quais era Ress, que parecia mais nervoso do que triunfante por ter sido escolhido para proteger o rei naquele dia, embora estivesse se esforçando ao máximo para não mostrar. Foi por isso que Chaol escolheu também Dannan, o outro guarda — mais velho e enrugado, e com paciência quase lendária. O capitão fez uma reverência para o soberano, então assentiu levemente para Ress, em aprovação. O jovem guarda se sentou mais reto, porém permaneceu alerta — a concentração agora recaía sobre os arredores, os lordes que cavalgavam perto, os sons de cães e flechas.

O rei levou o cavalo preto até o lado do de Chaol, trotando em ritmo sinuoso. Ress e Dannan ficaram para trás a uma distância respeitável, ainda próximos o bastante para interceptar qualquer ameaça à espreita.

— O que meus lordes farão sem você para matar a caça para eles?

Chaol tentou esconder o sorriso. Talvez não tivesse sido tão discreto quanto pensara.

— Peço desculpas, meu senhor.

Sobre o cavalo de guerra, o rei parecia, em cada centímetro, o conquistador que era. Havia algo nos olhos dele que fez um calafrio percorrer a espinha de Chaol — e permitiu que o capitão percebesse por que tantos monarcas estrangeiros tinham oferecido suas coroas a ele em vez de enfrentá-lo em batalha.

— Interrogarei a princesa de Eyllwe na sala do conselho amanhã à noite — falou o rei, em voz baixa o suficiente para que apenas Chaol ouvisse, virando seu garanhão para seguir a matilha de cães que corria pelo bosque que descongelava. — Quero seis homens do lado de fora da sala. Certifique-se de que não haja complicações ou interrupções. — O olhar que o rei lhe deu sugeria exatamente o tipo de complicação que o monarca tinha em mente: Celaena.

Chaol sabia que era arriscado fazer perguntas, mas falou:

— Há alguma coisa específica para a qual deveria preparar meus homens?

— Não — respondeu o rei, colocando uma flecha no arco e atirando em um faisão que levantou voo do mato. Um tiro certeiro, bem no olho. — Isso é tudo.

O rei assobiou para os cães e seguiu a presa que havia matado, Ress e Dannan próximos atrás.

Chaol fez seu cavalo parar, observando a montanha que era o homem cavalgando pelos arbustos densos.

— Sobre o que foi isso? — perguntou Dorian, subitamente ao seu lado.

O capitão balançou a cabeça.

— Nada.

Dorian levou a mão para trás do ombro, até a aljava presa ali, e pegou uma flecha.

— Não o vejo faz alguns dias.

— Ando ocupado. — Ocupado com os deveres e ocupado com Celaena. — Não o vi por aí também. — Chaol se obrigou a encará-lo.

Os lábios de Dorian estavam contraídos, o rosto impassível ao dizer, baixinho:

— Também andei ocupado. — O príncipe herdeiro virou o cavalo, seguindo em outra direção, mas parou. — Chaol — disse ele, olhando por cima do ombro. Os olhos estavam congelados, o maxilar trincado. — Trate-a bem.

— Dorian... — começou o capitão, mas o príncipe cavalgou até se juntar a Roland. Subitamente sozinho na floresta cheia, Chaol observou o amigo desaparecer.

O capitão não contou a Celaena o que o rei tinha dito, embora parte dele houvesse se revirado até doer. O rei não faria mal a Nehemia — não quando ela era uma figura tão pública e querida; não quando ele havia avisado Chaol sobre uma ameaça anônima à vida dela. Mas o capitão tinha a sensação de que o que quer que fosse dito na sala do conselho não seria agradável.

Se Celaena soubesse ou não, não faria diferença, disse a si mesmo enquanto estava deitado enroscado no corpo dela na cama. Mesmo que a jovem soubesse, mesmo que contasse a Nehemia, isso não impediria a conversa de acontecer, e não faria com que a ameaça inominável fosse embora. Não, apenas tornaria as coisas piores se as duas soubessem — piores para todos.

Ele suspirou, desenroscando as pernas das de Celaena quando se sentou e pegou a calça de onde as havia jogado no chão. Ela estremeceu, mas não se moveu. Aquilo era um milagre em si mesmo, percebeu o capitão — que ela se sentisse segura o bastante para dormir pesado ao lado dele.

Chaol parou para beijar suavemente a testa de Celaena, então pegou o restante das roupas espalhadas pelo quarto e se vestiu, embora o relógio tivesse soado apenas 3 horas havia pouco.

Talvez fosse um teste, pensou o capitão, ao sair de fininho pela porta dos próprios aposentos. Talvez o rei o estivesse testando para ver com quem estava a lealdade de Chaol — se ainda podia confiar no capitão. E se descobrisse que Celaena e Nehemia estavam cientes do interrogatório no dia seguinte, só haveria um modo de as duas terem descoberto...

Chaol só precisava de um pouco de ar fresco, sentir a brisa do Avery no rosto. Tinha falado sério quando disse a Celaena que um dia iria embora de Forte da Fenda com ela. E morreria para proteger o segredo dela sobre os homens que não estava matando.

Ele chegou aos jardins escuros e silenciosos e caminhou entre as sebes. Mataria qualquer homem que quisesse ferir Celaena; e se o rei algum dia desse a *ele* a ordem para eliminá-la, o capitão enterraria a espada no próprio coração antes de obedecer. A alma de Chaol estava presa à de Celaena por alguma corrente inquebrável. O capitão riu com deboche ao imaginar o que o pai pensaria quando descobrisse que Chaol havia escolhido a Assassina de Adarlan como esposa.

Essa ideia fez com que ele parasse subitamente. Celaena tinha apenas 18 anos. Esquecia-se disso às vezes, esquecia que era mais velho do que ela também. E se a pedisse em casamento naquele momento...

— Pelos deuses — murmurou Chaol, balançando a cabeça. Aquele dia estava muito distante.

Mas não podia deixar de imaginar — o lampejo do futuro e de como seria construírem uma vida juntos, chamar Celaena de esposa, ouvi-la chamando-o de marido, criar um bando de crianças que provavelmente seriam inteligentes e talentosas demais para o próprio bem (e para a sanidade de Chaol).

Ainda visualizava esse futuro impossivelmente lindo quando alguém o agarrou pelas costas, pressionando algo frio e fedido contra seu nariz e sua boca, e o mundo ficou escuro.

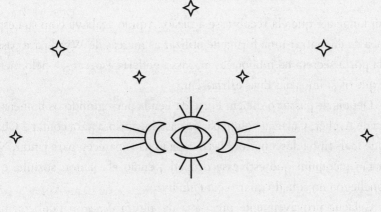

CAPÍTULO 27

Chaol não estava na cama quando ela acordou, e Celaena agradeceu aos deuses pelas pequenas misericórdias, porque certamente estava exausta demais para se incomodar em correr. O lado dele da cama estava frio o bastante para que ela soubesse que Chaol havia saído horas antes — provavelmente para cumprir seus deveres como capitão da Guarda.

Ela ficou deitada ali um tempo, feliz em sonhar acordada, em imaginar uma época em que poderiam ter dias inteiros e ininterruptos um com o outro. Quando seu estômago começou a roncar, a jovem chegou à conclusão de que era um sinal de que deveria se arrastar para fora da cama. Celaena tinha passado a deixar algumas roupas no quarto de Chaol, então se banhou e se vestiu antes de voltar para os próprios aposentos.

Durante o café da manhã, chegou uma lista de nomes de Archer — escrita em código, como Celaena pedira — com mais homens para caçar. Ela apenas esperava que ele não se apavorasse de novo. Nehemia não apareceu para a lição diária sobre as marcas de Wyrd, embora a assassina também não tivesse ficado surpresa com isso.

Não estava com muita vontade de falar com a amiga — e se a princesa era tola o bastante para pensar em começar uma rebelião... Celaena ficaria bem longe até que ela recobrasse a razão. Aquilo acabava com sua esperança de encontrar uma forma de utilizar as marcas de Wyrd para passar pela porta secreta na biblioteca, mas isso poderia esperar — pelo menos até que os ânimos das duas esfriassem.

Depois de passar o dia em Forte da Fenda perseguindo os homens na lista de Archer, Celaena voltou para o castelo, ansiosa para contar a Chaol o que mais tinha descoberto. Mas o capitão não apareceu para jantar. Não era tão incomum que estivesse ocupado, então ela jantou sozinha e se aconchegou no sofá do quarto com um livro.

Celaena provavelmente precisava de algum *descanso* também, pois Wyrd sabia que ela não estava dormindo nada na última semana. Não que a assassina se importasse.

Quando o relógio bateu 22 horas e Chaol ainda não tinha ido até ela, Celaena se viu caminhando até os aposentos do capitão. Talvez estivesse esperando por ela ali. Talvez tivesse apenas caído no sono sem querer.

Mas Celaena se apressou por corredores e escadas, as palmas das mãos ficando suadas a cada passo. Chaol era o capitão da Guarda. Ele se saía bem enfrentando-a todo dia. Ele a havia *derrotado* na primeira partida que treinaram. Contudo, Sam também fora equiparável a Celaena de muitas formas. E, mesmo assim, foi capturado e torturado por Rourke Farran — mesmo assim teve a morte mais brutal que ela já vira. E se Chaol...

Celaena corria agora.

Como Sam, Chaol era admirado por quase todos. E quando o tiraram dela, não fora por causa de nada que ele tivesse feito.

Não, tinham feito aquilo para atingir *Celaena*.

Ela chegou aos aposentos do capitão, parte de si ainda rezando para que estivesse apenas exagerando, para que ele estivesse dormindo na cama, para que ela pudesse se enroscar com ele e fazer amor e abraçá-lo a noite toda.

Mas, então, abriu a porta do quarto e viu um bilhete fechado endereçado a ela na mesa ao lado — colocado sobre a espada de Chaol, que não estava ali naquela manhã. O bilhete fora colocado de forma tão casual que os criados poderiam ter presumido que era um bilhete do próprio capitão — e que nada estava errado. Celaena abriu o selo vermelho e desdobrou o papel.

TEMOS O CAPITÃO. QUANDO ESTIVER CANSADA DE NOS PERSEGUIR, VENHA NOS ENCONTRAR AQUI.

O bilhete listava o endereço de um armazém nos cortiços da cidade.

NÃO TRAGA NINGUÉM, OU O CAPITÃO MORRERÁ ANTES QUE VOCÊ COLOQUE OS PÉS NO PRÉDIO. SE NÃO CHEGAR ATÉ AMANHÃ DE MANHÃ, DEIXAREMOS O QUE SOBROU DELE NA MARGEM DO AVERY.

Ela fitou a carta.

Todos os freios que havia erguido depois da explosão de ódio em Endovier caíram.

Uma raiva gélida e infinita percorreu o corpo dela, apagando tudo, exceto o plano que conseguia ver com uma nitidez brutal. *A tranquilidade da matança*, como chamara Arobynn Hamel certa vez. Nem ele percebera o quanto Celaena conseguia ficar tranquila quando ultrapassava o limite.

Se queriam a Assassina de Adarlan, eles a teriam.

E que Wyrd os ajudasse quando ela chegasse.

Chaol não sabia por que o haviam acorrentado, apenas que estava com sede e tinha uma dor de cabeça latejante, e que os ferros que o prendiam contra a parede de pedra não cederiam. Ameaçavam espancá-lo sempre que tentava puxá-los. Já o haviam golpeado o suficiente para convencer o capitão de que não estavam blefando.

Eles. Chaol nem mesmo sabia quem eram. Todos vestiam longas togas e capuzes que escondiam os rostos mascarados. Alguns estavam armados até os dentes. Murmuravam, todos cada vez mais ansiosos conforme o dia passava.

Pelo que percebeu, estava com o lábio cortado e teria alguns hematomas no rosto e nas costelas. Não haviam feito perguntas antes de soltarem dois dos homens contra o capitão, embora ele não tivesse cooperado totalmente depois de acordar e se ver ali. Celaena ficaria impressionada com a criatividade dos xingamentos que pronunciara antes, durante e depois da surra inicial.

Nas horas que se passaram, Chaol se movera apenas uma vez para se aliviar no canto, pois quando pediu para usar o banheiro as figuras apenas o encararam. E o observaram o tempo inteiro, as mãos nas espadas. O capitão tentou não rir com deboche.

Esperavam alguma coisa, percebeu ele, com uma convicção estranha, conforme o dia se prolongou até a noite. O fato de que não o haviam matado ainda sugeria que queriam algum tipo de resgate.

Talvez fosse um grupo rebelde, procurando chantagear o rei. Ele tinha ouvido falar sobre a nobreza ser capturada por aquele motivo. E ouvira o próprio rei ordenar que os rebeldes matassem o lorde ou a lady inferiores, porque ele não cederia à corja traidora.

Chaol não se permitiu considerar essa possibilidade, mesmo quando começou a guardar suas forças para qualquer resistência que fizesse antes de encontrar a própria morte.

Alguns dos captores sussurravam em discussões breves, mas costumavam ser silenciados pelos demais, que diziam que esperassem. O capitão apenas fingia cochilar quando outra dessas discussões ocorreu, sussurros de um lado e de outro sobre se deveriam apenas libertá-lo, e então...

— Ela tem até o alvorecer. Ela virá.

Ela.

Aquela palavra era a pior coisa que Chaol tinha ouvido.

Porque havia apenas uma *ela* que se incomodaria em aparecer por ele. Uma *ela* contra a qual Chaol poderia ser usado.

— Se vocês a ferirem — disse ele, a voz rouca de um dia sem água —, vou dilacerá-los com as próprias mãos.

Havia trinta deles, a metade completamente armada, e todos se voltaram para o capitão.

Ele exibiu os dentes, embora seu rosto doesse.

— Se sequer a *tocarem*, vou estripá-los.

Um deles — alto, com duas espadas cruzadas nas costas — se aproximou. Embora estivesse com o rosto escondido, Chaol reconheceu o homem pelas armas como um daqueles que o havia surrado mais cedo. Ele parou logo depois do ponto onde os pés de Chaol conseguiam chutar.

— Boa sorte com isso — falou o homem. Pela voz, poderia ter de 20 a 40 anos. — É melhor rezar para quaisquer deuses em que acredite para que sua pequena assassina coopere.

Ele grunhiu, puxando as correntes.

— O que querem dela?

O guerreiro — era um guerreiro, Chaol conseguia ver pelo modo como o homem se movia — inclinou a cabeça.

— Não é da sua conta, *capitão*. E mantenha a boca fechada quando ela chegar, ou vou cortar sua língua real imunda.

Mais uma pista. O homem odiava a realeza. O que significava que aquelas pessoas...

Será que Archer sabia como aquele grupo rebelde era perigoso? Quando se soltasse, mataria o cortesão por permitir que Celaena se envolvesse com eles. Então, se certificaria de que o rei e os guardas secretos pusessem as mãos em todos aqueles desgraçados.

Chaol puxou as correntes, e o homem balançou a cabeça.

— Faça isso e vou apagá-lo de novo. Para o capitão da Guarda Real, você foi fácil demais de capturar.

Os olhos de Chaol brilharam.

— Apenas um covarde captura um homem do modo como vocês fizeram.

— Um covarde? Ou um pragmatista?

Não era um guerreiro sem educação, então. Era alguém com escolaridade se tinha aquele vocabulário.

— Que tal um tolo condenado? — falou Chaol. — Não acho que entenda com quem está lidando.

O homem estalou a língua.

— Se você fosse bom assim, seria mais do que o capitão da Guarda.

Chaol emitiu uma gargalhada baixa e expirou.

— Não estava falando de mim.

— Ela é apenas uma garota.

Embora as entranhas dele estivessem se revirando ao pensar em Celaena naquele lugar com aquelas pessoas, embora estivesse considerando todas as maneiras possíveis de tirar a si mesmo e ela dali com vida, Chaol sorriu para o homem.

— Então vai *mesmo* ter uma surpresa.

CAPÍTULO 28

O ódio de Celaena a levou a um lugar no qual sabia apenas três coisas: que Chaol tinha sido levado dela, que ela era uma arma forjada para acabar com vidas, e que se o capitão estivesse ferido, ninguém sairia vivo daquele armazém.

Ela cruzou a cidade rápida e eficientemente, a destreza de um predador mantinha seus passos silenciosos nas ruas de paralelepípedos. Tinham dito para ir sozinha, e Celaena obedeceu.

Mas não disseram nada sobre ir desarmada.

Então, pegara todas as armas que podia prender ao corpo, inclusive a espada de Chaol, a qual estava amarrada nas costas junto com uma segunda espada, a sua própria, os dois punhos de fácil alcance por cima dos ombros. Dali para baixo, Celaena era como um arsenal vivo.

Quando se aproximou dos cortiços, as feições escondidas por um manto escuro e um capuz pesado, a assassina subiu pela lateral de um prédio aos pedaços até chegar ao telhado.

Também não disseram nada a respeito de usar a porta da frente do armazém.

Celaena saltou pelos telhados, as botas leves se agarravam facilmente nas telhas verde-esmeralda em ruínas; ela ouviu, observou, *sentiu* a noite ao redor. Os ruídos habituais dos cortiços a cumprimentaram conforme ela se aproximou do enorme armazém de dois andares: órfãos semisselvagens gritando uns com os outros, o respingo dos bêbados mijando nos prédios, meretrizes chamando possíveis clientes...

Mas havia um silêncio em volta do armazém de madeira, uma bolha de quietude que dizia a ela que o lugar tinha homens o suficiente na frente para que os cidadãos comuns do bairro mantivessem distância.

Os telhados próximos estavam vazios e eram planos, os espaços entre os prédios podiam ser facilmente saltados.

Celaena não se importava com o que aquele grupo queria dela. Não se importava com o tipo de informação que esperavam arrancar. Quando levaram Chaol, tinham cometido o maior erro de suas vidas. O último erro.

A assassina chegou ao telhado do prédio ao lado do armazém e se agachou antes de se aproximar da borda e olhar para dentro.

No beco estreito diretamente abaixo, três homens encapuzados patrulhavam. As portas da frente do armazém estavam na rua adiante, com a luz escorrendo pelas frestas e revelando pelo menos quatro homens do lado de fora. Ninguém sequer olhava para o telhado. Tolos.

O armazém de madeira era um espaço aberto gigante com três andares, e pela janela aberta do segundo andar à sua frente, Celaena conseguia ver até o piso abaixo.

O mezanino compunha a maior parte do segundo andar, e as escadas davam no terceiro andar e no telhado acima — uma possível rota de fuga, se a porta da frente não fosse uma opção. Dez dos homens estavam pesadamente armados, e seis arqueiros se posicionavam ao redor do mezanino de madeira, as flechas todas apontadas para o primeiro andar abaixo.

Ali estava Chaol, acorrentado a uma das paredes de madeira.

Chaol, o rosto ferido e sangrando, as roupas rasgadas e sujas, a cabeça caída entre os ombros.

O gelo dentro de Celaena se espalhou pelas veias.

Ela conseguiria escalar o prédio até o telhado, então descer do terceiro andar. Mas aquilo levaria tempo, e ninguém estava olhando para a janela aberta diante dela.

• 223 •

Celaena virou a cabeça para trás e deu um sorriso malicioso para a lua. Fora apelidada de Assassina de Adarlan por um motivo. Entradas dramáticas eram basicamente sua arte.

Ela recuou devagar da beirada e caminhou alguns passos para trás, calculando qual distância e com que rapidez precisaria correr. A janela aberta era ampla o suficiente para não ter que se preocupar com quebrar o vidro ou com as espadas ficarem presas na moldura, e o mezanino tinha uma barra de proteção para contê-la caso pulasse além do ponto.

Celaena dera um salto como aquele uma vez antes, quando seu mundo foi completamente destruído. Mas naquela noite, Sam já estava morto havia quatro dias, e Celaena saltara pela janela da casa de Rourke Farran por pura vingança.

Dessa vez, ela não falharia.

Os homens sequer olhavam para a janela quando ela a atravessou. E quando pousou no mezanino e rolou até ficar agachada, duas das adagas que carregava já estavam voando.

Chaol viu o lampejo de luar no aço no segundo antes de Celaena saltar pela janela do segundo andar, pousar sobre o mezanino e atirar duas adagas nos arqueiros mais próximos. Eles caíram, ela subiu — outras duas adagas foram atiradas em mais dois arqueiros. O capitão não sabia se deveria observá-los ou observar a assassina quando ela apoiou as mãos na barra do mezanino e saltou por cima, caindo no chão no momento em que diversas flechas acertaram o lugar em que as mãos dela haviam segurado a barra.

Os homens no salão gritavam, alguns fugiam para a segurança de pilastras e para a saída enquanto outros corriam até Celaena, as armas em punho. E Chaol pôde apenas observar horrorizado e maravilhado quando ela sacou duas espadas — uma delas pertencia a ele — e liberou a ira sobre os homens.

Eles não tinham a menor chance.

No embate dos corpos, os dois arqueiros restantes não ousaram disparar flechas que poderiam acertar um dos seus — outra manobra intencional de Celaena, Chaol sabia. O capitão puxou as correntes diversas vezes, seus pulsos doíam; se conseguisse apenas chegar até ela, os dois poderiam...

A assassina era um redemoinho de aço e sangue. Enquanto Chaol a observava cortar os homens como se fossem espigas de trigo em um campo, entendeu como ela havia chegado tão perto de tocar a muralha de Endovier naquele dia. E, por fim — depois de tantos meses —, ele viu a predadora letal que tinha esperado encontrar nas minas. Não havia nada humano nos olhos dela, nada remotamente misericordioso. Aquilo congelou o coração do capitão.

O guarda que o provocara o dia inteiro permaneceu por perto, espadas gêmeas em punho, esperando por ela.

Um dos homens encapuzados tinha se afastado o suficiente de Celaena para começar a gritar:

— Basta! *Basta!*

Mas a jovem não ouvia, e conforme Chaol impulsionava o corpo para a frente, ainda tentando arrancar as correntes da parede, ela abriu um caminho entre os homens, deixando corpos gemendo ao encalço. Para mérito do homem, o torturador do capitão se manteve no lugar conforme Celaena caminhava na sua direção.

— *Não atirem!* — ordenava o homem encapuzado para os arqueiros. — *Não atirem!*

A assassina parou diante do guarda, apontando uma espada encharcada de sangue para ele.

— Saia do meu caminho ou vou cortá-lo em pedaços.

O guarda de Chaol, o tolo, riu com deboche, erguendo um pouco mais a espada.

— Venha buscá-lo.

Celaena sorriu. Mas então o homem encapuzado com a voz idosa se apressou até eles, os braços abertos para mostrar que não estava armado.

— Basta! Abaixe as armas — disse ele ao guarda. O homem obedeceu, mas as espadas de Celaena permaneceram em punho. O homem mais velho deu um passo na direção dela. — Basta! Já temos inimigos suficientes! Há coisas piores a serem enfrentadas lá fora!

Celaena se virou para ele devagar, o rosto sujo de sangue e os olhos incandescentes.

• 225 •

— Não há não — disse ela. — Porque estou aqui agora.

Roupas, mãos e pescoço estavam encharcados de sangue que não era de Celaena, mas a assassina só conseguia ver os arqueiros a postos no mezanino acima e o inimigo ainda parado entre ela e Chaol. O *seu* Chaol.

— Por favor — falou o homem, retirando o capuz e a máscara para revelar um rosto que combinava com a voz idosa. Cabelos brancos rentes, marcas de expressão ao redor da boca e olhos cinzentos, claros como cristal, que estavam arregalados em súplica. — Talvez nossos métodos tenham sido errados, mas...

Celaena apontou a espada para ele, e o guarda mascarado entre ela e Chaol esticou o corpo.

— Não importa quem você é e o que quer. Vou levar o capitão agora.

— Por favor, ouça — disse o homem idoso, baixinho.

A assassina conseguia sentir a ira e a agressão emanando do guarda encapuzado diante dela, via como ele segurava os punhos das espadas gêmeas com força e ansiedade. Não estava pronta para o fim da carnificina também. Não estava nem um pouco pronta para desistir.

Então a jovem sabia exatamente o que aconteceria quando se virasse para o guarda e desse a ele um sorriso preguiçoso.

O homem atacou. Quando Celaena cruzou a espada com as dele, os homens que estavam do lado de fora entraram às pressas, o aço reluzindo. Em seguida, não havia nada além de metal zunindo e os gritos dos feridos que caíam ao redor da assassina; e ela os atravessava, deliciando-se com a canção bestial que percorria seu sangue e seus ossos.

Mas alguém gritava o nome dela — uma voz familiar que não era a de Chaol. Ao se virar, Celaena viu o lampejo de uma flecha com ponta de aço disparando em sua direção, em seguida o reflexo de cabelo castanho-dourado e então...

Archer caiu no chão, com a flecha destinada para ela no ombro. Celaena precisou de apenas dois movimentos para soltar uma espada e sacar a adaga da bota, lançando-a na direção do guarda que havia atirado a flecha.

Quando olhou para Archer, ele estava se levantando e se colocando entre ela e a parede de homens, um braço estendido diante da assassina — voltado para *ela*. Protegendo os homens.

— Isto é um mal-entendido — disse o cortesão a Celaena, ofegante. O sangue do ferimento no ombro vazava pela toga preta. *Toga*. A mesma que aqueles homens vestiam.

Archer fazia parte daquele grupo; Archer armara para ela.

Então aquele ódio, o ódio que misturara os eventos da noite em que Celaena fora capturada com os dessa noite, que fez os rostos de Chaol e de Sam se confundirem, tomou conta da assassina tão ferozmente que ela levou a mão à outra adaga presa à cintura.

— *Por favor* — falou Archer, dando um passo na direção dela e encolhendo o corpo ao sentir a flecha se mover. — Deixe-me explicar. — Quando Celaena viu o sangue descer pela toga de Archer, percebeu a agonia e o medo e o desespero nos olhos dele, e o ódio dela vacilou.

— Solte-o — disse Celaena, a voz cheia de uma tranquilidade mortal. — Agora.

Archer se recusava a tirar os olhos de Celaena.

— Ouça o que tenho a dizer primeiro.

— *Solte-o agora*.

Archer ergueu o queixo para o guarda que tolamente iniciara o último ataque contra ela. Mancando, mas surpreendentemente ainda inteiro e com as lâminas gêmeas, o guerreiro soltou devagar o capitão da Guarda Real.

Chaol ficou de pé em um instante, mas Celaena reparou no modo como ele cambaleou, no encolher de ombros que tentou esconder. Mesmo assim, o capitão conseguiu encarar o guarda encapuzado que estava diante dele, os olhos brilhando com a promessa de violência. O guarda apenas recuou, levando a mão às espadas de novo.

— Você tem direito a uma frase para me convencer a não os matar — disse Celaena a Archer quando Chaol foi para o lado dela. — Uma frase.

O cortesão começou a balançar a cabeça, olhando de Celaena para Chaol, os olhos cheios, não de medo ou ódio ou súplica, mas de sofrimento.

— Estou trabalhando com Nehemia para liderar estas pessoas durante os últimos seis meses.

O corpo de Chaol se enrijeceu, mas Celaena piscou. Foi o suficiente para que Archer soubesse que havia passado no teste. Ele inclinou a cabeça para os homens ao redor.

— Deixem-nos — disse ele, a voz ecoando com uma autoridade que a assassina não ouvira antes.

Os homens obedeceram, aqueles que ainda restavam de pé e arrastavam os companheiros feridos para longe. Celaena não se permitiu considerar quantos estavam mortos.

O homem mais velho que tinha exposto o rosto a encarava com um misto de espanto e incredulidade, e Celaena imaginou que tipo de monstro ela parecia ser naquele momento. Mas ao reparar na atenção da assassina, fez uma reverência com a cabeça na direção dela e saiu com os demais, levando aquele guarda impulsivo e arrogante consigo.

Quando ficaram sozinhos, Celaena apontou a espada para Archer de novo, dando um passo à frente, mantendo Chaol atrás de si. É claro que o capitão da Guarda se colocou bem ao lado dela.

— Nehemia e eu estamos liderando este movimento juntos. Ela veio para cá para nos organizar, para formar um grupo que poderia entrar em Terrasen e começar a reunir forças contra o rei. E para descobrir quais são os verdadeiros planos do rei para Erilea — falou Archer.

Chaol ficou tenso, e Celaena conteve a surpresa.

— Isso é impossível.

Archer riu com deboche.

— É mesmo? Por que a princesa está tão ocupada o tempo todo? *Você* sabe aonde ela vai à noite?

O ódio congelado vacilou de novo, deixando o mundo lento, lento, lento.

E então ela se lembrou: se lembrou de como Nehemia a convenceu a não pesquisar a charada que descobrira no escritório de Davis e estava tão vagarosa e esquecida com relação à promessa de pesquisá-la; lembrou-se da noite em que Dorian foi aos aposentos dela porque Nehemia estava fora e ele não conseguira encontrá-la em lugar algum do castelo; lembrou-se das palavras de Nehemia para ela antes da briga das duas, sobre como a princesa tinha assuntos importantes para cuidar em Forte da Fenda, coisas tão importantes quanto Eyllwe...

— Ela vem aqui — falou Archer. — Vem aqui para fornecer a todos nós as informações que você confidencia a ela.

— Se Nehemia é parte de seu grupo — replicou Celaena —, então onde ela está?

Archer pronunciou as palavras lentamente e apontou para Chaol.

— Pergunte a ele.

Uma dor lancinante se revirou no estômago de Celaena.

— Do que ele está falando? — perguntou a Chaol.

Mas Chaol encarava Archer.

— Não sei.

— Desgraçado mentiroso — disparou Archer, e exibiu os dentes com uma ferocidade que o fez, pelos menos uma vez, parecer qualquer coisa, menos atraente. — Minhas fontes me disseram que o rei o informou há mais de uma semana sobre a ameaça à vida de Nehemia. Quando planejava contar a alguém sobre isso? — O cortesão se voltou para Celaena. — Nós o trouxemos aqui porque ele recebeu ordens de interrogar Nehemia a respeito do comportamento dela. Queríamos saber que tipo de perguntas foi ordenado a fazer. E porque queríamos que *você* visse o tipo de homem que ele realmente é.

— Isto não é verdade — replicou Chaol. — Isto é uma maldita mentira. Você não fez sequer uma pergunta, seu pedaço de imundície da sarjeta.

— O capitão voltou os olhos suplicantes para Celaena. As palavras ainda estavam sendo absorvidas, cada uma pior do que a seguinte. — Eu sabia sobre a ameaça anônima à vida de Nehemia, sim. Mas fui informado de que ela seria interrogada pelo *rei*. Não por mim.

— E nós percebemos isso — falou Archer. — Momentos antes de você chegar, Celaena, percebemos que não seria o capitão. Mas não é um interrogatório que vão fazer esta noite, é, capitão? — Chaol não respondeu, e Celaena não se importou com o motivo.

Ela se afastava do próprio corpo. Centímetro a centímetro. Como a maré se afasta da praia.

— Acabei de enviar homens ao castelo — continuou Archer. — Talvez eles consigam impedir.

— Onde está Nehemia? — Celaena se ouviu perguntar, com lábios que pareciam distantes.

— Foi o que meu espião descobriu esta noite. Nehemia insistiu em ficar no castelo para ver que tipo de perguntas queriam fazer, ver o quanto suspeitavam e sabiam...

— Onde está Nehemia?

Mas o cortesão apenas balançou a cabeça, os olhos brilhando com lágrimas.

— Não vão interrogá-la, Celaena. E quando meus homens chegarem, acho que vai ser tarde demais.

Tarde demais.

Celaena se virou para Chaol. O rosto dele estava perturbado e pálido.

Archer balançou a cabeça de novo.

— Sinto muito.

CAPÍTULO 29

Celaena disparou pelas ruas da cidade, desfazendo-se do manto e das armas pesadas conforme corria, qualquer coisa para lhe dar mais velocidade, qualquer coisa para chegar ao castelo antes que Nehemia... Antes que Nehemia...

Um relógio começou a soar em algum lugar da capital, e uma vida inteira passou entre cada badalada ressoante.

Era tarde o bastante para que as ruas estivessem na maior parte desertas, mas as pessoas que a viam se mantinham bem distantes conforme Celaena disparava por elas, os pulmões quase se estilhaçando. Ela afastou a dor, desejando força para as pernas, rezando para quaisquer deuses que ainda se importassem para que lhe dessem agilidade e força. Quem o rei usaria? Se não Chaol, então quem?

A assassina não se importava se fosse o próprio rei. Ela o destruiria. E aquela ameaça anônima a Nehemia — Celaena desvendaria isso também.

O castelo de vidro se aproximava, imponente, as torres cristalinas brilhando com uma luz esverdeada pálida.

De novo não. De novo não, disse a si mesma a cada passo, cada batida do coração. *Por favor.*

Ela não podia pegar o portão da frente. Os guardas ali certamente a impediriam ou causariam um alarde que poderia levar o assassino desconhecido a agir mais rápido. Havia uma muralha de pedra alta beirando um dos jardins; estava mais próxima e era bem menos monitorada.

Celaena poderia jurar que ouviu cascos ecoando atrás de si, mas não havia nada no mundo exceto ela e a distância até Nehemia. A assassina encarou a muralha de pedra que cercava o jardim, o sangue rugiu nos ouvidos quando ela correu e deu um salto em direção à muralha.

Acertou a lateral de forma mais silenciosa possível, os dedos e os pés encontrando imediatamente um apoio, cravando as mãos com tanta força que as unhas racharam. Celaena escalou e atravessou a muralha antes que os guardas sequer olhassem naquela direção.

Pousou no caminho de cascalho do jardim, caindo com as mãos no chão. Em algum lugar no fundo da mente, ela registrou dor nas palmas das mãos, mas já estava correndo de novo, disparando agilmente na direção das portas de vidro que davam no castelo. Trilhas de neve brilhavam azuis ao luar. Ela iria para o quarto de Nehemia primeiro — iria para lá e trancaria Nehemia em segurança, então eliminaria o desgraçado que estava atrás da princesa.

Os homens de Archer podiam ir para o inferno. Celaena os havia derrotado em questão de segundos. Quem quer que fosse enviado para ferir Nehemia — essa pessoa era *dela*. Dela, para desmembrar aos poucos, até acabar com a vida. Celaena atiraria os restos mortais aos pés do rei.

Ela escancarou uma das portas de vidro. Havia guardas caminhando, mas Celaena escolhera aquela entrada porque eles a conheciam — e conheciam seu rosto. A assassina não esperava, no entanto, ver Dorian conversando com eles. Os olhos cor de safira do príncipe não passaram de um borrão colorido quando Celaena disparou por ele.

Ela conseguia ouvir gritos atrás de si, mas não pararia, não podia parar. *Não de novo. Nunca mais.*

Celaena chegou às escadas, pulando de dois em dois ou três em três os degraus, as pernas trêmulas. Apenas um pouco mais longe — os aposentos de Nehemia ficavam somente um nível acima, e dois corredores adiante. Era a Assassina de Adarlan — era Celaena Sardothien. Não falharia. Os deuses deviam a ela. Wyrd devia a ela. Celaena não falharia com Nehemia. Não quando tantas palavras terríveis tinham sido deixadas entre as duas.

Chegou ao topo das escadas. Os gritos atrás dela aumentavam; as pessoas gritavam seu nome. Celaena não pararia para ninguém.

Ela se virou no familiar corredor, quase soluçando com alívio ao ver a porta de madeira. Estava fechada; não havia sinais de arrombamento.

A assassina sacou as duas adagas restantes, conjurando as palavras de que precisaria para explicar rapidamente à princesa como e onde se esconder. Quando o agressor chegasse, a única tarefa de Nehemia seria ficar calada e escondida. Celaena lidaria com o resto. E teria muito prazer ao fazer isso.

Celaena chegou à porta e a escancarou, estourando as trancas.

O mundo se reduziu à batida de um tambor velho e infinito.

Celaena avaliou o quarto.

O sangue estava por toda parte.

Diante da cama, os seguranças de Nehemia estavam com as gargantas cortadas de orelha a orelha, os órgãos internos esparramados no chão.

E na cama...

Na cama...

Ela ouvia os gritos se aproximando, chegando ao quarto, mas as palavras estavam, de alguma forma, abafadas, como se ela estivesse debaixo d'água e os sons viessem da superfície.

Celaena ficou no centro do quarto congelante, olhando para a cama, e para o corpo desconjuntado da princesa sobre ela.

Nehemia estava morta.

CAPÍTULO 30

Celaena encarava o corpo.
Um corpo vazio, habilidosamente mutilado, tão retalhado que a cama estava quase preta de sangue.
As pessoas tinham corrido para dentro do quarto atrás dela, e Celaena sentiu o cheiro pungente quando alguém vomitou.
Mas ela apenas ficou ali, deixando que os demais se agitassem ao seu redor ao correrem para verificar os três corpos que esfriavam no quarto. Aquele tambor antigo, infinito — as batidas de seu coração — pulsava em seus ouvidos, abafando qualquer som.
Nehemia se fora. Aquela alma vibrante, destemida e carinhosa; a princesa que fora chamada de a Luz de Eyllwe; a mulher que tinha sido um farol de esperança — do nada, como se não passasse de um fiapo de luz de vela, Nehemia se fora.
Quando mais importou, Celaena não estava lá.
Nehemia se fora.

✦✦✦

Alguém murmurou o nome dela, mas não a tocou.

Um brilho de olhos cor de safira diante da assassina bloqueou a visão da cama e do corpo desmembrado. Dorian. O príncipe Dorian. Lágrimas escorriam pelo rosto dele. Celaena estendeu a mão para tocá-las. Estavam estranhamente quentes contra os dedos gélidos e distantes dela. As unhas de Celaena estavam sujas, ensanguentadas, quebradas — tão repulsivas contra a bochecha macia e alva do príncipe.

E então aquela voz por trás dela disse seu nome mais uma vez.

— Celaena.

Eles haviam feito aquilo.

Os dedos ensanguentados deslizaram do rosto para o pescoço de Dorian. O príncipe apenas a encarou, repentinamente imóvel.

— Celaena — disse aquela voz familiar. Um aviso.

Eles fizeram aquilo. Eles a haviam traído. Traído Nehemia. Tinham levado a princesa. As unhas da assassina roçaram a garganta exposta de Dorian.

— *Celaena* — disse a voz.

Ela se virou devagar.

Chaol a encarava, uma das mãos na espada. A espada que ela havia levado para o armazém — a espada que deixara lá. Archer dissera que Chaol sabia que iriam fazer aquilo.

Ele sabia.

Ela se partiu em pedaços e investiu o corpo contra ele.

Chaol só teve tempo de soltar a espada quando ela atacou, golpeando o rosto dele com a mão.

Celaena o atirou na parede, e uma dor lancinante irrompeu das quatro linhas que a assassina abriu na bochecha do capitão com as unhas.

Ela levou a mão à adaga, mas Chaol segurou seu pulso. Sangue escorria da bochecha pelo pescoço.

Os guardas de Chaol gritaram, aproximando-se, mas ele prendeu um dos pés atrás de Celaena, torcendo-o ao empurrá-la, e atirou a assassina ao chão.

— *Fiquem para trás* — ordenou o capitão, mas aquilo lhe custou. Presa embaixo dele, Celaena acertou um soco em seu maxilar, com tanta força que os dentes do capitão tiniram.

E então ela estava grunhindo, grunhindo como algum tipo de animal selvagem ao avançar no pescoço de Chaol. Ele recuou, atirando a assassina contra o piso de mármore de novo.

— *Pare.*

Mas a Celaena que Chaol conhecia se fora. A garota que imaginara que seria sua esposa, a garota com a qual compartilhara a cama na última semana, havia desaparecido completamente. As roupas e as mãos dela estavam ensopadas com o sangue dos homens no armazém. Celaena levantou o joelho e o acertou com tanta força entre as pernas de Chaol que ele a soltou, e então a assassina estava em cima dele, a adaga em punho descendo sobre o peito do capitão...

Ele segurou o pulso dela de novo, esmagando-o na mão conforme a lâmina pairava sobre seu coração. O corpo inteiro de Celaena tremia pelo esforço, tentando descer a adaga os centímetros restantes. Ela levou a mão até outra adaga, mas Chaol segurou aquele pulso também.

— *Pare.* — Ele arquejou, sem fôlego por causa do golpe que a assassina lhe dera com o joelho, tentando pensar apesar da dor ofuscante. — Celaena, *pare.*

— Capitão — arriscou um dos homens de Chaol.

— *Fique longe* — rosnou o capitão de novo.

Celaena jogou o peso do corpo na adaga que segurava no alto e se aproximou mais 2 centímetros. Os braços do capitão estavam exaustos. Ela o mataria. Ela realmente o mataria.

Chaol se obrigou a encará-la, a olhar para aquele rosto tão contorcido pelo ódio que o capitão não conseguia encontrar Celaena.

— Celaena — disse ele, apertando os pulsos dela com tanta força que esperava que a dor fosse sentida em algum lugar, aonde quer que ela tivesse ido. Mas, ainda assim, a assassina não soltou a adaga. — Celaena, sou seu amigo.

A jovem o encarou, ofegando entre dentes, a respiração ficando cada vez mais rápida antes de rugir, um som que preencheu o recinto, o sangue de Chaol, o mundo dele:

— *Você* jamais *será meu amigo. Você sempre será meu* inimigo.

Celaena gritou a última palavra com um ódio tão profundo, vindo da alma, que Chaol sentiu como se levasse um soco no estômago. Ela avançou de novo, e o capitão soltou o pulso que segurava a adaga. A lâmina desceu.

E parou. Houve um frio repentino no quarto, e a mão simplesmente *parou*, como se tivesse sido congelada no ar. Os olhos dela deixaram o rosto do capitão, mas Chaol não conseguia ver para quem a assassina exibia os dentes. Por uma fração de segundo, parecia que ela se debatia contra uma força invisível, mas então Ress estava atrás dela, e a assassina estava ocupada demais se debatendo para reparar quando o guarda a golpeou na cabeça com o punho da espada.

Quando ela caiu sobre o capitão, parte de Chaol caiu junto.

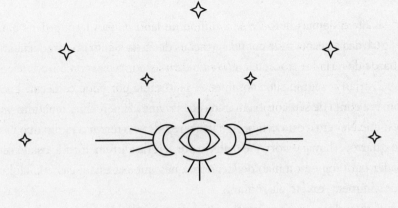

CAPÍTULO 31

Dorian sabia que Chaol não tinha escolha, nenhuma outra saída naquela situação, conforme o amigo carregava Celaena para fora daquele aposento ensanguentado, pela escadaria dos criados, para baixo, para baixo e mais para baixo, até chegarem às masmorras do castelo. Chaol tentou não olhar para o rosto curioso e semienlouquecido de Kaltain ao deitar Celaena na cela ao lado, ao trancar a porta.

— Permita que eu dê meu manto a ela — falou Dorian, estendendo a mão para soltar a capa.

— Não — respondeu Chaol, em voz baixa. O rosto ainda sangrando. A assassina rasgara quatro linhas na bochecha dele com as unhas. As *unhas*. Pelos deuses.

— Não confio nela com nada ali dentro, exceto feno. — Chaol já a revirara para retirar as armas restantes, inclusive seis grampos de cabelo de aparência letal da trança, e verificou as botas e a túnica da assassina em busca de armas escondidas.

Kaltain dava um leve sorriso para Celaena.

— Não toque nela, não fale com ela, não olhe para ela — ordenou o capitão, como se não houvesse uma parede de grades separando as duas mulheres.

Kaltain apenas bufou e se aninhou de lado. Chaol latiu ordens para os guardas a respeito de comida e rações de água e com que frequência a guarda deveria ser trocada, então saiu da masmorra pisando duro.

Dorian o seguiu silenciosamente. Não sabia por onde começar. Luto tomava conta de seu corpo em ondas conforme ele percebia, repetidas vezes, que Nehemia estava morta; havia a repulsa e o terror daquilo que vira no quarto; e havia o horror e o alívio por ter, de alguma forma, usado seu poder para impedir a mão de Celaena antes que ela esfaqueasse Chaol, e que ninguém, exceto ela, notara.

E quando a assassina mostrara os dentes para ele... Dorian vira algo tão selvagem em seus olhos que chegou a estremecer.

Estavam na metade da escadaria de pedra espiralada, saindo da masmorra, quando Chaol subitamente se jogou em um degrau, apoiando a cabeça nas mãos.

— O que foi que eu fiz! — sussurrou o capitão.

E apesar do que estivesse mudando entre os dois, o príncipe não podia deixar Chaol. Não naquela noite. Não quando ele também precisava de alguém com quem se sentar.

— Conte o que aconteceu — falou Dorian, em voz baixa, sentando no degrau ao lado do capitão e fitando a luz sombria da escada.

Então Chaol contou.

Dorian ouviu sobre o sequestro, sobre algum grupo de rebeldes tentando usar Chaol para conseguir que Celaena confiasse neles, sobre ela invadir o armazém e cortar homens como se fossem nada. Sobre como o rei contara ao capitão a respeito de uma ameaça anônima a Nehemia uma semana antes e ordenara que ele ficasse de olho na princesa. Sobre como o rei queria que a princesa fosse interrogada e pedira a Chaol que mantivesse Celaena longe naquela noite. E então sobre Archer — o homem que a assassina fora ordenada a matar semanas antes —, explicando que aquilo era um código para o assassinato de Nehemia. E, por fim, sobre como Celaena correu dos cortiços até o castelo e descobriu que era tarde demais para salvar a amiga.

Havia coisas que deixara de fora, mas Dorian entendeu muito bem.

O amigo estava trêmulo — o que era, em si mesmo, um horror, mais uma fundação se desfazendo sob seus pés.

• 242 •

— Nunca vi ninguém se mover como ela — sussurrou Chaol. — Nunca vi ninguém correr tão rápido. Dorian, foi como... — Ele balançou a cabeça. — Encontrei um cavalo *segundos* depois que ela partiu, e *mesmo assim*, Celaena chegou antes de mim. Quem consegue fazer isso?

Dorian poderia ter desconsiderado aquilo como uma noção distorcida de tempo, devido ao medo e ao luto, mas o príncipe tivera *magia* correndo pelas veias apenas momentos antes.

— Eu não sabia que isso aconteceria — falou Chaol, apoiando a testa nos joelhos. — Se seu pai...

— Não foi meu pai — disse Dorian. — Jantei com meus pais hoje. — Ele acabara de voltar desse jantar quando Celaena passou voando, o inferno queimando nos olhos. Aquele olhar fora suficiente para que o príncipe corresse atrás dela, os guardas no encalço, até que o capitão se chocou com eles nos corredores. — Meu pai disse que falaria com Nehemia mais tarde, depois do jantar. Pelo que vi, aconteceu horas antes disso.

— Mas se seu pai não a queria morta, quem queria? Coloquei patrulhas sobressalentes atentas a qualquer ameaça; escolhi os homens pessoalmente. Quem quer que tenha feito isso conseguiu passar por elas como se fossem nada. Quem quer que tenha feito isso...

Dorian tentou não pensar na cena do assassinato. Um dos guardas tinha olhado para os três corpos e vomitado no chão. E Celaena apenas ficou lá parada, encarando Nehemia, como se tivesse sido sugada de dentro do próprio corpo.

— Quem quer que tenha feito isso, teve algum prazer doentio ao fazê-lo — terminou Chaol. Os corpos surgiram na mente de Dorian mais uma vez: cuidadosa e habilidosamente posicionados.

— Mas o que isso significa? — Era mais fácil continuar falando do que pensar de verdade no que tinha acontecido.

O modo como Celaena havia olhado para ele, sem de fato vê-lo, o modo como havia limpado as lágrimas do príncipe com o dedo, então roçado as unhas no pescoço dele, como se pudesse sentir a vida pulsando no sangue de Dorian por baixo da pele. E quando ela se atirou em Chaol...

— Por quanto tempo vai mantê-la aqui? — perguntou Dorian, olhando escada abaixo.

• 243 •

Celaena atacara o capitão da Guarda diante dos homens dele. Fora pior do que atacar.

— Por quanto tempo for preciso — respondeu Chaol, baixinho.

— Para quê?

— Para que ela decida não matar todos nós.

Celaena sabia onde estava antes de acordar. E não se importava. Vivia a mesma história repetidas vezes.

Na noite em que fora capturada, também perdera a cabeça, e chegara *tão perto* de matar a pessoa que mais queria destruir antes que alguém a nocauteasse e ela acordasse em uma masmorra pútrida. A assassina deu um sorriso amargo ao abrir os olhos. Era sempre a mesma história, a mesma perda.

Um prato de pão e queijo macio, junto a um copo de ferro com água, estava no chão do outro lado da cela. Celaena se sentou, a cabeça latejando, e sentiu o galo na lateral do crânio.

— Eu sempre soube que você acabaria aqui — falou Kaltain da cela ao lado. — Suas Altezas Reais também se cansaram de você?

A assassina puxou a bandeja para mais perto, então encostou na parede de pedra atrás do monte de feno.

— Eu me cansei deles — respondeu ela.

— Matou alguém particularmente merecedor?

Celaena riu com deboche, fechando os olhos para acalmar o latejar na mente.

— Quase.

Ela sentia o sangue pegajoso nas mãos e embaixo das unhas. O sangue de Chaol. Esperava que os quatro arranhões deixassem cicatrizes. Esperava nunca mais vê-lo. Se visse, o mataria. Ele sabia que o rei queria interrogar Nehemia. Sabia que o rei — o monstro mais brutal e assassino do mundo — quisera *interrogar* sua amiga. E não contara a Celaena. Não a avisara.

Mas não fora o rei. Não — Celaena compreendera o suficiente durante os poucos minutos em que estivera naquele quarto para saber que aquele não era o trabalho dele. Mas, mesmo assim, Chaol fora avisado sobre a ameaça anônima, estivera ciente de que alguém queria ferir Nehemia. E não contara a ela.

Era tão estupidamente honrado e leal ao rei que nem mesmo pensou que Celaena poderia ter feito algo para evitar aquilo.

A jovem não tinha mais nada a oferecer. Depois de perder Sam e ser enviada a Endovier, havia se recomposto na desolação das minas. E quando fora para o castelo, havia sido tola o bastante para pensar que Chaol colocara a última peça no lugar. Tola o bastante para pensar, apenas por um momento, que poderia ser feliz.

Mas a morte era a maldição e o dom de Celaena; a morte fora sua grande amiga naqueles longos, longos anos.

— Mataram Nehemia — sussurrou a assassina para a escuridão, precisando que alguém, qualquer um, ouvisse que aquela alma um dia reluzente havia se extinguido. Que soubesse que Nehemia estivera ali, naquela terra, e que fora tudo que existira de bom e corajoso e maravilhoso.

Kaltain ficou em silêncio por um longo instante. Então disse, baixinho, como se estivesse trocando um pedaço de infelicidade por outro:

— O duque Perrington vai para Morath em cinco dias, e devo ir com ele. O rei disse que posso me casar com o duque ou apodrecer aqui pelo resto da vida.

Celaena virou o rosto, abrindo os olhos e vendo Kaltain sentada encostada na parede, agarrada aos joelhos. Parecia ainda mais suja e mais selvagem do que algumas semanas antes. Ainda segurava a capa da assassina ao redor do corpo. Celaena disse:

— Você traiu o duque. Por que ele iria querê-la como esposa?

Kaltain deu uma risada baixa.

— Quem sabe que jogos essas pessoas fazem e que finalidade têm em mente? — A jovem esfregou as mãos imundas no rosto. — Minhas dores de cabeça pioraram — murmurou. — E aquelas asas... elas nunca cessam.

Meus sonhos andam cheios de sombras e asas, dissera Nehemia; os de Kaltain também.

— O que tem uma coisa a ver com a outra? — indagou Celaena, as palavras afiadas e vazias.

Kaltain piscou, erguendo as sobrancelhas como se não tivesse ideia do que tinha dito.

— Quanto tempo vão mantê-la aqui? — perguntou ela.

Por tentar matar o capitão da Guarda? Para sempre, talvez. Ela não se importaria. Que a executassem.

Que acabassem com ela também.

Nehemia fora a esperança de um reino, de muitos reinos. A corte com a qual ela sonhara jamais existiria. Eyllwe nunca seria livre. Celaena jamais teria a chance de pedir desculpas à princesa pelas coisas que dissera. Restariam apenas as últimas palavras que Nehemia dissera a ela. A última coisa que a amiga pensara ao seu respeito.

Você não passa de uma covarde.

— Se a soltarem — disse Kaltain, ambas encarando a escuridão das prisões —, certifique-se de que sejam punidos algum dia. Cada um deles.

Celaena ouviu a própria respiração, sentiu o sangue de Chaol embaixo das unhas e o sangue de todos aqueles homens que matara, a frieza do quarto de Nehemia, onde todo aquele sangue encharcava a cama.

— Eles serão — jurou a assassina para a escuridão.

Não tinha mais o que oferecer, a não ser aquilo.

Teria sido melhor ficar em Endovier. Melhor ter morrido lá.

O corpo não parecia ser de Celaena quando puxou aquela bandeja de comida para si, o metal raspando as pedras velhas e úmidas. Ela nem mesmo sentia fome.

— Eles drogaram a água com um sedativo — falou Kaltain quando Celaena levou a mão ao copo de ferro. — É o que fazem comigo também.

— Que bom — respondeu Celaena, e bebeu tudo.

Três dias se passaram. E toda refeição que levavam possuía aquele sedativo.

Celaena encarou o abismo que agora preenchia seus sonhos, tanto dormindo quanto acordada. A floresta do outro lado tinha sumido, e não havia cervo; apenas um terreno estéril ao redor, rochas quebradas e um vento maligno que sussurrava as palavras diversas vezes.

Você não passa de uma covarde.

Então Celaena tomava a água batizada sempre que a ofereciam, e deixava que o líquido a levasse embora.

— Ela bebeu a água faz uma hora — disse Ress para Chaol na manhã do quarto dia.

O capitão assentiu. Celaena estava inconsciente no chão, o rosto macilento.

— Ela tem comido?

— Uma ou duas mordidas. Não tentou escapar. E não disse uma palavra para nós também.

Chaol destrancou a porta da cela, deixando Ress e os outros guardas tensos.

Mas ele não suportava mais um momento sem vê-la. Kaltain estava dormindo ao lado e não se mexeu quando Chaol caminhou pela cela de Celaena.

Ajoelhou-se ao lado dela. A jovem fedia a sangue, e as roupas estavam endurecidas por ele. A garganta do capitão se apertou.

O castelo acima parecera o pandemônio durante os últimos dias. Chaol enviara homens para vasculhar o castelo e a cidade em busca do assassino de Nehemia. Ele se apresentara ao rei diversas vezes para tentar explicar o que acontecera: como tinha sido sequestrado e como, mesmo com homens a mais vigiando Nehemia, alguém passara por todos eles. Chaol estava chocado porque o rei ainda não o havia dispensado — ou pior.

A pior parte era que o rei parecia *presunçoso*. Não precisara sujar as mãos para se livrar de um problema. A maior irritação dele era lidar com a revolta que com certeza ocorreria em Eyllwe. O rei não dedicara um momento ao luto por Nehemia nem mostrara um lampejo de remorso. Chaol precisara de uma quantidade surpreendente de autocontrole para não enforcar o soberano.

Contudo, mais do que apenas o destino do capitão dependia da submissão e do bom comportamento dele. Quando Chaol explicou a situação de Celaena ao rei, o monarca mal pareceu surpreso. Apenas disse para colocá-la na linha e deixou por isso mesmo.

Colocá-la na linha.

Chaol pegou Celaena gentilmente, tentando não resmungar ao sentir o peso, e a carregou para fora da cela. Jamais se perdoaria por tê-la atirado naquela masmorra pútrida, embora não tivesse escolha. Ele sequer se permitira dormir na própria cama — a cama que ainda tinha o cheiro dela. O capitão se deitara naquela primeira noite e percebera no que *Celaena* estava deitada, então optara pelo sofá. O mínimo que podia fazer naquele momento era levá-la de volta para os próprios aposentos.

Mas Chaol não sabia como colocá-la na linha. Não sabia como consertar o que havia se quebrado. Tanto dentro dela quanto entre os dois.

Os homens do capitão o flanquearam conforme ele a levava para os aposentos.

A morte de Nehemia pairava ao redor de Chaol, seguia-o a cada passo. Fazia dias desde que ele ousara se olhar no espelho. Mesmo que não tivesse sido o rei quem ordenou a execução, se Chaol tivesse avisado Celaena sobre a ameaça desconhecida, pelo menos ela estaria atenta. Se tivesse avisado Nehemia, os homens dela também estariam. Às vezes a realidade da decisão do capitão o acertava com tanta força que ele mal conseguia respirar.

E então havia *aquela* realidade, a realidade que Chaol segurava nos braços enquanto Ress abria a porta dos aposentos de Celaena. Philippa já esperava, chamando-o para a sala de banho. O capitão nem mesmo pensara naquilo — que Celaena poderia precisar ser limpa antes de ser colocada na cama.

Ele não conseguiu olhar para a criada ao entrar na sala de banho, pois sabia que verdade encontraria ali.

Chaol percebeu no momento em que a jovem se voltou para ele no quarto de Nehemia.

O capitão a havia perdido.

E Celaena jamais, nem em mil vidas, se abriria para ele de novo.

CAPÍTULO 32

Celaena acordou na própria cama, e soube que não haveria mais sedativos em sua água.

Não haveria mais conversas no café da manhã com Nehemia nem lições sobre as marcas de Wyrd. Não haveria mais amigas como ela.

Celaena soube, sem precisar olhar, que alguém a havia limpado. Ao piscar contra a claridade da luz do sol no quarto — a cabeça instantaneamente latejou depois de dias na escuridão da masmorra —, encontrou Ligeirinha dormindo em seu corpo. A cadela ergueu a cabeça para lamber o braço de Celaena algumas vezes antes de voltar a dormir, o nariz aninhado entre o cotovelo e o tronco da dona. A assassina se perguntou se Ligeirinha conseguia sentir a perda também. Costumava imaginar se Ligeirinha amava a princesa mais do que ela.

Você não passa de uma covarde.

Celaena não podia culpar a cadela. Fora daquela corte e daquele reino pútridos, o restante do mundo amava Nehemia. Era difícil não amar. A assassina adorara a princesa desde o momento em que colocou os olhos nela, como se fossem almas gêmeas que, finalmente, haviam se encontrado. Uma alma amiga. E agora Nehemia se fora.

Celaena levou a mão ao peito. Que absurdo — absurdo e inútil — o coração dela ainda bater e o de Nehemia não.

O Olho de Elena estava quente, como se tentasse oferecer algum conforto. Celaena deixou a mão voltar para o colchão.

Nem mesmo tentou sair da cama naquele dia, depois que Philippa a convenceu a comer e deixou escapar que ela havia perdido o funeral da princesa. Andava ocupada demais entornando sedativos e escondendo-se do luto na masmorra para estar presente quando puseram sua amiga na terra fria, tão longe do solo aquecido pelo sol de Eyllwe.

Você não passa de uma covarde.

Então Celaena não saiu da cama naquele dia. E não saiu no dia seguinte.

Ou no seguinte.

Ou no seguinte.

CAPÍTULO 33

As minas de Calaculla estavam abafadas, e a garota escravizada podia apenas imaginar o quanto ficariam piores quando o sol do verão estivesse no céu.

Ela estava nas minas havia seis meses — mais tempo do que qualquer um havia sobrevivido, foi o que lhe disseram. A mãe, a avó e o irmão mais novo não duraram um mês. O pai sequer chegara às minas antes que os açougueiros de Adarlan o cortassem, junto com os outros rebeldes conhecidos da cidade. Todo mundo tinha sido reunido e enviado para lá.

A garota estava sozinha havia cinco meses e meio agora; sozinha, mas cercada por milhares. Não conseguia se lembrar da última vez que vira o céu ou os campos de Eyllwe oscilando sob a brisa fresca.

Mas a garota os veria de novo — o céu e os campos. Sabia que veria, pois tinha ficado acordada nas noites em que deveria ter dormido, ouvindo pelas frestas das tábuas do chão enquanto o pai e os colegas rebeldes conversavam sobre formas de derrubar Adarlan e sobre a princesa Nehemia, que estava na capital naquele momento, trabalhando pela liberdade deles.

Se apenas conseguisse aguentar, se conseguisse continuar respirando, poderia resistir até que Nehemia cumprisse seu objetivo. Ela conseguiria, e então enterraria seus mortos; e quando os meses de luto terminassem, encontraria o grupo de rebeldes mais próximo e se juntaria a eles. Com cada vida adarlaniana que tomasse, diria os nomes de seus mortos de novo para que a ouvissem no pós-morte e soubessem que não foram esquecidos.

Ela golpeou a parede inclemente de pedra com a picareta, o fôlego entrecortado na garganta seca. O capataz estava encostado em uma parede próxima, enchendo o cantil de água, esperando pelo momento em que um deles desabaria para que pudesse desenrolar o chicote.

A garota manteve a cabeça baixa, continuou trabalhando, respirando. Ela conseguiria.

Não sabia quanto tempo havia se passado, mas sentiu a onda percorrer as minas como se a terra estremecesse. Uma onda de quietude, seguida por lamentos.

Sentiu aquilo chegar, crescer na sua direção. Mais e mais perto a cada cabeça que se virava e palavra que era murmurada.

E então ouviu — as palavras que mudaram tudo.

A princesa Nehemia está morta. Assassinada por Adarlan.

As palavras passaram pela garota antes que ela tivesse tempo de absorvê-las.

Houve um farfalhar de couro contra pedra. O capataz toleraria a pausa por apenas alguns segundos antes de começar a açoitar.

Nehemia está morta.

A garota olhou para a picareta nas mãos.

Ela se virou, devagar, para olhar para o rosto do capataz, o rosto de Adarlan. Ele inclinou o pulso e ergueu o chicote.

A garota sentiu as lágrimas antes de perceber que elas caíam, deslizando sobre seis meses de imundície.

Basta. A palavra gritou por seu corpo, tão alto que ela começou a tremer.

Silenciosamente, a prisioneira começou a recitar os nomes de seus mortos. E quando o capataz ergueu o chicote, a garota acrescentou o nome dela ao fim daquela lista e enfiou a picareta nas entranhas do homem.

CAPÍTULO 34

Alguma mudança no comportamento dela?
— Saiu da cama.
— E?
Parado no corredor iluminado pelo sol dos andares mais altos do castelo de vidro, o rosto habitualmente jovial de Ress estava sombrio.

— E agora está sentada em uma cadeira diante da lareira. Como ontem: ela saiu da cama, se sentou na cadeira o dia todo, então voltou para a cama ao pôr do sol.

— Ainda não está falando?

Ress balançou a cabeça, mantendo a voz baixa quando um cortesão passou.

— Philippa diz que ela apenas fica ali sentada e olha para o fogo. Não fala. Mal toca a comida.

Os olhos de Ress ficaram mais cautelosos quando notaram os cortes em cicatrização que desciam pela bochecha de Chaol. Dois já estavam com casca e sumiriam, mas havia um longo, surpreendentemente profundo, que ainda estava sensível. Chaol se perguntava se deixaria cicatriz. Seria merecido se deixasse.

— Provavelmente estou ultrapassando os limites...

— Então não fale — rugiu Chaol. Ele sabia exatamente o que Ress diria: o mesmo que Philippa, e qualquer um que o via e lhe dava aquele olhar de pena. *Você deveria tentar conversar com ela.*

O capitão não sabia como a notícia de que Celaena tentara matá-lo se espalhara tão rapidamente, mas parecia que todos sabiam como era profunda a distância entre os dois. Chaol achou que haviam sido discretos, e tinha certeza de que Philippa não fazia fofoca. Mas talvez o que o capitão sentia por ela estivesse estampado no rosto. E o que Celaena sentia por *ele* naquele momento... Chaol resistiu à vontade de tocar os cortes no rosto.

— Ainda quero vigias do lado de fora da porta e das janelas dela — ordenou Chaol a Ress. O capitão estava a caminho de outra reunião; mais uma disputa de gritos a respeito de como deveriam lidar com a revolta de Eyllwe por causa da morte da princesa. — Não a impeça se ela sair, mas tente reduzir um pouco o ritmo dela.

O suficiente para que a notícia de que Celaena finalmente saíra dos aposentos chegasse a Chaol. Se alguém a interceptaria, se alguém a confrontaria sobre o que acontecera com Nehemia, seria ele. Até então, dava à assassina o espaço de que precisava, mesmo que sofresse por não falar com ela. Celaena se tornara parte da vida de Chaol — desde as corridas matinais até os almoços e os beijos que roubava dele quando ninguém estava olhando — e agora, sem ela, ele se sentia vazio. Mas ainda não sabia como a encararia algum dia.

Você sempre será meu inimigo.

Celaena estava sendo sincera.

Ress assentiu.

— Considere feito.

O jovem guarda bateu continência quando o capitão seguiu para a sala de reunião. Haveria outras reuniões naquele dia — muitas reuniões, pois ainda era caloroso o debate sobre como Adarlan deveria reagir à morte de Nehemia. E embora Chaol odiasse admitir, tinha outras coisas com que se preocupar além do luto interminável de Celaena.

O rei convocara os lordes e guerreiros do sul para Forte da Fenda.

Inclusive o pai de Chaol.

Dorian não costumava se importar com os homens de Chaol. Mas *realmente* se importava de ser seguido por toda parte, dia e noite, por guardas que estavam à espreita por qualquer ameaça. A morte de Nehemia comprovara que o castelo não era impenetrável. Sua mãe e Hollin estavam confinados nos aposentos dela, e muitos dos nobres tinham deixado a cidade ou estavam escondidos também.

Exceto Roland. Embora a mãe dele tivesse fugido de volta para Meah na manhã seguinte ao assassinato da princesa, Roland ficara, insistindo que Dorian precisaria do seu apoio mais do que nunca. E estava certo. Nas reuniões de conselho, que ficavam cada vez mais cheias conforme os senhores do sul chegavam, Roland apoiou cada opinião e objeção que Dorian fez. Juntos, os dois foram contra o envio de mais tropas para Eyllwe no caso de uma revolta, e Roland apoiou a proposta do príncipe de que deveriam desculpar-se publicamente aos pais de Nehemia pela morte da princesa.

Seu pai tivera um ataque com tal sugestão, mas, ainda assim, Dorian escreveu uma mensagem aos pais de Nehemia expressando as mais sinceras condolências. O rei poderia ir para o inferno até onde ele se importara.

E aquilo começava a ser um problema, percebeu Dorian, sentado no quarto, na torre, folheando os documentos que precisava ler antes da reunião do dia seguinte com os senhores do sul. O príncipe passara tanto tempo tomando cuidado para evitar desafiar o pai, mas que tipo de homem seria se obedecesse sem questionar?

Um homem esperto, sussurrou parte dele, tremendo com a sensação daquele poder antigo e frio.

Pelo menos os quatro guardas ficaram do lado de fora dos aposentos. A torre particular de Dorian era alta o suficiente para que ninguém alcançasse a varanda, e apenas uma escadaria levava para cima e para baixo. Facilmente defensível. Mas com a mesma facilidade também poderia se tornar uma jaula.

Dorian encarou a caneta de vidro na mesa. Na noite em que Nehemia morreu, ele não pretendera parar o pulso de Celaena no meio do golpe. Apenas sabia que a mulher que havia amado estava prestes a matar seu mais antigo amigo por causa de um mal-entendido. Estava longe demais para segurá-la conforme Celaena afundava a lâmina, mas então... foi como se um braço fantasma se estendesse de dentro dele e se enroscasse no pulso dela. Dorian conseguia *sentir* a pele dela, com o sangue seco, como se a estivesse tocando de verdade.

Mas não sabia o que estava fazendo. Apenas agira impulsivamente e por desespero e necessidade.

Precisava aprender a controlar aquele poder, o que quer que aquilo fosse. Se pudesse controlá-lo, poderia evitar que surgisse em momentos inoportunos. Como naquelas infernais reuniões de conselho, em que seu temperamento subia, e ele sentia a magia se agitando em resposta.

Dorian respirou fundo, concentrando-se na caneta, desejando que ela se movesse. Ele havia impedido Celaena no meio do movimento, atirara uma parede de livros ao ar — podia mover uma caneta.

A caneta não se moveu.

Depois de encarar o objeto até quase ficar vesgo, o príncipe resmungou e se recostou na cadeira, cobrindo os olhos com as mãos.

Talvez tivesse entendido errado. Talvez tivesse apenas imaginado a coisa toda.

Nehemia um dia prometera estar ao seu lado quando ele precisasse de ajuda — quando algum poder dentro dele despertasse. Ela sabia.

Será que, ao matá-la, o assassino matara também qualquer esperança que Dorian tivesse de encontrar respostas?

Celaena só passara a se sentar na poltrona porque Philippa tinha entrado no dia anterior e reclamado dos lençóis sujos. Poderia ter dito à criada que fosse para o inferno, mas considerou quem havia compartilhado aquela cama com ela por último, e ficou subitamente grata por ter os lençóis trocados. Celaena queria que qualquer traço dele sumisse.

Quando o sol terminou de se pôr, ela se sentou diante da lareira, encarando as brasas reluzentes que ficavam mais brilhantes conforme o mundo escurecia.

O tempo estava mudando e se dissolvendo gradualmente ao redor dela. Alguns dias levavam uma hora para passar, outros, uma vida. Celaena havia tomado banho uma vez, por tempo o suficiente para lavar o cabelo, e Philippa observara o tempo inteiro para se certificar de que a jovem não se afogaria.

Ela passou o polegar no braço da poltrona. Não pretendia acabar com a própria vida. Não antes de fazer o que precisava ser feito.

As sombras no quarto cresciam, e as brasas pareciam respirar conforme a assassina as observava. Respirando com ela, pulsando a cada batida do coração.

Naqueles dias de silêncio e sono, Celaena percebera uma coisa: o assassino viera de fora do palácio.

Talvez tivesse sido contratado por quem quer que inicialmente houvesse ameaçado a vida de Nehemia — talvez não. Mas não estava associado ao rei.

Celaena se agarrou aos braços da poltrona, as unhas enterrando-se na madeira polida. Não fora um dos assassinos de Arobynn também. Ela conhecia o estilo dele, e não era tão monstruoso. A assassina repassou de novo os detalhes do quarto, agora marcados em sua mente.

Ela conhecia um assassino monstruoso daquele jeito.

Cova.

Celaena aprendera o máximo possível a respeito dele quando o enfrentara na competição para se tornar campeã do rei. Ouvira o que ele fazia com os corpos das vítimas.

Os lábios dela se retraíram.

Cova conhecia o palácio; treinara ali, exatamente como Celaena. E sabia, também, exatamente quem estava assassinando e esquartejando, e o que aquilo significaria para ela.

Uma chama escura e familiar se acendeu no fundo de Celaena, espalhando-se pelo corpo, arrastando-a para um abismo sem fim.

Celaena Sardothien se levantou da poltrona.

CAPÍTULO 35

Não haveria velas para aquelas cerimônias da meia-noite, nenhuma corneta de marfim para sinalizar o início da caçada. Celaena vestiu o manto mais escuro e colocou uma máscara preta e lisa no bolso do manto. Todas as armas, mesmo os alfinetes de cabelo, tinham sido removidas de seus aposentos. Celaena sabia, sem precisar verificar, que as portas e as janelas estavam sendo vigiadas. Bom. Aquele não era o tipo de caçada que se iniciava na porta da frente.

Ela trancou o quarto e olhou para Ligeirinha, que se escondeu debaixo da cama quando a dona abriu a porta secreta. A cadela ainda choramingava silenciosamente quando Celaena entrou na passagem.

Não precisava de luz para descer para o mausoléu. Conhecia o caminho de cor agora, cada passo, cada curva.

Seu manto farfalhava nos degraus. Cada vez mais para baixo, ela foi.

Seria guerra contra todos. Que tremessem de medo do que haviam despertado.

O luar se espalhava sobre a plataforma, iluminando a porta aberta do mausoléu e o pequeno rosto de bronze de Mort.

— Sinto muito por sua amiga — disse ele, com uma tristeza surpreendente conforme Celaena marchou na direção da aldraba.

Ela não respondeu. E não se importava com como Mort sabia. Apenas continuou andando, passou pela porta e entre os sarcófagos, até a pilha de tesouros nos fundos.

Adagas, facas de caça — Celaena pegou o que conseguiu amarrar no cinto ou enfiar nas botas. Pegou um punhado de ouro e joias e enfiou no bolso também.

— O que está fazendo? — indagou Mort, do corredor.

Celaena se aproximou da elevação que exibia Damaris, a espada de Gavin, primeiro rei de Adarlan. O punho oco de ouro reluziu sob o luar quando a assassina retirou a bainha da espada da elevação e amarrou a arma nas costas.

— Essa é uma espada *sagrada* — grunhiu Mort, como se pudesse ver do lado de dentro.

Ela deu um sorriso sombrio ao marchar de volta para a porta, cobrindo a cabeça com o capuz.

— Aonde que quer vá — continuou Mort —, o que quer que planeje fazer, você desonra essa espada ao tirá-la daqui. Não tem medo de irritar os deuses?

Celaena apenas riu baixinho antes de pegar as escadas, aproveitando cada passo, cada movimento que a levava para mais perto da presa.

Ela se deliciou com a ardência nos braços ao empurrar a grade do esgoto para cima, girando a antiga roda até que estivesse completamente erguida, pingando imundície, e a água sob o castelo fluísse livremente para o pequeno rio do lado de fora. Celaena atirou um pedaço de pedra no rio além do arco, atenta ao barulho de guardas.

Nenhum ruído, nenhum arranhar de armaduras ou um sussurro de aviso.

Um assassino matara Nehemia, um assassino com gosto pelo grotesco e desejo por notoriedade. Encontrar Cova exigiria apenas algumas perguntas.

Ela amarrou a corrente ao redor da alavanca, testando a força do objeto, então se certificou de que Damaris estava bem presa às costas. Em seguida, agarrando-se às pedras do castelo, girou o corpo para o outro lado da muralha, deslizando de lado. Não se incomodou em olhar para o castelo acima ao ultrapassar tranquilamente a margem do rio e cair sobre o chão congelado.

Então Celaena sumiu na noite.

Escondida pela escuridão, a assassina caminhou pelas ruas de Forte da Fenda. Não fez sequer um barulho ao passar por becos mal iluminados.

Apenas um lugar poderia fornecer as respostas que queria.

Esgoto e poças de excrementos estavam abaixo de cada janela dos cortiços, e as ruas de paralelepípedo estavam rachadas e sem forma depois de tantos invernos difíceis. Os prédios inclinavam-se uns contra os outros, alguns tão detonados que até mesmo os cidadãos mais pobres os abandonaram. Na maioria das ruas, as tavernas estavam lotadas de bêbados e prostitutas e todos que procuravam alívio temporário das vidas miseráveis.

Não fazia diferença quantos a vissem. Ninguém incomodaria Celaena naquela noite.

O manto oscilava atrás da assassina, o rosto permanecia inexpressivo sob a máscara obsidiana conforme Celaena se movia pelas ruas. O Cofres ficava a apenas alguns quarteirões.

Suas mãos enluvadas se fecharam. Depois que descobrisse onde Cova estava se escondendo, ela o estriparia. Pior do que isso, na verdade.

A assassina parou diante de uma porta comum de ferro em um beco silencioso. Brutamontes contratados montavam guarda do lado de fora; ela mostrou a eles a taxa de entrada em prata e os homens abriram a porta. Na ala subterrânea abaixo, era possível encontrar os assassinos, os monstros e os condenados de Adarlan. A escória ia até lá compartilhar histórias e fazer acordos, e era ali que qualquer sussurro sobre o assassino de Nehemia seria encontrado.

Cova sem dúvida recebera um grande pagamento pelos serviços, e era de se esperar que o homem naquele momento estivesse gastando inconsequentemente o dinheiro sujo — um perdularismo que não passaria despercebido.

Cova não teria deixado Forte da Fenda — ah, não. Ele *queria* que as pessoas soubessem que havia matado a princesa; queria ouvir ser nomeado o novo Assassino de Adarlan. Queria que Celaena soubesse também.

Conforme desceu os degraus para dentro da taberna, o fedor de cerveja e corpos não lavados a atingiu como uma pedra no rosto. Não entrava naquele tipo de covil pútrido havia muito tempo.

A câmara principal estava estrategicamente acesa: um candelabro pendia do centro do recinto, mas havia pouca luz nas paredes para aqueles que não quisessem ser vistos. Todas as risadas cessaram quando ela caminhou entre as mesas. Olhos injetados seguiram cada passo de Celaena.

Ela não conhecia a identidade do novo senhor do crime que comandava aquele lugar, e não se importava. Seu negócio não era com ele, não naquela noite. Celaena não se permitiu olhar para os muitos poços de luta que ocupavam a ponta mais afastada da câmara — poços nos quais multidões ainda estavam reunidas, torcendo por quem estivesse lutando com punhos e pés do lado de dentro.

Ela estivera no Cofres antes, muitas vezes naqueles últimos dias antes de ser capturada. Agora que Ioan Jayne e Rourke Farran estavam mortos, o lugar parecia ter mudado de dono sem perder nada da depravação.

Celaena foi direto para o atendente. Ele não a reconheceu, mas a assassina não esperava que ele o fizesse — não quando fora tão cuidadosa para esconder a identidade durante tantos anos.

O atendente já era pálido, e os cabelos ralos se tornaram ainda mais ralos no último ano e meio. O homem tentou olhar por debaixo do capuz quando ela parou diante do bar, mas a máscara e o manto mantinham as feições de Celaena escondidas.

— Bebida? — perguntou o homem, limpando o suor da testa. Todos no recinto ainda a observavam, discreta ou descaradamente.

— Não — respondeu Celaena, a voz distorcida e grave sob a máscara.

O atendente do bar segurou a beira do balcão.

— Você... você está de volta — disse ele, baixinho, quando mais cabeças se viraram. — Você escapou.

Então o homem a havia reconhecido. Celaena imaginou se os novos donos teriam algum rancor por ela ter matado Ioan Jayne — e quantos corpos precisaria deixar atrás de si caso decidissem começar uma briga bem ali, naquele momento. O que Celaena planejava fazer naquela noite já quebrava regras o suficiente, ultrapassava limites demais.

A assassina inclinou o corpo na direção do bar, cruzando os tornozelos. O atendente limpou a testa de novo e serviu a ela um brandy.

— Por conta da casa — falou o homem, deslizando a bebida na direção de Celaena. Ela pegou o copo, mas não bebeu. O homem umedeceu os lábios, então perguntou: — Como... como você escapou?

As pessoas se recostaram nas cadeiras, atentas para ouvir. Que espalhassem boatos. Que hesitassem antes de cruzar o caminho dela. Celaena esperava que Arobynn ouvisse também. Esperava que ele ouvisse e ficasse bem longe dela.

— Vai descobrir em breve — respondeu a assassina. — Mas preciso de você.

As sobrancelhas do homem se ergueram.

— De mim?

— Vim perguntar sobre um homem. — A voz dela estava rouca e inexpressiva. — Um homem que recentemente ganhou uma grande quantia em ouro. Pelo assassinato da princesa de Eyllwe. Ele atende pelo nome de Cova. Preciso saber onde está.

— Não sei de nada. — O rosto do atendente ficou ainda mais pálido.

Celaena enfiou a mão em um bolso e tirou de dentro um punhado reluzente de joias e ouro antigos. Todos os olhos os observavam agora.

— Deixe que eu repita a pergunta, atendente.

O assassino que se chamava de Cova correu.

Ele não sabia há quanto tempo ela o caçava. Fazia bem mais de uma semana desde que matara a princesa; uma semana, e ninguém sequer olhara na direção dele. O homem achou que tivesse se livrado daquilo — e até mesmo começara a questionar se deveria ter sido mais criativo com o corpo, se deveria ter deixado algum tipo de cartão de visitas. Mas tudo isso mudou naquela noite.

Ele estava bebendo no balcão de sua taverna preferida quando o salão lotado ficou subitamente silencioso. O assassino se virou e a viu à porta, chamando seu nome, parecendo mais um espectro do que um ser humano. O nome nem mesmo terminara de ecoar pelo salão antes que o homem disparasse em uma corrida, escapando pela saída dos fundos para o beco. Não ouvia passos, mas sabia que ela estava atrás dele, dissolvendo-se para dentro e para fora das sombras e da névoa.

O assassino seguiu por becos e vielas, saltou sobre paredes, zigueza-gueou pelos cortiços. Qualquer coisa para desnorteá-la, para exauri-la. Ele faria sua resistência final em uma rua vazia. Ali, o homem pegaria as facas presas à pele e a faria pagar pelo modo como o humilhara na compe-tição. Pelo modo como desdenhara dele, como quebrara seu nariz e atirara o lenço em seu peito.

Vaca idiota e presunçosa.

O assassino cambaleou ao virar uma esquina, o fôlego entrecortado e pesado. Possuía apenas três adagas escondidas pelo corpo. Contudo, faria com que contassem. Quando a mulher surgiu na taverna, ele imediata-mente reparou na espada longa que se estendia acima de um dos ombros e na variedade de lâminas reluzentes e de aparência maligna presas aos quadris dela. Mas o assassino podia fazer com que ela pagasse, mesmo que só tivesse algumas lâminas.

Cova estava na metade do beco de paralelepípedo quando percebeu que era um beco sem saída, a parede mais afastada era alta demais para escalar. Ali, então. Ele em breve a veria implorando por piedade antes de cortá-la em pedaços muito, muito pequenos. Ao sacar uma das adagas, o homem sorriu e se virou para a rua aberta atrás de si.

Névoa azulada flutuava no ar e um rato correu pela passagem es-treita. Não havia barulho, apenas os sons de comemorações distantes. Talvez ele a tivesse despistado. Aqueles tolos reais tinham cometido o maior erro da vida deles quando a coroaram campeã. O cliente dissera isso ao contratar Cova.

Ele esperou um instante, ainda observando a entrada vazia da rua, e então se permitiu respirar, surpreso por descobrir que estava um pouco desapontado.

Campeã do rei, de fato. Não fora nada difícil despistá-la. E agora iria para casa, e receberia outra oferta de trabalho em apenas alguns dias. E depois outra. E outra. O cliente prometera que as ofertas viriam. Arobynn Hamel amaldiçoaria o dia em que havia rejeitado Cova da Guilda dos Assassinos por ser cruel demais com a presa.

Cova gargalhou, girando a adaga nas mãos. Então ela surgiu.

Apareceu em meio à névoa, não mais do que um fiapo de escuridão. Ela não correu — apenas caminhou com aquele ritmo insuportável. Cova avaliou os prédios que os cercavam. A pedra era escorregadia demais, e não havia janelas.

Um passo por vez, ela se aproximou. Cova realmente, *realmente* se deliciaria ao fazê-la sofrer tanto quanto a princesa sofrera.

Sorrindo, o assassino recuou até o fim do beco, parando apenas quando tocou a parede de pedra com as costas. Em um espaço mais estreito, ele poderia subjugá-la. E naquela rua esquecida, poderia levar o tempo que desejasse fazendo o que quisesse.

Mesmo assim, ela se aproximou, e a espada às suas costas gemeu quando a mulher a sacou. O luar se refletiu na longa lâmina. Devia ser um presente do principezinho amante.

Cova pegou a segunda adaga da bota. Aquela não era uma competição ridícula e cheia de frescuras, organizada pela nobreza. Ali, qualquer regra valia.

A mulher não disse nada ao se aproximar.

E Cova não disse nada quando a atacou, investindo contra a cabeça dela com as duas lâminas.

A assassina deu um passo para o lado, desviando com uma facilidade enervante. Cova investiu de novo. Porém com mais rapidez do que ele conseguiu acompanhar, a mulher se abaixou e cortou as canelas do homem com a espada.

Cova caiu no chão úmido antes de sentir dor. O mundo lampejava preto e cinza e vermelho, e a agonia o dilacerou. Com uma adaga ainda na mão, ele se arrastou para trás, na direção da parede. Mas suas pernas não obedeciam, e os braços doíam ao puxar o corpo da imundície úmida.

— Vaca — grunhiu o assassino. — *Vaca*. — Cova chegou à parede, sangue escorria de suas pernas. O osso fora dilacerado. Ele não conseguiria andar. Mas ainda conseguiria encontrar um modo de fazê-la pagar.

A assassina parou a alguns metros e embainhou a espada. Sacou uma adaga longa e cravejada de joias.

O homem a xingou, a palavra mais suja que conseguiu pensar.

Ela riu e, mais rápido do que uma víbora dando o bote, prendeu um dos braços dele contra a parede, a adaga reluzia.

A dor lancinou o pulso direito do assassino, e então o esquerdo quando esse também foi atirado contra a pedra. Cova gritou — gritou de verdade — quando viu que estava com os braços presos à parede por duas adagas.

O sangue dele estava quase preto ao luar. O homem se debatia, xingando-a repetidas vezes. Ele sangraria até a morte, a não ser que puxasse os braços da parede.

Com um silêncio sobrenatural, a mulher se agachou diante de Cova e ergueu o queixo dele com outra adaga. O homem ofegava quando ela aproximou o rosto. Não havia nada sob o capuz — nada daquele mundo. A assassina não tinha rosto.

— Quem o contratou? — perguntou a mulher, a voz como cascalho.

— Para fazer o quê? — perguntou Cova, quase soluçando. Talvez pudesse fingir inocência. Usaria a lábia para se livrar, convenceria aquela puta arrogante que não tinha nada a ver com aquilo...

Ela girou a adaga, levando-a ao pescoço dele.

— Para matar a princesa Nehemia.

— N-n-ninguém. Não sei do que está falando.

E então, sem sequer tomar fôlego, a mulher enterrou outra adaga que Cova não percebeu que ela segurava contra a coxa dele. Tão profundamente que o homem sentiu a reverberação quando a lâmina acertou o paralelepípedo abaixo. O grito de Cova saiu como um estilhaço, e o assassino se contorceu, os pulsos se enterrando mais nas lâminas.

— Quem o contratou? — perguntou ela de novo. Calma, tão calma.

— Ouro — gemeu Cova. — Tenho ouro.

Celaena sacou mais uma adaga e a enfiou na outra coxa, cravando-a mais uma vez até a pedra. Cova deu um grito agudo — gritou para deuses que não o salvaram.

— Quem o contratou?

— Não sei do que está falando!

Depois de um segundo, ela arrancou as adagas das pernas dele. Cova quase se urinou de dor, de alívio.

— Obrigado. — Ele chorou, mesmo ao pensar em como a puniria. Celaena agachou, apoiando-se sobre os calcanhares, e o encarou. — Obrigado.

Mas então a assassina ergueu outra adaga, a lâmina serrilhada e reluzente, e a segurou próxima à mão de Cova.

— Escolha um dedo — disse ela. O homem tremeu e balançou a cabeça. — *Escolha um dedo.*

— P-por favor. — Um calor úmido encheu os fundilhos da calça dele.

— Então vai ser o polegar.

— N-não, eu... Conto tudo! — Mesmo assim, a assassina aproximou a lâmina, até apoiá-la na base do polegar de Cova. — *Não!* Conto tudo!

CAPÍTULO 36

Dorian começava a sentir o temperamento frágil depois de horas de debate quando as portas da sala do conselho do pai foram escancaradas e Celaena entrou com destreza, o manto escuro oscilando atrás dela. Todos os vinte homens na mesa ficaram em silêncio, inclusive o rei, cujos olhos foram diretamente para a coisa pendurada na mão da assassina. Chaol já marchava pelo cômodo, saindo de seu posto ao lado da porta, mas também parou ao ver o que Celaena carregava.

Uma cabeça.

O rosto do homem ainda estava congelado em um grito, e havia algo vagamente familiar a respeito das feições grotescas e dos cabelos castanhos sem graça que ela segurava. Era difícil ter certeza, pois a cabeça balançava nos dedos enluvados da assassina.

Chaol levou a mão à espada, o rosto pálido como a morte. Os outros guardas no cômodo sacaram as espadas, mas não se moveram — não se moveriam, até que Chaol ou o rei ordenasse.

— O que é isso? — indagou o rei. Os conselheiros e os lordes reunidos estavam boquiabertos.

Mas Celaena sorria ao encarar um dos ministros à mesa, e ela foi diretamente até ele.

E ninguém, nem mesmo o pai de Dorian, disse alguma coisa quando a assassina apoiou a cabeça decepada sobre a pilha de papéis do ministro.

— Acredito que isto pertença a você — disse ela, soltando o cabelo.

A cabeça cambaleou para o lado e caiu com um estampido. Então Celaena deu tapinhas, *tapinhas*, no ombro do ministro antes de dar a volta na mesa e se sentar em uma cadeira vazia ao fundo, jogando o corpo no assento.

— Explique-se — rugiu o rei para a assassina.

Ela cruzou os braços, sorrindo para o ministro, cujo rosto tinha ficado verde ao encarar a cabeça diante de si.

— Tive uma conversinha com Cova sobre a princesa Nehemia ontem à noite — falou Celaena. Cova, o assassino da competição e campeão do ministro Mullison. — Ele mandou lembranças, ministro. Também mandou isto. — Celaena atirou algo sobre a mesa comprida: um pequeno bracelete de ouro, gravado com flores de lótus. Algo que Nehemia teria usado. — Eis uma lição para você, ministro, de um profissional para outro: apague seus rastros. E contrate assassinos sem conexões pessoais com você. E talvez tente *não* fazer isso logo depois de publicamente discutir com o alvo.

Mullison olhava para o rei com os olhos suplicantes.

— Não fiz isso. — Ele se afastou da cabeça decepada. — Não faço ideia do que ela está falando. Eu jamais faria algo assim.

— Não foi o que Cova disse — cantarolou Celaena.

Dorian conseguia apenas encará-la. Aquilo era diferente da criatura feral em que a jovem se transformara na noite em que Nehemia morreu. O que era naquele momento, o limite sobre o qual se equilibrava... que Wyrd ajudasse a todos.

Mas então Chaol estava ao lado da cadeira de Celaena, segurando-a pelo cotovelo.

— O que diabos pensa que está fazendo?

Ela olhou para o capitão e deu um sorriso doce.

— Seu trabalho, pelo visto. — Desvencilhou-se da mão dele, agitando-se, e se levantou em seguida, caminhando ao redor da mesa.

Celaena pegou um pedaço de papel da túnica e o atirou diante do rei. A impertinência daquele gesto deveria ter-lhe garantido a forca, mas o rei não disse nada.

Seguindo-a ao redor da mesa, a mão ainda na espada, Chaol observava com o rosto petrificado. Dorian começou a rezar para que não lutassem — não ali, não de novo. Se aquilo liberasse a magia dele e o rei visse... O príncipe nem mesmo *pensaria* naquele poder enquanto estivesse em uma sala com tantos inimigos em potencial. Ele estava sentado ao lado da pessoa que daria a ordem para matá-lo.

O rei pegou o papel. De onde estava sentado, Dorian conseguia ver que era uma lista com pelo menos 15 nomes.

— Antes da infeliz morte da princesa — disse Celaena —, tomei como obrigação eliminar alguns traidores da coroa. Meu alvo — falou ela, e o príncipe sabia que o pai estava ciente de que a assassina se referia a Archer — me levou diretamente a eles.

Dorian não conseguia olhar para ela por mais um segundo. Aquela não poderia ser toda a verdade. Mas Celaena não fora atrás daqueles homens para caçá-los, fora salvar Chaol. Então, por que mentir agora? Por que fingir que os estava caçando? Que tipo de jogo era aquele?

Dorian olhou para o outro lado da mesa. O ministro Mullison ainda tremia diante da cabeça decepada. O príncipe não ficaria surpreso se Mullison vomitasse bem ali. Havia sido *ele* quem fizera a ameaça anônima contra a vida de Nehemia?

Depois de um instante, seu pai ergueu o olhar da lista e avaliou a jovem.

— Muito bem, campeã. Muito bem mesmo.

Então Celaena e o rei de Adarlan sorriram um para o outro, e foi a coisa mais aterrorizante que Dorian já vira.

— Diga ao meu tesoureiro que lhe dê o dobro do pagamento do mês passado — falou o rei.

O príncipe sentiu o estômago revirar, não apenas por causa da cabeça decepada e das roupas endurecidas com sangue de Celaena, mas também pelo fato de que não conseguia, pela própria vida, encontrar a garota que amara em qualquer parte do rosto dela. E pela expressão de Chaol, Dorian sabia que o amigo sentia o mesmo.

A assassina fez uma reverência dramática para o rei, gesticulando elegantemente com a mão diante do corpo. Então, com um sorriso desprovido de qualquer calor, encarou Chaol antes de sair da sala pisando duro e varrendo o chão atrás de si com o manto preto.

Silêncio.

Em seguida, a atenção de Dorian se voltou para o ministro Mullison, que apenas sussurrou um "por favor" antes de o rei ordenar que Chaol o arrastasse para a masmorra.

Celaena não havia terminado — não estava nem perto disso. Talvez o derramamento de sangue tivesse acabado, mas ainda havia mais uma pessoa para visitar antes de poder voltar para o quarto e limpar o fedor do sangue de Cova.

Archer estava descansando quando ela chegou à mansão dele na cidade, e o mordomo do cortesão não ousou impedir quando ela marchou pelos degraus da frente cobertos por carpete, disparou pelo elegante corredor com painéis de madeira e escancarou as portas duplas para o que só podia ser o quarto de Archer.

O cortesão se levantou na cama, encolhendo o corpo ao colocar a mão sobre o ombro enfaixado. Então avaliou a aparência de Celaena, as adagas ainda estavam presas à cintura dela. Ficou muito, muito quieto.

— Desculpe — disse Archer.

Celaena estava ao pé da cama, encarando o rosto macilento e o ombro ferido do cortesão.

— Você pede desculpas, Chaol pede desculpas, o mundo inteiro pede desculpas. Diga o que você e seu movimento querem. Diga o que sabe sobre os planos do rei.

— Eu não queria mentir para você — falou Archer, carinhosamente. — Mas precisava saber se era confiável antes de contar a verdade. Nehemia — Celaena tentou não encolher o corpo ao ouvir o nome — disse que era, mas eu precisava ter certeza. E precisava que você confiasse em mim também.

— Então achou que sequestrar Chaol faria com que eu *confiasse* em você?

— Nós o sequestramos porque achávamos que ele e o rei estavam planejando ferir Nehemia. Eu precisava que você fosse ao armazém para ouvir dos lábios de Westfall que ele estava ciente de que havia ameaças à segurança da princesa e não contou a você; para que percebesse que *ele* é o inimigo. Se eu soubesse que você ia pirar, jamais teria feito aquilo.

Celaena balançou a cabeça.

— Aquela lista que me mandou ontem, dos homens do armazém... estão mesmo mortos?

— Você os matou, sim.

A culpa a golpeou.

— Por minha parte, sinto muito. — E sentia. Celaena decorara os nomes, tentara se lembrar dos rostos. Ela carregaria o peso da morte daqueles homens para sempre. Até mesmo da morte de Cova, do que tinha feito a ele naquele beco; jamais se esqueceria daquilo também. — Dei os nomes ao rei. Isso deve evitar que ele olhe em sua direção por mais um tempo... cinco dias no máximo.

Archer assentiu, afundando de volta nos travesseiros.

— Nehemia realmente trabalhava com você?

— Foi por isso que veio para Forte da Fenda, para ver o que poderia ser feito para organizar uma força no norte. Para nos dar informações diretamente do castelo. — Como a assassina sempre suspeitara. — A perda dela... — Archer fechou os olhos. — Não podemos substituí-la.

Celaena engoliu em seco.

— Mas você poderia — disse o cortesão, olhando de novo para ela. — Sei que veio de Terrasen. Então parte de você deve saber que Terrasen *precisa* se libertar.

Você não passa de uma covarde.

Celaena manteve o rosto inexpressivo.

— Seja nossos olhos e ouvidos no castelo — sussurrou Archer. — Ajude-nos. Ajude-nos e poderemos encontrar um modo de salvar todos, de salvar *você*. Não sabemos o que o rei planeja, apenas que ele, de alguma forma, encontrou uma fonte de poder *além* da magia, e que provavelmente está usando esse poder para criar monstruosidades próprias. Mas não sabemos com que finalidade. Era isso que Nehemia tentava descobrir, e é um conhecimento que poderia salvar todos nós.

Celaena destrincharia aquela informação mais tarde — bem mais tarde. Por enquanto, encarou Archer e depois olhou para as próprias roupas endurecidas pelo sangue.

— Encontrei o homem que matou Nehemia.

Os olhos do cortesão se arregalaram.

— E?

Celaena se virou para sair do quarto.

— E a dívida foi paga. O ministro Mullison o contratou para se livrar de um espinho no pé, porque Nehemia o humilhou vezes demais nas reuniões do conselho. O ministro está agora na masmorra, aguardando julgamento.

E ela participaria de cada minuto daquele julgamento, e da execução que se seguiria.

Archer emitiu um suspiro quando Celaena colocou a mão na maçaneta.

Ela olhou por cima do ombro para o cortesão, para o medo e a tristeza no rosto dele.

— Você levou uma flechada por mim — falou Celaena, baixinho, olhando para as ataduras.

— Era o mínimo que eu podia fazer depois de ter causado aquela confusão toda.

A assassina mordeu o lábio e abriu a porta.

— Temos cinco dias, até lá o rei espera que você esteja morto. Prepare-se, e seus aliados também.

— Mas...

— Mas nada — interrompeu Celaena. — Considere-se sortudo por eu não dilacerar sua garganta pelo truque que armou. Com ou sem flecha, e independentemente de meu relacionamento com Chaol, você mentiu para mim. E sequestrou meu amigo. Se não fosse por isso, por *você*, eu estaria no castelo naquela noite. — Ela o encarou fixamente. — Não quero saber de você. Não quero suas informações, não vou *dar* informação a você, e não me importo muito com o que vai acontecer depois que deixar a cidade, contanto que eu nunca mais o veja.

Ela deu um passo para o corredor.

— Celaena?

A assassina olhou por cima do ombro.

— Desculpe. Sei o quanto você era importante para ela... e ela para você.

O peso que Celaena estava evitando desde que saíra para caçar Cova caiu subitamente sobre ela, e os ombros da jovem despencaram. Estava cansada demais. Agora que Cova estava morto, agora que o ministro Mullison estava na masmorra, agora que Celaena não tinha mais quem ferir e punir, ela estava tão, *tão* cansada.

— Cinco dias. Voltarei em cinco dias. Se não estiver pronto para deixar Forte da Fenda, não vou me incomodar em fingir sua morte. Vou matá-lo antes que saiba que estou no quarto.

Chaol mantinha o rosto impassível e os ombros erguidos ao ser avaliado por seu pai. A pequena sala de café da manhã na suíte do pai estava ensolarada e silenciosa; até mesmo agradável, mas Chaol permaneceu à porta enquanto olhava para o pai pela primeira vez em dez anos.

O Lorde de Anielle parecia igual, o cabelo um pouco mais grisalho, mas o rosto ainda rudimentarmente bonito, parecido demais com o de Chaol para o gosto do capitão.

— O café da manhã está ficando frio — disse o lorde, gesticulando com a mão grande para a mesa e a cadeira vazia diante de si. As primeiras palavras do homem.

Chaol trincou o maxilar com tanta força que doeu conforme caminhou pela sala iluminada e se sentou. O pai se serviu de um copo de suco e disse, sem olhar para o filho:

— Pelo menos você enche o uniforme. Graças ao sangue de sua mãe, seu irmão é todo desengonçado e magricela.

Chaol se irritou com o modo como o pai disse "o sangue de sua mãe", mas se obrigou a servir uma xícara de chá, e em seguida passar manteiga em uma fatia de pão.

— Vai apenas ficar calado ou vai dizer alguma coisa?

— O que eu poderia ter a dizer para você?

O pai deu a Chaol um sorriso fraco.

— Um filho educado perguntaria sobre a família.

— Não sou seu filho há dez anos. Não vejo por que deveria começar a agir como tal agora.

Os olhos do Lorde de Anielle se voltaram para a espada na lateral do corpo de Chaol, examinando, julgando, pesando. O capitão venceu o ímpeto de ir embora. Fora um erro aceitar o convite do pai. Deveria ter queimado o bilhete recebido na noite anterior. Mas depois de ter assegurado que o ministro Mullison estava preso, o sermão do rei sobre Celaena ter feito o capitão e seus guardas de tolos tinha, de alguma forma, exaurido o bom-senso dele.

E Celaena... Ele não fazia ideia de como ela havia saído dos aposentos. Nenhuma. Os guardas estavam em alerta e não relataram qualquer barulho. As janelas não tinham sido abertas, nem a porta da frente. E quando Chaol perguntou a Philippa, a criada apenas disse que a porta do quarto ficara trancada a noite toda.

A assassina guardava segredos de novo. Mentiu para o rei sobre os homens que matara no armazém para resgatá-lo. E havia outros mistérios espreitando-a, mistérios que ele deveria começar a descobrir para ter alguma chance de sobreviver à ira de Celaena. O que seus homens haviam relatado sobre o corpo que fora encontrado no beco...

— Conte o que tem feito.

— O que deseja saber? — questionou Chaol, inexpressivo, sem tocar a comida ou a bebida.

O pai se recostou no assento — um movimento que um dia tinha feito Chaol começar a suar. Costumava significar que estava prestes a concentrar toda a sua atenção no filho, que julgaria e consideraria e distribuiria punições por qualquer fraqueza, qualquer passo em falso. Mas o capitão era um homem crescido agora, e só respondia ao seu rei.

— Está gostando da posição pela qual sacrificou sua linhagem?

— Sim.

— Imagino que é você a quem devo agradecer por ter sido arrastado para Forte da Fenda. E se Eyllwe se revoltar, acho que poderemos agradecer a você também.

Foi preciso cada grama de força de vontade, mas Chaol apenas deu uma mordida no pão e encarou o pai.

Algo como aprovação brilhou nos olhos do homem, e ele deu uma mordida no próprio pão antes de dizer:

— Tem uma mulher, pelo menos?

O esforço necessário para manter o rosto impassível foi considerável.

— Não.

O pai de Chaol deu um sorriso lento.

— Sempre foi um péssimo mentiroso.

O capitão olhou para a janela, na direção do dia sem nuvens que revelava o primeiro indício de primavera.

— Pelo seu bem, espero que ela seja, pelo menos, de sangue nobre.

— Pelo meu bem?

— Pode ter cuspido na própria linhagem, mas ainda é um Westfall, e não nos casamos com criadas.

Chaol riu com escárnio, balançando a cabeça.

— Vou me casar com quem eu quiser, seja ela criada, princesa ou escravizada. E não vai ser da sua conta.

O pai cruzou as mãos à frente do corpo. Depois de um longo silêncio, falou, baixinho:

— Sua mãe sente sua falta. Quer você em casa.

Chaol perdeu o fôlego. Mas manteve o rosto inexpressivo, o tom de voz equilibrado, ao dizer:

— E você quer, pai?

O homem o encarou diretamente — através de Chaol.

— Se Eyllwe se revoltar em retaliação, se nos virmos diante de uma guerra, Anielle precisará de um herdeiro forte.

— Se preparou Terrin para ser seu herdeiro, tenho certeza de que ele vai se sair muito bem.

— Terrin é um estudioso, não um guerreiro. Ele nasceu assim. Se Eyllwe se rebelar, há uma boa chance de os selvagens das montanhas Canino Branco se rebelarem também. Anielle será o primeiro lugar que saquearão. Sonham com vingança há muito tempo.

Chaol imaginou quanto daquilo feria o orgulho do pai, e parte do capitão queria mesmo fazê-lo sofrer.

Mas ele já tinha sofrimento o bastante, e ódio também. E quase não possuía ânimo agora que Celaena havia deixado claro que preferiria comer carvão em brasa a olhar para o capitão com afeição nos olhos. Agora que Celaena tinha... se perdido. Então apenas disse:

— Minha posição está aqui. Minha vida está aqui.

— Seu povo precisa de você. Eles *precisarão* de você. Seria tão egoísta a ponto de dar as costas para eles?

— Do modo como meu pai deu as costas para mim?

O pai de Chaol sorriu de novo, algo cruel e frio.

— Você desgraçou sua família quando desistiu do título. Você me desgraçou. Mas se fez útil nos últimos anos, conquistou a confiança do príncipe herdeiro. E quando Dorian for rei, ele o recompensará por isso, não? Poderia tornar Anielle um ducado e abençoar você com terras grandes o bastante para competirem com o território de Perrington ao redor de Morath.

— O que quer de verdade, pai? Proteger seu povo ou usar minha amizade com Dorian a seu favor?

— Você me atiraria na masmorra se eu respondesse ambos? Soube que gosta de fazer isso com as pessoas que ousam provocá-lo ultimamente. — Então, ali estava aquele brilho nos olhos que dizia a Chaol o quanto seu pai já sabia. — Talvez se o fizer, sua mulher e eu possamos trocar experiências sobre as condições.

— Se me quer de volta em Anielle, não está fazendo um trabalho muito bom para me convencer.

— Eu *preciso* convencê-lo? Você falhou em proteger a princesa e isso criou a possibilidade de guerra. A assassina que aqueceu sua cama agora quer apenas despejar suas vísceras no chão. O que sobrou para você aqui, a não ser mais vergonha?

Chaol bateu com as mãos na mesa, chacoalhando a louça.

— *Basta.*

Não queria que o pai soubesse qualquer coisa sobre Celaena ou sobre os fragmentos restantes de seu coração. Não deixava que os criados trocassem os lençóis da cama porque ainda tinham o cheiro dela, porque ele ia dormir sonhando que Celaena ainda estava ao seu lado.

— Trabalhei por dez anos para ocupar esta posição, e será preciso muito mais do que algumas provocações suas para me levar de volta para Anielle. E se acha que Terrin é fraco, então mande-o para eu treiná-lo. Talvez aqui ele aprenda como homens de verdade agem.

Chaol empurrou a cadeira para longe da mesa, chacoalhando a louça de novo, então disparou para a porta. Cinco minutos. Durara menos de cinco minutos.

O capitão parou à porta e olhou de volta para o pai. O homem dava um leve sorriso para ele, ainda avaliando o filho, ainda verificando o quanto Chaol seria útil.

— Se falar com ela, se sequer olhar na direção dela — avisou o capitão —, pai ou não, vou fazê-lo desejar nunca ter pisado neste castelo.

E embora não tivesse esperado para ouvir o que o pai tinha a dizer, Chaol saiu com a sensação pesarosa de que, de alguma forma, caíra em cheio na armadilha dele.

CAPÍTULO 37

Não havia mais ninguém para executar aquela tarefa, não com os soldados e os embaixadores de Eyllwe ainda a caminho para recuperar o corpo de Nehemia de onde estava enterrado no terreno real. Ao abrir a porta do quarto que cheirava a sangue e dor, Celaena viu que alguém havia limpado todos os traços da carnificina. O colchão tinha sumido, e ela parou à porta ao avaliar o esqueleto do estrado da cama. Talvez fosse melhor deixar os pertences de Nehemia para as pessoas que fossem levá-la de volta para Eyllwe.

Mas seriam amigos dela? A ideia de estranhos tocando os pertences da princesa, empacotando-os como objetos comuns, a encheu de luto e ódio.

Quase como mais cedo naquele dia, quando entrou no próprio aposento de se vestir e rasgou todos os vestidos dos cabides, arrancou todos os pares de sapatos, todas as túnicas, todos os laços e os mantos e os atirou no corredor.

Celaena queimou os vestidos que mais a lembravam de Nehemia, aqueles que usara nas aulas, nas refeições e nas caminhadas pelo castelo. Foi apenas quando Philippa chegou para lhe dar um sermão sobre a fumaça que Celaena se acalmou, permitindo que a criada pegasse as roupas que restaram para doar. Mas fora tarde demais para impedi-la de queimar o vestido que usou na noite do aniversário de Chaol. Aquele vestido havia sido o primeiro.

E quando o quarto estava vazio, a assassina enfiou uma bolsa com ouro nas mãos de Philippa e pediu que comprasse roupas novas. A criada apenas lançou um olhar triste para ela — outra coisa que a deixou enjoada — e foi embora.

Celaena levou uma hora para empacotar com cuidado e carinhosamente as roupas e as joias de Nehemia, e tentou não se perder por muito tempo nas lembranças que acompanhavam cada item. Ou no cheiro de lótus que impregnava tudo.

Depois de trancar os baús, Celaena foi até a mesa de Nehemia, a qual estava cheia de papéis e livros como se a princesa tivesse apenas saído por um segundo. Quando estendeu a mão para o primeiro papel, os olhos de Celaena recaíram sobre o arco de cicatrizes ao redor da mão direita — as marcas dos dentes do ridderak.

Os papéis estavam cobertos com rabiscos em eyllwe e... e marcas de Wyrd.

Incontáveis marcas de Wyrd, algumas em longas linhas, algumas compondo símbolos como aqueles que Nehemia tracejara sob a cama de Celaena tantos meses antes. Como os espiões do rei não os haviam levado? Ou será que ele nem se incomodara em vasculhar os aposentos da princesa? Celaena começou a empilhar os papéis. Talvez ainda conseguisse aprender alguma coisa a respeito das marcas, mesmo que Nehemia estivesse...

Morta, a assassina se obrigou a pensar. *Nehemia está morta.*

Celaena olhou para as cicatrizes na mão de novo e estava prestes a dar as costas para a mesa quando viu um livro familiar enfiado embaixo de alguns papéis.

Era o livro do escritório de Davis.

Aquela cópia era mais velha, mais desgastada, porém era o mesmo livro. E, no verso da capa, havia uma frase escrita com as marcas de Wyrd — marcas tão básicas que até mesmo Celaena conseguia entender.

Não confie...

O símbolo final, no entanto, era um mistério. Parecia uma serpente alada, o selo real. É claro que não deveria confiar no rei de Adarlan.

Celaena folheou o livro, buscando alguma informação. Nada.

Então ela virou para a quarta capa. E ali, Nehemia havia escrito...

É apenas com o olho que se pode ver corretamente.

Estava escrito na língua comum, depois em eyllwe, depois em algumas outras que Celaena não reconheceu. Traduções diferentes, como se Nehemia tivesse refletido a respeito de a charada ter algum significado em outra língua. O mesmo livro, a mesma charada, a mesma frase no verso.

O absurdo de algum lorde desocupado, dissera Nehemia.

Mas Nehemia... Nehemia e Archer lideravam o grupo ao qual Davis pertencia. Nehemia *conhecera* Davis; conhecera e *mentira* sobre isso, mentira sobre a charada e...

A princesa prometera. Prometera que não haveria mais segredos entre as duas.

Prometera e mentira. Prometera e enganara Celaena.

Ela abafou um grito ao rasgar todos os outros papéis na mesa, no quarto. Nada.

Sobre o que mais Nehemia mentira?

É apenas com o olho...

Celaena tocou o colar. Nehemia sabia sobre o mausoléu. Se estava dando informações àquele grupo e tinha encorajado a amiga a olhar pelo olho entalhado na parede... então Nehemia também andava olhando. Mas depois do duelo, ela havia devolvido o Olho de Elena para Celaena; se tivesse precisado dele, a princesa teria ficado com a joia. E Archer não mencionara qualquer coisa sobre aquilo.

A não ser que aquele não fosse o olho ao qual se referia a charada.

Porque...

— Por Wyrd — sussurrou Celaena, e saiu correndo do quarto.

Mort grunhiu quando ela apareceu à porta do mausoléu.

— Planeja macular mais algum objeto sagrado esta noite?

Carregando uma bolsa cheia de papéis e livros que havia levado dos próprios aposentos, Celaena apenas deu tapinhas na cabeça da aldraba ao passar. Os dentes de bronze tilintaram uns contra os outros quando ele tentou mordê-la.

O mausoléu estava iluminado pelo luar, claro o suficiente para se enxergar. E ali, diretamente diante do olho na parede, havia outro olho, dourado e reluzente.

Damaris. Era Damaris, a Espada da Verdade. Gavin só conseguia ver o que era certo...

É apenas com o olho que se pode ver corretamente.

— Sou tão cega assim? — Celaena jogou a sacola de couro no chão, os livros e os papéis se espalharam pelas pedras.

— Parece que sim! — cantarolou Mort. O punho em formato de olho era exatamente do tamanho...

A jovem ergueu a espada do suporte e a desembainhou. As marcas de Wyrd na lâmina pareceram se acender. Ela correu de volta para a parede.

— Caso não tenha percebido — gritou Mort —, deve segurar o olho contra o buraco na parede e olhar através dele.

— Eu sei *disto* — disparou Celaena.

Então, sem ousar respirar durante todo o tempo, ela ergueu o punho da espada ao buraco até que os dois olhos estivessem alinhados. Ficou na ponta dos pés e olhou para dentro — então resmungou.

Era um poema.

Um poema longo.

Celaena catou o pergaminho e o carvão que tinha guardado no bolso e copiou as palavras, disparando para longe e para perto da parede enquanto lia, decorava, verificava duas vezes e então registrava. Somente quando terminou a última estrofe, ela leu em voz alta:

Pelo povo valg, três foram produzidas,
Da Pedra-Portal de Wyrd:
Obsidiana pelos deuses proibida,
Pedra que eles tanto temiam.

Uma, no luto, ele escondeu na coroa
Daquela que tanto amava,
Para que guardasse consigo
Na cela estrelada em que descansava.

A segunda foi escondida
Em uma montanha feita de fogo,
Que aos homens era proibida
Apesar do desejo de todos.

Onde jaz a terceira
Jamais será dito
Por voz ou língua
Ou por ouro infinito.

Celaena balançou a cabeça. Mais absurdos. E nada rimava com "Wyrd". Sem falar da interrupção súbita no esquema de rimas.

— Como você *obviamente* sabia que a espada podia ser usada para ler a charada — disse ela a Mort —, por que não me poupa trabalho e me diz sobre que diabo isto está falando?

Mort fungou.

— Para *mim*, parece uma charada que indica a localização de três itens muito poderosos.

Ela leu o poema de novo.

— Mas três o quê? Parece que a segunda coisa está escondida em... em um vulcão? E a primeira e a terceira... — Celaena trincou os dentes. — "Pedra-Portal de Wyrd"... Qual é o objetivo dessa charada? E por que está aqui?

— Não é *esta* a pergunta do milênio! — berrou Mort quando Celaena voltou para os papéis e os livros que havia espalhado do outro lado do mausoléu. — É melhor limpar a bagunça que trouxe até aqui, ou vou pedir aos deuses que enviem alguma besta maligna atrás de você.

— Já aconteceu. Cain venceu você por meses. — Ela recolocou Damaris na base. — Pena que o ridderak não tenha arrancado *você* da porta quando quebrou tudo. — Uma ideia ocorreu a Celaena, e ela encarou a parede diante de si, na qual um dia caíra para evitar ser dilacerada. — Quem tirou a carcaça do ridderak?

— A princesa Nehemia, é claro.

Celaena se virou, olhando para a porta.

— Nehemia?

Mort emitiu um arquejo e amaldiçoou a língua solta.

— Nehemia esteve... Nehemia esteve *aqui*? Mas eu só a trouxe ao mausoléu... — O rosto de bronze de Mort refletiu a luz da vela que a assassina havia colocado diante da porta. — Está me dizendo que Nehemia veio aqui depois que o ridderak atacou? Que ela sempre soube deste lugar e você só está me contando isto *agora*?

Mort fechou os olhos.

— Não é da minha conta.

Mais um ardil. Outro mistério.

— Imagino que se Cain conseguiu chegar até aqui, então há outras entradas — disse ela.

— Não me pergunte onde estão — falou Mort, lendo a mente de Celaena. — Jamais deixei esta porta. — A jovem teve a sensação de que era outra mentira; Mort sempre pareceu saber qual era a disposição do mausoléu e quando ela tocava coisas que não deveria.

— Então qual é sua utilidade? Brannon apenas o criou para irritar todo mundo?

— Ele *tinha* um senso de humor assim.

A ideia de que Mort conhecera, de verdade, o antigo rei do povo feérico a fez estremecer por dentro.

— Achei que você tivesse *poderes*. Não pode simplesmente falar algumas palavras absurdas e revelar o significado da charada para mim?

— É claro que não. E a jornada não é mais importante do que o destino?

— Não — disparou Celaena. Cuspindo uma mistura de xingamentos que poderiam ter azedado leite, enfiou o papel no bolso. Ela precisaria estudar aquela charada profundamente.

Se aqueles itens eram coisas que Nehemia procurava, coisas sobre as quais ela mentira para manter em segredo... Celaena poderia ser capaz de

• 283 •

aceitar que Archer e os amigos eram capazes de fazer o bem, mas certamente não confiava neles para que guardassem um objeto com o poder que a charada mencionava. Se já estavam procurando, então talvez fosse do interesse dela encontrar os itens antes de qualquer um. Nehemia não descobrira que a charada se referia a Damaris, mas será que sabia o que eram os três objetos? Talvez tivesse pesquisado a charada porque estava tentando encontrá-los antes do rei.

Os planos do rei — será que eram encontrar essas coisas?

Celaena pegou a vela e saiu da sala.

— O espírito de aventura finalmente tomou conta de você?

— Ainda não — disse a jovem ao passar.

Quando descobrisse quais eram os itens, talvez considerasse encontrar um modo de ir atrás deles. Mesmo que os únicos vulcões que conhecesse estivessem na península Deserta, e não havia forma alguma de o rei permitir que Celaena partisse sozinha em uma viagem tão longa.

— É uma pena que eu esteja preso a esta porta — suspirou Mort. — Imagine todos os problemas em que vai se meter ao tentar resolver a charada!

Ele estava certo; e conforme subiu a escadaria espiralada, Celaena se viu desejando que a aldraba pudesse mesmo se mover. Assim pelo menos teria uma pessoa com quem discutir aquilo. Se precisasse sair em busca dessas coisas, o que quer que fossem, não teria ninguém para acompanhá-la. Não havia ninguém que soubesse a verdade.

A verdade.

Celaena riu com desdém. Que verdade havia agora? Que não tinha mais com quem conversar? Que Nehemia mentira descaradamente sobre tantas coisas? Que o rei poderia estar em busca de uma fonte de poder capaz de destruir o mundo? Que ele talvez já *tivesse* algo assim? Archer mencionara uma fonte de poder *além* da magia; seriam isso as tais coisas? Nehemia tinha que saber...

A assassina reduziu o passo, a vela oscilando sob uma brisa úmida na escadaria, e se jogou em um degrau, abraçando os joelhos.

— O que mais estava escondendo, Nehemia? — sussurrou ela para a escuridão.

Celaena não precisou se virar para saber quem estava sentada atrás dela quando algo prateado e reluzente brilhou no canto do olho.

— Achei que você estivesse exaurida demais para vir até aqui — disse ela para a primeira rainha de Adarlan.

— Só posso ficar por alguns instantes — falou Elena, o vestido farfalhando quando a rainha ocupou alguns degraus acima da jovem. Parecia algo distintamente não majestoso de se fazer.

Juntas, as duas fitaram a luz fraca das escadas, a respiração de Celaena era o único ruído. Ela imaginou que Elena não precisava respirar — não fazia qualquer som, a não ser que quisesse.

Celaena agarrou os joelhos.

— Como foi? — perguntou ela, baixinho.

— Indolor — falou Elena, com igual quietude. — Indolor e fácil.

— Você teve medo?

— Eu era uma mulher muito velha, cercada por meus filhos e os filhos deles e os filhos dos filhos deles. Não tinha nada a temer quando chegou a hora.

— Para onde você foi?

Uma risada suave.

— Sabe que não posso contar isso.

Os lábios de Celaena estremeceram.

— Ela não morreu como uma velha na cama.

— Não, ela não morreu. Mas quando seu espírito deixou o corpo, não houve mais dor nem medo. Ela está em segurança agora.

Celaena assentiu. O vestido de Elena farfalhou de novo, e então a rainha estava no degrau ao lado da assassina, um braço ao redor dos seus ombros. A jovem não tinha percebido o quanto sentia frio até que se viu recostada no calor de Elena.

A rainha não falou nada quando Celaena enterrou o rosto nas mãos dela e, por fim, chorou.

Havia uma última coisa que precisava fazer. Talvez a mais difícil e pior de todas que tinha feito desde que Nehemia morrera.

A lua estava alta, cobrindo o mundo de prata. Embora não a reconhecesse na roupa que vestia, a guarda da noite no mausoléu real não a impediu quando Celaena passou pelos portões de ferro nos fundos de um dos jardins do castelo. Contudo, Nehemia não fora colocada dentro do prédio de mármore branco; a parte de dentro era para a família real.

Celaena deu a volta pelo prédio abaulado, sentindo como se as serpentes aladas entalhadas na lateral a encarassem.

As poucas pessoas ainda ativas àquela hora tinham virado o rosto rapidamente quando a assassina chegou ali. Ela não as culpou. Um vestido preto e um véu preto translúcido e esvoaçante diziam bastante sobre seu luto, assim como mantinham todos muito, muito distantes. Como se a tristeza de Celaena fosse uma praga.

Mas ela não dava a mínima para o que os outros pensavam; as roupas de luto não eram para eles. Celaena deu a volta nos fundos do mausoléu e olhou para as fileiras de túmulos no jardim de cascalho que havia atrás, as pedras pálidas e gastas iluminadas pela lua. Estátuas retratando tudo, desde deuses de luto até donzelas dançando, marcavam os locais de descanso da alta nobreza, alguns tão vívidos que pareciam ser pessoas congeladas em pedra.

Não nevava desde antes do assassinato de Nehemia, então foi bem fácil encontrar o túmulo pela terra remexida diante dele.

Não havia flores nem mesmo uma lápide. Apenas solo fresco e uma espada enfiada na terra — uma das espadas curvas dos guardas assassinados de Nehemia. Aparentemente, ninguém se incomodara em dar a ela qualquer outra coisa, não quando seria levada de volta para Eyllwe.

Celaena encarou a terra escura e cultivada, um vento frio farfalhava seu véu.

O peito doía, mas aquela era a última coisa que precisava fazer. A última honra que poderia dar à amiga.

Ela inclinou a cabeça para o céu, fechou os olhos e começou a cantar.

Chaol dissera a si mesmo que só estava seguindo Celaena para se certificar de que ela não machucaria a si nem aos outros, mas conforme ela se aproximou do mausoléu real, o capitão a seguiu por outros motivos.

A noite fornecia um bom disfarce, mas a lua brilhava o suficiente para mantê-lo afastado, longe o bastante para que Celaena não visse ou ouvisse ele se aproximando. Mas então o capitão viu onde a assassina parou e percebeu que não tinha direito de estar ali para aquilo. Chaol estava prestes a ir embora quando ela ergueu o rosto para a lua e cantou.

Não foi em alguma língua que ele conhecia. Não foi na língua comum nem em eyllwe, ou nas línguas de Charco Lavrado ou de Melisande ou qualquer outro lugar no continente.

Aquela língua era antiga, cada palavra cheia de poder e ódio e agonia.

Celaena não tinha uma voz bela. E muitas das palavras pareciam soluços, as vogais estendidas pelas pontadas de tristeza, as consoantes endurecidas pelo ódio. Ela batia no peito ao ritmo, tão cheia de uma graciosidade selvagem, tão incongruente com o vestido preto e o véu que usava. Os cabelos da nuca de Chaol se eriçaram conforme o lamento saía dos lábios da assassina, sobrenaturais e estranhos, uma canção de luto tão antiga que precedia o próprio castelo de pedra.

Então a música terminou, o fim tão brutal e repentino quanto a morte de Nehemia tinha sido.

Ela ficou parada ali por alguns instantes, silenciosa e imóvel.

Ele estava prestes a ir embora quando Celaena se voltou parcialmente para Chaol.

O diadema prateado dela brilhava ao luar, pesando sobre um véu que a ocultava tanto que apenas o capitão a havia reconhecido.

Uma brisa soprou pelos dois, fazendo com que os galhos das árvores rangessem e estalassem, e o véu e as saias da jovem oscilassem para o lado.

— Celaena — implorou Chaol.

Ela não se moveu, a quietude era o único sinal de que tinha ouvido. E de que não tinha interesse em conversar.

O que o capitão poderia dizer para consertar o abismo entre os dois? Ele escondera informações dela. Mesmo que não tivesse sido diretamente responsável pela morte de Nehemia, se cada uma das jovens estivesse mais alerta, poderiam ter preparado as próprias defesas. A perda que Celaena sentia, a impassibilidade com a qual o observava — era tudo culpa dele.

Se a punição para aquilo fosse perdê-la, Chaol suportaria.

Com isso, ele foi embora, os lamentos de Celaena ainda ecoando na noite ao redor do capitão, carregados pelo vento como o badalar de sinos distantes.

CAPÍTULO 38

O amanhecer estava frio e cinzento enquanto Celaena estava de pé no familiar campo do parque de caça, um enorme graveto pendendo dos dedos enluvados. Ligeirinha estava sentada diante da dona, a cauda agitando-se pela grama longa e seca que despontava pela camada restante de neve. Mas a cadela não choramingou ou latiu para que o graveto fosse jogado.

Não, Ligeirinha apenas ficou sentada ali, observando o palácio atrás das duas. Esperando por alguém que jamais chegaria.

Celaena encarava o campo estéril, ouvia o gramado suspirar. Ninguém tentara impedi-la de sair dos aposentos na noite anterior — ou naquela manhã. No entanto, embora os guardas tivessem sumido, sempre que a jovem deixava os aposentos, Ress tinha o hábito estranho de *acidentalmente* esbarrar nela.

Não se importava que ele relatasse seus movimentos para Chaol. Nem mesmo ligava que o capitão a estivesse espionando no túmulo de Nehemia na noite anterior. Que pensasse o que quisesse sobre a canção.

Com uma inspiração longa, Celaena atirou o graveto o mais forte que conseguiu, tão longe que ele se misturou ao céu nublado da manhã. Ela não ouviu o objeto pousar.

Ligeirinha se virou para erguer o rosto para a dona, os olhos dourados da cadela cheios de perguntas. Celaena abaixou a mão para acariciar a cabeça quente, as longas orelhas, o focinho fino. Mas a pergunta permanecia.

Celaena falou:

— Ela nunca mais vai voltar.

A cadela continuou esperando.

Dorian passara metade da noite na biblioteca, procurando em frestas esquecidas, vasculhando cada canto escuro, cada nicho oculto por qualquer livro sobre magia. Não havia nenhum. Não era surpreendente, mas considerando quantos livros existiam na biblioteca, e quantas passagens sinuosas, ficou um pouco desapontado por não encontrar *nada* de valor.

Ele nem mesmo sabia o que *faria* com um livro como esse quando o encontrasse. Não poderia levar para seus aposentos, pois os criados o encontrariam ali. Provavelmente precisaria colocar de volta no esconderijo e voltar ao local sempre que pudesse.

O príncipe verificava uma estante dentro de um reservado de pedra quando ouviu passos. Imediatamente, como havia praticado, pegou o livro que enfiara no casaco e se inclinou contra a parede, abrindo em uma página aleatória.

— Está um pouco escuro para ler — disse uma voz feminina. Ela parecia tão normal, tão como si mesma, que Dorian quase deixou o livro cair.

Celaena estava parada a alguns metros de distância com os braços cruzados. Patinhas apressadas ecoavam contra o piso e, um instante depois, Dorian se apoiou na parede quando Ligeirinha se atirou nele, com a cauda agitada e um monte de beijos.

— Pelos deuses, você está enorme — disse o príncipe para a cadela. Ela lambeu a bochecha dele uma última vez e saiu correndo. O príncipe observou Ligeirinha partir, as sobrancelhas erguidas. — Tenho quase certeza de que o que ela está prestes a fazer não vai deixar os bibliotecários felizes.

— Ela sabe que deve se ater aos livros de poesia e de matemática.

O rosto de Celaena estava solene e pálido, mas os olhos brilhavam com leve divertimento. A jovem usava uma túnica azul-escura que Dorian jamais vira, com bordados dourados que reluziam à meia-luz. Na verdade, a roupa inteira parecia nova.

O silêncio que se instaurou entre os dois fez com que Dorian alternasse o peso do corpo entre uma perna e outra. O que poderia possivelmente dizer a Celaena? A última vez em que estiveram tão próximos, ela roçou as unhas no pescoço dele. Dorian tivera pesadelos com aquele momento.

— Posso ajudá-la a encontrar alguma coisa? — perguntou ele. Permaneça normal, atenha-se ao simples.

— Príncipe herdeiro *e* bibliotecário real?

— Bibliotecário real *não oficial* — respondeu Dorian. — Um título obtido arduamente depois de muitos anos escondido aqui para evitar reuniões entediantes, minha mãe e... bem, todo o resto.

— E aqui estava eu, pensando que você apenas se escondia em sua torrezinha.

O príncipe gargalhou baixo, mas o som, de alguma forma, acabou com o divertimento nos olhos de Celaena. Como se o ruído de diversão fosse recente demais diante do ferimento da morte de Nehemia. *Atenha-se ao simples*, lembrou-se.

— Então? Tem algum livro que posso ajudá-la a encontrar? Se essa é uma lista de títulos em sua mão, posso procurá-los no catálogo.

— Não — disse Celaena, dobrando os papéis ao meio. — Livro nenhum. Eu só queria caminhar.

E Dorian fora até aquele canto escuro da biblioteca apenas para ler.

Mas o príncipe não insistiu, pois Celaena poderia facilmente começar a fazer perguntas a *ele* também. Caso se lembrasse do que aconteceu quando atacou Chaol, quer dizer. Dorian esperava que a jovem não se lembrasse.

Um gritinho abafado foi ouvido de algum lugar da biblioteca, seguido por uma série de xingamentos aos berros e as familiares passadas de patinhas na pedra. Então Ligeirinha apareceu disparada no fim do corredor, um pergaminho na boca.

— Sua besta travessa! — gritava um homem. — Volte aqui agora!
A cadela passou zunindo, um borrão dourado.

Um instante depois, quando o bibliotecário entrou no campo de visão dos dois e perguntou se tinham visto um cão, Celaena apenas balançou a cabeça e disse que *ouvira* alguma coisa — na direção oposta. E *então*, mandou que mantivesse a voz baixa, pois aquilo era uma *biblioteca*.

Os olhos do bibliotecário a fuzilaram, o homem bufou e saiu marchando, os gritos um pouco mais baixos.

Quando ele se foi, Dorian se virou para Celaena, as sobrancelhas erguidas.

— Aquele pergaminho poderia ter valor inestimável.

Ela deu de ombros.

— O bibliotecário parecia precisar do exercício.

E então sorriu. Hesitante, a princípio, mas depois Celaena balançou a cabeça e o sorriso se alargou o bastante para mostrar os dentes.

Foi apenas quando a assassina olhou de novo para Dorian que ele percebeu que a encarava, tentando entender a diferença entre aquele sorriso e o que ela dera para o rei no dia em que colocou a cabeça de Cova sobre a mesa do conselho.

Como se pudesse ler os pensamentos dele, Celaena falou:

— Peço desculpas por meu comportamento ultimamente. Eu não... tenho sido eu mesma.

Ou apenas tinha sido uma parte de si que costumava segurar com rédeas muito curtas, pensou o príncipe. Mas disse:

— Entendo.

E pelo modo como os olhos de Celaena se suavizaram, Dorian soube que era tudo que precisava dizer.

Chaol não estava se escondendo do pai. Não estava se escondendo de Celaena. E não estava se escondendo de seus homens, que agora sentiam um ímpeto ridículo de cuidar do *capitão*.

Mas a biblioteca oferecia, *de fato*, um bom refúgio e privacidade.

Talvez respostas também.

O bibliotecário-chefe não estava na pequena sala enfiada em uma das paredes da biblioteca. Então Chaol pediu a um aprendiz. O jovem desengonçado apontou, deu umas instruções vagas e desejou boa sorte.

O capitão seguiu as direções do rapaz até um lance curvo de escadas de mármore preto e pelo corrimão do mezanino. Estava prestes a virar em um corredor de livros quando ouviu os dois falando.

Na verdade, ouviu Ligeirinha trotando primeiro, e olhou por cima do corrimão de mármore a tempo de ver Celaena e Dorian caminhando na direção das enormes portas principais. Estavam a uma distância confortável e casual um do outro, mas... mas ela estava conversando; os ombros relaxados, seu caminhar era suave. Tão diferente da mulher de sombra e escuridão que Chaol vira no dia anterior.

O que os dois estavam fazendo ali... juntos?

Não era da conta dele. Na verdade, estava grato por Celaena conversar com *alguém*, e não queimar as roupas ou massacrar assassinos corrompidos. Mesmo assim, algo se contorceu no coração do capitão por Dorian ser aquele ao lado dela.

Mas Celaena estava falando.

Então ele rapidamente se afastou do corrimão na sacada e caminhou mais para dentro da biblioteca, tentando afastar a imagem da cabeça. Encontrou Harlan Sensel, o bibliotecário-chefe, bufando e resmungando em um dos corredores principais da biblioteca, sacudindo um punhado de papéis rasgados no ar ao redor.

Sensel estava tão ocupado xingando que mal reparou quando Chaol apareceu em seu caminho. O bibliotecário precisou inclinar a cabeça para trás para vê-lo, então franziu a testa.

— Que bom, está aqui — falou Sensel, e voltou a andar. — Higgins deve ter mandado chamá-lo.

O capitão não fazia ideia do que Sensel estava falando.

— Precisa de assistência com alguma questão?

— Questão! — Sensel agitou os papéis rasgados. — Há *bestas* selvagens correndo soltas em minha biblioteca! Quem deixou aquela... aquela *criatura* entrar? Exijo que paguem por isto!

Chaol teve a sensação de que Celaena tinha algo a ver com aquilo. Ele apenas esperava que ela e Ligeirinha estivessem fora da biblioteca antes que Sensel chegasse à sala.

— Que tipo de pergaminho foi danificado? Farei com que substituam.

— Substituam! — disparou Sensel. — Substituir *isto*?

— O que é, exatamente?

— Uma carta! Uma carta de um amigo meu *muito* próximo!

Chaol afastou a irritação.

— Se é apenas uma carta, não acho que o dono da criatura possa oferecer pagamento. Embora, talvez, fique feliz em doar alguns livros em...

— Atire-o à masmorra! Minha biblioteca se tornou pouco mais que um circo! Sabia que tem uma pessoa encapuzada rondando as estantes altas horas da noite? Foi *ela* quem provavelmente soltou aquela besta terrível na biblioteca! Então, encontre-a e...

— A masmorra está cheia — mentiu Chaol. — Mas vou investigar.

— Enquanto Sensel terminava o falatório sobre a caçada verdadeiramente exaustiva que precisou fazer para recuperar a carta, Chaol debatia se deveria apenas ir embora.

Mas tinha perguntas, e depois que chegaram ao mezanino e ele teve certeza de que Celaena, Ligeirinha e Dorian tinham partido havia muito tempo, o capitão disse:

— Tenho uma pergunta para você, senhor.

Sensel se envaideceu com o respeito, e Chaol fez o possível para parecer desinteressado.

— Se eu quisesse pesquisar hinos fúnebres, lamentos, de outros reinos, qual seria o melhor lugar para começar?

Sensel deu um olhar confuso para o capitão, em seguida observou:

— Que assunto pesado.

Chaol deu de ombros e fez uma tentativa:

— Um de meus homens é de Terrasen, e a mãe dele morreu recentemente, então gostaria de honrá-lo ao aprender uma das canções de lá.

— É para isso que o rei lhe paga: aprender canções tristes com as quais fazer serenata para seus homens?

Chaol quase riu diante da ideia de fazer serenata para seus homens, mas deu de ombros de novo.

— Existe algum livro que contenha essas canções?

Mesmo um dia depois, ele não conseguia tirar a música da cabeça, não conseguia impedir o calafrio que subia pelo pescoço quando a letra ecoava em sua mente. E havia aquelas outras palavras, as palavras que tinham mudado tudo: *Você sempre será meu* inimigo.

Celaena estava escondendo alguma coisa — um segredo que mantinha tão guardado que apenas o horror e a perda destrutiva daquela noite poderiam ter feito com que cometesse um deslize daqueles. Então, quanto mais Chaol descobrisse sobre ela, maiores as chances de estar preparado quando o segredo fosse revelado.

— Hum — respondeu o pequeno bibliotecário, descendo os degraus principais. — Bem, a maioria das canções jamais foi escrita. E por que seria?

— Certamente os eruditos de Terrasen registraram algumas delas. Orynth teve a melhor biblioteca de Erilea certa vez — replicou Chaol.

— Isso é verdade — falou Sensel com uma pontada de tristeza nas palavras. — Mas acho que ninguém jamais se incomodou em escrever os hinos. Pelo menos, não de um modo que fosse possível chegarem até aqui.

— E quanto a outras línguas? Meu guarda de Terrasen mencionou algo sobre um hino que ouviu certa vez cantado em outra língua, embora jamais tenha aprendido qual era.

O bibliotecário acariciou a barba prateada.

— Outra língua? Todos em Terrasen falam a língua comum. Ninguém fala uma língua diferente lá há milhares de anos.

Estavam perto do escritório, e Chaol sabia que, assim que chegassem, aquele pequeno infeliz provavelmente o evitaria até que o capitão fizesse justiça contra Ligeirinha. Chaol insistiu um pouco mais.

— Então não há hinos em Terrasen cantados em uma língua diferente?

— Não — respondeu o bibliotecário, enfatizando a palavra ao pensar. — Mas uma vez ouvi falar que na alta corte de Terrasen, quando a nobreza morreu, cantaram os lamentos na língua do povo feérico.

O sangue de Chaol congelou, e ele quase tropeçou, mas conseguiu continuar andando e disse:

• 295 •

— E essas músicas seriam conhecidas por todos, não apenas pela nobreza?

— Ah, não — falou Sensel, sem ouvir direito enquanto recitava a história em sua cabeça. — Essas canções eram sagradas para a corte. Apenas aqueles de sangue nobre a aprendiam ou cantavam. Eram ensinados e cantavam em segredo, seus mortos eram enterrados à luz da lua, quando ouvido nenhum poderia escutá-las. Pelo menos era o que os boatos diziam. Admito que, em minha própria curiosidade mórbida, esperava ouvi-los há dez anos, mas quando a matança terminou, não restava ninguém daquelas casas nobres para cantá-las.

Ninguém, exceto...

Você sempre será meu inimigo.

— Obrigado. — Chaol saiu, então virou-se de costas rapidamente, caminhando para a saída. Sensel chamou o capitão, exigindo que jurasse que encontraria o cão e o puniria, mas Chaol não se incomodou em responder.

A que casa ela pertencia? Os pais de Celaena não tinham apenas sido assassinados — eram parte da nobreza que fora executada pelo rei.

Massacrada.

Ela fora encontrada na cama deles — depois de terem sido mortos. Então, deve ter fugido até encontrar o lugar em que a filha de um nobre de Terrasen poderia se esconder: o Forte dos Assassinos. Celaena aprendera as únicas habilidades que poderiam mantê-la a salvo. Para escapar da morte, se tornara a morte.

Independentemente de qual território os pais dela governassem, se Celaena algum dia assumisse o título que perdera, e se Terrasen se erguesse...

A assassina poderia se tornar uma fonte de poder potencialmente capaz de enfrentar Adarlan. E isso a tornava mais que apenas sua inimiga.

Isso a tornava a maior ameaça que Chaol já encontrara.

CAPÍTULO 39

Agachada à sombra de uma chaminé no alto de uma linda e pequena mansão na cidade, Celaena observava a casa ao lado. Durante os últimos trinta minutos, as pessoas entravam cobertas com mantos e encapuzadas — parecendo nada além de clientes com frio, ansiosos para sair da noite congelante.

Ela estava falando sério quando dissera a Archer que não queria ter nada a ver com ele ou com o movimento. E, sinceramente, havia uma parte de Celaena que ponderava se não deveria apenas matar todos e atirar as cabeças aos pés do rei. Mas Nehemia fizera parte daquele grupo. E mesmo que a princesa tivesse fingido não saber nada sobre aquelas pessoas... ainda eram o povo dela. Celaena não mentira para Archer quando dissera que conseguira alguns dias a mais para o cortesão; depois que entregou o conselheiro Mullison, o rei não hesitou em garantir a Celaena um pouco mais de tempo para matar seu alvo.

Um monte de neve foi soprado para cima, cobrindo a vista da frente da casa de Archer. Para qualquer outra pessoa, a reunião pareceria um jantar para os clientes dele. Celaena conhecia apenas alguns dos rostos — e dos corpos — que passavam apressados pelos degraus, pessoas que não haviam fugido do reino ou sido mortas por ela na noite em que tudo deu errado.

Havia muitas outras cujos nomes, no entanto, a assassina não conhecia. Reconheceu o guarda que ficara entre ela e Chaol no armazém — o homem que estivera tão ansioso por uma briga. Não pelo rosto dele, o qual estava mascarado naquela noite, mas pelo modo como se moveu, e pelas espadas gêmeas presas às costas. Ele ainda usava um capuz, mas Celaena conseguia ver os cabelos pretos na altura dos ombros brilhando embaixo da roupa, e o que parecia ser a pele de um homem jovem.

Ele parou no degrau inferior, virando-se para proferir comandos em voz baixa aos dois homens encapuzados que o flanqueavam. Com um aceno de cabeça, os dois sumiram na noite.

Celaena pensou em seguir um deles. Mas tinha ido até lá apenas para ficar de olho em Archer, para ver o que ele estava tramando. Ela planejava continuar observando o cortesão até o momento em que ele pegasse aquele barco e navegasse para longe. E depois que fosse embora, depois que a jovem desse ao rei o cadáver falso de Archer... Ela não sabia o que faria então.

Então se escondeu mais atrás da chaminé de tijolos quando um dos guardas verificou os telhados em busca de sinais de problema antes de seguir seu caminho — para vigiar uma ponta da rua, se seu palpite estivesse certo.

A assassina permaneceu nas sombras por algumas horas, movendo-se para o telhado do outro lado da rua para observar melhor a frente da casa, até que os convidados começaram a ir embora, um a um, parecendo festejadores bêbados para o resto do mundo. Ela os contou e marcou em que direções seguiram e quem caminhava com eles, mas o jovem com as espadas gêmeas não apareceu.

Celaena poderia ter se convencido de que ele era mais um cliente de Archer, até mesmo amante dele, caso os dois guardas do estranho não tivessem voltado e entrado de fininho.

Quando a porta da frente se abriu, ela teve o lampejo de um jovem alto, de ombros largos, discutindo com Archer no saguão. As costas dele estavam voltadas para a porta, mas o capuz estava abaixado — confirmando que o homem tinha, de fato, cabelos pretos, como a noite, na altura dos ombros e estava armado até os dentes. Celaena não conseguia ver mais nada. Os guardas do homem imediatamente o flanquearam, evitando que ela pudesse ver melhor antes que a porta se fechasse de novo.

Não muito cuidadosos — não muito discretos.

Um instante depois, o jovem saiu irritado, encapuzado novamente, com os dois homens ao lado. O cortesão ficou parado sob o portal aberto, o rosto visivelmente pálido, os braços cruzados. O jovem parou na base das escadas, voltando-se para exibir um gesto particularmente vulgar para Archer.

Mesmo daquela distância, Celaena conseguiu ver o sorriso que Archer deu em resposta ao homem. Não havia nada gentil ali.

Ela desejava estar perto o suficiente para ouvir o que diziam, para entender de que se tratava tudo aquilo.

Antes, teria perseguido o jovem estranho em busca de respostas.

Mas isso foi antes. Naquele momento... Naquele momento Celaena não se importava de verdade.

Era difícil se importar, percebeu ela, ao começar a caminhada de volta para o castelo. Incrivelmente difícil se importar quando não havia mais ninguém com quem se importar.

Celaena não sabia o que estava fazendo àquela porta. Embora os guardas ao pé da torre a tivessem deixado passar depois de revistá-la minuciosamente por armas, não duvidava por um momento que a notícia chegaria diretamente a Chaol.

A jovem questionava se ele ousaria impedi-la. Se algum dia ousaria proferir mais uma palavra para ela. Na noite anterior, mesmo distante no cemitério iluminado pelo luar, ela vira os cortes ainda cicatrizando na bochecha do capitão. Não sabia se a enchiam de satisfação ou de culpa.

Cada gota de interação, no entanto, era exaustiva. Quanto ficaria cansada depois daquela noite?

Ela suspirou e bateu à porta de madeira. Estava cinco minutos atrasada — minutos passados debatendo se queria mesmo aceitar o convite de Dorian para jantar nos aposentos dele. A assassina quase jantara em Forte da Fenda.

Não houve resposta à batida a princípio, então se virou, tentando evitar olhar para os guardas posicionados no alto da escada. Fora idiota ir até ali mesmo.

Celaena acabara de dar um passo para baixo na escada em espiral quando a porta se abriu.

— Sabe, acho que é a primeira vez que você vem à minha torrezinha — falou Dorian.

Com o pé ainda no ar, Celaena se recompôs antes de olhar por cima do ombro para o príncipe herdeiro.

— Eu estava esperando mais fatalidade e escuridão — disse ela, voltando para a porta. — É bem aconchegante.

Dorian segurou a porta aberta e assentiu para os guardas.

— Não precisam se preocupar — afirmou ele quando a jovem entrou nos aposentos.

Ela esperava grandiosidade e elegância, mas a torre do príncipe era... Bem, "aconchegante" era uma boa palavra para descrevê-la. Um pouco caída também. Havia uma tapeçaria desbotada, uma lareira manchada de fuligem, uma cama com dossel de tamanho moderado, uma escrivaninha empilhada com papéis perto da janela e livros. Pilhas e montanhas e torres e colunas de livros. Cobriam cada superfície, cada pedaço de espaço ao longo das paredes.

— Acho que precisa de um bibliotecário pessoal — murmurou Celaena, e Dorian gargalhou.

Ela não tinha percebido quanto sentira falta daquele som. Não apenas da risada dele, mas da sua própria; *qualquer* risada, na verdade. Mesmo que parecesse errado rir ultimamente, Celaena sentia falta disso.

— Se meus criados conseguissem o que querem, todos os livros iriam para a biblioteca. Eles atrapalham muito a tirar o pó do quarto. — Dorian se abaixou para pegar algumas roupas que tinha deixado no chão.

— Pela bagunça, fico surpresa ao ouvir que você *tem* criados.

Mais uma risada ao carregar a pilha de roupas na direção de uma porta. Abriu-se apenas o suficiente para revelar um quarto de vestir quase tão grande quanto o de Celaena, mas a jovem não viu mais do que isso antes que Dorian atirasse as roupas para dentro e fechasse a porta. Do outro lado do quarto, outra porta só podia dar na sala de banho.

— Tenho o hábito de mandá-los embora — respondeu Dorian.

— Por quê? — Celaena caminhou até o sofá vermelho e surrado diante da lareira e empurrou os livros que estavam empilhados ali.

— Porque *eu* sei onde está tudo neste quarto. Todos os livros, papéis, e assim que começam a limpar, essas coisas são fatalmente organizadas e guardadas, e jamais as encontro novamente. — Ele alisava o tecido vermelho da colcha, o qual parecia enrugado o bastante para sugerir que estivera jogado na cama até Celaena bater à porta.

— Não tem pessoas para vesti-lo? Achei que Roland seria seu servo devoto, ao menos.

Dorian riu com deboche, afofando os travesseiros.

— Roland tentou. Ainda bem que ele tem sofrido dores de cabeça horríveis ultimamente e anda afastado. — De certo modo, era bom ouvir aquilo. Da última vez que Celaena se incomodou em verificar, o senhor de Meah tinha mesmo se tornado próximo do príncipe; um amigo, até. — E — continuou Dorian —, além de minha recusa em encontrar uma noiva, a maior irritação de minha mãe é a recusa em ser vestido por lordes ansiosos por caírem em minhas graças.

Aquilo foi inesperado. Dorian sempre estava tão bem-vestido que Celaena presumira que alguém o fazia por ele.

O príncipe foi até a porta para dizer aos guardas que subissem com o jantar.

— Vinho? — perguntou Dorian da janela, na qual havia uma garrafa e algumas taças.

Celaena fez que não com a cabeça, imaginando onde comeriam o jantar. A escrivaninha não era uma opção, e a mesa diante da lareira era uma biblioteca em miniatura. Como se respondesse, Dorian começou a abrir espaço na mesa.

— Desculpe — disse ele, envergonhado. — Eu quis abrir espaço para comer antes que você chegasse, mas me deixei levar pela leitura.

Ela assentiu, e o silêncio recaiu entre os dois, interrompido somente pelos estampidos e os chiados de Dorian movendo os livros.

— Então — falou o príncipe, baixinho —, posso perguntar por que decidiu se juntar a mim no jantar? Deixou bem claro que não queria passar nenhum tempo comigo, e achei que tivesse trabalho para fazer esta noite.

Na verdade, Celaena tinha sido horrível com ele. Mas Dorian ficara de costas para ela, como se a pergunta não importasse.

E a jovem não soube muito bem por que aquelas palavras saíram, mas ela disse a verdade mesmo assim.

— Porque não tenho para onde ir.

Ficar sentada nos próprios aposentos em silêncio só tornava a dor pior, ir ao túmulo a frustrava e pensar em Chaol ainda doía tanto que Celaena não conseguia respirar. Toda manhã ela andava sozinha com Ligeirinha, então corria sozinha no parque de caça. Até as moças que certa vez fizeram fila nos caminhos do jardim, esperando por Chaol, tinham parado de aparecer.

Dorian assentiu, olhando para Celaena com um carinho que ela não suportava.

— Então você sempre terá um lugar aqui.

Embora o jantar tenha sido quieto, não foi lacrimoso. Mas Dorian ainda conseguia ver a mudança em Celaena — a hesitação e a consideração por trás das palavras dela, os momentos em que achava que ele não estava olhando e uma tristeza infinita enchia seus olhos. Contudo, ela continuou falando com o príncipe e respondeu a todas as perguntas dele.

Porque não tenho para onde ir.

Não foi um insulto, não do modo como Celaena falou. E agora que ela cochilava no sofá de Dorian e o relógio acabava de soar as 2 horas da manhã, ele imaginava o que a impedia de voltar para os próprios aposentos. Obviamente, ela não queria ficar sozinha — e talvez precisasse estar em um lugar que não a lembrasse de Nehemia.

O corpo da jovem era uma colcha de retalhos de cicatrizes; o príncipe o vira com os próprios olhos. Mas aquelas novas cicatrizes talvez fossem mais profundas: a dor de perder Nehemia, e a perda diferente, mas talvez igualmente dolorosa, de Chaol.

Uma parte terrível de Dorian estava feliz por Celaena ter se fechado para o capitão. E ele se odiava por isso.

— Deve haver algo mais aqui — disse Celaena para Mort conforme ela verificava o mausoléu na tarde seguinte.

No dia anterior, a jovem lera a charada até que seus olhos doessem. Mesmo assim, não oferecia qualquer pista sobre o que poderiam ser os objetos, onde precisamente estavam escondidos ou por que a charada tinha sido tão complexamente escondida no mausoléu.

— Algum tipo de pista. Alguma coisa que conecte a charada com o movimento rebelde e Nehemia e Elena e todo o resto. — Ela parou entre os dois sarcófagos. A luz do sol entrava, fazendo com que as partículas de poeira brilhassem. — Está bem na minha cara, sei que está.

— Creio que eu não possa ajudar — choramingou Mort. — Se quiser uma resposta imediata, deveria encontrar um vidente ou um oráculo.

Celaena reduziu os passos.

— Acha que se eu ler isto para alguém com o dom da clarividência, essa pessoa pode conseguir... ver algum significado diferente que eu não consigo?

— Talvez. Embora, até onde eu saiba, quando a magia sumiu, aqueles com o dom da Visão o perderam também.

— Sim, mas *você* ainda está aqui.

— E daí?

Celaena olhou para o teto de pedra como se pudesse ver através dele, até o chão acima.

— Então, talvez outros seres antigos possam reter alguns de seus dons também.

— O que quer que esteja pensando, garanto que é uma má ideia.

Celaena deu um sorriso sombrio para a aldraba.

— Tenho quase certeza de que tem razão.

CAPÍTULO 40

Celaena ficou parada diante das caravanas, observando as tendas serem desmontadas. Momento oportuno.
Ela passou a mão pelos cabelos soltos e alisou a túnica marrom. Requinte teria atraído atenção demais. E mesmo que fosse apenas por uma hora, ela não podia deixar de aproveitar a sensação de anonimato, de se misturar com os trabalhadores do parque, aquelas pessoas que tinham a poeira de cem reinos nas roupas. Ter aquele tipo de liberdade, ver o mundo pedaço por pedaço, viajar cada uma e todas as estradas... O peito dela se apertou.

As pessoas passavam em uma corrente, mal olhavam para Celaena, que seguia para o vagão preto. Aquilo poderia facilmente dar em nada, mas que mal havia em perguntar? Se Pernas Amarelas fosse realmente uma bruxa, então talvez tivesse o dom da Visão. Talvez pudesse entender a charada no mausoléu.

Quando Celaena chegou ao vagão, estava misericordiosamente vazio. Baba Pernas Amarelas estava sentada no degrau mais alto, fumando um longo cachimbo de osso cujo fornilho tinha o formato de uma boca gritando. Agradável.

— Veio olhar nos espelhos? — indagou a bruxa, a fumaça se acumulando nos lábios enrugados. — Cansou de fugir do destino afinal?

— Tenho algumas perguntas para você.

A bruxa cheirou Celaena, e a jovem lutou contra a vontade de recuar.

— Você realmente fede a perguntas, e às montanhas Galhadas do Cervo. De Terrasen, não é? Qual é seu nome?

Celaena enfiou as mãos bem fundo nos bolsos.

— Lillian Gordaina.

A bruxa cuspiu no chão.

— Qual é seu nome *verdadeiro*, Lillian?

O corpo da assassina se enrijeceu. Pernas Amarelas grasniu uma risada.

— Venha — sussurrou a bruxa —, quer que eu leia sua sorte? Posso lhe dizer com quem se casará, quantos filhos terá, quando morrerá...

— Se é mesmo tão boa quanto diz, sabe que não estou interessada nessas coisas. Gostaria de conversar com você — falou Celaena, exibindo as três moedas de ouro na palma da mão.

— Cabrita sovina — disse Pernas Amarelas, e deu mais uma longa tragada no cachimbo. — É tudo que meus dons valem para você?

Talvez aquilo *fosse* um desperdício de tempo. E de dinheiro. De orgulho.

Celaena se virou com uma expressão irritada, enfiando as mãos nos bolsos do manto escuro.

— Espere — falou Pernas Amarelas.

Celaena continuou andando.

— O príncipe me deu quatro moedas.

Ela parou e olhou por cima do ombro para a velha. Dedos frios e cheios de garras apertaram seu coração.

Pernas Amarelas sorriu para Celaena.

— Ele também tinha perguntas muito interessantes. Achou que eu não o tivesse reconhecido, mas consigo cheirar o sangue Havilliard a 1 quilômetro de distância. Sete moedas de ouro e responderei suas perguntas, e contarei as dele.

A bruxa venderia as perguntas de Dorian para ela — para qualquer um? Aquela calma familiar percorreu o corpo de Celaena.

— Como sei que não está mentindo?

Os dentes de ferro de Pernas Amarelas reluziram à luz das tochas.

— Seria ruim para os negócios se eu fosse tachada como mentirosa. Você se sentiria mais confortável se eu jurasse por um dos seus deuses de coração mole? Ou talvez por um dos meus?

Celaena avaliou o vagão preto, trançando agilmente os cabelos. Uma porta, nenhuma saída nos fundos, nenhum sinal de painéis ocultos. Nenhuma saída, e muitos avisos caso alguém entrasse. Ela verificou as armas — duas adagas longas, uma faca na bota e três dos grampos de cabelo mortais de Philippa. Era mais que o suficiente.

— Seis moedas — falou Celaena, em voz baixa —, e não vou denunciá-la à Guarda por tentar vender os segredos do príncipe.

— Quem disse que a Guarda não se interessará por eles também? Você ficaria surpresa com quantas pessoas querem saber o que realmente interessa o príncipe do reino.

Celaena atirou seis moedas de ouro no degrau ao lado da velha minúscula.

— Três moedas por minhas perguntas — disse ela, aproximando o máximo que ousava o rosto do de Pernas Amarelas. O fedor da boca da mulher era como carcaça e fumaça pútrida. — E três por seu silêncio sobre o príncipe.

Pernas Amarelas sorriu, as unhas de ferro tilintando quando ela estendeu a mão para pegar as moedas.

— Entre no vagão. — A porta atrás da bruxa se abriu silenciosamente. Um interior escuro se estendia à frente, pontuado por borrões de luz fraca. Pernas Amarelas apagou o cachimbo de osso.

Celaena esperava que aquilo acontecesse, que entrasse no vagão e evitasse que alguém a visse com Pernas Amarelas.

A velha mulher resmungou ao ficar de pé, a mão apoiada no joelho.

— Gostaria de me dizer seu nome *agora*?

Um vento gélido soprou de dentro do vagão, percorrendo a nuca de Celaena. Truque de parque.

— Eu farei as perguntas — falou a assassina, e subiu os degraus para dentro do vagão.

Do lado de dentro, havia algumas velas derretidas, cuja iluminação bruxuleava, ladeando fileira após fileira, pilha após pilha de espelhos.

Eram de todos os formatos, todos os tamanhos, alguns apoiados nas paredes, alguns apoiados uns contra os outros como velhos amigos, alguns pouco mais do que cacos agarrando-se às molduras.

E em todos os outros lugares, onde havia um pouco de espaço, viam-se papéis e pergaminhos enrolados, jarros cheios de ervas ou líquidos, vassouras... lixo.

À meia-luz, o vagão se estendia muito mais do que deveria ser possível. Um caminho sinuoso tinha sido traçado entre os espelhos, na direção da escuridão — um caminho que Pernas Amarelas naquele momento tomava, como se houvesse algum lugar para ir dentro daquele cômodo estranho.

Isso não pode ser real — deve ser uma ilusão dos espelhos.

Celaena olhou para trás, na direção da porta do vagão, a tempo de vê-la se fechar abruptamente. A adaga da assassina estava em punho antes que o ruído terminasse de ecoar pelo vagão. Adiante, Pernas Amarelas deu uma risada, erguendo a vela na mão. O candelabro parecia ter o formato de um crânio apoiado em algum tipo de osso maior.

Truques bregas e baratos de um parque, disse Celaena a si mesma, diversas vezes, seu hálito se condensando no ar frio de dentro do vagão. Nada daquilo era real. Mas Pernas Amarelas era de verdade — assim como o conhecimento que oferecia.

— Venha, garota. Venha se sentar comigo onde podemos conversar.

Celaena cuidadosamente desviou de um espelho caído, permanecendo de olho na lanterna de caveira que oscilava — e na porta, em quaisquer saídas possíveis (nenhuma, até onde via, mas talvez houvesse um alçapão no chão), e em como a mulher se movia.

Surpreendentemente rápido, percebeu ela, e se apressou para alcançar Pernas Amarelas. Conforme a jovem seguia pela floresta de espelhos, seu reflexo se movia por todo canto. Em um dos espelhos, aparecia baixa e gorda, em outro, alta e impossivelmente magra. Em um terceiro, Celaena estava de ponta-cabeça, e em outro ainda, caminhava de lado. Foi o bastante para lhe dar uma dor de cabeça.

— Cansou de se espantar? — indagou Pernas Amarelas.

A assassina a ignorou, mas embainhou a adaga ao seguir a mulher para uma pequena área de estar diante de uma fornalha escura com grade.

• 307 •

Não havia motivo para empunhar a arma, não quando ainda precisava que Pernas Amarelas cooperasse.

A sala de estar ficava em um círculo improvisado livre de lixo e de pilhas de espelhos, com pouco mais que um tapete e algumas cadeiras para torná-lo habitável. Pernas Amarelas mancou até a fornalha erguida, puxando algumas lenhas de uma pequena pilha apoiada sobre a mureta. Celaena permaneceu à beira do tapete vermelho puído, observando Pernas Amarelas abrir a grade de ferro, atirar a madeira dentro e fechar de novo. Em segundos, luz brilhou, intensificada pelos espelhos ao redor.

— As pedras desta fornalha — disse Pernas Amarelas, dando tapinhas na parede curva de tijolos escuros como se fosse um velho bicho de estimação — vieram das ruínas da cidade capital de Crochan. A madeira deste vagão foi cortada das paredes das escolas sagradas deles. É por isso que meu vagão é... incomum por dentro.

Celaena não disse nada. Teria sido fácil ignorar aquilo como um pouco de drama do parque, mas ela via com os próprios olhos.

— Então — falou Pernas Amarelas, também permanecendo de pé, apesar da mobília antiga de madeira ao redor das duas. — Perguntas.

Embora o ar no vagão estivesse frio, a fornalha acesa, de alguma forma, tornou o lugar instantaneamente quente, o suficiente para as camadas de roupas de Celaena ficarem desconfortáveis. Ela ouvira uma história certa vez, em uma noite quente de verão no deserto Vermelho; uma história sobre o que uma das bruxas Dentes de Ferro, havia muito perdidas, tinha feito com uma jovem. O que sobrara da jovem.

Ossos brancos reluzentes. Nada mais.

Celaena olhou para a fornalha de novo e se inclinou na direção da porta. Do outro lado da pequena sala de estar, mais espelhos esperavam à meia-luz — como se nem a luz do fogo pudesse alcançá-los.

Pernas Amarelas se inclinou para mais perto da grade, esfregando os dedos retorcidos diante dela. A luz do fogo dançava nas unhas de ferro da bruxa.

— Pode perguntar, garota.

O que Dorian quis tanto saber? Será que havia entrado naquele lugar estranho e sufocante? Pelo menos sobrevivera. Mesmo que apenas porque

Pernas Amarelas queria usar qualquer informação que obtivera dele. Homem tolo, tolo.

Mas será que Celaena era diferente?

Aquela poderia ser sua única chance de descobrir o que precisava saber, apesar do risco, apesar do risco de o resultado ser confuso e complicado.

— Encontrei uma charada, e meus amigos vêm debatendo a resposta há semanas. Até temos uma aposta — disse a jovem, o mais vagamente possível. — Responda, se é tão inteligente e sabe-tudo. Acrescentarei mais uma moeda de ouro se acertar.

— Crianças imprudentes. Desperdiçando meu tempo com essas besteiras. — Pernas Amarelas observava os espelhos agora, como se pudesse ver alguma coisa que a assassina não via.

Ou como se já estivesse entediada.

O aperto no peito de Celaena em parte se aliviou, e ela puxou a charada do bolso, lendo em voz alta.

Quando terminou, Pernas Amarelas se virou devagar, a voz baixa e rouca:

— Onde encontrou isto?

A jovem deu de ombros.

— Dê a resposta e talvez eu conte. Que tipo de objetos esta charada descreve?

— Chaves de Wyrd — sussurrou Pernas Amarelas, os olhos brilhando. — Descreve as três chaves de Wyrd que abrem o portão de Wyrd.

Frio desceu pela coluna de Celaena, mas ela falou, com mais coragem do que sentia:

— Diga o que são... as chaves de Wyrd, o portão de Wyrd. Até onde sei, você pode estar mentindo sobre a resposta. Prefiro não ser feita de tola.

— Essa informação não é para os jogos fúteis dos mortais — disparou Pernas Amarelas.

Ouro reluziu na palma da mão de Celaena.

— Diga seu preço.

A mulher avaliou a assassina da cabeça aos pés, cheirando uma vez.

— Meu preço é inominável — respondeu Pernas Amarelas. — Mas ouro servirá por enquanto.

Celaena colocou mais cinco moedas sobre a fornalha, o calor da chama queimando seu rosto. Uma fogueira tão pequena, mas ela já estava molhada de suor.

— Quando souber disso, não terá como esquecer — avisou a bruxa. E pelo brilho nos olhos de Pernas Amarelas, Celaena sabia que a velha não acreditara nem por um segundo na mentira sobre a aposta.

A jovem se aproximou.

— Conte.

Pernas Amarelas olhou para outro espelho.

— Wyrd governa e constitui a fundação deste mundo. Não apenas de Erilea, mas de *toda* vida. Há mundos que existem além de seu conhecimento, mundos que jazem uns sobre os outros e não sabem. Neste momento, você poderia estar de pé no fundo do oceano de outra pessoa. Wyrd mantém esses reinos separados.

Pernas Amarelas começou a mancar pela sala de estar, perdida nas próprias palavras.

— Há portões, áreas escuras de Wyrd que permitem que a vida passe por entre os mundos. Há portões de Wyrd que levam a Erilea. Todo tipo de ser passou por eles ao longo de éons. Coisas benignas, mas também coisas mortas e pútridas que rastejam para dentro quando os deuses estão olhado para outro lado.

Pernas Amarelas sumiu atrás de um espelho, os passos arrítmicos ecoando em seguida.

— Mas há muito tempo, antes de os humanos tomarem este mundo miserável, um tipo diferente de mal invadiu os portões: os valg. Demônios de outro mundo, determinados a conquistar Erilea, e com a força de um exército infinito atrás deles. Em Wendlyn, lutaram contra o povo feérico. Por mais que os filhos imortais tentassem, não conseguiram derrotá-los.

"Então, os feéricos descobriram que os valg tinham feito algo imperdoável: arrancaram um pedaço do portão de Wyrd com sua magia sombria e o dividiram em três lascas, três *chaves*. Uma chave para cada um de seus reis. Usando as três ao mesmo tempo, os reis valg podiam abrir aquele portão de Wyrd à vontade, manipular o poder dele para aumentar suas forças, permitir que um exército infinito de soldados invadisse o mundo. Os feéricos sabiam que precisavam impedi-los."

Celaena encarou o fogo, os espelhos, a escuridão do vagão ao redor. O calor era sufocante agora.

— Então, um pequeno grupo de feéricos partiu para roubar as chaves dos reis valg — falou Pernas Amarelas, a voz se aproximando de novo. — Era uma tarefa impossível; a maioria daqueles tolos não retornou.

"Mas as chaves de Wyrd foram, sim, recuperadas, e a rainha feérica Maeve baniu os valg para o reino de origem deles. Porém, em toda a sua sabedoria, Maeve não conseguiu descobrir como colocar as chaves de volta no portão, e forja, aço ou peso algum conseguiu destruí-las. Então Maeve, acreditando que ninguém deveria ter o poder das chaves, as enviou pelo mar com Brannon Galathynius, primeiro rei de Terrasen, para que as escondesse em seu continente. Assim, o portão de Wyrd permaneceu protegido, e o poder, inutilizado."

Silêncio. Até mesmo os passos mancos de Pernas Amarelas estavam vagarosos.

— Então a charada é um... um mapa para onde as chaves estão escondidas? — perguntou Celaena, tremendo agora que percebia que tipo de poder Nehemia e os outros procuravam. Pior, que o *rei* poderia estar procurando.

— Sim.

A assassina umedeceu os lábios.

— O que alguém poderia fazer com as chaves de Wyrd?

— A pessoa que tiver todas as três chaves de Wyrd teria controle sobre o portão de Wyrd quebrado, e sobre toda Erilea. Poderiam abrir e fechar o portão quando quisessem. Poderiam conquistar novos mundos ou deixar entrar todo tipo de vida para usar em causa própria. Mas, até mesmo uma chave, pode tornar alguém imensamente perigoso. Não é poder o bastante para abrir o portão, mas o bastante para ser uma ameaça. Veja bem, as próprias chaves são puro poder, poder para ser moldado como quem as empunha quiser. Tentador, não?

As palavras ecoaram por Celaena, misturando-se à ordem de Elena para encontrar e destruir a fonte do mal. *Mal*. Mal que se erguera dez anos antes, quando um continente inteiro repentinamente se viu à mercê de um homem — um homem que de alguma forma se tornou irrefreável.

Uma fonte de poder além da magia.

— Não pode ser.

Pernas Amarelas apenas soltou uma risada de confirmação.

Celaena continuava balançando a cabeça, o coração batendo tão violentamente que ela mal conseguia respirar.

— O rei tem alguma das chaves de Wyrd? Foi assim que conseguiu conquistar um continente com tanta facilidade? — Mas se já havia feito isso, que outros planos teria?

— Talvez — disse Pernas Amarelas. — Se eu fosse apostar meu ouro obtido arduamente, diria que ele tem pelo menos uma.

A jovem analisou a escuridão, os espelhos, mas viu apenas versões de si mesma olhando de volta. Não ouviu nada além do crepitar do fogo na fornalha e da própria respiração, que falhava.

Pernas Amarelas tinha parado de se mover.

— Tem mais alguma coisa? — indagou Celaena.

Nenhuma resposta da velha.

— Então vai pegar meu dinheiro e fugir? — Celaena se moveu calmamente em direção à saída do caminho sinuoso entre os espelhos e a porta que agora parecia impossivelmente distante. — E se eu ainda tiver perguntas? — Os próprios movimentos no espelho a deixavam nervosa, mas a assassina se manteve alerta e concentrada, lembrando-se do que precisava fazer. Sacou as duas adagas.

— Acha que aço pode me ferir? — ressoou uma voz que percorreu cada espelho até que sua origem estivesse em todos os lugares e em lugar nenhum.

— Aqui estava eu, pensando que estávamos nos divertindo — falou Celaena, dando outro passo.

— Bah. Quem pode se divertir quando a convidada planeja assassiná-la? Celaena sorriu.

— Não é por isso que está se movendo na direção da porta? — continuou Pernas Amarelas. — Não para fugir, mas para se certificar de que *eu* não escape de suas adagas inteligentes e maliciosas?

— Diga para quem mais vendeu as perguntas do príncipe e a deixarei ir. — Mais cedo, Celaena estava prestes a virar as costas, ir embora, quando a menção de Pernas Amarelas a Dorian a deteve subitamente. Agora, não tinha escolha quanto ao que precisava fazer. Quanto ao que *faria* para protegê-lo. Foi o que percebeu na noite anterior: ainda tinha alguém no mundo, um amigo. E não havia nada que Celaena não faria para mantê-lo a salvo.

— E se eu disser que não contei a ninguém?

— Eu não acreditaria. — A assassina viu a porta finalmente. Nenhum sinal da bruxa. Ela parou, quase no centro do vagão. Seria mais fácil pegar a mulher ali, mais fácil tornar aquilo rápido e limpo.

— Uma pena — falou Pernas Amarelas, e Celaena se inclinou na direção da voz sem corpo.

Tinha que haver uma saída oculta, mas onde? Se Pernas Amarelas fugisse, se contasse a alguém o que Dorian havia perguntado (o que quer que fosse), se contasse a alguém o que *Celaena* havia perguntado...

Ao redor da jovem, o reflexo dela se movia e brilhava. Rápido, limpo, e então sumia.

— O que acontece — grunhiu Pernas Amarelas — quando o caçador se torna a caça?

Pelo canto do olho, Celaena viu a forma corcunda, correntes oscilando entre as mãos retorcidas. Ela girou na direção da velha, a adaga já disparada, para desarmar, derrubar a bruxa para que pudesse...

O espelho se quebrou onde Pernas Amarelas estava.

Atrás dela, um tilintar pesado e uma gargalhada, como um grasnido, satisfeita.

Apesar de todo o treinamento, Celaena não foi rápida o bastante para se abaixar antes de a corrente pesada a golpear na lateral da cabeça e ela cair com o rosto no chão.

CAPÍTULO 41

Chaol e Dorian estavam parados em uma varanda e observavam o parque ser desmontado aos poucos. A atração partiria na manhã seguinte, e então Chaol poderia, finalmente, ter seus homens de volta em tarefas úteis. Como se certificar de que nenhum outro assassino entrasse no castelo.

Mas o maior problema do capitão era Celaena. Tarde na noite anterior, depois que o bibliotecário real foi dormir, ele voltou para a biblioteca e encontrou os registros genealógicos. Alguém os colocara fora do lugar, então levou um tempo para encontrar o correto, mas, por fim, se viu diante da lista de casas nobres de Terrasen.

Nenhuma tinha o nome Sardothien, embora não fosse surpresa alguma. Parte dele sempre soube que esse não era o nome verdadeiro de Celaena. Então o capitão fez uma lista — uma lista que agora estava em seu bolso, como se queimasse um buraco nele — de todas as casas nobres das quais ela poderia ter vindo, casas com filho na época da conquista de Terrasen. Havia pelo menos seis famílias sobreviventes... mas e se ela viesse de uma que tivesse sido completamente massacrada? Quando Chaol terminou de escrever os nomes, não estava nem um pouco mais próximo de descobrir quem Celaena realmente era do que quando começou.

— Então, vai me perguntar aquilo pelo qual me arrastou até aqui ou vou apenas me divertir congelando a bunda pelo resto da noite? — indagou Dorian.

O capitão ergueu a sobrancelha, e Dorian deu um pequeno sorriso.

— Como ela está? — perguntou Chaol. Ele ouvira que os dois tinham jantado, e que Celaena não deixara os aposentos do príncipe até o meio da noite. Será que fora um movimento calculado da parte dela? Algo para esfregar na cara de Chaol, para fazê-lo sofrer um pouco mais?

— Levando — respondeu Dorian. — Levando da melhor forma que pode. E como sei que é orgulhoso demais para perguntar, vou apenas dizer que não, ela não mencionou você. E acho que não mencionará.

Chaol inspirou fundo. Como poderia convencer o amigo a ficar longe de Celaena? Não porque tinha ciúmes, mas porque ela poderia ser uma ameaça maior do que Dorian poderia imaginar. Apenas a verdade funcionaria, mas...

— Seu pai está curioso ao seu respeito — falou o príncipe. — Depois das reuniões do conselho, sempre me pergunta sobre você. Acho que quer que volte para Anielle.

— Eu sei.

— Vai voltar com ele?

— Quer que eu vá?

— Não cabe a mim decidir.

Chaol trincou os dentes. Certamente não iria a lugar algum, não enquanto Celaena estivesse ali. E não apenas por causa de quem ela realmente era.

— Não tenho interesse em ser o Lorde de Anielle.

— Homens matariam pelo tipo de poder que Anielle sustenta.

— Eu jamais o quis.

— Não. — Dorian apoiou as mãos no corrimão da varanda. — Não, você jamais quis nada para si mesmo, exceto pela posição que tem agora, e por Celaena.

Chaol abriu a boca, desculpas já se formavam em sua língua.

— Acha que sou cego? — perguntou o príncipe, o olhar congelado, azul como gelo. — Sabe por que eu a abordei no baile do Yule? Não porque queria convidá-la para dançar, mas porque vi o modo como vocês dois se olhavam. Mesmo na ocasião, eu sabia como você se sentia.

— Você sabia, mas a convidou para dançar. — As mãos do capitão se fecharam em punhos.

— Ela é capaz de tomar as próprias decisões. E tomou. — Dorian deu um sorriso amargo para Chaol. — A respeito de nós dois.

O capitão tomou fôlego para se acalmar, apaziguando a raiva crescente.

— Se você se sente assim, por que a deixa permanecer acorrentada ao seu pai? Por que não encontra um modo de livrá-la do contrato? Ou simplesmente tem medo de que, caso a liberte, Celaena jamais volte para você?

— Eu tomaria cuidado com as palavras — disse Dorian, em voz baixa.

Mas era verdade. Embora não conseguisse imaginar um mundo sem Celaena, Chaol sabia que precisava tirá-la daquele castelo. No entanto, não conseguia dizer se pelo bem de Adarlan ou dela.

— Meu pai é temperamental o suficiente para me punir, e puni-la também, se eu tentar mencionar o assunto. Concordo com você, de verdade: não está certo mantê-la aqui. Mas ainda assim deveria ter cuidado com o que diz. — O príncipe herdeiro de Adarlan encarou o capitão com raiva. — E avalie onde está sua verdadeira lealdade.

No passado, Chaol poderia ter argumentado. No passado, poderia ter contestado que a lealdade à coroa era seu maior bem. Mas aquela lealdade e obediência cegas tinham começado esse declínio.

E isso destruíra tudo.

Celaena sabia que só ficara apagada por alguns segundos, mas foi tempo o bastante para que Pernas Amarelas puxasse os braços da jovem para as costas e atasse a corrente em seus pulsos. A cabeça latejava, e sangue escorria pela lateral do pescoço, pingando na túnica. Nada muito ruim — Celaena sofrera ferimentos piores. Contudo, as armas haviam sumido, descartadas em algum lugar do vagão. Até mesmo aquelas que tinha no cabelo e nas roupas. E botas. Mulher esperta.

Então a jovem não deu chance para que a bruxa percebesse, nem mesmo por um segundo, que ela estava consciente. Sem aviso, a assassina impulsionou os ombros para cima, inclinando a cabeça para trás com o máximo de força possível.

Ossos estalaram, e Pernas Amarelas berrou, mas Celaena já havia se virado, posicionando as pernas sob o corpo. A bruxa catou a outra ponta da corrente com a rapidez de uma víbora. A assassina pisou na corrente estendida entre as duas e, com o outro pé, golpeou o rosto de Pernas Amarelas.

A mulher saiu voando, como se fosse feita apenas de poeira e vento, e caiu aos tropeços nas sombras entre os espelhos.

Xingando baixo, Celaena sentia dor nos pulsos contra o ferro frio. Mas fora ensinada a se libertar de situações piores. Arobynn a amarrou da cabeça aos pés e a obrigou a aprender a se soltar, mesmo que aquilo significasse passar dias com o rosto virado para o chão na própria imundície ou deslocar o ombro para sair. Então, sem muitas surpresas, Celaena tirou as correntes em segundos.

Ela puxou um lenço do bolso e usou para pegar um longo caco de vidro. Inclinando o vidro, Celaena espiou as sombras em que Pernas Amarelas fora parar. Nada. Apenas um borrão de sangue escuro.

— Sabe quantas jovens eu prendi neste vagão nos últimos quinhentos anos? — A voz de Pernas Amarelas estava por toda parte e em lugar nenhum. — Quantas bruxas Crochan destruí? Também eram guerreiras, guerreiras tão talentosas e lindas. Tinham gosto de grama de verão e água fria.

Confirmar que Pernas Amarelas era uma bruxa Dentes de Ferro de sangue azul não mudava nada, disse Celaena a si mesma. Nada, a não ser o fato de que precisaria de uma arma maior.

A jovem verificou o vagão — em busca da bruxa, das adagas perdidas, de qualquer coisa para usar contra a velha. Seu olhar se ergueu até as prateleiras próximas. Livros, bolas de cristal, papel, coisas mortas em jarros...

Não teria visto se tivesse piscado. Estava coberto de poeira, mas ainda brilhava levemente à luz da fornalha distante. Apoiado na parede acima de uma pilha de lenha estava um longo machado de lâmina única.

• 317 •

A assassina deu um leve sorriso ao puxar a arma da parede. Ao redor dela, a imagem de Pernas Amarelas dançava nos espelhos, milhares de possibilidades para o local em que a bruxa poderia estar de pé, observando, esperando.

Celaena desceu o machado no mais próximo. Então no seguinte. Depois no seguinte.

O único modo de matar uma bruxa é decapitá-la. Um amigo lhe contara certa vez.

Celaena ziguezagueou entre os espelhos, destruindo-os ao passar, os reflexos da velha sumiam até que a verdadeira bruxa estivesse parada no caminho estreito entre a assassina e a fornalha, segurando novamente a corrente.

Celaena apoiou o machado sobre um dos ombros.

— Última chance — sussurrou ela. — Você concorda em jamais dizer uma palavra sobre mim e Dorian, e vou embora daqui.

— Sinto o gosto de suas mentiras — falou Pernas Amarelas. Mais rápido do que deveria ser possível, avançou em Celaena, ágil como uma aranha, balançando a corrente nos dedos.

A campeã desviou do primeiro açoite da corrente. Ela ouviu o segundo antes de ver, e embora não a tivesse acertado, bateu em um espelho, e vidro explodiu por todo canto. Celaena não teve escolha a não ser cobrir os olhos, virar o rosto por um instante.

Foi o suficiente.

A corrente se enroscou no seu tornozelo, ardendo e ferindo, então ela foi *puxada*.

O mundo girou quando Pernas Amarelas puxou os pés de Celaena, fazendo-a cair no chão. A bruxa correu até a jovem, mas ela rolou sobre os cacos, a corrente se enroscando em seu corpo, agarrando o machado com uma das mãos até que seu rosto tocasse as fibras ásperas do antigo tapete diante da fornalha.

Seguiu-se um puxão firme na corrente e então mais um ruído de açoite. O metal acertou o antebraço de Celaena com tanta força que ela soltou o machado. A jovem se virou sobre as costas, ainda enroscada na corrente infernal, apenas para ver os dentes de ferro de Baba Pernas Amarelas pairando acima. Em um lampejo, a bruxa empurrou o corpo de Celaena de volta para o tapete.

As unhas de ferro se enterraram na pele dela, tirando sangue conforme a bruxa a segurava pelo ombro.

— Fique parada, garota tola — grunhiu Pernas Amarelas, e pegou a extensão da corrente próxima.

O tapete arranhou os dedos de Celaena quando ela se esticou na direção do machado caído, a apenas centímetros do alcance. O braço da assassina latejava incessantemente, o tornozelo também. Se apenas conseguisse pegar o machado... Pernas Amarelas avançou no pescoço de Celaena, os dentes estalando.

A assassina se jogou para o lado, desviando por pouco daqueles dentes de ferro, e por fim pegou o machado. Ela o ergueu com tanta força que a ponta cega acertou a lateral do rosto da velha.

Pernas Amarelas foi jogada longe e caiu em uma pilha amontoada de vestes marrons. Celaena recuou com dificuldade e ergueu a arma entre as duas.

Apoiando-se sobre as mãos e os joelhos, a bruxa cuspiu sangue escuro — sangue *azul* — no tapete envelhecido, os olhos incandescentes.

— Vou fazer com que deseje jamais ter nascido. Você e seu príncipe.

— Então Pernas Amarelas disparou para a frente tão rápido que Celaena podia jurar que a bruxa voava.

Mas só chegou até os pés de Celaena.

A assassina desceu o machado, colocando cada pingo de força nos braços. Sangue azul esguichou por toda parte.

Havia um sorriso na cabeça decapitada de Pernas Amarelas quando quicou até parar.

Silêncio. Até mesmo o fogo, crepitando ainda tão quente que Celaena começara a suar de novo, parecia ter ficado silencioso. A assassina engoliu em seco. Uma vez. Duas.

Dorian não poderia saber. Embora quisesse brigar com ele por fazer perguntas que Pernas Amarelas considerava valiosas o suficiente para vender a outros, ele não poderia saber o que acontecera ali. Ninguém poderia.

Quando Celaena por fim encontrou a força para se desvencilhar, a calça e as botas estavam manchadas de preto-azulado. Mais roupas que seriam queimadas. A jovem avaliou o corpo, assim como o tapete mancha-do e ensopado. Não fora rápido, mas ainda poderia ser limpo. Uma pessoa desaparecida era melhor do que um cadáver decapitado.

Celaena ergueu o olhar até a enorme grade da fornalha.

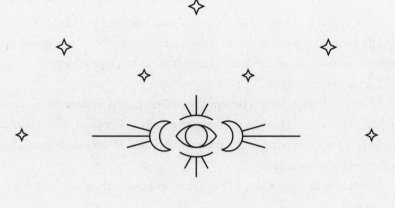

CAPÍTULO 42

Mort deu uma risada quando Celaena entrou cambaleando pela porta do mausoléu.
— Assassina de Bruxas, é? Mais um belo título para acrescentar ao repertório.
— Como sabe disso? — perguntou ela, apoiando a vela. Já havia queimado as roupas ensanguentadas. Elas fediam ao queimar, como carne podre, exatamente o mesmo cheiro Pernas Amarelas. Ligeirinha rosnara para a lareira e tentara puxar Celaena para longe empurrando o corpo contra as pernas da dona.
— Ah, sinto o cheiro dela em você — disse Mort. — O cheiro da fúria e da maldade da bruxa.
Celaena desceu o colarinho da túnica para mostrar os pequenos cortes no lugar em que Pernas Amarelas perfurara sua pele, bem acima da clavícula. Ela limpara os ferimentos, mas tinha a sensação de que deixariam cicatrizes, um colar de cicatrizes.
— O que acha disto?
Mort se encolheu.
— Esses ferimentos me deixam contente por ser feito de bronze.
— Vão me fazer mal?

— Você matou uma bruxa, e agora está marcada por ela. Não será o tipo de ferimento comum. — Mort semicerrou os olhos. — Entende que pode ter acabado de se colocar em uma montanha de problemas?

Celaena resmungou.

— Baba Pernas Amarelas era uma líder, rainha de seu clã — continuou a aldraba. — Quando destruíram a família Crochan, se uniram aos Bicos Negros e aos Sangue Azul na Aliança dos Dentes de Ferro. Ainda honram esses juramentos.

— Mas achei que todas as bruxas tivessem desaparecido, espalhadas aos ventos.

— Desaparecido? Os Crochan e aqueles que os seguiam andam escondidos há gerações. Mas os clãs da Aliança dos Dentes de Ferro ainda viajam por aí, como fazia Baba. Embora muitos mais vivam nos lugares em ruínas e sombrios do mundo, satisfeitos com a própria maldade. Mas suspeito de que quando as Pernas Amarelas descobrirem sobre a morte da matriarca, vão reunir os Bicos Negros e os Sangue Azul e exigir respostas do rei. E você terá sorte se não vierem montados nas vassouras e a arrastarem para dentro disso.

Celaena fez uma careta.

— Espero que esteja errado.

As sobrancelhas de Mort se abaixaram levemente.

— Eu também.

Ela passou uma hora no mausoléu, lendo a charada na parede, decifrando as palavras de Pernas Amarelas. Chaves de Wyrd, portões de Wyrd... era tudo tão estranho, tão incompreensível e aterrorizante. E se o rei as tivesse — mesmo que tivesse somente *uma*...

Celaena estremeceu.

Quando encarar a charada não lhe deu mais respostas, a assassina voltou para os aposentos arrastando os pés para uma soneca muito necessária.

Pelo menos havia finalmente descoberto uma possível fonte de poder do rei. Mas ainda precisava descobrir mais. E então a verdadeira pergunta: o que o rei planejava fazer com as chaves que ainda não tinha feito?

Ela teve a sensação de que não queria saber.

Mas as catacumbas da biblioteca poderiam guardar a resposta para a pergunta mais horrível. Havia um livro que poderia usar para ter acesso à resposta — um livro que talvez tivesse o feitiço de destrancar que ela procurava. E Celaena sabia que o exemplar de *Os mortos andam* a encontraria assim que começasse a procurar por ele.

A meio caminho dos aposentos, todos os planos para uma soneca desapareceram quando Celaena se virou para buscar Damaris e qualquer outra lâmina antiga que pudesse carregar.

Ele não deveria estar ali. Estava apenas procurando confusão — mais uma briga que poderia acabar partindo o castelo em dois. E se Celaena o atacasse de novo, Chaol sabia, com certeza absoluta, que deixaria que ela o matasse, se fosse realmente a vontade da jovem.

O capitão nem mesmo tinha ideia do que diria a ela. Mas precisava dizer alguma coisa, mesmo que para acabar com o silêncio e a tensão que o mantinham acordados noite após noite e o impediam de se concentrar em seus deveres.

Celaena não estava nos aposentos, mas Chaol entrou mesmo assim, caminhando até a escrivaninha. Estava tão bagunçada quanto a de Dorian, e coberta de papéis e livros. O capitão poderia ter se virado caso não houvesse visto os símbolos estranhos escritos em tudo, símbolos que lembravam a marca que ele vira se acender na testa de Celaena durante o duelo. Chaol tinha se esquecido daquilo durante os meses que se seguiram. Seria... seria algo ligado ao passado dela?

Olhando por cima do ombro, tentando escutar qualquer sinal de Philippa ou de Celaena, ele vasculhou os documentos. Apenas rabiscos — desenhos dos símbolos e palavras aleatórias sublinhadas. Talvez não fossem mais que rascunhos aleatórios, o capitão tentou convencer a si mesmo.

Estava prestes a se virar quando viu um documento despontando de uma pilha de livros. Era escrito em uma caligrafia cuidadosa e assinado por diversas pessoas.

Depois de puxá-lo com cuidado de debaixo dos livros, Chaol pegou o pedaço espesso de papel e leu.

O mundo desabou sob os pés dele.

Era o testamento de Celaena. Assinado dois dias antes da morte de Nehemia.

E ela deixara tudo — cada última moeda de cobre — para o capitão.

Sua garganta se fechou enquanto ele encarava a quantia e a lista de bens, inclusive um apartamento em um armazém na área dos cortiços e todas as riquezas dentro dele.

E Celaena passara tudo para ele, com apenas um pedido: que Chaol considerasse dar uma parte para Philippa.

— Não vou mudá-lo.

O capitão se virou e encontrou a assassina encostada à porta, os braços cruzados. Embora a posição fosse tão familiar, o rosto estava frio, inexpressivo. Chaol deixou o documento deslizar dos dedos.

A lista de casas nobres no bolso dele pesou como chumbo. E se estivesse tirando conclusões precipitadas? Talvez a canção não fosse, na verdade, um hino de Terrasen. Talvez tivesse sido em outra língua que ele jamais ouvira.

Celaena o observava como uma felina.

— Daria trabalho demais tentar mudar — continuou ela. A assassina levava uma linda adaga de aparência antiga na lateral do corpo, junto com algumas adagas que Chaol jamais vira antes. Onde as obtivera?

Havia tantas palavras tentando sair de dentro dele que Chaol não conseguiu falar nada. Todo aquele dinheiro — ela deixara tudo para ele. Deixara para Chaol por causa do que sentira por ele... mesmo Dorian tinha percebido desde o início.

— Pelo menos agora — falou Celaena, erguendo-se do portal e virando-se —, quando o rei o demitir por ser tão ruim no que faz, terá algo em que se apoiar.

O capitão não conseguia respirar. Ela não fizera aquilo apenas por generosidade. Mas porque sabia que se ele perdesse o cargo algum dia, precisaria considerar voltar para Anielle, para o dinheiro do pai. E parte de Chaol morreria ao fazer isso.

Mas Celaena precisaria estar morta para que o capitão visse a cor daquele dinheiro. Morta de verdade, e, além disso, não poderia ser como traidora da coroa — se morresse como traidora, todos os seus bens iriam para o rei.

E a única forma de a assassina morrer como traidora seria fazendo aquilo que Chaol temia: aliar-se àquela organização secreta, encontrar Aelin Galathynius e voltar para Terrasen. Aquela era uma indicação de que Celaena não tinha intenção de fazer isso. Não tinha planos de reivindicar o título perdido, e não representava uma ameaça a Adarlan ou a Dorian. O capitão estava errado. Mais uma vez, estava errado.

— Saia de meus aposentos — falou Celaena do saguão de entrada, antes de entrar na sala de jogos e bater a porta ao passar.

Chaol não chorou quando Nehemia morreu, nem quando atirou Celaena na masmorra, nem mesmo quando ela voltou com a cabeça de Cova completamente diferente da mulher que ele passara a amar tão intensamente.

Mas quando foi embora, deixando aquele maldito testamento para trás, nem mesmo conseguiu chegar ao próprio quarto. Mal conseguiu alcançar um armário de vassouras vazio antes que o choro viesse.

CAPÍTULO 43

Celaena estava de pé na sala de jogos encarando o piano enquanto ouvia Chaol partir, apressado. Ela não tocava havia semanas. Originalmente, fora apenas porque não tinha tempo. Porque Archer, o mausoléu e Chaol tinham ocupado cada momento do seu dia. Então Nehemia morreu — e Celaena não entrara sequer uma vez naquele quarto, não quisera olhar para o instrumento, não quisera ouvir ou tocar música nunca mais.

Afastando o encontro com o capitão da mente, ela abriu devagar a tampa do piano e tocou as teclas de marfim.

Mas não conseguia empurrá-las, não conseguia se forçar a emitir um som. Nehemia deveria estar ali — para ajudar com Pernas Amarelas e a charada, para dizer a ela o que fazer com Chaol, para sorrir quando Celaena tocasse algo especialmente inteligente para ela.

Nehemia tinha partido. E o mundo... seguia em frente sem ela.

Quando Sam morreu, Celaena o enfiou no coração, junto com os outros mortos que amava, cujos nomes mantinha tão ocultos que às vezes esquecia. Mas Nehemia... Nehemia não cabia. Era como se seu coração estivesse muito cheio de mortos, cheio demais daquelas vidas que haviam acabado muito antes da hora.

Ela não poderia selar Nehemia daquela forma, não quando aquela cama manchada de sangue e aquelas palavras feias ainda assombravam cada passo seu, cada respiração.

Então, a jovem apenas ficou ao lado do piano, passando os dedos pelas teclas diversas vezes, e deixou que o silêncio a devorasse.

Uma hora depois, Celaena estava diante da segunda escada esquisita no fim do corredor esquecido de registros antigos, um relógio soava em algum lugar longínquo na biblioteca acima. As imagens do povo feérico e da flora dançavam pelas escadas iluminadas por fogo, espiralando para fora do campo de visão, cada vez mais para baixo, até profundidades desconhecidas. Celaena havia encontrado o exemplar de *Os mortos andam* quase imediatamente — descartado em uma mesa solitária entre algumas pilhas. Como se estivesse esperando por ela. E fora um trabalho de alguns minutos encontrar um feitiço entre as páginas que alegasse destrancar qualquer porta. Rapidamente o memorizou, praticando algumas vezes em um armário trancado.

Fora necessário todo o seu autocontrole para não gritar quando ouviu a trava se abrir na primeira vez. E na segunda.

Não era surpresa que Nehemia e a família mantivessem tal poder em segredo. E não era surpresa que o rei de Adarlan o tivesse procurado para si.

Encarando as escadas, Celaena tocou Damaris, então olhou para as duas adagas cravejadas com joias que pendiam de seu cinto. Ela estava bem. Não tinha motivo para ficar nervosa. Que tipo de mal esperava encontrar em uma biblioteca, entre tantos lugares?

Certamente o rei teria lugares melhores para esconder seus interesses sombrios. Na melhor das hipóteses, encontraria mais pistas a respeito de o rei ter alguma das chaves de Wyrd e onde as guardava. Na pior... esbarraria na pessoa oculta pelo manto que tinha visto fora da biblioteca naquela noite. Mas os olhos brilhantes que ela vira de relance do outro lado daquela porta pertenciam a algum tipo de roedor — nada mais. E se estivesse errada... Bem, o que quer que fosse, depois de matar o ridderak, *aquilo* não seria tão difícil, certo?

Certo. Celaena deu um passo à frente, parando no alto dos degraus.

Nada. Nenhuma sensação de terror, nenhum aviso sobrenatural. Nada. Ela deu mais um passo, então outro, prendendo a respiração enquanto fazia curvas pela escada até não conseguir mais ver o topo. Poderia ter jurado que as imagens na parede se moviam ao seu redor, que aqueles rostos lindos e selvagens dos feéricos se viravam para olhar conforme Celaena passava.

Os únicos barulhos eram os passos dela e os sussurros da chama da tocha. Um calafrio percorreu a coluna de Celaena, e ela parou quando o vazio escuro do corredor dominou seu campo de visão.

Um instante depois estava diante da porta de ferro selada. Não se deu ao luxo de reconsiderar o plano ao pegar um pedaço de giz e desenhar duas marcas de Wyrd na porta, sussurrando ao mesmo tempo as palavras que acompanhavam. Elas queimavam na língua de Celaena, mas ao terminar de falar, ouviu um *estampido* baixo e breve como se algo na porta se abrisse.

Celaena xingou baixinho. O feitiço tinha funcionado mesmo. Ela não queria pensar a respeito de tudo que aquilo indicava, a respeito de como era capaz de funcionar sobre o ferro, o único elemento supostamente imune à magia. E não quando havia tantos feitiços terríveis no livro *Os mortos andam* — feitiços para conjurar demônios, para levantar os mortos, para torturar os outros até que implorassem pela morte...

Com um puxão firme, Celaena abriu a porta, encolhendo o corpo por causa do rangido contra o piso de pedras cinza. Uma brisa pútrida e fria embaraçou seus cabelos. Ela sacou Damaris.

Depois de confirmar mais de uma vez que não poderia ser trancada do lado de dentro, Celaena atravessou o portal.

A tocha que segurava revelou uma pequena escadaria de cerca de dez degraus, a qual dava em outra passagem longa e estreita. Teias de aranha e poeira preenchiam cada centímetro do lugar, mas não foi a aparência negligente que a fez parar.

Foram as portas, as dezenas de portas de ferro enfileiradas dos dois lados do corredor. Todas simples, como a porta atrás de Celaena, nenhuma revelava nada do que poderia haver do outro lado. No canto oposto do corredor, mais uma porta de ferro refletiu um brilho fraco à luz da tocha.

O que era aquele lugar?

A jovem desceu as escadas. Era tão silencioso. Como se o próprio ar estivesse prendendo o fôlego.

Ela segurou a tocha mais no alto, Damaris na outra mão, e se aproximou da primeira porta de ferro. Não tinha maçaneta, a superfície marcada apenas por uma única linha. A porta diante dessa tinha duas marcas. Números um e dois. Números ímpares à esquerda, pares à direita. Celaena continuava se movendo, acendendo tocha após tocha, afastando as cortinas de teias de aranha. Conforme avançava no corredor, os números nas portas aumentavam.

Isto é algum tipo de masmorra?

Mas o chão não tinha indícios de sangue, resto de ossos ou armas. Nem mesmo cheirava tão mal — era apenas empoeirado. Seco. A assassina tentou abrir uma das portas, mas estava firmemente trancada. Todas estavam trancadas. E algum instinto disse a Celaena que as mantivesse daquele jeito.

A cabeça dela latejava levemente com o início de uma dor.

O corredor se estendia, até que a jovem chegou à porta no extremo oposto, as celas de cada lado numeradas 98 e 99.

Além delas, havia uma última porta sem marcação. Celaena apoiou a tocha em um suporte ao lado e segurou a argola na porta para abri-la. Aquela era significativamente mais leve do que a anterior, mas também estava trancada. E, diferente das portas que ladeavam o corredor, aquela parecia *pedir* para ser destrancada — como se precisasse ser aberta. Então Celaena proferiu o feitiço para destrancar de novo, passando o giz branco como osso no metal antigo. A porta cedeu sem fazer um ruído.

Talvez esta fosse a masmorra de Gavin. Do tempo de Brannon. Isso explicaria as imagens de feéricos na escadaria acima. Talvez ele tivesse usado aquelas celas com portão de ferro para aprisionar os soldados-demônio do exército de Erawan. Ou as coisas malignas que Gavin e seu exército de guerra tinham caçado...

A boca de Celaena ficou seca quando ela passou pela segunda porta e acendeu as tochas pelo caminho. De novo, a luz revelou um pequeno lance de escadas que dava para um corredor. No entanto, aquele se curvava para a direita e era significativamente mais curto. Não havia nada nas sombras

— apenas mais e mais portas de ferro trancadas de cada lado. Estava tão, tão silencioso...

Ela caminhou até chegar à porta do outro lado do corredor. Sessenta e seis celas dessa vez, todas seladas. A assassina destrancou a porta final com as marcas de Wyrd.

Celaena entrou na terceira passagem, que também fazia uma curva acentuada para a direita, e descobriu que era ainda menor. Trinta e três celas.

O quarto corredor virava para a direita de novo, e Celaena contou 22 celas. O latejar fraco em sua cabeça se tornou uma enxaqueca completa, mas era tão longe voltar para os aposentos, e Celaena já *estava* ali...

Ela parou diante da quarta porta final.

É um espiral. Um labirinto. Leva a pessoa mais profundamente para dentro, mais para longe, abaixo do chão...

Celaena mordeu o lábio, mas destrancou a porta. Onze celas. Apertou o passo e chegou rapidamente à quinta porta. Nove celas.

Aproximou-se da sexta porta e parou subitamente.

Um tipo diferente de frio percorreu seu corpo quando ela fitou o sexto portal.

O centro do espiral?

Quando o giz tocou a porta de ferro para formar as marcas de Wyrd, uma voz no fundo da mente de Celaena disse a ela para correr. E embora a assassina quisesse escutar, abriu a porta mesmo assim.

A tocha de Celaena revelou um corredor em ruínas. Parte das paredes havia cedido e as vigas de madeira estavam reduzidas a farpas. Teias de aranha se estendiam entre as estruturas quebradas de madeira, e retalhos puídos de tecido, empalados em pedras e vigas, oscilavam à leve brisa.

A morte tinha passado por ali. E não fazia muito tempo. Se aquele lugar fosse tão antigo quanto Gavin e Brannon, a maior parte do tecido teria virado pó.

Celaena olhou para as três celas que alinhavam o pequeno corredor. Havia mais uma porta no final, a qual pendia, torta, da treliça restante. Escuridão preenchia o vazio além dela.

Mas foi a terceira cela que chamou a atenção da assassina.

A porta de ferro que dava para a terceira cela tinha sido esmagada, a superfície, amassada e dobrada sobre si mesma. Mas não pelo lado de fora.

Celaena ergueu Damaris à sua frente ao se voltar para a cela aberta.

Quem quer que estivesse ali dentro, tinha escapado.

Um rápido agitar da tocha pelo portal não revelara nada a não ser ossos — pilhas de ossos, a maioria estilhaçada, sem chance de reconhecimento.

Celaena voltou a atenção para o corredor. Nada se movia.

Cautelosamente, ela entrou na cela.

Correntes de ferro pendiam das paredes, quebradas onde deveria haver algemas. A pedra escura estava coberta por marcas brancas; dezenas e dezenas de fendas longas e profundas em grupos de quatro.

Unhas.

Ela se virou para olhar para a porta quebrada da cela. Havia diversas marcas nela.

Como alguém poderia fazer tais linhas em ferro? Em pedra?

Celaena estremeceu e saiu rapidamente da cela.

A assassina olhou de volta para o caminho de onde tinha vindo, o qual brilhava com as tochas que ela havia acendido, e então para o espaço escuro e aberto que seguia adiante.

Você está perto do centro do espiral. Apenas veja o que é — veja se fornece alguma resposta. Elena disse para procurar por pistas...

A jovem girou Damaris na mão algumas vezes — apenas para aquecer o pulso, é claro. Depois de alongar o pescoço, entrou no escuro.

Não havia suportes para tochas ali. O sétimo portal revelou apenas uma passagem curta e uma porta aberta. Um oitavo portão.

As paredes de cada lado da oitava porta estavam danificadas e com marcas de garras. A cabeça de Celaena latejou violentamente, então se acalmou quando ela se aproximou.

Além do portal havia uma escada em espiral que subia, tão alto que Celaena não conseguia ver o topo. Uma subida diretamente para a escuridão.

Mas até onde?

A escadaria fedia, e a assassina segurou Damaris diante de si ao subir os degraus, com o cuidado de evitar as pedras caídas que cobriam o chão.

Cada vez mais para cima, ela escalou, grata por todo o treinamento. A dor de cabeça apenas piorou, mas quando chegou ao topo, esqueceu da fadiga, da dor.

Celaena ergueu a tocha. Paredes reluzentes de obsidiana a cercavam, estendendo-se bem para o alto — tão alto que ela não conseguia ver o teto. Estava dentro de algum tipo de câmara no fundo de uma torre.

Contorcendo-se ao longo das paredes de pedra esquisita, veios esverdeados brilhavam à luz da tocha. Celaena vira aquele material antes. Vira...

O anel do rei. O anel no dedo de Perrington. E de Cain...

Ela tocou a pedra, e um choque percorreu seu corpo, a cabeça doía tanto que Celaena arquejou. O Olho de Elena emitiu um pulso de luz azul, mas rapidamente se apagou, como se a própria luz tivesse sido sugada para a pedra e devorada.

A jovem cambaleou de volta para as escadas.

Pelos deuses. O que é isto?

Como se em resposta, um estrondo ressoou pela torre, tão alto que a assassina deu um salto para trás. Ecoou e ecoou, até se tornar metálico.

Celaena ergueu o olhar para a escuridão acima.

— Sei onde estou — sussurrou ela quando o som se dissipou.

A torre do relógio.

CAPÍTULO 44

Dorian olhava para a estranha escada em espiral. Celaena havia encontrado as lendárias catacumbas abaixo da biblioteca. É claro que havia. Se tinha alguém em Erilea que poderia encontrar uma coisa dessas, era ela.

O príncipe estava prestes a sair para almoçar quando a viu caminhando na direção da biblioteca, uma espada amarrada às costas. Talvez a tivesse deixado em paz se a jovem não estivesse com os cabelos trançados. Celaena *nunca* prendia o cabelo, a não ser que estivesse lutando. E quando estava prestes a se sujar.

Aquilo não era espionar. E não era espreitar. Dorian estava meramente curioso. Ele a seguiu pelos longos corredores e salas esquecidos, sempre se mantendo bem atrás, os passos silenciosos como Chaol e Brullo haviam ensinado anos antes. O príncipe seguiu até Celaena desaparecer por aquela escadaria, dando uma olhadela desconfiada por cima do ombro.

Sim, a assassina tramava alguma coisa. Então Dorian esperou. Um minuto. Cinco minutos. Dez minutos antes de a seguir. Para fazer parecer um acidente caso os caminhos dos dois se cruzassem.

E agora, o que ele via? Nada além de lixo. Pergaminhos e livros velhos espalhados. Mais além, havia uma segunda escadaria em espiral, acesa da mesma forma que a anterior.

Um calafrio percorreu o corpo dele. Dorian não gostava nada daquilo. O que Celaena estava fazendo ali?

Como se em resposta, a magia do príncipe gritou para que ele corresse no sentido oposto — para que buscasse ajuda. Mas a biblioteca principal estava muito distante, e até que conseguisse ir até lá e voltar, algo poderia acontecer. Algo poderia já ter acontecido...

Dorian desceu rapidamente a escadaria e encontrou um corredor de iluminação fraca com uma única porta deixada entreaberta, duas marcas escritas nela com giz. Ao ver o corredor em frente ladeado por celas, ele congelou. O ferro fedia, de alguma forma — e fazia com que o estômago dele revirasse.

— Celaena? — chamou Dorian pelo corredor. Nenhuma resposta. — Celaena? — Nada.

Precisava dizer a ela para sair de lá. O que quer que fosse aquele lugar, nenhum dos dois deveria estar ali. Mesmo que o poder no seu sangue não estivesse gritando, ele sabia. Precisava tirá-la dali.

Dorian desceu a escadaria.

Celaena meio que corria e saltava escadaria abaixo, fugindo do interior da torre do relógio o mais rápido possível. Embora fizesse meses desde que havia encontrado os mortos durante o duelo com Cain, a lembrança de ser atirada contra a parede escura da torre ainda estava próxima demais. Ela conseguia ver os mortos sorrindo, e recordou-se das palavras de Elena no Samhuinn sobre os oito guardiões na torre do relógio e sobre como deveria ficar longe deles.

A cabeça da jovem doía tanto que ela mal conseguia se concentrar nos degraus sob os pés.

O que estivera ali? Aquilo não tinha nada a ver com Gavin, ou com Brannon. Talvez a masmorra tivesse sido construída naquela época, mas aquilo — tudo aquilo — precisava estar ligado ao rei. Porque ele havia construído a torre do relógio, construído com...

Obsidiana pelos deuses proibida,
Pedra que eles tanto temiam.

Mas... mas as chaves deveriam ser pequenas. Não colossais, como a torre do relógio. Não...

Celaena chegou à base da escadaria do relógio e congelou ao olhar para a passagem que continha a cela destruída.

As tochas haviam se apagado. Ela olhou para trás, na direção da torre do relógio. A escuridão parecia se expandir, estendendo-lhe a mão. Celaena não estava sozinha.

Agarrada à própria tocha, mantendo a respiração equilibrada, ela seguiu sorrateiramente pela passagem em ruínas. Nada — nenhum som, nenhuma indicação de outra pessoa na passagem. Mas...

Na metade do caminho para baixo, Celaena parou de novo e apoiou a tocha. Ela havia marcado todas as curvas, contara os passos conforme se dirigia até lá. Conhecia o caminho pela escuridão, conseguiria encontrar o caminho de volta vendada. E se não estava sozinha ali embaixo, a tocha funcionaria como um farol. Celaena não estava nem um pouco inclinada a virar um alvo. A assassina apagou a chama com um pisão.

Escuridão total.

Celaena ergueu mais Damaris, ajustando a vista à escuridão. Mas não estava completamente escuro. Um brilho tênue era emitido do amuleto — um brilho que a permitia enxergar apenas formas confusas, como se a escuridão fosse forte demais para o Olho. Os pelos de sua nuca se arrepiaram. A única outra vez que vira o amuleto brilhar daquela forma... Tateando pela parede com a outra mão, sem ousar virar de costas, voltou devagar na direção da biblioteca.

Houve um roçar de unha contra a pedra, então o ruído de respiração.

Não era a dela.

A coisa olhava pelas sombras da cela, agarrada à capa com mãos como garras. Comida. Pela primeira vez em meses. Ela era tão quente, tão fervilhante com vida. A coisa saiu ligeira pela cela e passou pela jovem que continuava a recuar às cegas.

Desde que a haviam trancado ali embaixo para apodrecer, desde que tinham se cansado de brincar com ela, a coisa havia se esquecido de muito. Esquecera-se do próprio nome, do que costumava ser. Mas agora sabia coisas mais úteis — melhores. Como caçar, como se alimentar, como usar aquelas marcas para abrir e fechar portas. Havia prestado atenção durante os longos anos; observara-os fazendo as marcas.

E depois que partiram, a coisa esperou até saber que não voltariam. Até que *ele* estivesse olhando para outro lado e tivesse levado todas as outras coisas com ele. Então, começou a abrir portas, uma após a outra. Algum fiapo da coisa permanecia mortal o suficiente para sempre trancar as portas, para voltar ali e constituir as marcas que trancavam a porta novamente, para se manter contida.

Mas a jovem chegara até ali. Aprendera as marcas, o que significava que tinha que saber — saber o que havia sido feito com a coisa. A jovem só podia ter participado daquilo, do rompimento e da fragmentação e, depois, da reconstrução violenta. E como ela tinha ido até lá...

A coisa se abaixou em outra sombra e esperou que a jovem caminhasse na direção de suas garras.

Celaena parou de recuar quando a respiração foi interrompida. Silêncio.
A luz azul ao redor dela ficou mais forte.
Celaena levou a mão ao peito.
O amuleto se incendiou.

A coisa andava perseguindo os homenzinhos que viviam acima havia semanas, contemplando qual seria o gosto deles. Mas havia sempre aquela luz amaldiçoada perto deles, luz que queimava seus olhos sensíveis. Havia sempre algo que a mandava, fugida, de volta para lá, para o conforto da pedra.

Ratos e seres rastejantes tinham sido sua única alimentação havia tempo demais, o sangue e os ossos deles eram ralos e insípidos. Mas aquela fêmea... a coisa a encontrara duas vezes antes. Primeiro, com aquela mesma luz azul fraca na garganta — então uma segunda vez, quando não a vira, mas sentira o *cheiro* do outro lado daquela porta de ferro.

No andar de cima, a luz azul tinha sido o suficiente para afastar a coisa — a luz azul tinha gosto de poder. Mas ali embaixo, na sombra da pedra preta que respirava, aquela luz foi reduzida. Ali embaixo, agora que a coisa havia apagado as tochas que a jovem acendeu, não existia nada para impedir o ataque, e ninguém para ouvir a vítima.

A coisa não tinha esquecido, nem nos caminhos distorcidos da memória, o que havia sido feito com ela naquela mesa de pedra.

Com a boca salivando, a coisa sorriu.

O Olho de Elena queimou forte como chama, e Celaena ouviu um chiado no ouvido.

Virou-se, golpeando antes que conseguisse ver direito a figura coberta pelo manto atrás de si. Viu apenas um lampejo de pele enrugada e dentes pontiagudos e quebrados antes de cortar o peito da figura com Damaris.

A coisa gritou — gritou como nada que a assassina tinha ouvido antes quando o manto esfarrapado se rasgou, revelando um peito ossudo e disforme salpicado de cicatrizes. As mãos com garras se lançaram contra o rosto de Celaena ao cair, os olhos reluzentes pela luz do amuleto. Os olhos de um animal, capazes de ver no escuro.

A pessoa — criatura — do corredor. Do outro lado da porta. Celaena nem mesmo viu onde feriu a criatura quando caiu no chão. Sangue escorreu do nariz e encheu sua boca. A assassina disparou em uma corrida cambaleante na direção da biblioteca.

Celaena saltou sobre vigas caídas e pedaços de pedra, deixando que o Olho iluminasse o caminho, mal se mantendo de pé conforme escorregava em ossos. A criatura saiu disparada atrás dela, destruindo os obstáculos como se não passassem de cortinas de fios de seda. A criatura ficava de pé como um homem, mas não era um homem — não, aquele rosto era algo saído de um pesadelo. E a força daquilo, para conseguir empurrar aquelas vigas caídas como se fossem espigas de trigo...

As portas de ferro estavam ali para manter aquilo do lado de dentro.

E Celaena destrancara todas elas.

Ela disparou para cima da pequena escada e atravessou o primeiro portal. Quando se virou para a esquerda, a coisa a segurou pela parte de trás da túnica. O tecido rasgou. Celaena se chocou contra a parede oposta, abaixando-se quando a coisa disparou na sua direção.

Damaris cantou e a criatura rugiu, caindo para trás. Sangue preto espirrou do ferimento no abdômen. Mas Celaena não havia cortado fundo o bastante.

Ao ficar de pé, sangue escorrendo pelas costas do lugar em que as garras a haviam perfurado, Celaena sacou uma adaga com a outra mão.

O capuz caíra da criatura, revelando o que parecia o rosto de um homem — parecia, porém não era mais. Os cabelos eram ralos, pendendo do crânio reluzente em mechas grudadas, e os lábios... havia tantas cicatrizes ao redor da boca, como se alguém a tivesse rasgado, então costurado, depois rasgado de novo.

A criatura apertou a mão retorcida contra o abdômen, ofegando entre aqueles dentes marrons e quebrados enquanto olhava para Celaena — *olhava* com tanto ódio que a jovem não conseguia se mover. Era uma expressão tão humana...

— O que você *é*? — Ela arquejou, girando Damaris ao recuar mais um passo.

Mas a criatura subitamente começou a se atacar com as próprias garras, rasgando as vestes escuras, puxando os cabelos, apertando o crânio, como se estivesse prestes a enfiar a mão dentro e puxar algo para fora. E os gritos que emitia, o ódio e o desespero...

A criatura estivera no *corredor do castelo*.

O que significava...

Aquela coisa, aquela pessoa — sabia como usar as marcas de Wyrd também. E com aquela força sobrenatural, nenhuma barreira mortal a conteria.

A criatura inclinou a cabeça para trás e os olhos animais se concentraram em Celaena de novo. Fixos. Um predador antecipando o gosto da presa.

A assassina se virou e correu, desesperada.

Dorian acabara de passar pela terceira porta quando ouviu o grito de algo não humano. Uma série de ruídos de coisas se quebrando encheu a passagem, e os urros eram interrompidos a cada pancada.

— Celaena? — gritou Dorian, na direção da comoção.

Outra pancada.

— Celaena!

Então...

— *Dorian, corra!*

O grito esganiçado que se seguiu à ordem de Celaena tremeu as paredes. As tochas estalaram.

Dorian sacou o florete quando Celaena subiu disparada as escadas, sangue escorrendo no rosto, e bateu a porta de ferro atrás de si. Ela correu na direção do príncipe, uma espada em uma das mãos, uma adaga na outra. O amuleto no pescoço brilhava azul, como a mais quente das chamas.

Celaena estava ao lado de Dorian em um segundo. A porta de ferro se escancarou atrás deles e...

A coisa que saiu de dentro não era daquele mundo — não poderia ser. Parecia algo que costumava ser um homem, mas estava retorcido e seco e quebrado, com fome e loucura estampadas em cada osso protuberante do corpo. *Deuses. Ai, deuses.* O que ela havia despertado?

Os dois avançaram pelo corredor, e o príncipe xingou ao ver os degraus que levavam à porta seguinte. O tempo que levaria para subir as escadas...

Mas Celaena era rápida. E meses de treinamento a haviam fortalecido. Para humilhação eterna de Dorian, quando chegaram à base das escadas, ela o agarrou pelo colarinho da túnica, meio que puxando-o para degraus acima. A assassina impulsionou Dorian para o corredor além do portal.

Atrás deles, a coisa urrava. Ele se virou a tempo de ver os dentes quebrados da criatura brilhando ao subir as escadas. Ágil como um raio, Celaena bateu a porta de ferro na cara da criatura.

Apenas mais uma porta — Dorian conseguia visualizar a plataforma que dava para o primeiro corredor, então aquela escada em espiral, depois a segunda escada e...

E depois, quando chegassem à biblioteca principal? O que poderiam fazer contra aquela coisa?

Ao ver o terror puro no rosto de Celaena, Dorian soube que ela pensava o mesmo.

Celaena atirou o príncipe para o corredor, então impulsionou o corpo para trás, se chocando contra a última porta de ferro que separava o covil da criatura do restante da biblioteca. Ela colocou o peso sobre a porta e viu estrelas quando a coisa se atirou contra o outro lado. Pelos deuses, aquilo era forte — forte e selvagem e insistente...

Por um momento, a jovem cambaleou para longe e a coisa tentou abrir a porta. Mas Celaena impulsionou o corpo, atirando as costas contra a porta.

A mão da criatura ficou presa na porta, e ela urrou, rasgando o ombro de Celaena com as garras enquanto a assassina empurrava e empurrava. Sangue escorria do nariz de Celaena, misturando-se ao sangue que escorria dos ombros. As garras se enterraram mais.

Dorian correu, apoiando as costas na porta. Ele ofegava, olhando Celaena, boquiaberto.

Precisavam selar a porta. Mesmo que aquela coisa fosse inteligente o bastante para conhecer as marcas de Wyrd, precisavam ganhar tempo. Ela precisava dar a Dorian tempo o suficiente para sair. Perderiam as forças em breve, e a coisa invadiria e os mataria e quem mais entrasse em seu caminho.

Devia haver uma tranca em algum lugar, algum modo de fechar a criatura do lado de dentro, segurá-la por apenas um momento...

— *Empurre* — arquejou ela para Dorian.

A criatura ganhou 2 centímetros, mas Celaena empurrou forte, puxando a força das pernas. A coisa rugiu de novo, tão alto que a assassina achou que sangue jorraria de seus ouvidos. Dorian praguejou com vigor.

Celaena olhou para ele, sequer sentindo a dor das garras cravadas na pele. Suor escorreu pela testa do príncipe quando... quando...

O metal começou a esquentar pelas beiradas da porta, brilhando vermelho, então chiou...

Havia magia ali; magia estava em curso bem naquele momento, tentando selar a porta contra a criatura. Mas não vinha de Celaena.

Os olhos de Dorian estavam fechados de concentração, o rosto dele pálido como a morte.

Ela estava certa. Dorian *tinha* magia. Foi essa a informação que Pernas Amarelas quis vender pelo lance mais alto, vender para o próprio rei. Era um conhecimento que poderia mudar *tudo*. Poderia mudar o mundo.

Dorian tinha magia.

E se ele não parasse, iria se queimar na porta de ferro.

A porta sufocava o príncipe. Ele estava em um caixão, um caixão sem ar. A magia não conseguia respirar. *Ele* não conseguia respirar.

Celaena xingou quando a criatura ganhou mais espaço. Dorian nem mesmo sabia o que estava fazendo, só sabia que *precisava* selar aquela porta. Sua magia tinha escolhido o método. O príncipe empurrou com as pernas, empurrou com as costas, empurrou a magia ao máximo enquanto tentava soldar a porta. Girando, calor, estrangulando...

A magia escorregava para fora de Dorian.

A criatura empurrou com força, o que fez com que ele saísse cambaleando. Mas Celaena se atirou com mais força contra a porta enquanto o príncipe recuperava o equilíbrio.

A espada de Celaena estava a poucos metros, mas qual era a utilidade de uma espada?

Os dois não tinham esperanças de escapar com vida.

Os olhos de Celaena encontraram os de Dorian, a pergunta era muito visível no rosto ensanguentado dela:

O que foi que eu fiz?

Ainda presa pelas garras da criatura, Celaena nem mesmo conseguia se mover quando Dorian deu um impulso repentino na direção de Damaris. A criatura tentou escapar mais uma vez, e o príncipe girou, fazendo contato direto com o pulso da coisa. O grito emitido penetrou os ossos de Celaena, mas a porta se fechou completamente. A assassina cambaleou, a mão decepada da besta despontando de seu ombro, mas ela empurrou o corpo de volta contra a porta quando a criatura, mais uma vez, se jogou nela.

— Que diabo é isso? — gritou Dorian, atirando o peso de volta contra o ferro.

— Não sei — sussurrou Celaena. Sem o luxo de um curandeiro, arrancou a mão imunda do ombro, reprimindo um grito. — Estava lá embaixo — falou a assassina, ofegante. Mais uma pancada atrás da porta. — Não dá para selar essa porta com magia. Precisamos... precisamos selar de outro modo. — E encontrar algo que venceria a inteligência de qualquer feitiço de destrancar que aquela criatura conhecesse, alguma forma de impedir que ela saísse. Celaena engasgou com o sangue que escorria do nariz para dentro da boca, então cuspiu no chão. — Tem um livro, *Os mortos andam*. Lá haverá a resposta.

Os olhos deles se encontraram e se detiveram. Uma linha se estendeu, firmemente, entre eles — um momento de confiança e uma promessa de respostas dos dois.

— Onde está o livro? — perguntou Dorian.

— Na biblioteca. Ele encontrará você. Posso segurar a porta por alguns minutos.

Sem precisar que aquilo fizesse sentido, Dorian disparou escada acima. Percorreu estante após estante, os dedos lendo os títulos, mais e mais rápido, sabendo que cada segundo exauria as forças dela. O príncipe estava prestes a gritar de frustração quando passou por uma mesa e viu um grande título preto na superfície.

Os mortos andam.

Celaena estava certa. Por que estava sempre certa, do seu próprio jeito esquisito? Dorian pegou o livro e correu para a câmara secreta. A jovem estava de olhos fechados e com os dentes vermelhos do próprio sangue enquanto os mantinha trincados.

— Aqui — disse Dorian. Sem precisar que ela pedisse, o príncipe se atirou contra a porta quando Celaena caiu no chão e pegou o livro. Ela estava com as mãos trêmulas ao virar uma página, então outra e outra. O sangue de Celaena espirrava no texto.

— "Para selar ou conter" — leu ela em voz alta. Dorian olhou para as dezenas de símbolos na página.

— Isto vai funcionar? — perguntou ele.

— Espero que sim — grunhiu Celaena, já se movendo, segurando o livro aberto na outra mão. — Depois que o feitiço for lançado, simplesmente passando por este portal, vai segurar a criatura por tempo o bastante para que possamos matá-la. — Ela enfiou os dedos nos ferimentos no peito, e Dorian apenas olhou, perplexo, quando Celaena fez a primeira marca, então a segunda, transformando o corpo detonado em um tinteiro enquanto desenhava marca após marca ao redor da porta.

— Mas para que a coisa passe pelo portal — ofegou Dorian —, nós precisaríamos...

— Abrir a porta — completou Celaena, assentindo.

O príncipe se virou para que ela estendesse o braço e desenhasse acima da cabeça dele, a respiração dos dois se misturava.

Celaena emitiu um longo suspiro ao desenhar a última marca e, subitamente, as marcas brilharam com um azul fraco. Dorian se apoiou contra a porta, mesmo ao sentir o ferro se enrijecer.

— Pode soltar — sussurrou Celaena, inclinando a espada. — Solte e venha para trás de mim.

Pelo menos não o insultou ordenando que fugisse.

Inspirando uma última vez, o príncipe saltou para longe.

A criatura se chocou contra a porta, escancarando-a.

E, exatamente como a assassina dissera, a coisa congelou sob o portal, os olhos animalescos estavam selvagens quando a cabeça despontou no corredor. Houve uma pausa então, uma pausa na qual Dorian poderia ter jurado que Celaena e a criatura se olharam — e a bestialidade daquela coisa se acalmou, apenas por um momento. Apenas por um momento, e então a assassina se moveu.

• 343 •

A espada refletiu a luz da tocha e ouviu-se um ruído de carne sendo esmagada e osso se partindo. O pescoço era espesso demais para ser decepado com um golpe, então, antes que Dorian conseguisse inspirar mais uma vez, Celaena golpeou de novo.

A cabeça caiu no chão com um estampido, sangue preto esguichou do pescoço cortado — do corpo que ainda estava paralisado à porta.

— Merda — sussurrou Dorian. — Merda.

Celaena se moveu de novo, afundando a espada na cabeça, espetando-a, como se achasse que a criatura ainda pudesse morder.

O príncipe ainda emitia um fluxo constante de xingamentos quando Celaena estendeu a mão para as marcas ensanguentadas ao redor da porta e passou o dedo por uma delas.

O corpo sem cabeça da criatura caiu no chão, o feitiço fora quebrado.

Mal terminara de cair quando a assassina golpeou quatro vezes: três para dividir o torso macilento em dois, e um quarto golpe para acertar o lugar em que o coração estaria. Bile subiu quando a espada acertou a criatura uma quinta vez, abrindo a cavidade peitoral.

O que quer que Celaena tivesse visto fez o rosto dela ficar ainda mais pálido. Dorian não queria olhar.

Com eficiência sombria, ela chutou a cabeça, humana demais, pelo portal, fazendo com que se chocasse contra o cadáver definhado da criatura. Então fechou a porta de ferro e desenhou mais algumas marcas sobre o portal, o qual brilhou e então se apagou.

Celaena se virou para o príncipe, mas Dorian olhava outra vez para a porta, agora selada.

— Quanto tempo este... este *feitiço* dura? — Ele quase engasgou na palavra.

— Não sei — falou Celaena, sacudindo a cabeça. — Até eu remover as marcas, acho.

— Não creio que deveríamos contar a mais ninguém sobre isto — falou Dorian, com cautela.

Celaena deu uma gargalhada um pouco selvagem. Contar aos outros, até mesmo a Chaol, significaria responder perguntas difíceis — perguntas que poderiam garantir aos dois uma viagem até a ala do abatedouro.

— Então — falou Celaena, cuspindo sangue nas pedras —, quer se explicar primeiro, ou devo eu?

Celaena começou, porque Dorian precisava desesperadamente trocar a túnica imunda, e conversar parecia uma boa ideia enquanto ele se despia no quarto. Ela se sentou na cama do príncipe, não parecendo muito melhor também — motivo pelo qual haviam usado as passagens dos criados até a torre.

— Sob a biblioteca há uma masmorra antiga, acho — falou Celaena, tentando manter a voz o mais baixa possível. Ela viu um lampejo de pele pela porta entreaberta que dava no aposento de vestir de Dorian, então virou o rosto. — Acho... acho que alguém manteve a criatura lá dentro até que ela se libertou da cela. Aquela coisa tem vivido sob a biblioteca desde então.

Não havia necessidade de contar a Dorian que ela começava a acreditar que o rei tinha *criado* aquilo. A torre do relógio fora construída pelo próprio rei — então ele tinha que saber a que ela estava conectada. Celaena estava ciente de que a criatura tinha sido feita porque no peito dela havia um coração humano. A assassina estava disposta a apostar que o rei usara pelo menos uma chave de Wyrd para fazer tanto a torre quanto o monstro.

— O que não entendo — disse Dorian, de dentro do aposento — é por que essa coisa consegue abrir as portas de ferro agora se não conseguia antes.

— Porque fui uma idiota e quebrei os feitiços sobre as portas quando entrei.

Uma mentira — de certo modo. Mas Celaena não queria explicar, não *podia* explicar, por que a criatura tinha sido capaz de se libertar antes e jamais ferira ninguém até então. Por que estivera no corredor naquela noite e desaparecera, por que os bibliotecários estavam vivos e ilesos.

Mas talvez o homem que a criatura fora um dia... Talvez não tivesse se perdido completamente. Havia tantas perguntas agora, tantas coisas sem resposta.

— E aquele último feitiço que você fez, na porta. Vai durar para sempre? — Dorian surgiu vestindo uma túnica nova e calça, ainda descalço. A visão dos pés dele parecia estranhamente íntima.

Celaena deu de ombros, lutando contra a vontade de limpar o rosto ensanguentado e imundo. O príncipe oferecera o banheiro particular, mas ela recusara. *Aquilo* também pareceu íntimo demais.

— O livro diz que é um feitiço de selagem permanente, então não acho que outra pessoa, exceto nós, conseguirá atravessar.

A não ser que o rei queira entrar e use uma das chaves de Wyrd.

Dorian passou a mão pelo cabelo, sentando-se ao lado de Celaena na cama.

— De onde veio a criatura?

— Não sei — mentiu Celaena.

O anel do rei lhe veio à mente. Mas aquela não poderia ser a chave de Wyrd; Pernas Amarelas tinha dito que eram lascas de pedra preta, não... não forjadas em algum formato. Mas ele poderia ter feito o anel usando a chave. Celaena agora entendia por que Archer e sua sociedade tanto cobiçavam quanto queriam destruir o objeto. Se o rei poderia usá-lo para *fazer* criaturas...

Se tivesse feito *mais*...

Havia tantas portas. Bem mais que duzentas, todas trancadas. E tanto Kaltain quanto Nehemia haviam mencionado asas — asas nos sonhos, asas batendo sobre o desfiladeiro Ferian. O que o rei estava criando ali?

— Diga — insistiu Dorian.

— Não sei — mentiu Celaena de novo, e se odiou por isso. Como poderia fazê-lo entender uma verdade que poderia destruir tudo o que o príncipe amava?

— Aquele livro — disse Dorian. — Como sabia que ajudaria?

— Eu o encontrei um dia na biblioteca. Parecia... me seguir. Apareceu em meus aposentos quando não o levei para lá, ressurgiu na biblioteca; estava cheio daquele tipo de feitiço.

— Mas não é magia — falou Dorian, empalidecendo.

— Não a magia que você tem. É diferente. Eu nem mesmo sabia se aquele feitiço funcionaria. E por falar nisso — disse Celaena, encarando o príncipe —, você tem... magia.

Ele avaliou o rosto dela, e a assassina lutou contra a vontade de desviar os olhos.

— O que quer que eu diga?

— Diga como tem magia — sussurrou ela. — Diga como *você* tem e o resto do mundo não. Conte como a descobriu e que tipo de magia é. Conte tudo. — Dorian começou a balançar a cabeça, mas Celaena aproximou o corpo. — Você acabou de me ver quebrar pelo menos uma dezena das leis de seu pai. Acha que vou entregá-lo ao rei quando você poderia facilmente me destruir também?

Dorian suspirou. Depois de um instante, falou:

— Há algumas semanas, eu... explodi. Fiquei tão irritado em uma reunião do conselho que saí disparado e soquei uma parede. E, de alguma forma, a pedra quebrou, e então a janela próxima também se estilhaçou. Desde então, venho tentando descobrir de onde ela vem, que tipo de poder é exatamente. E como controlar. Mas apenas... acontece. Como...

— Como na ocasião em que me impediu de matar Chaol.

O pescoço do príncipe se mexeu quando ele engoliu em seco.

Celaena não conseguiu encará-lo ao falar:

— Obrigada por aquilo. Se não tivesse me impedido, eu... — Não importava o que houvesse acontecido entre ela e Chaol, não importava como se sentia em relação a ele agora, se o tivesse matado naquela noite, não haveria retorno, nenhuma recuperação. De alguma forma... de alguma forma, poderia tê-la transformado em outra versão daquela coisa na biblioteca. Ela sentia enjoo só de pensar nisso. — Não importa o que sua magia seja, ela salvou mais vidas que a dele naquela noite.

Dorian se virou.

— Ainda preciso aprender a controlar ou pode acontecer em qualquer lugar. Diante de qualquer um. Tive sorte até agora, mas acho que essa sorte não vai durar.

— Alguém mais sabe? Chaol? Roland?

— Não. Chaol não sabe, e Roland acaba de partir com o duque Perrington. Vão para Morath por alguns meses para... para supervisionar a situação em Eyllwe.

Aquilo tudo tinha que estar relacionado: o rei, a magia, o poder de Dorian, as marcas de Wyrd, até mesmo a criatura. O príncipe foi até a cama e levantou o colchão, puxando de dentro um livro escondido. Não era o melhor lugar para esconder algo, mas o esforço era válido.

• 347 •

— Tenho pesquisado as árvores genealógicas das famílias nobres de Adarlan. Mal tivemos praticantes de magia nas últimas gerações.

Havia tantas coisas que Celaena poderia contar a ele, mas se o fizesse, traria muitas perguntas. Então apenas avaliou as páginas que Dorian mostrou, virando uma por uma.

— Espere — falou Celaena.

Os ferimentos de garras no ombro irradiaram um rompante de dor quando ela levou a mão ao livro. A assassina avaliou a página na qual Dorian havia parado, o coração acelerado ao encaixar outra pista sobre o rei e os planos. Permitiu que Dorian continuasse.

— Está vendo? — falou o príncipe, fechando o livro. — Não tenho muita certeza da origem.

Ele ainda a observava com cautela. Celaena encarou Dorian e falou, baixinho:

— Há dez anos, muitas pessoas que eu... pessoas que eu amava foram executadas por terem magia. — Dor e culpa passaram pelos olhos do príncipe, mas ela continuou: — Então, entende quando digo que não desejo ver mais ninguém morrer por causa disso, mesmo o filho do homem que ordenou aquelas mortes.

— Sinto muito — respondeu Dorian, baixinho. — Então, o que faremos agora?

— Comeremos uma refeição monstruosa, visitaremos um curandeiro, tomaremos um banho. Nessa ordem.

Dorian deu uma risada e a cutucou, de modo brincalhão, com o joelho. Celaena inclinou o corpo para a frente, unindo as mãos entre as pernas.

— Esperaremos. Ficaremos de olho naquela porta para ter certeza de que ninguém tentará entrar e... apenas viveremos um dia após o outro.

Dorian pegou uma das mãos de Celaena, olhando em direção à janela.

— Um dia após o outro.

CAPÍTULO 45

Celaena não comeu, não tomou banho nem visitou um curandeiro por causa do ombro.
Em vez disso, correu até a masmorra, sem nem mesmo olhar para os guardas pelos quais passou. Exaustão a corroía, mas o medo a manteve em movimento, quase saltando escada abaixo.

Eles querem me usar. Eles me enganaram, dissera Kaltain. E no livro de Dorian sobre as linhagens nobres de Adarlan, a família Rompier tinha sido listada como uma com herança mágica forte, que supostamente sumira duas gerações atrás.

Às vezes acho que me trouxeram até aqui, dissera Kaltain. *Não para me casar com Perrington, mas com outro propósito.*

Levaram Kaltain até lá, da forma como levaram Cain. Ele era das montanhas Canino Branco, onde xamãs poderosos governavam as tribos havia muito tempo.

A boca de Celaena ficou seca enquanto ela descia pelo corredor da masmorra até a cela de Kaltain. Ela parou diante da cela, olhando pelas barras.

Estava vazia.

A única coisa que sobrara fora seu manto, descartado no feno remexido. Como se Kaltain tivesse lutado contra quem fora buscá-la.

Celaena estava na estação dos guardas um instante depois, apontando para o corredor.

— Onde está Kaltain? — Ao dizer aquilo, uma lembrança começou a se fazer presente, uma lembrança enevoada pelos dias passados sedada na masmorra.

Os guardas se entreolharam, então olharam para as roupas rasgadas e ensanguentadas dela, até que um respondeu:

— O duque a levou... para Morath. Para ser sua esposa.

Celaena marchou para fora da masmorra, em direção aos próprios aposentos.

Algo está vindo, sussurrara Kaltain. *E devo recebê-lo.*

Minhas dores de cabeça pioram a cada dia, e estão cheias daquelas asas batendo.

Celaena quase tropeçou em um degrau. *Roland tem sofrido de dores cabeça terríveis ultimamente*, contara Dorian a ela alguns dias antes. E agora Roland, que compartilhava do sangue Havilliard de Dorian, fora para Morath também.

Fora ou tinha sido levado?

Celaena tocou o ombro e sentiu os ferimentos abertos e sangrentos por baixo. A criatura enfiara as garras na própria cabeça, como se sentisse dor. E quando a assassina a empurrara pela porta, durante aqueles últimos segundos em que estivera congelada no lugar, viu algo humano nos olhos ensandecidos da criatura — algo que pareceu tão aliviado, tão grato pela morte que ela lhe propiciou.

— Quem era você? — sussurrou Celaena, lembrando-se do coração humano e do corpo humanoide da criatura sob a biblioteca. — E o que ele fez com você?

Mas Celaena tinha a sensação de que já sabia a resposta.

Porque aquela era outra coisa que as chaves de Wyrd podiam fazer, o outro poder controlado pelas marcas de Wyrd: a vida.

Eles ouvem asas no desfiladeiro Ferian, dissera Nehemia. *Nossos batedores não retornam.*

O rei estava distorcendo coisas muito piores do que os homens mortais. Coisas muito, muito piores. Mas o que planejava fazer com elas — com as criaturas, com pessoas como Roland e Kaltain?

Celaena precisava descobrir quantas chaves de Wyrd o rei havia encontrado.

E onde as outras poderiam estar.

Na noite seguinte, a assassina examinou a porta para as catacumbas da biblioteca, os ouvidos atentos a qualquer indício de som do outro lado.

Nada.

As marcas de Wyrd ensanguentadas descascavam, mas sob a casca, como se soldada no metal, estava a linha escura de cada marca.

Bem do alto, o badalar abafado do relógio da torre soou. Eram 2 horas da manhã. Como ninguém sabia que a torre estava no alto de um calabouço antigo que servia como a câmara secreta do rei?

Celaena arregalou os olhos para a porta diante de si. Porque quem sequer *pensaria* que isso era uma possibilidade?

Sabia que deveria ir para a cama, mas havia semanas que não conseguia dormir, e não via mais objetivo em sequer tentar. Fora por isso que descera até ali: para fazer algo enquanto organizava os pensamentos desconexos.

Ela virou a adaga na mão direita, inclinando-a, e deu um leve e hesitante puxão à porta.

A porta permaneceu parada. Celaena parou, buscando ouvir novamente sinais de vida, e puxou com mais força.

A porta não cedeu.

A assassina puxou mais algumas vezes, chegando a apoiar um pé na parede, mas a porta permaneceu selada. Quando, por fim, se convenceu de que *nada* passaria pela porta — em qualquer direção —, emitiu um suspiro longo.

Ninguém acreditaria se contasse sobre aquele lugar — assim como ninguém acreditaria na história absurda e improvável sobre as chaves de Wyrd.

Para encontrar as chaves de Wyrd, ela precisaria resolver a charada primeiro. E então convencer o rei a deixá-la partir por alguns meses. Anos. Seria preciso manipulação cuidadosa, principalmente porque era provável que ele já tivesse uma chave. Mas qual?

Eles ouvem asas...

Pernas Amarelas dissera que apenas juntas as três conseguiriam abrir o verdadeiro portal de Wyrd, mas sozinhas, as chaves ainda continham poder imenso. Que outros tipos de terrores o rei poderia criar? Se algum dia conseguisse as três chaves de Wyrd, o que poderia levar para Erilea para lhe servir? As coisas já estavam agitadas no continente; inquietude se formava. Celaena tinha a sensação de que o rei não toleraria aquilo por muito tempo. Não, seria apenas uma questão de tempo antes que ele libertasse o que quer que estivesse criando sobre todos e destruísse a resistência para sempre.

A assassina olhou para a porta selada, o estômago dela se revirou. Uma poça quase seca de sangue estava na base da porta, tão escura que parecia óleo. Ela se agachou, passando o dedo pela poça. Cheirou e quase vomitou com o fedor, então esfregou o indicador contra o polegar. Ao tato, era tão oleoso quanto parecia.

Levantou-se e enfiou a mão no bolso, procurando algo para limpar os dedos. Celaena tirou de dentro um punhado de papéis. Rascunhos seria mais apropriado — pedaços de coisas que carregava consigo para estudar quando tivesse um momento livre. Franzindo a testa, ela avaliou os papéis para escolher um que pudesse usar como um lenço improvisado.

Um era apenas o recibo de um par de sapatos, o qual devia ter acidentalmente enfiado no bolso naquela manhã. E outro... Celaena ergueu aquele mais próximo. *Ah! Fenda do Tempo!* estava escrito no papel. Ela rabiscara a frase quando tentava resolver a charada do olho. Quando tudo no mausoléu parecera um grande segredo, uma gigantesca pista.

De grande ajuda tinha sido. Apenas mais um beco sem saída. Xingando aos sussurros, ela usou o papel para limpar a sujeira dos dedos. Mas o mausoléu ainda não fazia sentido. O que as árvores no teto e as estrelas no chão tinham a ver com a charada? As estrelas haviam levado ao buraco secreto, mas poderiam facilmente estar no teto para fazer aquilo. Por que construir tudo ao contrário?

Será que Brannon fora tão tolo a ponto de colocar todas as respostas em um lugar?

Celaena desdobrou o pedaço de papel, agora manchado com o sangue oleoso da criatura. *Ah! Fenda do Tempo!*

Não havia frase gravada aos pés de Gavin, apenas aos de Elena. E as palavras faziam pouco sentido.

... Mas e se não fossem feitas para fazer sentido? E se fossem apenas lógicas o suficiente para indicar uma coisa, mas, na verdade, significassem outra?

Tudo no mausoléu estava invertido, reorganizado, a ordem natural revolvida. Para indicar que as coisas estavam misturadas, desorganizadas, incompletas. Então o que deveria estar escondido estava bem à vista. Mas, como todo o resto, o significado estava distorcido.

E havia uma pessoa — um ser — que poderia dizer se ela estava certa.

CAPÍTULO 46

— É um tipo de anagrama — disse Celaena, ofegante, ao chegar ao mausoléu.

Mort abriu um olho.

— Inteligente, não foi? Esconder bem onde todos pudessem ver?

Celaena entreabriu a porta apenas o bastante para entrar. O luar estava forte, e ela perdeu o fôlego ao ver precisamente onde o luar recaía. Trêmula, parou ao pé do sarcófago e passou os dedos pelas letras de pedra.

— Diga o que significa.

Mort fez uma pausa, apenas o suficiente para que Celaena tomasse fôlego para começar a gritar, mas então a aldraba falou:

— Do poema o fado tenho.

Era toda a confirmação de que Celaena precisava. O ambiente desorganizado e incompleto, as letras reorganizadas e as lacunas preenchidas.

A primeira das três chaves de Wyrd. Celaena se moveu ao redor do corpo de pedra, os olhos no rosto de Elena descansando. Enquanto olhava para aquelas feições suaves, Celaena sussurrou as palavras:

Uma, no luto, ele escondeu na coroa
Daquela que tanto amava,
Para que guardasse consigo
Na cela estrelada em que descansava.

Ela levou os dedos trêmulos à joia azul no centro da coroa. Se aquela era, de fato, a chave de Wyrd... o que Celaena faria com ela? Seria forçada a destruí-la? Onde poderia esconder o objeto de modo que ninguém mais o descobrisse? As perguntas giravam e, com toda a dificuldade que ofereciam, ameaçavam mandá-la de volta em disparada para os aposentos, mas Celaena reuniu coragem. Consideraria tudo depois. *Não terei medo*, disse a si mesma.

A gema na coroa brilhou ao luar, e Celaena cuidadosamente empurrou um dos lados da joia. Ela não se moveu.

Celaena empurrou de novo, mantendo-se mais próxima da lateral, cravando a unha na pequena fenda entre a gema e a borda de pedra. A joia se moveu — e se abriu para revelar um pequeno compartimento abaixo. Não era maior que uma moeda, e não era mais profundo do que a extensão da ponta de um dedo.

Ela olhou dentro. O luar revelava apenas a pedra cinza. Celaena colocou um dedo, passando-o por toda a superfície.

Não havia nada ali. Nem uma lasca.

Um rompante de frio percorreu sua espinha.

— Então ele a tem mesmo — sussurrou ela. — Ele encontrou a chave antes de mim. E tem usado seu poder para os objetivos próprios.

— Ele mal tinha 20 anos quando a encontrou — falou Mort, baixinho. — Juventude estranha e belicosa! Sempre xeretando lugares esquecidos nos quais não era bem-vindo, lendo livros que ninguém da idade dele, ou de qualquer idade, deveria ler! Mas — acrescentou Mort — isso parece *incrivelmente* com alguém que conheço.

— E você, de alguma forma, *esqueceu* de me contar até agora?

— Eu não sabia o que era na época; achei que ele meramente tivesse levado algo. Somente quando você leu a charada que eu suspeitei.

Era bom que Mort fosse feito de bronze. Caso contrário, Celaena teria socado a cara dele.

— Tem alguma suspeita sobre o que ele pode ter feito com a chave? — Ela virou a gema de volta enquanto lutava contra o terror crescente.

— Como eu poderia saber? *Ele* nunca disse nada para mim, embora eu precise admitir que não tive vontade de falar com ele. Voltou aqui depois que virou rei, mas apenas xeretou por alguns minutos e depois foi embora. Suspeito que estivesse procurando pelas outras duas chaves.

— Como ele descobriu que estava aqui? — perguntou Celaena, afastando-se da figura de mármore.

— Da mesma forma que você, porém muito mais rápido. Acho que isso faz dele mais inteligente do que você.

— Acha que ele tem as outras duas? — perguntou Celaena, olhando para o tesouro na parede mais afastada, para a base na qual Damaris era exibida. Por que o rei não levara Damaris, uma das heranças mais importantes da casa dele?

— Se tivesse as outras, não acha que nossa destruição já não teria chegado?

— Acha que ele não tem todas as chaves? — perguntou Celaena, começando a suar, apesar do frio.

— Bem, Brannon me disse uma vez que se alguém tiver as três chaves, terá controle do portal de Wyrd. Acho justo presumir que o atual rei teria tentado conquistar outro reino ou teria escravizado criaturas para conquistar o restante do nosso, se tivesse todas as três.

— Que Wyrd nos salve se isso acontecer.

— Wyrd? — Mort gargalhou. — Está rogando à força errada. Se ele controlar Wyrd, vai precisar encontrar outro modo de se salvar. E não acha que é coincidência demais a magia ter cessado assim que ele começou as conquistas?

Como a magia cessou...

— Ele usou as chaves de Wyrd para impedir a magia. Toda magia — acrescentou Celaena —, exceto a dele.

E, por extensão, a de Dorian.

Ela praguejou, então perguntou:

— Acha, então, que ele também pode ter a segunda chave de Wyrd?

— Não acho que uma pessoa poderia *eliminar* a magia apenas com uma chave, embora eu possa estar errado. Ninguém sabe ao certo do que elas são capazes.

• 356 •

Celaena pressionou as palmas das mãos contra os olhos.

— Ai, pelos deuses. Era isso que Elena queria que eu descobrisse. E agora, o que devo fazer? Caçar a terceira chave? Roubar as outras duas dele? *Nehemia... Nehemia, você tinha que saber. Devia ter um plano. Mas o que ia fazer?*

O abismo agora familiar dentro de Celaena cresceu. Não havia fim para aquela dor oca. Nenhum fim mesmo. Se os deuses se incomodassem em ouvir, ela teria trocado a própria vida pela de Nehemia. Teria sido uma escolha tão fácil. Porque o mundo não precisava de uma assassina com o coração covarde. Precisava de alguém como a princesa.

Mas não havia mais deuses com quem barganhar; ninguém para quem Celaena pudesse oferecer a própria alma em troca de mais um momento com Nehemia, apenas mais uma chance de conversar com ela, de ouvir a voz da princesa.

No entanto... Talvez não precisasse dos deuses para conversar com Nehemia.

Cain conjurara o ridderak, e ele certamente não tinha uma chave de Wyrd. Não, Nehemia tinha dito que havia feitiços para abrir um portal temporário, apenas o bastante para que algo passasse por ele. Se Cain podia fazer aquilo, e se Celaena conseguira usar as marcas para congelar a criatura das catacumbas no lugar e selar permanentemente uma porta, então as marcas não seriam capazes de abrir um portal para *outro* reino?

O peito dela se apertou. Se houvesse outros reinos — reinos nos quais os mortos viviam, em tormento ou em paz —, quem diria que ela não conseguiria falar com Nehemia? Celaena conseguiria. Não importava o custo, seria apenas por um momento — apenas o bastante para perguntar onde o rei guardava as chaves ou como encontrar a terceira, e para descobrir o que mais Nehemia talvez soubesse.

Ela conseguiria.

Havia outras coisas que Celaena precisava dizer a Nehemia também. Palavras que precisava dizer, verdades que precisava confessar. E aquele adeus, aquele último adeus que não lhe permitiram dar.

Celaena tirou Damaris da base de novo.

— Mort, quanto tempo acha que um portal pode ficar aberto?

— O que quer que esteja pensando, o que quer que vá fazer agora, *pare*.
Mas Celaena já estava saindo do mausoléu. Ele não entendia — não poderia entender. Ela havia perdido e perdido, incontáveis despedidas lhe foram negadas. Mas não daquela vez — não quando poderia mudar tudo aquilo, mesmo que por alguns minutos. Dessa vez, seria diferente.

Celaena precisaria de *Os mortos andam*, uma ou duas adagas, algumas velas e espaço — mais espaço do que aquele mausoléu podia oferecer. Os desenhos que Cain fizera tinham ocupado bastante espaço. Havia uma enorme passagem um nível acima, nos túneis secretos, um longo corredor e um conjunto de portas que Celaena jamais ousara abrir. O corredor era amplo, o teto era alto: espaço o bastante para lançar o feitiço.

Para que abrisse o portal para outro mundo.

Dorian sabia que estava sonhando. Estava de pé em uma câmara de pedra antiga que jamais vira antes, diante de um guerreiro alto e coroado. A coroa era familiar, de alguma forma, mas os olhos do homem o deixaram imóvel. Eram os olhos do próprio Dorian — cor de safira, incandescentes. As semelhanças acabavam ali; o homem tinha cabelos castanho-escuros na altura dos ombros, um rosto anguloso, quase cruel, e era pelo menos um palmo mais alto do que Dorian. E se portava como... um rei.

— Príncipe — falou o homem, a coroa dourada reluzindo. Havia algo bestial nos olhos dele, como se estivesse mais acostumado a percorrer a natureza do que caminhar naqueles corredores de mármore. — Você precisa acordar.

— Por quê? — perguntou Dorian, sem parecer nada principesco. Estranhos símbolos verdes brilhavam nas pedras cinza, semelhantes aos símbolos que Celaena tinha feito na biblioteca. O que era aquele lugar?

— Porque uma linha que jamais deve ser cruzada está prestes a ser rompida. Coloca o castelo todo em perigo, e a vida de sua amiga. — A voz não era ríspida, mas Dorian tinha a sensação de que poderia se tornar, caso provocada. O que, a julgar por aquela selvageria antiga, a arrogância e o desafio nos olhos do rei, parecia algo relativamente fácil de fazer.

Dorian perguntou:

— Do que está falando? Quem é você?

— Não perca tempo com perguntas inúteis. — Sim, aquele não era um rei de suavizar as palavras. — Deve ir aos aposentos dela. Há uma porta escondida atrás de uma tapeçaria. Pegue a terceira passagem à direita. Vá *agora*, príncipe, ou a perca para sempre.

E, por algum motivo, ao acordar, Dorian não pensou duas vezes no fato de que Gavin, o primeiro rei de Adarlan, tinha falado com ele; vestiu as roupas às pressas, pegou a bainha da espada e correu do alto da torre.

CAPÍTULO 47

O corte no braço latejava, mas Celaena manteve a mão firme ao mergulhar o dedo mais uma vez no próprio sangue e traçar a marca de Wyrd na parede, copiando os símbolos do livro com precisão perfeita. Eles formavam um arco — uma porta — e o sangue reluzia à luz das velas que ela havia levado.

Precisava ser perfeito — cada símbolo precisava ser impecável, ou não funcionaria. Celaena aplicava pressão ao ferimento para evitar que coagulasse. Nem todos conseguiam conjurar as marcas; não, *Os mortos andam* dizia que era preciso ter poder no sangue para fazer aquilo. Cain obviamente tinha algum traço de poder. Devia ser por isso que o rei chamara Kaltain e Roland também. Ele usara as marcas de Wyrd para suprimir a magia, mas devia ter algum modo de conjurar o poder intrínseco ao sangue de alguém — e as marcas de Wyrd também deviam ser capazes de acessar esse poder.

Celaena desenhou mais um símbolo e quase terminou o arco.

O poder das marcas podia distorcer as coisas. Distorcera Cain. Mas também permitira que ele conjurasse o ridderak e ganhasse ainda *mais* poder.

Graças a Wyrd ele estava morto.

Havia mais uma marca a desenhar, aquela que traria para Celaena a pessoa que ela tão desesperadamente precisava ver, mesmo que por um momento. Era complexa, um emaranhado de curvas e ângulos. A jovem pegou o giz e praticou no chão até acertar, então a desenhou com sangue na parede. O nome de Nehemia em marca de Wyrd.

Celaena examinou a porta que havia desenhado e ficou de pé, o livro na mão limpa.

Ela pigarreou e começou a ler as palavras na página.

Não conhecia a língua. A garganta queimava e se contraía, como se lutando contra os sons, mas a assassina continuou, ofegante, as palavras fazendo seus dentes doerem como se tivesse acabado de voltar do frio e bebesse algo quente.

E então, as últimas palavras saíram, e os olhos de Celaena estavam cheios d'água.

Não surpreende que este tipo de poder tenha perdido a popularidade.

Os símbolos escritos em sangue começaram a brilhar verde, um após o outro, até que o arco todo fosse uma linha de luz. As pedras ao redor ficaram mais e mais escuras, então sumiram.

A escuridão dentro do portal verde parecia chamá-la.

Tinha funcionado. Pelos deuses, tinha funcionado.

Era *aquilo* que esperava por ela quando morresse? Nehemia tinha ido para *lá*?

— Nehemia? — sussurrou Celaena, a garganta dolorida pelo feitiço.

Nada. Nada ali dentro — apenas um vazio.

Olhou para o livro, então para a parede e para os símbolos que havia desenhado. Ela os escrevera corretamente. O feitiço estava certo.

— Nehemia? — sussurrou Celaena, para aquela escuridão infinita.

Nenhuma resposta.

Talvez fosse preciso tempo. O livro não especificara quanto tempo levaria; talvez a princesa precisasse viajar por qualquer que fosse aquele reino.

Então Celaena esperou.

Quanto mais encarava aquele vazio sem fim, mais o vazio parecia encará-la de volta. Era exatamente como aquele sonho, aquele em que ela estava de pé à beira da ravina.

Você não passa de uma covarde.

— Por favor — sussurrou Celaena para a escuridão.

Um ganido repentino soou de muito, muito acima, e Celaena se virou na direção das escadas no fim do corredor. Instantes depois, mais rápido do que deveria ser possível, Ligeirinha desceu saltitante os degraus, correndo para ela.

Não para ela, percebeu Celaena ao ver a cauda agitada, a respiração ofegante, o latido que só poderia significar alegria. Não para ela, porque...

Celaena olhou na direção do portal no mesmo momento em que Ligeirinha parou de repente.

Então tudo parou quando ela olhou para a figura reluzente parada do outro lado do portal.

Ligeirinha estava deitada no chão, a cauda ainda agitada, chorando baixinho. As bordas do corpo de Nehemia tremeluziam e se embaçavam, entrecortadas com algum tipo de luz interior. Mas o rosto estava nítido — o rosto estava... era o rosto dela. Celaena caiu de joelhos.

Sentiu o calor das lágrimas antes de perceber que chorava.

— Desculpe. — Foi tudo o que conseguiu dizer. — Desculpe.

Mas Nehemia permaneceu do outro lado do portal. Ligeirinha choramingou de novo.

— Não posso ultrapassar este limite — falou a princesa, baixinho, para a cadela. — E nem você. — O tom de voz mudou, e Celaena soube que Nehemia estava, então, olhando para ela. — Achei que fosse mais inteligente do que isto.

Celaena ergueu o rosto. A luz que irradiava da princesa não atravessava o portal luminoso, como se realmente houvesse algum limite — alguma fronteira final.

— Desculpe — sussurrou Celaena de novo. — Eu só queria...

— Não há tempo para me dizer o que quer dizer. Vim porque você precisa ser avisada. *Não* abra este portal de novo. Da próxima vez que o fizer, não serei eu quem responderá ao chamado. E você não vai sobreviver ao encontro. *Ninguém* tem o direito de abrir a porta para este reino, não importa a intensidade do luto.

Celaena não sabia, não quisera...

Ligeirinha bateu com as patas no chão.

— Adeus, querida amiga — falou Nehemia para a cadela, e começou a andar para dentro da escuridão.

Celaena apenas ficou ali parada, incapaz de se mover ou de pensar. A garganta queimava com aquelas palavras embargadas, as palavras que agora sufocavam a vida da jovem.

— Elentiya. — Nehemia parou e se voltou para ela. O vazio parecia girar, engoli-la pouco a pouco. — Não entenderá ainda, mas... eu sabia qual era meu destino, e o aceitei. Corri na direção dele. Porque era a única forma de as coisas começarem a mudar, de os eventos terem início. Mas não importa o que fiz, Elentiya, quero que saiba que na escuridão dos últimos dez anos, você foi uma das luzes para mim. Não deixe essa luz se apagar.

E antes que Celaena pudesse responder, a princesa se foi.

Não havia nada no escuro. Como se Nehemia nunca tivesse estado ali. Como se Celaena tivesse inventado tudo.

— Volte — sussurrou ela. — Por favor... volte. — Mas a escuridão permanecia a mesma. E Nehemia tinha ido embora.

Celaena ouviu o barulho de passos, mas não do portal. Na verdade, veio da sua esquerda.

De Archer, que estava parado ali, boquiaberto.

— Não acredito — sussurrou ele.

CAPÍTULO 48

Celaena sacou e apontou Damaris para Archer em segundos. Ligeirinha rosnava para ele, mas se manteve afastada, um passo atrás de Celaena.

— O que você está *fazendo* aqui? — Era inconcebível que ele estivesse ali. Como havia entrado?

— Tenho seguido você há semanas — falou Archer, olhando para a cadela. — Nehemia me contou sobre as passagens, me mostrou a entrada. Estive aqui quase todas as noites desde que ela morreu.

A assassina olhou para o portal. Se Nehemia avisara para não abrir o portal, Celaena tinha certeza de que a amiga não queria que Archer o visse também. Ela se moveu até a parede, mantendo-se bem afastada da escuridão ao passar a mão sobre as marcas verdes brilhantes, fazendo menção de apagá-las.

— O que está fazendo? — indagou Archer.

Celaena apontou Damaris para ele, apagando furiosamente as marcas. Elas não cederam. Qualquer que fosse aquele feitiço, era muito mais complexo do que o que selara a porta da biblioteca — apenas limpar as marcas não o desfaria. Mas Archer estava agora entre a jovem e o livro no qual o feitiço de fechamento estava marcado. Celaena esfregou com mais força. Estava tudo dando terrivelmente errado.

— Pare! — Archer avançou, passando por ela com uma facilidade sobrenatural ao agarrar seu pulso. Ligeirinha latiu, um aviso feroz, mas um assobio agudo da dona fez com que a cadela ficasse bem afastada.

Ela se voltou para o cortesão, já com intenção de deslocar o braço que a segurava, mas a luz verde do portal iluminava o pulso dele, no lugar em que a manga da túnica tinha se afastado.

Uma tatuagem preta de uma criatura que parecia ser uma serpente apareceu ali.

Celaena vira aquilo antes. Vira...

Seu olhar se dirigiu para o rosto de Archer.

Não confie...

Ela achou que o desenho de Nehemia indicava o selo real — uma versão levemente distorcida da serpente alada. Mas, na verdade, era da tatuagem dele. Da tatuagem de *Archer*.

Não confie em Archer, era o que a princesa tentava avisar.

Celaena se afastou, sacando uma adaga. Apontou Damaris e a faca para Archer. Quanto Nehemia escondera de Archer e dos contatos dele? Se não confiava neles, então por que contara ao grupo tudo aquilo?

— Conte-me como descobriu isto — sussurrou o cortesão, os olhos se voltando para o portal e para a escuridão além. — Por favor. Encontrou as chaves de Wyrd? Foi assim que conseguiu?

— O que sabe sobre as chaves de Wyrd? — disparou Celaena.

— Onde estão elas? Onde as encontrou?

— Não as possuo.

— Mas achou a charada — disse Archer, ofegante. — Deixei que você encontrasse aquela charada que escondi no escritório de Davis. Levamos cinco anos para descobrir aquela charada... e você deve ter solucionado. Eu sabia que seria você quem solucionaria. Nehemia também sabia.

Celaena balançava a cabeça. Ele não sabia que havia uma segunda charada, uma charada com um mapa para as chaves.

— O rei tem pelo menos uma chave. Mas não sei onde as outras duas estão.

Os olhos de Archer ficaram sombrios.

— Suspeitávamos disso. Foi por isso que ela veio aqui. Para descobrir se o rei havia realmente roubado as chaves e, caso tivesse, quantas.

Era por isso que Nehemia não podia ir embora, percebeu Celaena. Por isso optou por ficar em vez de retornar para Eyllwe. Para lutar pela única coisa que era mais importante do que o destino do seu país: o destino do mundo. De outros mundos também.

— Não preciso entrar em um navio amanhã. Contaremos a todos — sussurrou Archer. — Contaremos a todos que ele as possui e...

— *Não*. Se revelarmos a verdade, o rei usará as chaves para fazer mais mal do que você pode imaginar. Perderemos qualquer chance de discrição para encontrar as demais.

O cortesão deu um passo na direção de Celaena. Ligeirinha emitiu outro rosnado de aviso, mas se manteve afastada.

— Então vamos descobrir onde ele mantém a chave. E as outras. E então as usaremos para destroná-lo. Criaremos um mundo nosso.

A voz dele adquiria um tom de frenesi, cada palavra era mais áspera que a seguinte.

Celaena balançou a cabeça.

— Prefiro destruí-las a usar seu poder.

Archer deu uma risada.

— Ela disse a mesma coisa. Disse que deveriam ser destruídas, colocadas de volta no portal, se conseguíssemos encontrar um meio. Mas qual é a utilidade de encontrar as chaves se não as usarmos contra ele? Se não fizermos com que *ele* sofra?

O estômago de Celaena se revirou. Havia mais coisas que ele não estava dizendo, Archer sabia mais. Então ela suspirou e balançou de novo a cabeça, começando a caminhar de um lado para o outro. Ele ficou em silêncio enquanto Celaena andava — em silêncio até parar subitamente, como se entendesse de repente. Celaena ergueu a voz.

— Ele *deveria* sofrer pelo máximo de tempo possível. Assim como as pessoas que nos destruíram, que nos tornaram o que somos: Arobynn, Clarisse... — Ela mordeu o lábio. — Nehemia jamais poderia entender isso. Nunca tentou. Você... você está certo. Elas devem ser usadas.

Archer a avaliou com tanta cautela que Celaena se aproximou e inclinou a cabeça para o lado — pensando nas palavras dele, pensando *nele*.

E o cortesão engoliu.

— Foi por isso que ela deixou o movimento. Saiu uma semana antes de morrer. Sabíamos que era uma questão de tempo até Nehemia ir ao rei e expor todos nós, usar o que tinha aprendido para garantir clemência para Eyllwe, e para nos aniquilar no mesmo golpe. Disse que preferia ter um tirano todo-poderoso a ter uma dúzia.

Celaena falou com uma calma mortal:

— Ela teria destruído tudo para você. Quase destruiu tudo para mim também. Mandou que eu ficasse longe das chaves de Wyrd. Tentou impedir que eu resolvesse a charada.

— Porque queria guardar o conhecimento para si, para ganhos próprios.

A assassina sorriu mesmo ao sentir o mundo girar sob seus pés. E não conseguia explicar por que ou como tinha começado a imaginar, mas, se fosse verdade, precisava fazer com que Archer admitisse. Então ela se viu dizendo:

— Você e eu trabalhamos por *tudo* que temos, nós... tivemos tudo arrancado e usado contra nós também. Outras pessoas nem conseguem começar a entender as coisas que fomos forçados a fazer. Acho... Acho que é por isso que eu era tão apaixonada por você quando era menina. Eu sabia, mesmo naquela época, que você entendia. Que sabia como era ser criado por pessoas como Arobynn e Clarisse e então... *vendido*. Você me entendia naquela época. — Celaena fez com que os olhos brilhassem, a voz embargasse, como se estivesse contendo um choro. Piscando furiosamente, murmurou: — Mas acho que finalmente entendo você também.

Ela esticou a mão como se para pegar a de Archer, mas então a abaixou, deixando o rosto carinhoso e suave, com um sorriso melancólico.

— Por que não me contou antes? Poderíamos ter trabalhado para esse fim há semanas. Poderíamos ter tentado resolver a charada juntos. Se eu soubesse o que Nehemia ia fazer, como pôde mentir para mim tantas e tantas vezes... Ela me traiu. De todas as maneiras possíveis, Archer. Mentiu para mim, me fez acreditar... — Os ombros de Celaena se curvaram. Depois de um longo instante, ela deu um passo na direção dele. — Nehemia não era melhor do que Arobynn ou Clarisse, no fim das contas. Archer, você deveria ter me contado. Tudo. Eu sabia que não tinha sido Mullison, ele não era inteligente o bastante. Se tivesse me contado, eu poderia ter levado a cabo. — Um risco, um salto às escuras. — Por você... Por *nós*, eu teria levado a cabo.

Mas o cortesão deu um sorriso hesitante.

— Ela passava tanto tempo reclamando do conselheiro Mullison que eu sabia que ele seria o mais fácil de culpar. E graças àquela competição, ele já tinha uma conexão com Cova.

— Cova não reconheceu que você não era Mullison? — perguntou Celaena, com o máximo de calma possível.

— Ficaria surpresa com a facilidade com que os homens veem o que querem. Um manto, uma máscara e algumas roupas chiques, e ele não pensou duas vezes.

Ai, pelos deuses. Pelos deuses.

— Então, na noite no armazém — continuou Celaena, erguendo uma sobrancelha, uma comparsa intrigada. — Por que sequestrou Chaol, de verdade?

— Eu precisava afastar você de Nehemia. E quando levei aquela flechada por você, sabia que confiaria em mim, pelo menos naquela noite. Peço desculpas se meus métodos foram... duros. Ossos do ofício, acho.

Confiar nele, perder a princesa e perder Chaol. Archer a havia isolado dos amigos, a mesma coisa que ela suspeitava que Roland queria fazer com Dorian.

— E aquela ameaça que o rei recebeu antes da morte de Nehemia, a ameaça à vida dela — falou Celaena, os lábios se contraindo para cima. — Você plantou aquela ameaça, não foi? Para me mostrar quem são meus verdadeiros amigos, em quem eu posso confiar de verdade.

— Foi uma aposta. Assim como estou apostando agora. Não sabia se o capitão a avisaria. Parece que eu estava certo.

— Por que eu? Estou lisonjeada, é claro, mas... você é inteligente. Por que não poderia ter decifrado a charada sozinho?

Archer inclinou a cabeça.

— Porque sei o que você é, Celaena. Arobynn me contou certa noite, depois que você foi para Endovier. — Celaena afastou a pontada de dor e de traição verdadeiras para que não se distraísse. — E para nossa causa ser bem-sucedida, *precisamos* de você, *eu* preciso de você. Alguns membros do movimento já estão começando a brigar comigo, a questionar minha liderança. Acham que meus métodos são muito brutais. — Aquilo explicava a luta que vira com aquele jovem. Archer deu um passo na direção dela. — Mas você... Pelos deuses, desde o momento em que a vi do lado de fora da Willows, soube que nos daríamos bem juntos. As coisas que realizaremos...

— Eu sei — falou Celaena, olhando para aqueles olhos verdes, tão fortes combinando com as luzes do portal ao lado. — Archer, eu sei.

O cortesão não viu a adaga chegar até que Celaena a enfiasse nele.

Mas também era rápido — rápido demais — e se virou bem a tempo de a adaga perfurar seu ombro em vez do coração.

Archer cambaleou para trás com uma velocidade incrível, torcendo a adaga de Celaena com tanta destreza que ela soltou a arma e precisou apoiar a mão no arco do portal para evitar a queda. Com a palma da mão ensanguentada, a assassina acertou as pedras e uma luz esverdeada brilhou sob seus dedos. Uma marca de Wyrd queimou, então se apagou.

Sem tempo para ver o que tinha feito, Celaena saltou para Archer com um rugido, soltando Damaris para pegar mais duas adagas. Ele empunhou a própria arma em um segundo, dançando para longe com agilidade enquanto Celaena tentava golpeá-lo.

— Vou despedaçar você — grunhiu Celaena, circundando Archer.

Mas então um tremor percorreu o chão, e algo no vazio fez um ruído. Um rugido gutural.

Ligeirinha emitiu um choro baixo de aviso. Correu na direção de Celaena, empurrando as canelas da dona, levando-a na direção das escadas.

O vazio se mexeu, névoa girava do lado de dentro, abrindo-se por tempo o bastante para revelar um chão rochoso e coberto de cinzas. Então uma figura saiu da névoa.

— Nehemia? — sussurrou Celaena. Havia voltado, voltara para ajudar, para explicar tudo.

Mas não foi Nehemia quem saiu do portal.

Chaol não conseguia dormir. Ele encarava o dossel da cama, o testamento que vira na escrivaninha de Celaena nítido na mente. Não conseguia parar de pensar naquilo. Simplesmente deixara que ela o expulsasse dos aposentos sem dizer a Celaena o que o testamento significava para ele. E talvez Chaol merecesse o ódio dela, mas... mas a assassina *precisava* saber que ele não queria seu dinheiro.

O capitão precisava vê-la. Apenas o suficiente para explicar.

Ele passou o dedo pela cicatriz na bochecha.

Passos apressados soaram no corredor, e Chaol já estava fora da cama e quase vestido quando alguém começou a bater à porta. A pessoa do outro lado conseguiu dar uma batida antes que ele escancarasse a porta, uma adaga escondida às costas.

O capitão abaixou a arma assim que viu o rosto de Dorian brilhando com suor, mas Chaol não embainhou a adaga. Não quando viu puro pânico nos olhos dele, o cinto e a bainha da espada pendendo dos dedos fechados do príncipe.

Chaol acreditava nos instintos. Não achava que seres humanos tinham sobrevivido tanto tempo sem desenvolver alguma habilidade de saber quando as coisas não estavam certas. Não era magia, era apenas... pressentimento.

E foi seu instinto que disse a respeito de quem se tratava a visita antes que Dorian abrisse a boca.

— Onde? — perguntou Chaol.

— No quarto dela — falou Dorian.

— Conte tudo — ordenou Chaol, correndo de volta para dentro do quarto.

— Não sei, eu... acho que ela está em perigo.

O capitão já colocava uma camisa e a túnica; então enfiou os pés dentro das botas antes de pegar a espada.

— Que tipo de perigo?

— O tipo que me fez vir buscá-lo em vez de outros guardas.

Isso poderia significar qualquer coisa; mas Chaol sabia que Dorian era inteligente demais, ciente demais de como as palavras poderiam ser ouvidas com facilidade dentro daquele castelo. Ele sentiu o corpo de Dorian se contrair um segundo antes de o príncipe disparar em uma corrida, e o segurou pela parte de trás da túnica.

— Correr — falou Chaol, sussurrando — vai atrair atenção.

— Já desperdicei tempo demais vindo buscar você — replicou Dorian, mas acompanhou os passos rápidos, porém calmos. Levariam cinco minutos para chegar aos aposentos dela se mantivessem aquela velocidade. Se não houvesse distrações.

— Alguém está ferido? — perguntou Chaol em voz baixa, tentando manter a respiração calma, manter a concentração.

— Não sei — falou Dorian.

— Você precisa me dizer mais do que isso — disparou o capitão. Sua calma se perdendo a cada passo.

— Tive um sonho — falou Dorian, tão baixo que apenas ele pôde ouvir. — Fui avisado de que ela estava em perigo, que era um perigo para si mesma.

Chaol quase parou, mas Dorian dissera com tanta convicção.

— Acha que eu queria buscar você? — questionou Dorian, sem olhar para Chaol.

O capitão não respondeu, mas se apressou o máximo que pôde sem atrair atenção indesejada dos criados e dos guardas ainda em serviço. Conseguia sentir o próprio coração martelando por cada centímetro do corpo quando chegaram às portas dos aposentos de Celaena. Ele não se incomodou em bater e quase arrancou a porta das treliças ao escancará-la, com Dorian ao encalço.

O capitão estava à porta do quarto de Celaena em um instante, e não se incomodou em bater também. Mas a maçaneta não se moveu. A porta estava trancada. Chaol empurrou de novo.

— Celaena? — O nome dela pareceu mais um grunhido que irrompeu do capitão. Nenhuma resposta. Ele lutava contra o pânico crescente, mesmo ao sacar a adaga, ao escutar em busca de sinais de problemas.

— *Celaena.*

Nada.

Chaol esperou um segundo antes de bater o ombro contra a porta. Uma vez. Duas vezes. A fechadura estalou. A porta se escancarou, revelando o quarto vazio.

— Pelos deuses — sussurrou Dorian.

A tapeçaria na parede tinha sido dobrada para trás, para revelar uma porta aberta, uma porta secreta de pedra que se abria para uma passagem escura.

Foi assim que Celaena saiu para matar Cova.

Dorian sacou a espada do cinto.

— Em meu sonho, me disseram que eu encontraria esta porta.

O príncipe deu um passo à frente, mas Chaol o impediu com o braço. Pensaria nele e nos sonhos clarividentes depois, muito depois.

— Você não vai descer lá.

Os olhos de Dorian brilharam.

— Até parece que não vou.

Como se em resposta, um rosnado gutural de estremecer os ossos soou de dentro. E então um grito, um grito humano, seguido por um latido esganiçado.

Chaol estava correndo para a passagem antes que conseguisse pensar.

Estava um breu, e Chaol quase tropeçou escada abaixo, mas Dorian, logo atrás, pegou uma vela.

— *Fique no alto das escadas!* — ordenou Chaol, ainda disparando para baixo.

Se houvesse tempo, o capitão o teria trancado no armário em vez de arriscar levar o príncipe herdeiro para o perigo, mas... Que diabo tinha sido aquele rosnado? O latido ele conhecia, o latido era de Ligeirinha. E se a cadela estava lá embaixo...

Dorian continuava seguindo o capitão.

— Fui enviado para cá — disse ele.

Chaol desceu os degraus de dois em dois e três em três, mal ouvindo as palavras do príncipe. Será que o grito tinha sido dela? Parecera masculino. Porém quem mais poderia estar lá embaixo com Celaena?

Uma luz azul brilhou na base das escadas. O que era *aquilo*?

Um rugido agitou as pedras antigas. *Aquilo* não era humano nem vinha de Ligeirinha. Mas o quê...

Jamais encontraram a criatura que estava matando os campeões. Os assassinatos simplesmente cessaram. Mas os danos que Chaol vira naqueles corpos... Não, Celaena tinha que estar viva.

• 372 •

Por favor, implorou Chaol para quaisquer deuses que ouvissem.

O capitão saltou para a plataforma das escadas e encontrou três portas. A luz azul tinha brilhado à direita. Eles correram.

Como uma caverna de câmaras tão gigantesca tinha sido esquecida? E havia quanto tempo Celaena sabia delas?

Chaol desceu acelerado uma escada em espiral. Então uma nova luz esverdeada começou a brilhar constantemente, e o capitão virou em uma plataforma e viu...

Não sabia para onde olhar primeiro — para o longo corredor onde uma parede brilhava com um arco de símbolos verdes ou para o... o *mundo* exibido do outro lado do arco, retratando uma terra de névoa e pedras.

Para Archer, que se encolhia na parede oposta, entoando palavras estranhas de um livro que tinha nas mãos.

Para Celaena, caída no chão de bruços.

Ou para o monstro: uma coisa alta e esguia, mas definitivamente não humana. Não com aqueles dedos sobrenaturalmente longos com garras, pele branca que parecia papel amassado, uma mandíbula escancarada que revelava dentes como os de peixes, e aqueles olhos... leitosos e manchados de azul.

E havia Ligeirinha, os pelos da nuca eriçados e os dentes expostos, recusando-se a deixar o demônio se aproximar de Celaena, mesmo enquanto o filhote quase crescido mancava, mesmo enquanto o sangue se empoçava por causa do ferimento na pata traseira direita.

Chaol teve apenas dois segundos para avaliar o monstro, absorver cada detalhe e demarcar o ambiente.

— *Vá* — rugiu ele para Dorian antes de se atirar à criatura.

CAPÍTULO 49

Ela não se lembrava de nada depois dos dois primeiros golpes da espada, apenas que vira Ligeirinha avançar subitamente na criatura. A visão distraíra Celaena o suficiente para que o demônio a pegasse desprevenida, os dedos longos e brancos agarrando-a pelos cabelos e golpeando a cabeça dela contra a parede.

Então escuridão.

Ela ficou imaginando se havia morrido e acordado no inferno ao abrir os olhos e sentir uma dor de cabeça pulsante — e ver Chaol, circundando o demônio pálido, sangue pingando dos dois. E então as mãos frias na cabeça dela, no pescoço, e Dorian agachado diante dela, dizendo:

— Celaena.

A assassina ficou de pé com dificuldade, a cabeça doendo ainda mais. Precisava ajudar Chaol. Precisava...

Ela ouviu roupas se rasgando e um grito de dor, e olhou para o capitão a tempo de vê-lo pôr a mão no corte do ombro, infligido por aquelas unhas imundas e pontiagudas. A criatura rugiu, a mandíbula grande demais brilhando com saliva, e então avançou de novo.

Celaena tentou se mover, mas não era rápida o bastante.

Porém Dorian era.

Algo invisível golpeou a criatura e a mandou voando para a parede com um estalo. *Pelos deuses.* Dorian não apenas tinha magia — tinha magia *pura.* O tipo mais raro e mortal. Poder insolúvel, capaz de ser moldado na forma em que o portador desejasse.

A criatura se encolheu, mas se levantou imediatamente, virando-se na direção de Celaena e de Dorian. O príncipe apenas ficou ali, a mão estendida.

Os olhos azul-leitosos estavam descontrolados agora.

Pelo portal, Celaena ouviu a terra rochosa estalar sob mais pares de pés pálidos e descalços. Os cantos de Archer ficaram mais altos.

Chaol atacou a coisa de novo. Ela disparou na direção dele logo antes de a espada do capitão acertá-la, desviando a arma com aqueles dedos longos, obrigando Chaol a recuar.

Celaena pegou Dorian.

— Precisamos fechá-lo. O portal deve se fechar sozinho em algum momento, porém... Porém, quanto mais ficar aberto, maior a ameaça de mais coisas atravessarem.

— Como?

— Eu... eu não sei, eu... — A cabeça de Celaena girava tanto que os joelhos estavam bambos. Mas então ela se virou para Archer, que estava do outro lado do corredor, separado dos dois pela criatura, que caminhava de um lado para o outro. — Entregue o livro.

Chaol feriu o demônio no abdômen com um golpe certeiro e ágil, mas o monstro não reduziu a velocidade. Mesmo a alguns metros de distância, o fedor do sangue escuro chegava ao nariz de Celaena.

Ela observou Archer absorver aquilo tudo, os olhos arregalados, pânico além da razão. Então ele disparou pelo corredor, levando consigo o livro — e qualquer esperança de fechar o portal.

Dorian não conseguiu se mover rápido o bastante para impedir o belo homem de fugir com o livro nas mãos, e não ousou, com aquele demônio entre eles. Celaena, a testa sangrando, avançou contra o cortesão, mas ele era rápido demais. Os olhos dela se voltavam para Chaol, que mantinha aquela *coisa* distraída. Dorian percebeu sem que precisassem dizer que Celaena não queria deixar o capitão.

— Eu vou... — começou Dorian.

— Não. Ele é perigoso, e estes túneis são um labirinto — disse Celaena, ofegante. Chaol e a criatura circundavam um ao outro, a coisa recuava devagar na direção do portal. — Não posso fechá-lo sem aquele livro — gemeu Celaena. — Há mais livros lá em cima, mas eu...

— Então correremos — sussurrou Dorian, pegando-a pelo cotovelo.

— Correremos e tentaremos trazer esses livros.

O príncipe arrastou Celaena consigo, sem ousar tirar os olhos de Chaol ou da criatura. Ela oscilava sob os dedos dele. O ferimento na testa devia ser tão ruim quanto aparentava. Algo brilhava no pescoço dela: o amuleto que Celaena dissera a ele que era apenas uma "réplica barata", brilhando como uma minúscula estrela azul.

— Vão — disse Chaol a eles, encarando a coisa diante de si. — *Agora*.

Celaena tropeçou, impulsionando o corpo na direção de Chaol, mas Dorian a puxou de volta.

— *Não!* — Ela se desvencilhou, mas o ferimento na cabeça a fez desabar nas mãos do príncipe. Como se percebesse que seria um fardo para Chaol, parou de lutar e deixou que Dorian a puxasse para as escadas.

Chaol sabia que não poderia vencer aquela luta. A melhor opção seria fugir com os dois, vigiar o caminho até que conseguissem chegar àquela porta de pedra bem, bem acima e trancar a criatura lá embaixo. Mas não tinha certeza se sequer chegaria às escadas. A criatura desviava dos ataques do capitão com tanta facilidade que parecia ter uma inteligência anormal.

Pelo menos Celaena e Dorian tinham chegado às escadas. Chaol poderia aceitar seu fim se aquilo significasse que os dois conseguiriam escapar. Poderia aceitar a escuridão quando ela viesse.

A criatura parou por tempo o suficiente para que o capitão cobrisse mais alguns metros de distância. Ele recuou na direção do primeiro degrau.

Mas, então, Celaena começou a gritar — a mesma palavra diversas e diversas vezes enquanto Dorian continuava tentando puxá-la escada acima.

Ligeirinha.

Chaol virou o rosto. Em uma sombra escura perto da parede, Ligeirinha fora deixada para trás, a perna ferida demais para correr.

A criatura também olhou.

E não havia nada que Chaol pudesse fazer, absolutamente nada, quando a criatura se virou, pegou Ligeirinha pela pata traseira ferida e a arrastou para dentro do portal consigo.

Não havia nada que pudesse fazer, percebeu Chaol, exceto correr.

O grito de Celaena ainda ecoava pela passagem quando o capitão saltou das escadas e disparou para o portal coberto de névoa atrás de Ligeirinha.

Se achava que sentira medo e dor antes, não era nada comparado ao que percorreu o corpo de Celaena quando Chaol atravessou aquele portal atrás de Ligeirinha.

Dorian não percebeu quando ela se virou, batendo com a cabeça do príncipe na parede de pedra com tanta força que ele desabou sobre os degraus, libertando-a de sua mão.

Mas ela não se importava com Dorian, não se importava com nada a não ser Ligeirinha e Chaol ao correr por aqueles poucos degraus e atravessar o corredor. Celaena precisava tirá-los de lá, puxá-los de volta antes que o portal se fechasse para sempre.

Celaena atravessou a passagem em um segundo.

E quando viu Chaol protegendo Ligeirinha com nada além das mãos vazias, a espada perdida do capitão partida em duas pelo demônio que pairava sobre eles, Celaena não pensou duas vezes antes de liberar o monstro dentro de si mesma.

Pelo canto do olho, Chaol a viu chegar, a antiga espada nas mãos e o rosto determinado com ódio selvagem.

Assim que ela irrompeu pelo portal, algo mudou. Era como se uma névoa sumisse do rosto, as feições se delinearam mais, os passos se tornaram mais longos e graciosos. E então as orelhas — as orelhas de Celaena se modificaram e formaram pontas delicadas.

A criatura, sentindo que estava prestes a perder a presa, investiu uma última vez contra Chaol.

O monstro foi afastado por uma chama azul.

O fogo sumiu e revelou a criatura, que caiu no chão, debatendo-se repetidas vezes. O monstro ficou de pé antes de parar de rolar, virando-se para Celaena com o mesmo movimento.

Ela estava entre os dois agora, a espada erguida. Celaena rugiu, revelando caninos alongados, e o som era diferente de tudo que o capitão tinha ouvido. Não havia nada humano ali.

Porque ela não era humana, percebeu Chaol, olhando, boquiaberto, do lugar em que ainda se agachava sobre Ligeirinha.

Não, não era humana de forma alguma.

Celaena era feérica.

CAPÍTULO 50

Ela sabia que a mudança acontecera porque doeu terrivelmente. Um lampejo de dor ofuscante conforme suas feições rompiam e se libertaram das amarras que as escondiam. O demônio avançou, e ela mergulhou dentro do poço de poder que subitamente transbordava dentro de si.

Magia, selvagem e implacável, irrompeu de Celaena, golpeando a criatura e mandando-a pelos ares. Chama — anos antes, o poder dela sempre se manifestava em algum tipo de fogo.

Celaena conseguia sentir o cheiro de tudo, ver tudo. Os sentidos aguçados chamavam sua atenção para todos os lados, avisando que aquele mundo era *errado*, e que ela precisava ir embora *agora*.

Mas Celaena não iria, não até que Chaol e Ligeirinha estivessem em segurança.

A criatura parou de se debater, ficou de pé em um instante, e Celaena se colocou entre o monstro e Chaol. O demônio a farejou, flexionando as pernas.

Celaena ergueu Damaris e entoou seu desafio.

De longe, na névoa, rugidos responderam. Um deles saiu da coisa que estava à sua frente.

Ela olhou para Chaol, ainda agachado sobre Ligeirinha, e exibiu os dentes, os caninos reluzindo à luz cinzenta.

O capitão a encarava. Ela conseguia sentir o cheiro do terror e do assombro dele. O cheiro do sangue do capitão, tão humano e ordinário. A magia transbordava mais e mais, incontrolável e antiga e incandescente.

— *Corra* — rosnou Celaena, mais uma súplica do que um comando, porque a magia era uma coisa viva, e queria *sair*, e ela possuía a mesma probabilidade de ferir Chaol quanto de ferir a criatura.

Porque aquele portal poderia se fechar a qualquer momento e selar os dois ali para sempre.

A assassina não esperou para ver o que Chaol faria. A criatura avançou em Celaena, um borrão de pele branca enrugada. Ela correu na direção do monstro, projetando o poder imortal como um soco fantasma. O poder disparou em um lampejo azul de fogo espontâneo, mas a criatura desviou, assim como do golpe seguinte e do outro.

Celaena girou Damaris, e a criatura se abaixou antes de saltar alguns passos para trás. Os rugidos distantes estavam se aproximando.

O ruído de rocha esmagada soou atrás de Celaena, e ela percebeu que Chaol estava seguindo para o portal.

O demônio começou a caminhar de um lado para o outro. Então o ruído parou. Aquilo significava que Chaol estava no portal de novo; ele devia ter carregado Ligeirinha consigo. Estava em segurança. Segurança.

Aquela coisa era inteligente demais, rápida demais — e forte demais, apesar dos braços e pernas esguios.

E se outras se aproximavam... se mais criaturas chegassem ao portal antes que se fechasse...

A magia de Celaena se acumulava de novo, vindo de uma fonte mais profunda agora. Celaena mediu a distância entre os dois conforme recuava na direção do portal.

A assassina tinha pouco controle sobre o poder, mas possuía uma espada — uma espada sagrada feita pelos feéricos, capaz de suportar magia. Um condutor.

Sem se dar tempo para pensar direito, lançou todo o poder puro para a espada dourada. A lâmina brilhou vermelho incandescente, as bordas estalavam com relâmpagos.

A criatura ficou tensa, como se sentisse o que Celaena estava prestes a fazer ao erguer a espada sobre a cabeça. Com um grito de guerra que entrecortou a névoa, Celaena afundou Damaris na terra.

O chão se partiu na direção do demônio, uma teia incandescente de linhas e fissuras.

Então o solo entre os dois começou a ruir, centímetro a centímetro, até que a criatura disparasse para longe. Em pouco tempo, havia apenas uma pequena projeção de terra cercando Celaena, suportada pelo portal aberto, e um precipício crescente diante dela.

Puxou Damaris da terra partida. Ela sabia que precisava ir — *agora*. Mas antes que conseguisse se mover, antes que conseguisse chegar ao portal, a magia deixou seu corpo em uma onda tão violenta que ela caiu de joelhos. Dor irradiava, e Celaena retornou ao corpo mortal desengonçado e frágil.

E então mãos fortes estavam sob seus ombros, mãos que Celaena conhecia tão bem, arrastando-a de volta pelo portal e para Erilea, onde sua magia foi apagada como uma vela.

Dorian apareceu bem a tempo de ver Chaol puxando-a de volta do portal. Ela estava consciente, mas era um peso morto nos braços do capitão ao ser arrastada pelo chão. Depois que cruzaram o limite, Chaol a soltou como se ela fosse feita de fogo, deixando-a, ofegante, no chão de pedra.

O que tinha acontecido? Havia uma terra rochosa além do portal, e naquele momento... naquele momento havia apenas uma pequena borda e uma cratera gigantesca. A criatura pálida tinha sumido.

Celaena se levantou nos cotovelos, braços e pernas trêmulos. A cabeça de Dorian doía, mas ele conseguiu caminhar até os dois. Estava puxando Celaena em um momento, e então... Ela o havia golpeado. Por quê?

— Feche — dizia Chaol para ela, o rosto tão branco que o sangue espalhado nele se destacava ainda mais intensamente. — *Feche*.

— Não consigo — sussurrou Celaena.

O príncipe se segurou à parede para evitar cair de joelhos por causa da dor na cabeça. Ele conseguiu chegar ao lugar em que os dois estavam posicionados diante do portal, Ligeirinha esfregava o focinho em Celaena.

— Vão continuar atravessando — disse o capitão, ofegante.

Algo estava errado, percebeu Dorian, algo estava errado entre eles. Chaol não tocava em Celaena, não a ajudava a se levantar.

Além da cratera dentro do portal, os rugidos ficavam mais altos. Não havia dúvida de que aquelas coisas encontrariam algum modo de atravessar.

— Estou exaurida; não tenho mais nada para fechar este portal... — Celaena se encolheu, então voltou os olhos para os de Dorian. — Mas você tem.

Pelo canto do olho, Celaena viu Chaol se virar para encarar Dorian. Ela ficou de pé, cambaleante. Ligeirinha, mais uma vez, se colocara entre Celaena e o portal, rosnando baixinho.

— Me ajude — sussurrou ela para o príncipe, algum lampejo de energia retornando.

Dorian não olhou para o capitão. Ele deu um passo à frente.

— O que preciso fazer?

— Preciso de seu sangue. O resto consigo fazer. Pelo menos espero. — Chaol começou a protestar, mas Celaena deu um sorriso breve e amargo para o capitão. — Não se preocupe. Apenas um corte no braço.

Embainhando a espada, Dorian puxou a manga da camisa e sacou uma adaga. Sangue escorreu do corte, rápido e reluzente.

Chaol grunhiu.

— Como aprendeu a abrir um portal?

— Encontrei um livro — disse Celaena. Era a verdade. — Eu queria falar com Nehemia.

Silêncio recaiu — um silêncio piedoso e aterrorizante.

Mas então ela acrescentou:

— Eu... eu acho que acidentalmente troquei um símbolo. — Celaena apontou para a marca de Wyrd que havia borrado, aquela que se recompusera. — Foi parar no lugar errado. Mas isto pode fechar a porta, se tivermos sorte.

O que não contou aos dois é que existia uma grande chance de não funcionar. Porém como não havia mais livros em seus aposentos e Archer levara *Os mortos andam*, Celaena só tinha aquele feitiço de selagem que usara na porta da biblioteca. E de maneira nenhuma — nenhuma mesmo — abandonaria aquele portal aberto ou deixaria Dorian ou Chaol de guarda. O portal se fecharia por conta própria em algum momento, no entanto, ela não sabia quando. Mais daquelas coisas rastejariam para fora a qualquer momento. Então tentaria aquilo, porque era a única opção. A assassina pensaria em outra coisa caso não funcionasse.

Vai *funcionar*, disse a si mesma.

Dorian apoiou a mão quente e reconfortante nas costas dela quando Celaena sujou os dedos com o sangue dele. Não tinha percebido como suas mãos estavam geladas até que o calor do sangue do príncipe aqueceu as pontas dos dedos. Uma a uma, ela desenhou as marcas para selagem sobre os símbolos verdes e brilhantes. Dorian não tirou a mão de Celaena — apenas se aproximou mais quando ela cambaleou. Chaol não disse nada.

Os joelhos de Celaena fraquejavam, mas ela terminou de cobrir os símbolos com o sangue de Dorian. Um rugido remanescente ecoou pelo mundo condenado quando o último símbolo brilhou, a névoa e as rochas e a ravina se dissiparam em escuridão, então viraram pedras familiares.

Celaena manteve a respiração constante, dedicando toda a sua concentração para isso. Se conseguisse continuar respirando, não desmoronaria.

Dorian abaixou o braço e suspirou, finalmente soltando-a.

— Vamos — ordenou Chaol, pegando Ligeirinha, que choramingou de dor e deu a ele um rosnado de aviso.

— Acho que todos precisamos de uma bebida — falou Dorian, baixinho. — E de uma explicação.

Mas Celaena olhou para o fim do corredor, para a escada pela qual Archer havia fugido. Fazia apenas minutos? Parecia uma vida inteira.

Mas fora apenas minutos... A respiração dela ficou instável. Celaena descobrira apenas um caminho para fora do castelo e estava certa de que Archer saíra por lá. Depois do que havia feito com Nehemia, depois de levar o livro e abandonar os três com aquela criatura... Exaustão foi substituída por um ódio familiar — ódio que queimava tudo, assim como Archer destruíra tudo que Celaena amara.

Chaol se colocou diante da assassina.

— Nem mesmo pense...

Ofegante, ela embainhou Damaris.

— *Ele é meu.*

Antes que Chaol conseguisse segurá-la, Celaena disparou pelas escadas.

CAPÍTULO 51

Embora os sentidos feéricos de Celaena estivessem extintos, ela podia jurar que ainda sentia o cheiro da colônia de Archer enquanto se movia pelo túnel do esgoto, ainda sentia o cheiro de sangue nele.

Archer destruíra *tudo*. Fizera Nehemia ser assassinada, manipulara as duas, usara a morte da princesa para traçar um muro entre Celaena e Chaol, tudo em nome de poder e vingança...

Celaena o despedaçaria. Devagar.

Eu sei o que você é, dissera ele. Celaena não sabia o que Arobynn tinha contado sobre a herança dela, mas Archer não fazia ideia do tipo de abismo à espreita dentro da assassina, ou do tipo de monstro que ela estava disposta a se tornar para consertar as coisas.

Diante dela, Celaena conseguia ouvir xingamentos abafados e batidas contra metal. Quando chegou ao túnel do esgoto, sabia o que havia acontecido. A grade se fechara e nenhuma das tentativas de Archer de abrir tinha funcionado. Talvez os deuses ouvissem algumas vezes. Ela sorriu, sacando as duas adagas.

Passou pelo arco, mas a passagem estava vazia dos dois lados do pequeno rio. Celaena seguiu mais em frente, olhando para a água, imaginando se o cortesão havia tentado nadar fundo o bastante para passar por debaixo da grade.

Celaena o sentiu um segundo antes de Archer a atacar pelas costas.

A assassina recebeu a espada dele com as duas adagas erguidas acima da cabeça, desviando para trás para se dar tempo o bastante para avaliar a situação. Archer havia treinado com os assassinos — e pelo modo como empunhava a arma, atacando diversas vezes seguidas, Celaena sabia que ele prosseguira com as lições.

Ela estava exausta. Archer tinha todas as forças, e os golpes do cortesão faziam com que os braços de Celaena fraquejassem.

Ele avançou contra o pescoço da jovem, mas ela se abaixou para cortar a lateral do corpo dele. Ágil como relâmpago, Archer saltou para evitar que Celaena o estripasse.

— Eu a matei pelo *nosso* bem — dizia o cortesão, ofegante, enquanto a assassina buscava alguma fraqueza ou falha de defesa. — Ela nos teria destruído. E agora que você pode abrir portais sem as chaves, pense no que poderíamos fazer. *Pense*, Celaena. A morte dela foi um sacrifício válido para evitar que destruísse a causa. *Precisamos* nos levantar contra o rei.

Celaena avançou, fez uma finta para a esquerda, mas Archer impediu o ataque. Ela grunhiu.

— Prefiro viver à sombra dele a viver em um mundo no qual homens como você comandam. E quando terminar com você, vou encontrar todos os seus amigos e devolver o favor.

— Eles não sabem de nada. Não sabem o quê eu sei — falou Archer, desviando de todos os golpes com uma facilidade alarmante. — Nehemia estava escondendo alguma outra coisa sobre você. Não queria que se envolvesse, e achei que fosse porque não queria compartilhar você conosco. Mas agora questiono *por quê*, exatamente. O que mais ela sabia?

Celaena deu um risada baixa.

— Você é um tolo se acha que vou ajudar.

— Ah, quando meus homens começarem a trabalhar em você, vai mudar de ideia rapidamente. Rourke Farran era meu cliente, antes de ser morto, quero dizer. Lembra de Farran, não? Ele tinha um amor especial pela dor. Me contou que torturar Sam Cortland foi a maior diversão que já sentiu.

Celaena mal conseguia ver através da sede de sangue que a tomou naquele momento, mal se lembrava do próprio nome.

Archer fingiu se dirigir ao rio para fazer com que Celaena retornasse à parede — onde a assassina acabaria empalada pela lâmina dele. Mas Celaena também conhecia aquele movimento, conhecia porque ela mesma o ensinara ao cortesão tantos anos antes. Então, ao golpear, a assassina abaixou, desviou da guarda de Archer e acertou o punho da adaga no maxilar dele.

Archer caiu como uma pedra, a espada tilintando, e Celaena estava sobre ele antes de o cortesão terminar de cair, a adaga apontada para sua garganta.

— Por favor — sussurrou ele, com a voz rouca.

Celaena empurrou a borda da lâmina contra a pele de Archer, imaginando como poderia fazer aquilo durar sem matá-lo rápido demais.

— *Por favor* — implorou o cortesão, o peito arquejante. — Estou fazendo isto por nossa liberdade. Nossa *liberdade*. Estamos do mesmo lado no fim das contas.

Girando o punho, Celaena poderia cortar a garganta dele. Ou aleijá-lo da forma como fizera com Cova. Poderia infligir a Archer os ferimentos que Cova infligira a Nehemia. Celaena sorriu.

— Você não é uma assassina — sussurrou Archer.

— Ah, eu sou — sussurrou ela, a tocha dançando sobre a adaga enquanto Celaena pensava no que fazer.

— Nehemia não iria querer isto. Não iria querer que você fizesse isto.

E embora soubesse que não deveria ouvir, as palavras pareceram familiares.

Não deixe essa luz se apagar.

A sombra que vivia na alma de Celaena não tinha mais luz. Luz alguma, exceto por um grão, uma leve faísca que ficava menor a cada dia. Onde quer que estivesse, Nehemia sabia o quanto a chama tinha se tornado pequena.

Não deixe essa luz se apagar.

Celaena sentiu a tensão se esvair de seu corpo, mas manteve a adaga na garganta de Archer até ficar de pé.

— Você vai deixar Forte da Fenda esta noite — disse ela. — Você e todos os seus amigos.

— Obrigado — ofegou o cortesão, ficando de pé.

— Se eu descobrir que ainda está na cidade ao amanhecer — falou Celaena, virando-se de costas para ele ao caminhar pelas escadas do túnel — Vou matá-lo. — Bastava. Aquilo bastava.

— Obrigado — falou Archer de novo.

Celaena continuou andando, buscando ouvir qualquer sinal de que Archer se moveria para atacá-la pelas costas.

— Eu sabia que você era uma boa mulher — disse o cortesão.

Celaena parou. Virou para ele.

Havia um toque de triunfo nos olhos de Archer. Ele achou que havia vencido. Manipulara Celaena de novo. Um pé após o outro, ela andou de volta na direção do homem com uma tranquilidade predatória.

Celaena parou perto o bastante para beijar Archer. Ele sorriu cautelosamente para a assassina.

— Não, não sou — disse ela. Então se moveu, rápido demais para que Archer tivesse chance.

Os olhos do cortesão se arregalaram quando Celaena enfiou a adaga ao seu destino, cravando-a no coração de Archer.

Ele estremeceu nos braços dela. Celaena levou a boca ao ouvido do cortesão, erguendo-o com uma das mãos e torcendo a adaga com a outra ao sussurrar:

— Mas Nehemia era.

CAPÍTULO 52

Chaol observava o sangue escorrer dos lábios de Archer enquanto Celaena o deixava desabar no chão de pedra. A assassina encarou o corpo, as últimas palavras que disse para Archer pairavam no ar, arrepiando os pelos da pele já fria de Chaol. Celaena fechou os olhos, inclinando a cabeça para trás ao respirar fundo — como se aceitasse a morte diante de si, e a mancha que havia deixado como pagamento pela vingança.

O capitão chegara a tempo de ouvir Archer implorar pela vida — e proferir as palavras que tinham sido seu último erro. Chaol arrastou a bota contra o degrau para avisar Celaena de que estava ali. Quanto dos sentidos feéricos ela retinha quando estava com aparência humana?

O sangue do cortesão se espalhou pelas pedras escuras, e Celaena abriu os olhos ao se virar devagar para Chaol. O sangue umedecera as pontas do cabelo dela, tornando-os vermelho forte. E os olhos... Não havia nada ali, como se estivesse oca. Por um segundo, o capitão questionou se ela o mataria também — apenas por estar ali, por enxergar sua verdade sombria.

Ela piscou e a tranquilidade assassina nos olhos se dissipou, substituída apenas pelo cansaço e pela tristeza profundos. Um fardo invisível que Chaol não conseguia nem começar a imaginar fez com que os ombros de

Celaena se curvassem. Ela pegou o livro preto que Archer deixara cair nos degraus molhados, mas o segurou pela ponta, como se fosse um pedaço de pano sujo.

— Devo uma explicação a você. — Foi tudo o que ela disse.

Celaena se recusou a deixar que a curandeira a examinasse até que a perna de Ligeirinha fosse cuidada. Era apenas um arranhão, mas profundo. Celaena segurara a cabeça da cadela nos braços enquanto ela, se debatendo, foi forçada a beber água misturada a um sedativo. Dorian ajudou o melhor que pôde enquanto a curandeira trabalhava em Ligeirinha, a cadela deitada, inconsciente, na mesa de jantar de Celaena. Chaol estava encostado na parede do quarto, os braços cruzados. Não dissera nada ao príncipe desde que haviam descido pela passagem.

A jovem curandeira de cabelos castanhos também não fez pergunta alguma. Depois que Ligeirinha tomou pontos e foi levada para a cama da dona, Dorian insistiu que a cabeça de Celaena fosse examinada. Mas ela fez um gesto dispensando-o e disse à curandeira que se não examinasse o príncipe herdeiro primeiro, ela a delataria ao rei. Com a cara amarrada, Dorian permitiu que a jovem limpasse o pequeno ferimento na têmpora, infligido quando a assassina o nocauteou. Considerando o quanto Celaena e Chaol estavam ensanguentados, Dorian se sentia absolutamente ridículo, mesmo que a cabeça ainda latejasse.

A curandeira terminou com o príncipe, dando-lhe um sorriso tímido e de leve preocupação. E quando estava na hora de decidir quem deveria ser examinado em seguida, o concurso de olhares irritados entre Chaol e Celaena entraria para a história.

Por fim, o capitão apenas balançou a cabeça e afundou no assento que Dorian recentemente desocupara. Ele tinha sangue por toda parte, e acabou retirando a túnica e a camisa para que a curandeira pudesse limpar os ferimentos mais leves. Apesar dos arranhões e cortes, as abrasões nas mãos e nos joelhos, a curandeira não fez perguntas, o rosto bonito da jovem era uma máscara profissional indecifrável.

Celaena se virou para Dorian, a voz baixa.

— Irei para seus aposentos quando terminar aqui.

Pelo canto do olho, Dorian sentiu Chaol enrijecer o corpo, e o príncipe afastou o próprio rompante de ciúmes ao perceber que estava sendo dispensado. O capitão fazia questão de não olhar para os dois. O que acontecera durante o tempo em que Dorian ficou apagado? E o que acontecera quando Celaena foi matar Archer?

— Tudo bem — falou Dorian, e agradeceu a curandeira pela ajuda.

Pelo menos tinha tempo de se recompor, de entender tudo que havia ocorrido nas últimas horas. E de planejar como explicar a magia para Chaol.

Mas enquanto ainda saía da sala de jantar, parte do príncipe percebeu que sua magia — que *ele* — era a menor das preocupações. Porque desde aquele primeiro dia em Endovier, a questão sempre fora *eles*.

Celaena não precisava que a curandeira examinasse sua cabeça. Quando a magia tomou seu corpo, de alguma forma, curou tudo. O que restava de seus ferimentos agora eram manchas de sangue e roupas rasgadas. E exaustão — exaustão completa.

— Vou tomar um banho — disse para Chaol, que ainda estava sentado, sem camisa, sob os cuidados da curandeira.

Celaena precisava limpar o sangue de Archer do corpo.

Ela arrancou as roupas e tomou banho, esfregando o corpo até que a pele doesse, lavando os cabelos duas vezes. Quando retornou, vestiu uma túnica e calça limpas e, assim que terminou de pentear os cabelos pingando, Chaol entrou no quarto e sentou na cadeira diante da escrivaninha. A curandeira fora embora, o capitão tinha vestido a camisa de novo e Celaena conseguia ver as ataduras brancas despontando pelos buracos no tecido escuro.

A assassina verificou Ligeirinha, que ainda estava inconsciente na cama, e então caminhou até as portas da varanda. Ela avaliou o céu noturno por um bom tempo, buscando uma constelação familiar — o Cervo, o Senhor do Norte. Celaena respirou fundo.

— Minha bisavó era feérica — disse ela. — E embora minha mãe não conseguisse mudar para uma forma animal, como os feéricos fazem, por algum motivo, eu herdei a habilidade de me transformar. Entre a forma feérica e a forma humana.

— E não consegue mais se transformar?

Celaena olhou por cima do ombro para o capitão.

— Quando a magia parou, há dez anos, perdi a habilidade. Foi o que salvou minha vida, acho. Quando era criança, quando ficava com medo ou triste, ou dava chiliques, não conseguia controlar a transformação. Estava aprendendo a dominá-la, mas isso teria me delatado em algum momento.

— Mas naquele... naquele outro mundo, você pôde...

Celaena se virou para encarar Chaol e viu o brilho assombrado nos olhos dele.

— Sim. Naquele mundo, magia, ou algo como ela, ainda existe. E é tão ruim e avassalador quanto eu me lembrava. — Celaena se sentou na beira da cama, a distância entre os dois parecia de léguas. — Não tive controle sobre ela... sobre a transformação, ou sobre a magia, ou sobre mim mesma. Era tão provável que eu ferisse você quanto aquela criatura. — Ela fechou os olhos, as mãos um pouco trêmulas.

— Então você *abriu* um portal para outro mundo. Como?

— Todos aqueles livros que ando lendo sobre as marcas de Wyrd... tinham feitiços para abrir portais temporários.

E então Celaena explicou como encontrou a passagem no Samhuinn, sobre o mausoléu e sobre a ordem de Elena para que se tornasse campeã, e o que Cain estava fazendo e como ela o havia matado, e também a respeito daquela noite, quando Celaena quis abrir o portal para ver Nehemia. Ela deixou de fora as chaves de Wyrd, o rei e o que suspeitava que o soberano estava fazendo com Kaltain e Roland.

Quando Celaena terminou, Chaol disse:

— Eu diria que você perdeu o juízo, mas tenho o sangue daquela criatura em mim, e eu mesmo entrei naquele mundo.

— Se alguém soubesse, não apenas sobre os feitiços para abrir portais, mas sobre o que sou — falou Celaena, exausta —, você entende que eu seria executada.

Os olhos do capitão brilharam.

— Não vou contar a ninguém. Juro.

Celaena mordeu o lábio, assentindo, e voltou para a janela.

— Archer me contou que foi ele quem ordenou o assassinato de Nehemia, porque ela era uma ameaça ao controle dele sobre o grupo. Archer fingiu ser o conselheiro Mullison e contratou Cova. Ele sequestrou você para me atrair para longe. Plantou aquela ameaça anônima contra a vida de Nehemia também. Porque queria que eu culpasse você pela morte dela.

Chaol xingou, mas ela continuou olhando pela janela, para aquela constelação.

— Mas embora saiba que você não foi responsável — disse ela, baixinho —, eu ainda... — Celaena viu o rosto dele cheio de angústia.

— Você ainda não consegue confiar em mim — concluiu o capitão.

Ela assentiu. Naquilo, Celaena sabia que Archer tinha vencido, e o odiava por isso.

— Quando olho para você — sussurrou a assassina —, só quero tocá-lo. Mas o que aconteceu naquela noite... Não sei se conseguirei esquecer.

— O corte mais profundo na bochecha de Chaol tinha formado casca, e ela sabia que deixaria uma cicatriz. — Peço desculpas pelo que fiz a você.

Chaol ficou de pé, encolhendo o corpo devido aos ferimentos, e caminhou até Celaena.

— Nós dois cometemos erros — falou o capitão, com aquela voz que fazia o coração de Celaena cambalear.

Ela encontrou coragem para se voltar para ele, olhando para o rosto de Chaol.

— Como ainda consegue olhar para mim assim quando sabe o que sou de verdade?

Os dedos de Chaol acariciaram as bochechas de Celaena, aquecendo a pele fria.

— Feérica, assassina, não importa o que você seja, eu...

— Não. — Celaena recuou. — Não diga.

Ela não conseguiria entregar-se inteiramente de novo — ainda não. Não seria justo com nenhum dos dois. Mesmo se algum dia aprendesse a perdoá-lo por escolher o rei em vez de Nehemia, a jornada para encontrar as chaves de Wyrd exigiria que ela fosse para longe, para um lugar onde jamais pediria que Chaol a seguisse.

— Preciso preparar o corpo de Archer para apresentar ao rei — disparou Celaena.

Antes que o capitão conseguisse dizer mais alguma coisa, ela pegou Damaris de onde a havia deixado, perto da porta, e sumiu para dentro da passagem.

Celaena esperou até estar bem no interior para deixar as lágrimas começarem a cair.

Chaol encarou o lugar no qual Celaena desaparecera e se perguntou se deveria segui-la para aquela escuridão antiga. Mas pensou em tudo o que a assassina havia contado, em todos os segredos que ela revelara, e sabia que precisava de tempo para entender tudo.

Ele havia percebido que Celaena deixara informações de fora. Ela contou apenas os detalhes mais vagos; e então havia a questão da ascendência feérica. O capitão jamais ouvira falar de alguém que herdasse os poderes de uma forma ancestral tão primitiva, mas, por outro lado, ninguém falava mais dos feéricos. Aquilo explicava como Celaena conhecia os cânticos antigos.

Com um tapinha leve na cabeça de Ligeirinha, Chaol saiu do quarto. Os corredores estavam vazios e silenciosos.

E Dorian — Celaena agira como se o príncipe tivesse algum poder também. Houve o momento em que a criatura foi atirada por uma parede invisível... Mas era impossível que ele tivesse poder. Como poderia, quando a própria... a própria *magia* de Celaena desaparecera assim que ela voltou para o mundo deles?

Ela era feérica, e herdeira de um poder que não podia controlar. Mesmo que não conseguisse se transformar, se alguém algum dia descobrisse o que ela era...

Aquilo explicava por que Celaena tinha tanto medo do rei, por que jamais falava nada sobre o lugar de onde viera ou pelo que passara. E morar *ali*... aquele era o lugar mais perigoso para Celaena, ou para qualquer feérico, estar.

Se alguém descobrisse o que Celaena era, poderia usar a informação contra ela ou mandar matá-la. E não haveria nada que Chaol pudesse fazer para salvá-la. Nenhuma mentira para contar, nada para manipular. Quanto tempo levaria até que outra pessoa vasculhasse o passado dela? Quanto tempo até que alguém decidisse ir direto a Arobynn Hamel para torturá-lo pela verdade?

Os pés de Chaol sabiam para onde o capitão se dirigia muito antes de ele fazer a escolha, de formar o plano. Minutos depois, batia em uma porta de madeira.

Os olhos de seu pai estavam embaçados de sono, e se semicerraram quando viram o filho.

— Sabe que horas são?

Chaol não sabia, e não se importava. Abriu caminho com os ombros pelo quarto e fechou a porta, avaliando o local mal iluminado em busca de outras pessoas.

— Tenho um favor para pedir, mas antes de fazer isso, prometa que não fará perguntas.

O pai de Chaol olhou levemente interessado, então cruzou os braços.

— Nenhuma pergunta. Faça o pedido.

Além da janela, o céu estava começando a clarear para um tom mais suave de preto.

— Acho que deveríamos mandar a campeã do rei para Wendlyn para eliminar a família real.

As sobrancelhas do pai de Chaol se ergueram. Chaol continuou:

— Estamos em guerra com eles há dois anos, e ainda precisamos romper as defesas navais. Mas se o rei e o filho forem eliminados, podemos ter alguma chance de enfrentar o caos que se seguirá. Principalmente se a campeã do rei também puser as mãos nos planos de defesa naval deles. — O capitão tomou fôlego, mantendo a voz desinteressada. — Quero apresentar a ideia para o rei esta manhã. E quero que você me apoie.

Porque o príncipe jamais concordaria, não sem saber o que Celaena era. E Chaol jamais contaria a ninguém, nem a Dorian. Mas com uma

• 395 •

ideia drástica como aquela, precisaria do máximo de força política que conseguisse.

— Um plano ambicioso e destemido. — O pai de Chaol sorriu. — E se eu apoiar a ideia e convencer meus aliados no conselho a apoiá-la também, o que poderei esperar em troca? — Pelo modo como os olhos brilharam, ele já sabia a resposta.

— Então voltarei para Anielle com você — disse Chaol. — Deixarei minha posição como capitão e... voltarei para casa.

Não era a casa dele, não mais, no entanto, se aquilo significava tirar Celaena do país... Wendlyn era a última fortaleza dos feéricos, e o único lugar em Erilea no qual estaria realmente segura.

Qualquer fiapo de esperança que Chaol tivesse de um futuro com ela havia desaparecido. Celaena ainda sentia algo por ele, como admitira, mas jamais confiaria no capitão. Sempre o odiaria pelo que ele tinha feito.

Mas Chaol poderia fazer aquilo por ela. Mesmo que jamais a visse de novo, mesmo que Celaena abandonasse seu dever como campeã do rei e ficasse com os feéricos de Wendlyn para sempre — contanto que ele soubesse que ela estava em segurança, que ninguém poderia feri-la... Chaol venderia a alma quantas vezes precisasse por isso.

Os olhos do seu pai brilharam, triunfantes.

— Considere feito.

CAPÍTULO 53

Quando Celaena terminou de contar a Dorian a história que contara a Chaol — embora uma versão muito mais limitada —, ele emitiu um longo suspiro e se recostou na cama.

— Parece algo saído de um livro — disse o príncipe, encarando o teto. Celaena estava sentada do outro lado da cama.

— Acredite em mim, achei que estava perdendo a sanidade por um tempo.

— Então você abriu mesmo um portal para outro mundo? Usando essas marcas de Wyrd?

Ela assentiu.

— *Você* também derrubou aquela criatura como se fosse uma folha no vento. — Ah, Celaena não se esquecera daquilo. Nem por um segundo esquecera o que significava que Dorian tivesse um poder tão puro.

— Aquilo foi apenas sorte. — Ela o observou, aquele seu príncipe bondoso e inteligente. — Ainda não consigo controlá-lo.

— No mausoléu — falou Celaena —, tem alguém que pode... oferecer algum conselho sobre como controlá-lo. Que pode ter alguma informação sobre o tipo de poder que você herdou. — Naquele momento, no entanto, Celaena não sabia exatamente como explicar Mort a Dorian, então apenas disse: — Algum dia, em breve, você e eu podemos descer lá para conhecê-lo.

— Ele é...

— Vai ver quando chegar lá. *Se* ele desejar conversar com você. Pode levar um tempo até perceber que gosta de você.

Depois de um instante, Dorian estendeu o braço e pegou a mão de Celaena, levando-a aos lábios para um beijo rápido. Nada romântico — um gesto de agradecimento.

— Embora as coisas estejam diferentes entre nós agora, fui sincero no que falei depois do duelo com Cain. Sempre serei grato por você ter entrado em minha vida.

A garganta de Celaena se apertou, e ela apertou a mão de Dorian.

Nehemia sonhara com uma corte que pudesse mudar o mundo, uma corte em que a lealdade e a honra fossem mais valiosas do que a obediência irrestrita e o poder. No dia em que a princesa morreu, Celaena achou que o sonho dessa corte havia desaparecido para sempre.

Mas ao olhar para Dorian, sorrindo para ela, aquele príncipe que era inteligente, atencioso e gentil, que inspirava homens bons como Chaol a servi-lo...

Celaena se perguntou se o sonho impossível e desesperado de Nehemia a respeito daquela corte ainda podia se tornar realidade.

A verdadeira pergunta agora era se o pai de Dorian sabia a ameaça que o filho representava.

O rei de Adarlan precisava dar crédito ao capitão; o plano era destemido e ousado, e mandaria uma mensagem não apenas para Wendlyn, mas para todos os inimigos deles. Com o embargo entre os países, Wendlyn se recusava a permitir a entrada de homens de Adarlan nas fronteiras. Mas mulheres e crianças em busca de refúgio ainda eram permitidas. Aquilo tornava o envio de qualquer outra pessoa impossível, mas a campeã...

O rei abaixou o rosto para a mesa do conselho, da qual o capitão esperava uma decisão. O pai de Westfall e quatro outros haviam imediatamente apoiado a ideia. Outra esperteza inesperada de Chaol. Ele havia levado aliados para a reunião.

Dorian, no entanto, o observava com uma surpresa mal escondida. Obviamente, Westfall não achou que Dorian apoiaria a decisão. Se ao menos Westfall fosse o herdeiro do rei; sua mente de guerreiro era aguçada, e ele não fugia do que precisava ser feito. O príncipe ainda tinha que aprender aquele tipo de obstinação.

Afastar a assassina do filho seria um benefício inesperado. O rei confiava na garota para fazer o trabalho sujo — mas não a queria perto de Dorian.

Celaena levara a cabeça de Archer Finn para ele naquela manhã, nem um dia a mais do que havia prometido, e explicara o que descobrira: que Archer fora responsável pela morte de Nehemia devido ao envolvimento mútuo dos dois naquela sociedade traidora. O rei não ficou surpreso por Nehemia estar envolvida.

Mas o que a assassina teria a dizer sobre aquela viagem?

— Convoquem minha campeã — falou o rei.

No silêncio que se seguiu, os membros do conselho murmuravam uns com os outros, e o filho do rei tentou chamar a atenção de Westfall. Mas o capitão evitava olhar para o príncipe.

O rei sorriu levemente, girando o anel preto no dedo. Uma pena que Perrington não estivesse ali para ver aquilo. Ele estava lidando com a revolta dos escravizados em Calaculla — as novidades do movimento eram mantidas em tanto sigilo que até mesmo os mensageiros abriram mão das próprias vidas. O duque teria se divertido bastante com a reviravolta dos eventos naquele dia. Mas ele desejava que Perrington estivesse ali também por motivos mais importantes: ajudá-lo a descobrir quem abrira um portal na noite anterior.

O rei sentira no sonho — uma mudança repentina no mundo. Ficou aberto por apenas alguns minutos antes de alguém fechá-lo de novo. Cain tinha morrido; quem mais no castelo possuía aquele tipo de conhecimento ou poder no sangue? Seria a mesma pessoa que matou Baba Pernas Amarelas?

O rei levou a mão a Nothung, sua espada.

Não havia corpo — mas nem por um segundo o rei achou que Pernas Amarelas tivesse simplesmente desaparecido. Na manhã seguinte ao sumiço da bruxa, ele mesmo fora para o parque verificar o vagão destruído. O rei vira os pingos de sangue escuro que manchavam o piso de madeira.

Pernas Amarelas fora uma rainha entre seu povo, uma das três facções violentas que destruíra a família Crochan quinhentos anos antes. Eles se orgulhavam de ter apagado muito da sabedoria das mulheres Crochan, que governaram com justiça durante mil anos. O rei convidara o parque até ali para se encontrar com a bruxa — para comprar alguns dos espelhos dela e descobrir o que restava da Aliança Dentes de Ferro, que um dia fora forte o suficiente para destruir o Reino das Bruxas.

Mas antes de Pernas Amarelas entregar qualquer informação decente, ela morreu. E frustrava o rei não saber por quê. O sangue dela fora derramado no seu castelo; outros poderiam aparecer e exigir respostas e retribuição. Se viessem, o rei estaria pronto.

Porque nas sombras do desfiladeiro Ferian, ele criava novas montarias para os exércitos que se reuniam. E suas serpentes aladas ainda precisavam de cavaleiros.

As portas da sala do conselho se abriram. A assassina entrou, os ombros para trás naqueles modos insuportáveis dela. Celaena absorveu os detalhes da sala friamente antes de parar alguns metros diante da mesa e fazer uma reverência exagerada.

— Vossa Majestade me convocou?

A assassina desviava o olhar, como costumava fazer. Exceto por aquele dia agradável em que entrara e praticamente esfolara Mullison vivo. Parte do rei desejava não ter que libertar o conselheiro arrogante da masmorra naquele momento.

— Seu companheiro, capitão Westfall, teve uma ideia bastante... incomum — disse o rei, e gesticulou para Chaol. — Por que não explica, capitão?

O capitão se virou na cadeira, então ficou de pé para encarar Celaena.

— Sugeri que a enviemos para Wendlyn para eliminar o rei e seu herdeiro. Enquanto estiver lá, também tomará os planos de defesa naval e militar deles, então, depois que o caos se instaurar no país, poderemos navegar seus recifes impenetráveis e tomar a região.

A assassina olhou para Chaol por um longo instante, e o rei notou que seu filho ficara muito, muito quieto. Então ela sorriu, uma expressão cruel e distorcida.

— Seria uma honra servir à coroa de tal forma.

O rei jamais descobrira algo sobre a marca que brilhara na cabeça da campeã durante o duelo. A marca de Wyrd era impossível de decifrar. Significava "sem nome", ou "inominável", ou algo próximo de "anônima". Mas, abençoada pelos deuses ou não, pelo sorriso malicioso no rosto, o rei soube que a assassina se deliciaria com a tarefa.

— Talvez possamos nos divertir com isso — ponderou o rei. — Wendlyn fará o baile do solstício em alguns meses. Que mensagem enviaríamos se o rei e o filho encontrassem seu fim bem debaixo dos narizes da própria corte, bem no dia de triunfo deles!

Embora o capitão tivesse ficado desconfortável com a súbita mudança de planos, a assassina sorriu para ele mais uma vez, felicidade sombria estampada no rosto. De que buraco do inferno ela tinha saído para encontrar prazer em tais coisas?

— Uma ideia brilhante, Vossa Majestade.

— Está feito, então — falou o rei, e todos olharam para ele. — Você partirá amanhã.

— Mas — interrompeu o príncipe —, ela certamente precisa de algum tempo para estudar Wendlyn, aprender os modos do lugar e...

— É uma jornada de duas semanas pelo mar — falou o rei. — E então ela precisará de tempo para se infiltrar no castelo antes do baile. Pode levar qualquer material de que precisar e estudar a bordo.

As sobrancelhas de Celaena se ergueram levemente, mas ela apenas fez uma reverência com a cabeça. O capitão ainda estava de pé, o corpo mais rígido do que o de costume. E o príncipe tinha uma expressão de raiva — para o pai e para o capitão, com tanto ódio que o rei se perguntou se Dorian perderia a cabeça.

Mas o rei não estava particularmente interessado naqueles dramas fúteis, não quando aquele plano brilhante havia surgido. Ele precisaria enviar os cavaleiros imediatamente para o desfiladeiro Ferian e para as ilhas Mortas, e fazer com que o general Narok preparasse sua legião. O rei não queria cometer erros com aquela chance única em Wendlyn.

E seria a oportunidade perfeita para testar algumas das armas que ele forjava em segredo havia anos.

◆ ✦ ◆

No dia seguinte.

Ela partiria no *dia seguinte*.

E *Chaol* tivera a ideia? Mas por quê? Queria exigir respostas, queria saber em que o capitão estava pensando quando elaborou aquele plano. Celaena jamais contou a ele a verdade a respeito das ameaças do rei — que ele executaria o capitão se ela não voltasse de uma missão, se falhasse. E a assassina poderia fingir as mortes de lordes inferiores e de mercadores, mas não do rei e do príncipe herdeiro de Wendlyn. Nem em mil vidas conseguiria encontrar um modo de se livrar daquilo.

Celaena andava de um lado para o outro, sabendo que Chaol não voltaria para seus aposentos ainda, e acabou descendo até o mausoléu, pelo menos para se permitir fazer alguma coisa.

Esperava que Mort lhe desse um sermão sobre o portal — o que ele fez, de forma bem abrangente —, mas *não* imaginava encontrar Elena esperando por ela dentro do mausoléu.

— Você tem poder o suficiente para aparecer para mim *agora*, mas não podia ajudar a fechar o portal ontem à noite?

Ela olhou uma vez para o semblante da rainha e começou a andar de um lado para o outro de novo.

— Eu não podia — respondeu Elena. — Mesmo agora, esta visita está me exaurindo mais rápido do que deveria.

Celaena fez uma careta para a rainha.

— Não posso ir para Wendlyn. Eu... eu *não posso* ir. Chaol *sabe* o que estou fazendo por você, então por que me faria ir até lá?

— Respire fundo — disse Elena, baixinho.

A assassina a olhou com raiva.

— Isso arruína *seus* planos também. Se estiver em Wendlyn, não poderei cuidar das chaves de Wyrd e do rei. E mesmo que fingisse ir e, em vez disso, saísse em uma missão pelo continente, não levaria muito para que ele percebesse que não estou onde deveria.

Elena cruzou os braços.

— Se estiver em Wendlyn, estará perto de Doranelle. Acho que é por isso que o capitão quer que você vá.

Celaena soltou uma gargalhada. Ah, em que confusão absurda Chaol a havia enfiado!

— Ele quer que eu vá me esconder com os feéricos e nunca mais volte para Adarlan? Isso não vai acontecer. Ele não apenas será *morto*, mas as chaves de Wyrd...

— Você velejará para Wendlyn amanhã. — Os olhos de Elena brilharam mais forte. — Deixe as chaves de Wyrd e o rei por enquanto. Vá para Wendlyn e faça o que precisa ser feito.

— Você plantou essa ideia na cabeça dele de alguma forma?

— Não. O capitão está tentando salvá-la da única forma que pode.

Celaena balançou a cabeça, olhando para a luz do sol que se projetava dentro do mausoléu pela abertura acima.

— Algum dia você vai parar de me dar ordens?

Elena soltou uma risada baixinha.

— Quando você parar de fugir do passado, sim.

Celaena revirou os olhos, então deixou os ombros se curvarem. Um caco de lembrança perfurou sua mente.

— Quando falei com Nehemia, ela mencionou... Mencionou que conhecia o próprio destino. Que o havia aceitado. Que isso colocaria as coisas em ação. Acha que ela, de alguma forma, manipulou Archer para que... — Mas Celaena não conseguiu terminar de dizer, não podia se permitir proferir aquela verdade horrível: que Nehemia arquitetara a própria morte, sabendo que mudaria mais o mundo, e *Celaena*, com sua morte do que com sua vida.

A mão fria e esguia pegou a de Celaena.

— Jogue este pensamento para os cantos mais afastados de sua mente. Saber a verdade, qualquer que seja, não vai mudar o que precisa fazer amanhã... aonde precisa ir.

E embora Celaena soubesse a verdade naquele momento, entendesse simplesmente pela recusa de Elena em responder, fez conforme a rainha ordenou. Haveria outros momentos, outras horas para trazer à tona aquela verdade e examinar cada uma de suas facetas sombrias e cruéis. Mas naquele momento, bem ali...

Avaliou a luz que se derramava no mausoléu. Uma luz tão fraca, mantendo a escuridão no limite.

• 403 •

— Wendlyn, então.

Elena deu um sorriso sombrio e apertou a mão de Celaena.

— Wendlyn, então.

CAPÍTULO 54

Quando a reunião do conselho terminou, Chaol fez o possível para não olhar para o pai, que o observava tão cuidadosamente enquanto o capitão anunciava os planos ao rei, ou para Dorian, cujo senso de traição irrompeu conforme a reunião prosseguiu. Ele tentou correr de volta para o quartel, mas não ficou tão surpreso quando a mão de alguém o agarrou pelo ombro e o virou.

— *Wendlyn?* — grunhiu Dorian.

Chaol manteve o rosto impassível.

— Se ela é capaz de abrir um portal como fez na noite passada, acho que precisa sair do castelo por um tempo. Pelo bem de todos nós. — O príncipe não podia saber a verdade.

— Ela jamais o perdoará por mandá-la embora assim, para conquistar um *país* inteiro. E de uma forma tão pública, fazendo um espetáculo da situação. Em que estava pensando?

— Não preciso do perdão dela. E não quero me preocupar com Celaena permitindo a entrada de uma horda de criaturas de outro mundo apenas porque sente saudades da amiga.

Chaol odiava cada mentira que saía de sua boca, mas Dorian as aceitou, os olhos pareciam brilhar com ódio. Aquele era o outro sacrifício que o capitão precisaria fazer; porque se Dorian não o odiasse, se não *quisesse* Chaol longe, partir para Anielle seria muito mais difícil.

— Se algo acontecer com ela em Wendlyn — rosnou Dorian, recusando-se a recuar —, vou fazer com que você se arrependa do dia em que nasceu.

Se algo acontecesse com ela, Chaol tinha quase certeza de que se arrependeria desse dia também.

Mas o capitão apenas disse:

— Um de nós precisa começar a liderar, Dorian. — Então ele saiu pisando duro.

O príncipe não o seguiu.

O dia amanhecia quando Celaena chegou ao túmulo de Nehemia. A última neve do inverno havia derretido, deixando o mundo estéril e marrom, esperando pela primavera.

Em algumas horas, ela partiria pelo oceano.

Celaena se ajoelhou no chão úmido e fez uma reverência com a cabeça diante do túmulo.

Então disse as palavras que queria dizer à princesa na noite anterior. As palavras que deveria ter dito desde o início. Palavras que não mudariam, não importava o que descobrisse sobre a morte dela.

— Quero que saiba — sussurrou Celaena para o vento, para a terra, para o corpo bem abaixo — que estava certa. Estava certa. Sou uma covarde. E tenho fugido há tanto tempo que esqueci o que significa ficar e lutar.

Ela fez uma reverência mais acentuada, apoiando a testa na terra.

— Mas prometo — sussurrou Celaena para o solo —, prometo que vou impedi-lo. Prometo que jamais perdoarei, jamais esquecerei o que fizeram com você. Prometo que libertarei Eyllwe. Prometo que verei a coroa de seu pai devolvida à cabeça dele.

A jovem se levantou, sacando uma adaga do bolso, então fez um corte na palma da mão esquerda. Sangue se acumulou, forte como rubi, contra o amanhecer dourado, escorrendo pela lateral da mão antes que ela pressionasse a palma da mão na terra.

— Prometo — sussurrou Celaena de novo. — Por meu nome, por minha vida, mesmo que isso tome meu último suspiro, prometo que verei Eyllwe libertada.

Ela deixou o sangue penetrar na terra, desejando que carregasse as palavras do juramento para o outro mundo, no qual Nehemia estava a salvo por fim. Dali em diante, não haveria mais juramentos além daquele, nenhum contrato, nenhuma obrigação. *Jamais perdoar, jamais esquecer.*

E Celaena não sabia como faria aquilo, ou quanto tempo levaria, mas cumpriria o juramento. Porque Nehemia não podia.

Porque estava na hora.

CAPÍTULO 55

A tranca quebrada na porta do quarto de Celaena ainda não tinha sido consertada quando Dorian chegou depois do café da manhã, com uma pilha de livros nos braços. Celaena estava diante da cama, enfiando roupas em uma enorme sacola de couro. Ligeirinha foi a primeira a reconhecer a presença do príncipe, embora ele não tivesse dúvida de que a jovem o ouvira chegando desde o corredor.

A cadela mancou até ele, a cauda agitada, e o príncipe colocou os livros na mesa antes de se ajoelhar no tapete de pelos. Ele passou a mão na cabeça de Ligeirinha, deixando que a cadela o lambesse algumas vezes.

— A curandeira disse que a perna vai ficar boa — falou Celaena, ainda concentrada na sacola. A mão esquerda da assassina estava com ataduras, um ferimento que o príncipe não notara na noite anterior. — Ela saiu faz alguns minutos.

— Que bom — disse Dorian, e ficou de pé. Celaena vestia uma túnica pesada, calça e um manto espesso. As botas marrons eram resistentes e sérias, muito mais recatadas do que as vestimentas normais. Roupas de viagem. — Ia embora sem se despedir?

— Achei que seria mais fácil assim — respondeu Celaena. Em duas horas, velejaria para Wendlyn, a terra dos mitos e dos monstros, um reino de sonhos e de pesadelos que se tornavam realidade.

Dorian se aproximou da assassina.

— Esse plano é arriscado. Você não precisa ir. Podemos convencer meu pai a fazer outra coisa. Se a pegarem em Wendlyn...

— Não vão me pegar.

— Não haverá ajuda para você — disse Dorian, colocando a mão na sacola. — Se for capturada, se for ferida, estará além do nosso alcance. Estará completamente sozinha.

— Vou ficar bem.

— Mas *eu* não vou. Enquanto você estiver lá, vou imaginar se aconteceu alguma coisa. Não vou... Não vou me esquecer de você. Nem por uma hora.

Celaena engoliu em seco, o único sinal de emoção que ela se permitiu demonstrar, e a assassina olhou na direção da cadela, que observava os dois do tapete.

— Você... — Dorian viu Celaena engolir em seco de novo antes de encará-lo. — Você tomará conta dela enquanto eu estiver fora?

O príncipe pegou a mão de Celaena, apertando-a.

— Como se fosse minha. Vou até deixar que durma comigo na cama.

Celaena deu um sorriso breve, e Dorian teve a sensação de que qualquer sinal maior de emoção acabaria com o autocontrole da assassina. Ele apontou para os livros que havia levado.

— Espero que não se importe, mas preciso de um lugar para guardar esses livros, e seus aposentos podem ser... mais seguros do que os meus.

Ela olhou para a mesa, mas, para alívio de Dorian, não verificou os títulos. Os livros só gerariam mais perguntas. Genealogias, crônicas reais, qualquer coisa a respeito de como e por que ele poderia ter magia.

— É claro. — Foi tudo o que Celaena disse. — Acho que *Os mortos andam* ainda está por aqui mesmo. Talvez fique feliz em ter companhia.

Dorian podia ter sorrido, caso aquilo não fosse um fato bizarro.

— Vou deixar que faça as malas. Tenho uma reunião do conselho na mesma hora da partida de seu navio — disse o príncipe, lutando contra a dor no peito. Era uma mentira, e ruim. Mas Dorian não queria estar no cais, não quando sabia que outra pessoa estaria lá para se despedir dela. — Então... acho que é adeus. — O príncipe não sabia mais

se podia abraçá-la, então enfiou as mãos nos bolsos e deu um sorriso.
— Cuide-se.

Um leve aceno de cabeça.

Eles eram amigos agora, e Dorian sabia que os limites físicos entre os dois haviam se alterado, mas... O príncipe se virou para não deixar que Celaena visse o desapontamento que ele sabia que estava bem óbvio em seu rosto.

Dorian deu dois passos na direção da porta antes que Celaena falasse, as palavras baixas e embargadas:

— Obrigada por tudo o que fez por mim, Dorian. Obrigada por ser meu amigo. Por não ser como os outros.

Ele parou, virando-se para encarar Celaena. Ela manteve o queixo elevado, mas estava com os olhos cheios d'água.

— Voltarei — disse Celaena, baixinho. — Voltarei por você. — E o príncipe sabia que havia mais coisas que ela não estava dizendo, algum significado maior por trás daquelas palavras.

Mas Dorian acreditou em Celaena mesmo assim.

O porto estava lotado com marinheiros e escravizados e trabalhadores carregando e descarregando carga. O dia estava quente e com uma brisa, o primeiro indício de primavera no ar, e o céu estava sem nuvens. Um bom dia para velejar.

Celaena ficou parada diante do navio que a levaria pela primeira parte da viagem. Ele velejaria para um local combinado no qual um navio de Wendlyn o encontraria para pegar refugiados que escapavam das sombras do império de Adarlan. A maior parte das mulheres que viajariam na embarcação já estava sob o convés. A assassina mexeu os dedos da mão enfaixada e encolheu o corpo diante da dor constante que irradiou da palma da mão.

Celaena mal dormira na noite anterior, em vez disso, abraçara Ligeirinha perto do corpo. Dizer adeus uma hora antes fora como arrancar um pedaço do coração, mas a perna da cadela ainda estava ferida demais para arriscar a viagem para Wendlyn.

Ela não quis ver Chaol, não se incomodou em se despedir, pois tinha tantas perguntas para o capitão que era mais fácil não perguntar nada. Será que não sabia que armadilha impossível havia montado para ela?

O capitão do navio soou um aviso de cinco minutos para a partida. Os marinheiros começaram a se agitar, redobrando os esforços para se preparar para deixar o porto e velejar pelo Avery, então para o próprio Grande Oceano.

Para Wendlyn.

Celaena engoliu em seco. *Faça o que precisa ser feito*, dissera Elena. Será que isso significava matar de verdade a família real de Wendlyn, ou outra coisa?

Uma brisa salgada bagunçou seu cabelo, e a assassina deu um passo adiante.

Mas alguém surgiu das sombras dos prédios que ladeavam o cais.

— Espere — falou Chaol.

Celaena congelou quando o capitão se dirigiu até ela, e não se moveu mesmo quando se viu olhando para o rosto dele.

— Você entende por que fiz isso? — perguntou ele, baixinho.

Celaena assentiu, mas respondeu:

— Preciso voltar para cá.

— *Não* — falou Chaol, os olhos brilhando. — *Você...*

— *Ouça.*

Celaena tinha cinco minutos. Não poderia explicar agora — não poderia explicar que o rei o mataria se ela não voltasse. Esse conhecimento seria fatal para Chaol. E mesmo que o capitão fugisse, o rei havia ameaçado a família de Nehemia também.

Mas Celaena sabia que Chaol estava tentando protegê-la. E não podia deixá-lo completamente ignorante. Porque se morresse em Wendlyn, se alguma coisa acontecesse com ela...

— Ouça com atenção o que estou prestes a dizer.

Chaol ergueu as sobrancelhas. Mas Celaena não se permitiu um momento para reconsiderar, para questionar a decisão.

Da forma mais sucinta possível, contou ao capitão sobre as chaves de Wyrd. Contou sobre os portões de Wyrd e sobre Baba Pernas Amarelas. Contou sobre os papéis que havia escondido no mausoléu — sobre a

• 411 •

charada com os lugares das três chaves de Wyrd. E então contou a Chaol que sabia que o rei tinha pelo menos uma. E que havia uma criatura morta selada sob a biblioteca. E que o capitão jamais deveria abrir a porta para as catacumbas — *jamais*. E que Roland e Kaltain poderiam ser parte de um plano maior e mais mortal.

E quando aquela verdade horrível foi revelada, Celaena abriu o fecho do Olho de Elena do pescoço e o colocou na palma da mão de Chaol.

— Nunca tire o cordão. Ele o protegerá do mal.

Chaol balançava a cabeça, o rosto pálido como a morte.

— Celaena, eu não posso...

— Não me importo se você vai sair em busca das chaves, mas *alguém* precisa saber sobre elas. Alguém além de mim. Todas as provas estão no mausoléu.

O capitão segurou a mão dela com a única mão livre.

— Celaena...

— *Ouça* — repetiu ela. — Se não tivesse convencido o rei a me mandar para longe, poderíamos... tê-las encontrado juntos. Mas agora...

Dois minutos, gritou o capitão do navio. Chaol apenas a encarava, tanta dor e medo nos olhos que Celaena ficou sem palavras.

Então ela fez a coisa mais inconsequente que já tinha feito na vida. Celaena ficou na ponta dos pés e sussurrou as palavras no ouvido de Chaol.

As palavras que o fariam entender, entender por que isso era tão importante para ela, e o que ela queria dizer quando afirmava que voltaria. E Chaol a odiaria para sempre por causa daquilo, depois que entendesse.

— O que isso quer dizer? — indagou ele.

Celaena deu um sorriso triste.

— Você vai descobrir. E quando o fizer... — Ela balançou a cabeça, sabendo que não deveria, mas disse mesmo assim: — Quando entender, quero que lembre que não teria feito diferença nenhuma para mim. Nunca fez diferença nenhuma para mim quando se tratou de você. Eu ainda o escolheria. Sempre vou escolher você.

— Por favor... por favor, apenas diga o que quer dizer.

Mas não havia tempo, então Celaena balançou a cabeça de novo e deu um passo para trás.

Chaol deu um passo na direção dela, no entanto. Um passo, então falou:

— Amo você.

A jovem conteve o choro que se acumulava na garganta.

— Desculpe — disse ela, esperando que Chaol se lembrasse dessas palavras depois, mais tarde, quando descobrisse tudo.

As pernas de Celaena encontraram forças para se mover. Ela tomou fôlego. E com um último olhar para o capitão, a assassina caminhou pela rampa de entrada. Sem reparar naqueles a bordo, Celaena apoiou a sacola e ocupou um lugar perto da borda. Ela abaixou o rosto para o cais e viu Chaol ainda parado próximo à passarela enquanto a erguiam.

O capitão do navio gritou para que zarpassem. Marinheiros se apressaram, cordas foram desamarradas, atiradas e amarradas novamente, e o navio partiu. As mãos de Celaena se agarravam com tanta força à borda do navio que doíam.

A embarcação começou a se mover. E Chaol — o homem que Celaena odiava e amava tanto que, perto do qual, mal conseguia pensar — apenas ficou ali, observando-a partir.

A correnteza tomou o navio e a cidade começou a diminuir. A brisa do oceano logo acariciou seu pescoço, mas ela jamais deixou de olhar para Chaol. Ela olhou na direção dele até que o castelo de vidro não passasse de uma faísca reluzente e distante. Celaena olhou na direção de Chaol até que só houvesse oceano brilhante ao redor. Ela olhou na direção do capitão até que o sol caísse além do horizonte e um punhado de estrelas pendesse acima.

Somente quando as pálpebras se fecharam e o corpo oscilou, Celaena parou de olhar na direção de Chaol.

O cheiro de sal enchia suas narinas, tão diferente do sal de Endovier, e um vento alegre açoitou seus cabelos.

Depois de emitir um chiado entre dentes, Celaena Sardothien deu as costas para Adarlan e velejou em direção a Wendlyn.

CAPÍTULO 56

Chaol não entendeu o que Celaena contara, as palavras que sussurrara no ouvido dele. Era uma data. Sem sequer um ano para acompanhar. Um mês e um dia — uma data que se passara semanas e semanas atrás. Foi o dia em que Celaena saiu da cidade. O dia em que ela perdeu a cabeça em Endovier no ano anterior. O dia em que os pais dela morreram.

Chaol ficou no cais muito depois de o navio ter saído do porto, observando as velas ficarem menores e menores conforme o capitão remoia a data incansavelmente. Por que Celaena contara a ele tudo sobre aquelas... aquelas chaves de Wyrd, mas tornou aquela dica tão enigmática? O que poderia ser mais importante do que a verdade terrível sobre o rei que o capitão servia?

As chaves de Wyrd, embora o aterrorizassem, faziam sentido. Explicavam muita coisa. O imenso poder do rei, as jornadas dele que terminavam com grupos inteiros morrendo misteriosamente, como Cain tinha ficado tão forte. Até aquela vez em que Chaol olhara para Perrington e vira os olhos do duque escurecerem de um modo tão estranho. Mas quando Celaena contou ao capitão, será que sabia que tipo de escolha lhe havia deixado? E o que ele poderia fazer em relação àquilo de Anielle?

A não ser que Chaol conseguisse encontrar um modo de se desvencilhar da promessa que fizera. O capitão jamais dissera *quando* iria para Anielle. Poderia pensar nisso no dia seguinte. Por enquanto...

Quando Chaol voltou para o castelo, foi para os aposentos de Celaena vasculhar o conteúdo da escrivaninha. Mas não havia nada sobre aquela data. O capitão verificou o testamento que ela redigira, mas tinha sido assinado vários dias depois. O silêncio e o vazio nos aposentos ameaçavam engolir Chaol por inteiro, e ele estava prestes a sair quando viu a pilha de livros meio escondida nas sombras da escrivaninha.

Genealogias e diversas crônicas reais. Quando Celaena levara aqueles livros para lá? Chaol não os vira na noite anterior. Seria outra pista? De pé diante da escrivaninha, pegou as crônicas reais — todas dos últimos 18 anos — e começou a ler em reverso, uma a uma. Nada.

Então chegou à crônica de dez anos antes. Era mais espessa do que todas as outras — como deveria ser, considerando os eventos que tinham ocorrido naquele ano. Mas quando Chaol viu o que estava escrito a respeito da data que Celaena dera a ele, tudo congelou.

Esta manhã, o rei Orlon Galathynius, seu sobrinho e herdeiro, Rhoe Galathynius, e a esposa de Rhoe, Evalin, foram encontrados mortos. Orlon foi assassinado na cama, no palácio real, em Orynth, e Rhoe e Evalin foram encontrados mortos em suas camas, na mansão campestre à margem do rio Florina. Ainda não se sabe do destino da filha de Rhoe e Evalin, Aelin.

Chaol pegou o primeiro livro de genealogia, aquele com a linhagem das casas reais de Adarlan e Terrasen. Será que Celaena estava tentando dizer que sabia a verdade sobre o que acontecera naquela noite — que poderia saber onde a princesa perdida, Aelin, estava escondida? Que estava lá quando tudo aconteceu?

Chaol folheou as páginas, verificando as genealogias que já havia lido. Mas então se lembrou de algo sobre o nome Evalin Ashryver. *Ashryver.*

Evalin vinha de Wendlyn, fora uma princesa na corte do rei. Com as mãos trêmulas, Chaol pegou um livro que continha a árvore genealógica da família real de Wendlyn.

Na última página, o nome de Aelin Ashryver Galathynius estava escrito no canto inferior, e, acima dele, o da mãe dela, Evalin. Mas a árvore genealógica descrevia apenas a linhagem feminina. A feminina, não a masculina, porque...

Duas linhas acima do nome de Evalin estava escrito Mab. A bisavó de Aelin. Ela era uma das três Rainhas-Irmãs feéricas: Maeve, Mora e Mab. Mab, a mais jovem, a mais bela, que fora transformada em deusa ao morrer, conhecida agora como Deanna, Senhora da Caça.

A lembrança o atingiu como um tijolo na cabeça. Naquela manhã de Yule, quando Celaena parecera tão desconfortável ao receber a flecha dourada de Deanna — a flecha de Mab.

E Chaol contou a árvore genealógica, pessoa após pessoa, até...

Minha bisavó era feérica.

Chaol precisou apoiar a mão contra a mesa. Não, não podia ser. Ele se voltou para a crônica ainda aberta, então virou a página para o dia seguinte.

Aelin Galathynius, herdeira do trono de Terrasen, morreu hoje, ou em algum momento na noite anterior. Antes que a ajuda pudesse chegar à propriedade dos seus pais mortos, o assassino que poupara a menina na noite anterior retornou. O corpo ainda não foi encontrado, embora alguns acreditem que tenha sido jogado no rio atrás da casa dos pais.

Celaena disse certa vez que Arobynn havia... que a havia *encontrado.* Encontrado quase morta e congelada. Na margem de um rio.

Chaol estava apenas tirando conclusões. Talvez Celaena quisesse somente que ele soubesse que ela ainda se importava com Terrasen, ou...

Havia um poema rabiscado no alto da árvore genealógica da família Ashryver, como se algum aluno o tivesse escrito como lembrete ao estudar.

Olhos Ashryver
Os olhos mais lindos, de lendas passadas
Do mais claro azul, com bordas douradas.

Olhos azul-claros, com bordas douradas. Um grito contido saiu de dentro de Chaol. Quantas vezes havia olhado para aqueles olhos? Quantas vezes tinha visto Celaena desviar o olhar do rei, aquela pequena prova que ela não podia esconder?

Celaena Sardothien não era aliada de Aelin Ashryver Galathynius.

Celaena Sardothien *era* Aelin Ashryver Galathynius, herdeira do trono e rainha de Terrasen por direito.

Celaena era Aelin Galathynius, a maior ameaça viva a Adarlan, a única pessoa que poderia erguer um exército capaz de enfrentar o rei. Agora, ela era também a única pessoa que sabia a fonte secreta do poder do rei — e que buscava um modo de destruí-la.

E Chaol acabara de mandá-la para os braços dos maiores aliados em potencial: a terra natal de sua mãe, o reino de seu primo e o domínio de sua tia, a Rainha Maeve dos feéricos.

Celaena era a rainha perdida de Terrasen.

Chaol caiu de joelhos.

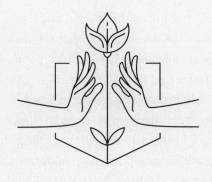

AGRADECIMENTOS

Mais do que a qualquer um, este romance pertence a Susan Dennard. Por ser o tipo de amiga que só costuma existir em livros. Por ser uma amiga que vale a pena esperar. Por ser minha *anam cara*. Obrigada pelas (des)aventuras, por rir até que nossas barrigas doessem e por toda a alegria que trouxe para meu mundo. Amo você.

Gratidão infinita para meu Esquadrão Classe A: agente incrível, Tamar Rydzinski; editora estelar, Margaret Miller; e a incomparável Michelle Nagler. Sou tremendamente abençoada por ter vocês ao meu lado. Obrigada por tudo o que fizeram por mim.

Para minha grande amiga e parceira de críticas, Alex Bracken, que nunca falha em oferecer conselhos sábios e ideias brilhantes, e que me tirou de muitos, muitos precipícios. Obrigada por ser uma das luzes nesta jornada. Para Erin "Ders" Bowman, pelos papos de sexta-feira, pelas confabulações sobre a "Selva" e por ser uma colega sobrevivente do brutal ataque dos lagostins de 2012 em Lake Glenville, Carolina do Norte. Fico tão feliz por ter mandado um e-mail para você.

Agradecimentos também são devidos a Amie Kaufman, Kat Zhang e Jane Zhao, que têm sido de tudo, desde pranchas acústicas até parceiras de crítica e líderes de torcida, mas sempre amigas incríveis. Para a ridiculamente inteligente Biljana Likic, por ajudar com a charada tantos anos antes. Para Dan "DKroks" Krokos, por ser um amigo de verdade e parceiro no crime. Para a lendária Robin Hobb, por ter levado duas autoras estreantes para jantar em Decatur, Georgia — obrigada pela sabedoria e pelo carinho que demonstrou comigo e com Susan.

Há tantas pessoas que trabalham tão incansavelmente para tornar meus livros realidade e levá-los às mãos dos leitores. Obrigada do fundo do coração a Erica Barmash, Emma Bradshaw, Susannah Curran, Beth Eller, Alona Fryman, Shannon Godwin, Natalie Hamilton, Bridget Hartzler, Katy Hershberger, Melissa Kavonic, Linette Kim, Ian Lamb, Cindy Loh, Donna Mark, Patricia McHugh, Rebecca McNally, Regina Roff Flath, Rachel Stark e Brett Wright. E um enorme obrigada para toda a equipe mundial da Bloomsbury — é uma honra trabalhar com todos vocês.

Um enorme abraço para meus pais, minha família e meus amigos — obrigada pelo apoio incondicional. E para meu marido sensacional, Josh: não há palavras suficientes em língua nenhuma para descrever o quanto amo você.

Obrigada a Janet Cadsawan, que faz o mundo de Trono de Vidro ganhar vida com as joias incríveis. E obrigada a Kelly de Groot pelo mapa, pelo entusiasmo e simplesmente por ser incrível.

Para meus leitores: obrigada por tornar esta jornada um conto de fadas; obrigada pelas cartas e pela arte e por irem aos meus eventos; obrigada por divulgarem a série; obrigada por deixarem que Celaena entrasse em seus corações. Vocês fazem as longas horas e o trabalho árduo realmente valerem a pena.

E, por fim, eu gostaria de agradecer meus leitores do FictionPress, que estão comigo há tantos anos, e com os quais tenho uma dívida que jamais poderei pagar. Não importa aonde esta estrada me leve, sempre serei grata porque trouxe vocês para minha vida. Obrigada, obrigada, obrigada.

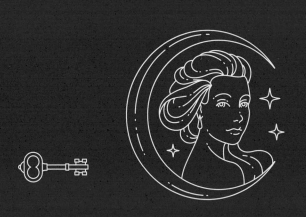

OBRAS DA AUTORA PUBLICADAS PELA GALERA RECORD

SÉRIE TRONO DE VIDRO

A lâmina da assassina
Trono de vidro
Coroa da meia-noite
Herdeira do fogo
Rainha das sombras
Império de tempestades
Torre do alvorecer
Reino de cinzas

SÉRIE CORTE DE ESPINHOS E ROSAS

Corte de espinhos e rosas
Corte de névoa e fúria
Corte de asas e ruína
Corte de chamas prateadas

Corte de gelo e estrelas

SÉRIE CIDADE DA LUA CRESCENTE

Casa de terra e sangue
Casa de céu e sopro

Este livro foi composto nas tipografias Fournier MT Std,
PS-Aelyn, South Epic Decorative, e impresso em
papel off-white 70g/m² na Geográfica.